AL HET MOOIS IS NIET VERLOREN

DANIELLE YOUNGE-ULLMAN

AL HET MOOIS IS NIET VERLOREN

Uit het Engels vertaald door Fanneke Cnossen

Best of YA | Van Goor

ISBN 978 90 00 35370 5
ISBN 978 90 00 35623 2 (e-book)
NUR 285
© 2017 Van Goor
Uitgeverij Unieboek | Het Spectrum bv, postbus 97, 3990 DB Houten

oorspronkelijke titel *Everything Beautiful is not Ruined*
oorspronkelijke uitgave © 2017 Viking, an imprint of Penguin Random House LLC,
New York

www.unieboekspectrum.nl
www.facebook.com/youngadultboeken

tekst © 2017 Danielle Younge-Ullman
vertaling Fanneke Cnossen
omslagbeeld © (teen girl looking up) I hope to touch peoples emotions with my photo-
graphy / Getty images; (night forest) Vedderman123 / Shutterstock.com
omslagontwerp Lisa Jager en Marieke Oele
zetwerk binnenwerk Mat-Zet bv, Soest

Dit boek wordt opgedragen aan mijn fantastisch grootmoedige, vrolijke, slimme moeder uit duizenden, Cindy Ullman... die in niets lijkt op Margot-Sophia, maar die me heel misschien ooit op survivalkamp in de wildernis heeft gestuurd.

1

'VAKANTIE'

(PEAK WILDERNESS, DAG EEN)

Lieve mam,

Dank je wel. Echt.

Ik kan niet wachten tot dat vehikel dat voor een vliegtuigje moet doorgaan de lucht in gaat om me vervolgens af te leveren in een of ander ellendig gat. In de verbijsterende, ongerepte schoot van Moeder Natuur, bedoel ik.

Voor het geval je het je afvraagt, ik ben niet bang. Ik zou veel banger zijn als ik op kleine kinderen zou moeten passen, of in mijn eentje met een rugzak door Azië moest trekken, zoals een paar vriendinnen van me. Maar dit? Hier zijn alleen maar bomen en meren. De schitterende natuur. Niets aan de hand.

Hoewel ik vermoed dat er heus wel rugzakken zullen zijn. Vanaf het basiskamp door de wildernis trekken. Exotische insecten en planten. Zingen, stapelbedden, marshmallows roosteren, vriendinnenarmbanden vlechten van takjes uit het bos, een lintje voor iedereen die in ijskoud water gaat zwemmen, leren vissen, en ga zo maar door.

Ik weet dat je denkt dat ik het vreselijk ga vinden, dat de schrik me om het hart slaat en dat ik er de brui aan geef. En als ik dat inderdaad doe, zeg je dat ik me niet aan onze afspraak houd. Maar je onderschat me, je weet niet hoe vastberaden ik ben. Want weet je, ik sta nu met een nieuwe, positievere houding in het leven en ben niet van plan me nog langer als een hoopje ellende te laten kwetsen, of medelijden met mezelf te hebben zoals in de afgelopen paar maanden. Daar ben ik helemaal klaar mee. Ik ga een fantastische tijd tegemoet. Ik ga nieuwe vrienden maken, kom in contact met het Natuurmeisje in me, zal mezelf overtreffen, raak gehard en stoom mezelf klaar voor de apocalyps/ volwassenheid/andere onvoorziene narigheid, en ik ga lol maken.

Je zult zien dat ik sterk genoeg ben om over mijn eigen toekomst te kunnen beslissen.

Míjn toekomst.

Na alles wat ik heb doorgemaakt, zou ik dat niet meer aan je moeten hoeven bewijzen. Eigenlijk zou ik helemaal niets meer moeten hoeven bewijzen. Maar ik heb gezegd dat ik het zou doen, dus doe ik het ook, en ik schrijf alles op in dit dagboek dat je me hebt gegeven, de enige keer dat je me wilde aanmoedigen om 'dingen te verwerken'. Honderd dagboeken. Daar moet ik een hoop voor verwerken, mam. Maar ik ben niet van plan om zo'n overgevoelig, slijmerig dagboektypje te worden, dat kan ik je wel vertellen.

Dit zijn maar brieven.

En het is maar een kamp.

Hoe erg kan het zijn?

Wauw, tot nu toe is het me het dagje wel geweest.

Deze 'vakantie' is bepaald interessant begonnen.

Met in het achterhoofd dat dit léúk zou moeten zijn, krijg je hier de hoogtepunten...

Het begon al met de vlucht hiernaartoe. Onmiddellijk werd ik me intens bewust van mijn sterfelijkheid. Waarschijnlijk precies de reden waarom ze zo'n klein vliegtuigje gebruiken: zodat je letterlijk de lucht om je heen, elke turbulente luchtzak, kunt voelen, zodat je je bekeert tot elke godsdienst die maar in je opkomt en je elke god stuk voor stuk belooft dat je een beter mens zult worden als hij maar zorgt dat je hier levend uitkomt, alsjeblíéft.

Missie volbracht.

En dan, als je eindelijk weer vaste grond onder je voeten hebt, ben je – ondanks het feit dat alles... nou ja, laten we zeggen dat alles totaal anders is dan je verwachtte – zo idioot dankbaar dat je die grond wel zou willen kussen en in tranen zou willen uitbarsten. Van blijdschap natuurlijk. Altijd van blijdschap.

Misschien doen ze dit ook om saamhorigheid te creëren. Ik was er nog niet aan toegekomen om vrienden te maken, maar toen het te turbulent werd om te kunnen schrijven en ik afleiding zocht, raakte ik toch aan de praat met de zwaarbehaarde, een uur in de wind stinkende (niet dat die twee per se iets met elkaar te maken hebben, maar in dit geval misschien toch wel) gast naast me.

Ik moet bekennen dat ik hem op het eerste gezicht niet mocht. Maar je moet mensen zonder vooroordelen en met een open blik tegemoet treden om te zien hoe ze echt zijn.

Toch?

De ware aard van deze Heel Harige Gast kwam al snel naar boven toen ik tijdens weer zo'n misselijkmakende luchtzak zijn arm vastgreep die op de leuning tussen ons in lag.

Ik zei: 'O, sorry!' en haalde mijn hand weg.

Waarop hij zei, terwijl hij met een vriendelijk glimlachje schuinweg naar zijn kruis keek: 'Grijp maar waar je wilt, ik vind alles goed. Je doet maar, schatje.'

Ik vind het heerlijk als iemand me 'schatje' noemt en ik was dan ook maar een beetje geschokt door het beeld dat hij met zijn verlekkerde blik voor mijn geestesoog opriep. Het gaat erom dat ik vrienden maak, ook al zijn het de walgelijke, stinkende, harige viezeriken... op het eerste gezicht.

En toen gingen we landen.

Genoeg gezegd.

Hoewel, ik zou er best meer over kunnen zeggen.

Er waren drie landingspogingen nodig voordat we op de grond stonden.

Drie, mam.

De eerste twee keer vloog onze kleine, eenmotorige Cessna zo laag aan dat mijn hart een slag oversloeg. Toen trok hij op het laatste moment op, scheerde rakelings langs de bomen en nam in zijn vlucht nog een paar hoge takken mee ook. Ik had gedacht dat er wel commentaar op zou komen, want het was onze eerste kennismaking met de natuur. Maar misschien maakt het deel uit van de pret om ons meteen al de stuipen op het lijf te jagen...? Ik was in elk geval meteen bij de les.

Bij de derde poging bestond de piloot het via onze hoofdtelefoons aan te kondigen: 'Het veld is wat korter dan officieel is toegestaan, maar we komen er wel. Hou je goed vast!' (geruststellend, *non?*), en toen hotsten, botsten en schokten we verder en doken we bijna – geen geintje – aan de overkant de bomen in.

O, heb ik al gezegd dat er geen landingsbaan was?

Of een vliegveld?

Nada. Alleen een heel hobbelig, iets te kort veld.

Eindelijk was het vliegtuig tot stilstand gekomen en kraaide de piloot: 'En weer zijn we de dood te slim af geweest!' waarna hij krankzinnig begon te lachen. Ik – bleek, wankel en compleet geradbraakt – strompelde het vliegtuig door en de trap af naar beneden.

Op dat moment was mijn contact met de aarde intens. Grondig zelfs. Toen ik weer opkeek, waren onze bagage en een stapel spullen gedumpt en zat de piloot weer in zijn kleine vliegende buggy. En voor we het wisten – waarmee hij bewees dat hij alleen belabberd was in landen en vliegen – steeg hij in één keer op en verdween in de blauwe lucht...

En liet ons achter in Joost mocht weten welk ellendig gat, oftewel in Noord-Ontario.

Ik stond te wankelen op mijn benen, verbijsterd en perplex dat we zo abrupt waren gedropt. Ook verbijsterd door zo'n uitgestrekte hemel, iets waar ik niet aan gewend was, en de pure weidsheid zonder een spoor van een stad, verbijsterd dat ik hier überhaupt was, want zoals met zo veel dingen voelde het nog steeds onwerkelijk.

Hoe dan ook...

Een en al spanning en sensatie.

Liefs,

Ingrid

Ik ga op mijn plunjezak zitten en hoewel ik het een beetje ben verleerd om met andere mensen om te gaan, probeer ik vriendelijk de blik van de andere kampeerders te vangen (op die van Harige Gast na, die hoef ik niet zo nodig aan te kijken). Maar iedereen zit of in zijn eigen wereld of is nog steeds in shock van de vlucht en landing, en niemand kijkt belangstellend terug. Dat vind ik zo vreemd en ontmoedigend dat ik snel mijn blik afwend.

En toen daalden de muggen op ons neer.

En dan heb ik het niet over een paar muggen, nee, ik heb het over een ware muggenplaag van Bijbelse proporties. Gelukkig was ik, nadat ik maandenlang deze reis resoluut uit mijn hoofd had gezet en had gedaan alsof hij niet doorging, een paar dagen geleden bij zinnen gekomen. Ik haalde de bagagelijst uit de bureaula waar ik hem afgelopen februari in had weggestopt en nam hem als een bezetene door. Ik wilde er zeker van zijn dat ik alles meenam wat erop stond, zelfs meer dan dat, terwijl ik tegelijkertijd probeerde me alles te herinneren wat de dochter van mijn moeders baas, Ella, ons had verteld over haar 'levensveranderende' ervaring in Peak Wilderness. (Ella had twee jaar geleden tijdens het kerstdiner op kantoor enthousiast over haar avonturen verteld, in lyrische bewoordingen als 'intens' en 'mystiek', waardoor mijn moeder ongetwijfeld op het idee was gekomen dat ik dat ook moest meemaken. Bovendien was Ella door Peak Wildernesss op het idee gekomen om rechten te gaan studeren.)

Ik wil er alleen maar mee zeggen dat ik wist dat er muggen waren en dat ik erop voorbereid was.

Ik duik in mijn plunjezak, grijp mijn parfumflesje met plantengeur die ze zou moeten verjagen en spuit het volgens voorschrift op mijn pulsatiepunten.

Ik kijk om me heen en zie dat mijn medekampeerders hetzelfde doen, maar het valt me onmiddellijk op dat ik de enige ben met een niet-giftig insectenmiddel op puur natuurlijke basis. Verder gebruikt iedereen iets met DEET of een ander superstinkend soort spul. Alsof verder niemand heeft meegekregen dat deze trip draait om de natuur en zuinig zijn op het milieu en zo.

Een van de leiders – de man en vrouw die zich op het vliegveld kort aan ons hebben voorgesteld – zal ze daar later wel op wijzen.

Twee minuten later word ik nog steeds gebeten, zelfs door mijn kleren heen, wat betekent dat de pulsatiepunten niet genoeg waren. Prima. Ik haal mijn mooie insectenverdelger weer tevoorschijn en sproei mijn hele lijf onder.

Helaas kom ik er algauw achter dat dit supermuggen zijn, immuun voor mijn verrukkelijk ruikende 'natuurlijke plantengeuren'. Ze zijn heel gedecideerd en hebben honger, en ik ben hun feestmaal.

Dus begin ik ze een voor een te vermoorden.

Ik ben bij de negende als ik plotseling oog in oog sta met die jongen. Bij het zien van zijn gezicht draaien mijn ingewanden zich om en heel even vergeet ik adem te halen.

Hij doet me aan Isaac denken – niet dat hij op hem lijkt, maar er is iets met zijn kaaklijn, en de diepliggende ogen, die Isaac ook heeft. Na dat belachelijke moment zie ik natuurlijk dat hij totaal niet op Isaac lijkt. Hij is langer en draagt kleren die Isaac nooit zou aantrekken: afgescheurde spijkerbroek en een t-shirt dat zo strak zit dat zijn goedgetrainde *delts* en *pects* er uitpuilen... evenals al die andere spieren waarvan ik op school tijdens Sport en bewegen heb geleerd hoe ze officieel heten maar die ik ben vergeten. Bovendien is zijn hoofd kaalgeschoren en is er helemaal niets liefs aan hem. Eigenlijk zijn het alleen de ogen, die donker afsteken tegen een dramatisch bleke huid. En zelfs de ogen zouden enkel op die van Isaac lijken als Isaac in het leger of bij een keiharde bende had gezeten om vervolgens in de wildernis te worden uitgespuugd.

Ik ben gewoon een freak. Want ik moet nog steeds de hele tijd aan Isaac denken. En dan voel ik me nog steeds bedroefd en in de war.

Lieve Isaac...

Ik zou hem ook een paar brieven kunnen schrijven, in mijn mooie dagboek. God weet dat ik in de afgelopen anderhalf jaar genoeg denkbeeldige gesprekken met hem heb gevoerd, terwijl de afstand tussen ons groeide, zo dik werd als een eeltplek, een mist werd die maar niet optrok, totdat we allebei een kei waren geworden in onze nieuwe rol: twee mensen die elkaar zo onverschillig lieten dat er geen doorkomen meer aan was. En toch heb ik niet het gevoel dat het goed is afgesloten. Dood maar niet begraven. Of begraven maar niet dood.

Dan kan het toch geen kwaad om hem een brief te schrijven? Niet dat ik ooit van plan ben er een naar hem op te sturen, maar ik vind het gewoon zo sullig om te beginnen met 'Lief Dagboek' of zoiets.

Nee. Dit is een van die dingen waar ik níet aan moet denken.

En het is bepaald niet het enige.

Ik tast naar mijn scheen, waar drie weken geleden nog hechtingen in zaten. Het zou geen pijn meer moeten doen. Het dóet ook geen pijn meer... behalve soms, als ik aan dingen ga denken waaraan ik niet moet denken. Dan klopt hij of doet hij zeer, en soms gaan er hete pijnscheuten door mijn been heen. Ik weet natuurlijk best dat dit nergens op slaat, maar het is wel zo: dan lijkt hij echt pijn te doen.

En ik voel hem nu.

Ik houd mijn adem in, en een volgende muskiet heeft het op mijn neus voorzien. Ik klap in mijn handen en die gast zegt met een heel andere stem dan die van Isaac: 'Ik denk niet dat dat wat uithaalt.'

'Nou, misschien nu even niet,' antwoord ik, en ik klap weer in mijn handen terwijl ik in mijn hoofd nummer elf bijschrijf als de mug het loodje legt.

Hij trekt vragend een wenkbrauw op en ik aarzel. Voor alles wat ik doe, of juist niet doe, moet ik een beslissing nemen. En beslissen kost energie. En elk greintje energie dat ik besteed aan beslissingen nemen over stomme dingen gaat ten koste van de energie die ik voor de belangrijke dingen nodig heb. Dat is me in de afgelopen paar maanden wel duidelijk geworden. Mijn energie is niet onuitputtelijk. Soms heb ik helemaal geen energie. Er zijn maar weinig dingen die ik wil toelaten en heel veel die ik wil buitensluiten, dus ik focus alleen op alles wat ik wel wil. Nergens anders op. Anders wordt het ongemakkelijk. Pijnlijk. Maar toch, ik besluit op de vraag te antwoorden, want zo te zien is deze gast daar nogal op gebrand en dus kon het wel eens meer energie gaan kosten als ik het niet doe.

'Elk muggenvrouwtje legt ongeveer vijfhonderd eitjes,' zeg ik. 'Als de helft van dat broedsel uit vrouwtjes bestaat, dan legt elk daarvan op haar beurt weer vijfhonderd eitjes. Vervolgens bestaat de helft van dat nieuwe broedsel ook weer uit vrouwtjes en die muggen leggen nog eens vijfhonderd eitjes. Als je dat bij elkaar optelt... Nou ja... dan krijg je later in de zomer, als al die voortplanting achter de rug is, een krankzinnige hoeveelheid muggen. En dat allemaal van één vrouwtjesmug. En dus betekent dat weer dat je met elke mug die je nu om zeep helpt mogelijk voorkomt dat er miljoenen muggen bij komen.'

Zie je dat even? Ik. Een meid van de natuur.

Niet-Isaac kijkt me een moment lang aan alsof hij óf in lachen gaat uitbarsten óf met zijn ogen gaat draaien, maar in plaats daarvan sjokt hij gewoon weg.

Helaas word ik nog steeds van alle kanten belaagd door die rotbeesten en ik realiseer me dat ik niet ontkom aan de giftige insecticide. Ik zal me erin wentelen, me erin onderdompelen, als ik die klotemuggen maar van me af kan houden.

Maar ik heb dat spul natuurlijk niet en ik ben niet van plan om mijn medekampeerders al op de allereerste dag om een gunst te vragen, vooral niet als ze allemaal zo verlegen/raar/onaardig/pervers zijn. Ik weet zeker dat er in het kamp wel een winkel of zo is waar ik alles kan kopen wat ik nog nodig mocht hebben. Ik moet het gewoon – stinkend als een hoerenkast, dat wel – tot die tijd zien te overleven.

Dus hoewel het snikheet is, er geen schaduw is en ik voor gek loop, stop ik mijn broekspijpen in mijn sokken en loop naar mijn plunjezak, waar ik even overweeg om die achterlijke hoed met muskietennet die mijn moeder voor me heeft gekocht op te zetten. Maar ik heb met mijn beste vriendin Juno gewed dat ik die niet zou dragen. Ze zal het nooit te weten komen, maar toch. In plaats daarvan zet ik mijn capuchon op en trek hem zo strak om mijn hoofd dat alleen mijn neus en ogen voer zijn voor de muggen.

'Waarom verstop je je, lekker ding?' Harige Gast natuurlijk weer. 'Je bederft mijn hele dag.'

'Wat je zegt,' mompel ik in mijn capuchon terwijl ik de touwtjes nog strakker aantrek.

Dode-muggenscore: vijfendertig.

Ik ben helemaal in voor de natuur en zo, maar dit is belachelijk.

Lieve mam,

Zijn nog steeds op het veld.

Kennelijk wachten we op een kerel met een bestelbus, maar dat duurt nu al meer dan een uur en ik moet plassen.

Ik loop naar de twee leiders. Bonnie, een en al aardmoeder in kampeeroutfit, met lang, met henna geverfd haar en wijd uit elkaar staande, bruine ogen. En Pat: pezig, niet veel haar, donkere huid en diepzinnige bruine ogen. Hij draagt een door tig wasbeurten versleten T-shirt, een stevige kampeerbroek en een vest met talloze zakken met ritsen en knopen waar hij voortdurend op klopt. Hij is vast de kerel met de draad, blikopener en geheime voorraad proteïnerepen.

'Eh, hoi, ik ben Ingrid,' zeg ik tegen hen.

'Hallo Ingrid,' zeggen ze in koor, en dan zegt Pat tegen Bonnie: 'Laat mij maar.' En zij loopt weg.

'Ik moet...' Ik wacht even, besterf het bijna. Je hebt me altijd verteld dat je niet over vrouwelijke lichaamsfuncties praat, mam, dus dan doe ik dat ook niet.

'Ja?'

'Eh... Duurt het nog lang voordat we bij... bepaalde voorzieningen komen?'

'Voorzieningen?' zegt Pat.

Ik schraap mijn keel. 'Een toilet?'

Hij fronst zijn wenkbrauwen.

'Of... een latrine?' Terwijl ik dit zeg, krimp ik ineen. Ik hoopte dat er heuse toiletruimtes zouden zijn, maar bereid me op het ergste voor. Ik kan me alleen maar een voorstelling maken van de muggenplaag in een latrine. Laat staan van de stank.

'Nee, er zijn hier geen latrines,' zegt Pat.

'O. Ha ha. Poeh!' zeg ik en er kan voor het eerst een glimlachje af. 'Stom van me.'

'Ja, je moet het gewoon...' Pat zwaait met een arm naar de bomen-
zoom.

Nu is het mijn beurt om de wenkbrauwen te fronsen. 'Ik moet het
gewoon... wat?

'Daar doen,' zegt hij. 'Heb je wat TP nodig?'

Hij begint in een van de grotere vestzakken te rommelen en haalt er
een klein rolletje toiletpapier uit.

'O, prima, oké,' zeg ik en ik scheur er wat van af. Goed, denk ik, het
zijn eenvoudige toiletten, maar het zijn tenminste geen latrines. Ik wijs
naar de plek waar hij naar gebaarde. 'Dus ze staan daarachter?'

'Sorry... waar heb je het over?' zegt Pat. 'Wat staat daarachter?'

'De toiletruimtes.'

Hij kijkt me aan alsof ik gestoord ben. Hallo, hij is degene die vaag
gebaart naar een bomenrij op een kilometer afstand, alsof daar de toiletten te vinden zouden zijn.

'Welke toiletruimtes?' zegt hij.

'De toiletruimtes. Je zei dat die daar waren...'

Mijn stem sterft weg.

O nee, hè.

Nee, nee, nee.

Ik schraap mijn keel. 'Bedoel je...'

'Ik bedoel dat je je TP meeneemt naar een plekje in het bos,' zegt hij.
'En als je klaar bent, graaf je een kuil voor het toiletpapier. We laten de
natuur graag net zo achter zoals we die hebben aangetroffen.'

'Een kuil...? Sorry... Wat bedoel je?'

'Laat maar zitten,' zegt hij. 'Morgen neemt Bonnie die details met
jullie door. Als je het niet in het bos wilt doen, kun je ook een plekje
verderop op het veld zoeken waar het gras langer is.'

'Waar het gras langer is...' herhaal ik, perplex en ongelovig terwijl ik
achteruit wegloop. 'Ik... Het gaat wel. Ik... wacht... wel.'

Dus, mam, wacht ik. En ik denk na. En wat ik denk, is dat het kamp,
aangenomen dat we daar ooit aankomen, een tikje rustieker is dan in
de brochure werd voorgesteld.

Het zou bijvoorbeeld kunnen dat ik mijn oplaadbare zaklantaarn niet kan gebruiken. Gelukkig heb ik een paar dingen bij me die helpen om het me gemakkelijk te maken, maakt niet uit in welke situatie, dus ik blijf optimistisch.

Als altijd liefs, Ingrid

Tegen de tijd dat ik ruim honderd dode muggen heb gescoord en ik bovendien met reusachtige zwarte vliegen moet zien af te rekenen – die beesten steken dwars door je kleren – geef ik me over en zet ik de hoed met het muggengaas op. Iedereen heeft die inmiddels opgezet, behalve de leiders, Harige Gast, een meisje dat de ene na de andere eigenaardig ruikende sigaret opsteekt en het dus gewoonweg niet kan, en nog een meisje, dat een dikke laag make-up op haar gezicht geplamuurd heeft en selfies van bovenaf zit te maken (zeker om haar decolleté beter te laten uitkomen) met een telefoon waarvan ik zeker weet dat ze die niet mag houden.

Eindelijk hoor ik iets in de verte: een voertuig. Het geluid zwelt aan en dan is het er, het komt uit een gat tussen de bomen tevoorschijn en stopt vlak bij ons.

Gered. Goddank.

We zijn met z'n elven – negen kampeerders en twee leiders – en zullen behoorlijk op elkaar geropt zitten, maar ik ben zo opgelucht dat ik de bestuurder wel zou willen zoenen, blindelings.

Een reusachtige, potige, rossige kerel ontvouwt zich vanaf de voorbank, marcheert naar ons toe, blijft wijdbeens met de handen in de zij staan en kijkt ons nijdig aan, alsof we hem uit zijn winterslaap hebben gewekt of zijn laatste kop koffie hebben gejat.

'Ik ben Duncan,' zegt hij, 'en het is mijn taak om te controleren of jullie er allemaal zijn en klaarstaan met bepakking en al.' Hij haalt een vel papier tevoorschijn, vouwt het open en begint namen te brullen.

'Seth!'

Een leuke jongen met sluik haar die zijn gewone trekkersbroek had laten vermaken tot een strakke skinny jeans, zegt: 'J-ja...?'

Duncan knikt naar Seth en zegt dan: 'Jin!'

De kettingrookster, een heel erg stads ogend Aziatisch meisje met blauwe, paarse en blonde strepen in haar korte zwarte haar, steekt lamlendig een hand op.

'Melissa!'

Een lange, atletisch uitziende blondine met grote ogen steekt haar hand op.

'Bob!'

'Eigenlijk heet ik Peace,' zegt Harige Gast.

Stilte. Dan: 'Op je aanmeldingsformulier heet je Bob.'

'Ik ben herdoopt. Peace. Het is een belangrijk onderdeel van mijn persoonlijke reis. Ik reageer alleen op Peace.'

Duncan gromt en gaat door.

Peace? Laat me niet lachen.

'Ingrid!'

'Ja, dat ben ik.'

'Jij niet ook herdoopt?'

'Eh, nee.' Ik glimlach, wil niets liever dan de grap delen, maar Duncan staart me alleen maar aan totdat ik mijn blik afwend.

'Tavik!'

Niet-Isaac met de uitpuilende spieren kijkt op. 'Yo.'

Daarna twee jongens die elkaar op de arm stompen en als een stel jochies van zes hardop zitten te gniffelen. Ze heten Harvey en Henry en zijn zo te zien broers. Misschien een tweeling? En ten slotte komen we bij Ally, het make-upmeisje, dat eindelijk is opgehouden met haar selfies en met een bandana over haar gezicht en borst veegt.

'Dan zijn jullie er allemaal,' zegt Duncan. Hij beent naar me toe. 'Jij... Ingrid.'

'Ja?'

'Je hebt je spullen niet ingepakt.'

'Jawel, hoor.' Ik recht mijn rug en wijs naar mijn plunjezak.

'In een van de rugzakken,' zegt hij en hij wijst naar een stapel rugzakken die me nog niet was opgevallen.

'O,' stamel ik, 'niemand heeft ons iets gezegd over...'

'Niemand heeft ons iets gezegd!' zegt hij met gemaakt jankerige, schrille stem. 'Zijn jullie allemaal sukkels, of zo?'

De meesten van ons lijken ineen te krimpen als Duncan naar de groep kijkt, de afkeuring straalt van zijn gezicht af.

'Pak een rugzak, juffie,' zegt hij tegen me.

Hij is groot, nors en de eigenaar van zowel de bestelbus als de sleutels, dus kan ik maar beter doen wat hij zegt.

Ik vis er een paar versleten ogende rugzakken uit, kies de minst weerzinwekkende, draai me om en wil naar mijn plunjezak teruglopen...

En blijf als aan de grond genageld staan als ik zie dat Duncan daar op zijn knieën in mijn spullen zit te rommelen, mijn spullen áánraakt, mijn sokken, mijn t-shirts, mijn toiletspullen, mijn ondergoed... Houdt dat omhoog zodat iedereen het kan zien en gooit het dan... op de grond.

'Wat doe je?' Ik ren naar hem toe en begin alles op te rapen. Hij steekt een exemplaar van *Oorlog en vrede* in de lucht en kijkt ernaar alsof het smokkelwaar is.

'Dit gaat niet mee.'

'Maar...'

'Iedereen moet een deel van de voedselrantsoenen dragen,' zegt hij.

Misschien komt het door de dampen – giftige insecticide, sigarettenrook, uitlaatgassen van de bestelbus, plus de stank die van de rugzak slaat – in combinatie met de hitte, maar ik zweer dat ik hem iets hoorde zeggen over 'voedselrantsoenen' en 'dragen'.

Dragen en voedselrantsoenen, dat was het.

'Het is mijn taak om ervoor te zorgen dat je meeneemt wat je nodig hebt!' roept hij uit terwijl ik hem met open mond sta aan te gapen. 'Het énige wat je nodig hebt. Als jij over vijf dagen na een hele dag lopen voor het eten moet zorgen, nemen je kampgenoten het je niet in dank af als je hun vertelt dat je in plaats daarvan dit boek hebt meegenomen.'

'Ik zou het natuurlijk niet meenemen tijdens een trektocht. Maar 's avonds mag ik toch zeker wel...'

Hij stoot een ruwe lach uit, gooit het boek neer en pakt iets anders op.

Het is mijn zachtgroene microfleece hoody, die mijn moeder voor me heeft gekocht.

'Blijf af,' snauw ik.

Hij gnuift, mompelt iets van 'je bent ook een mooie', maar ik mag hem houden terwijl hij verdergaat zodat de inhoud van mijn rugzak tot een minimum wordt beperkt.

Ja, ik heb de inpaklijst bestudeerd. En ja, ik heb drie broeken bij me, niet twee, als je de broek die ik draag meetelt, en zes shirts, niet vier, en een extra paar sokken en ondergoed, plus een bikini én een badpak. En het dagboek – met de leren kaft en de touwtjes – en het boek, want ik hoop dat ik dat op mijn leeslijst voor de herfst mag zetten. Ik kan best meer dingen tegelijk doen terwijl ik hier mijn belofte aan mijn moeder nakom.

Daarnaast... zitten er nog een paar dingen bij die niet op de lijst stonden, want daar stond zo weinig op dat ik veronderstelde dat het om basisdingen ging die je sowieso bij je moest hebben. Plus, toen ik dacht aan de nachtelijke kampeertochten die we zouden gaan maken (Ella's groep heeft drie nachten in een tent geslapen), was ik bang dat ik zou verdwalen, een onweersstorm moest overleven en dat mensen gewond raakten. Dus heb ik ook een kompas, een reflecterende regenponcho, kaarsen, signaalfakkels, een eerstehulpdoos, een paar zakjes oploskoffie en... nog een paar dingen ingepakt. Helemaal geen onredelijke dingen. Ik had nog nooit zoiets gedaan, dus wilde ik voorbereid zijn.

Niettemin was ik binnen vijf minuten driekwart van mijn spullen kwijt, met inbegrip van mijn biologisch afbreekbare shampoo en conditioner, die trouwens wel op de lijst stonden, maar in reisverpakking, zo bleek.

Het kleine beetje dat ik mag houden gaat in de stinkende rugzak en de rest wordt weer in de plunjezak gestopt. Het is onduidelijk of ik die terugkrijg en zo ja, wanneer. Ik pers mijn lippen op elkaar, slik moeizaam en probeer niet in paniek te raken.

Duncan controleert de bagage van alle anderen net zo. Al vlug begrijp ik zijn no-nonsensehouding wat beter, want de berg verboden spullen breidt zich uit tot alcohol, zakjes met een bladachtig goedje en zelfs wat pillen.

Verbaasd als ik ben dat mensen dit soort dingen willen meenemen op deze tocht, ben ik nog verbaasder dat niemand in de problemen komt, behalve dan dat ze Duncans sarcastische opmerkingen over zich heen krijgen.

Maar als hij bij Jin is aanbeland en haar sigaretten in beslag wil nemen, komt ze in opstand en haalt ze zelfs een brief tevoorschijn. 'Van mijn dokter,' zegt ze, bijna snerend. 'Het zijn kruidensigaretten, helemaal nicotinevrij en ik heb ze nodig.'

Duncan leest de brief en kijkt een lang ogenblik naar Pat. Pat knikt, waarop Duncan zijn schouders ophaalt en ze aan haar teruggeeft.

Ten slotte helpt hij ons bij het verdelen van een hoeveelheid spullen, zoals metalen stokken van willekeurige lengte en in canvas gewikkelde bundels, evenals compacte pakketten waar voedsel in lijkt te zitten, waardoor onze rugzakken barstensvol zitten.

Inmiddels mag hij wat mij betreft doodvallen, en afgezien van alle illegale spullen die hij heeft gevonden, vind ik dat hij zijn werk veel te serieus neemt.

Maar hij is onze lift naar het kamp.

Dus.

Oké.

Kunnen mij al die spullen schelen.

Oorlog en vrede was misschien een pietsje ambitieus, als je bedenkt hoe mijn gemoedstoestand de laatste tijd is.

En wat een opluchting dat ik af ben van zoiets belachelijks als schone kleren.

Het duurt maar drie weken, toch? Twee onderbroeken moeten meer dan genoeg zijn voor een aankomend Meisje van de Natuur zoals ik. Nergens voor nodig dat mijn lijf vanbinnen zo hysterisch tekeergaat.

Ik hijs met een grimas mijn plunjezak achter in de bestelbus en ga dan mijn rugzak halen.

Straks zitten we als sardientjes in een blikje in die auto gepropt en ik zou niet weten hoe we dat met de veiligheidsriemen moeten regelen, maar er zijn tenminste geen muggen. En hopelijk is het een korte rit en niet te hobbelig, want echt, ik zou het besterven als ik het in mijn broek deed.

Maar net als ik mijn rugzak wil oppakken – verdomme, die weegt lood! – hoor ik de portieren van de bestelbus dichtslaan en als ik me omdraai, springt Duncan op de voorbank, doet zijn deur dicht, start de wagen...

en
rijdt
weg.
Zoals in, wegrijden...
zonder mij.
Zonder ons allemaal.
O. Mijn. God.

Mijn oren gaan suizen, waarschijnlijk door de gil die ik onderdruk, en ik krijg het gevoel alsof ik van een rollercoaster of een klif omlaagstort. Ik sta buiten adem te wankelen, kan niet goed nadenken of mezelf tot bedaren brengen, en ik weet dat het een overdreven reactie is, maar ik kan er niets aan doen.

Ik houd niet van dit soort verrassingen, houd er niet van om achtergelaten te worden... en dit is, nadat de piloot ons zonder iets te zeggen op dit veld had achtergelaten, al de tweede keer op een dag.

Drie als je meetelt dat ik vanochtend op het vliegveld ben achtergelaten.

Alsof ik niet al genoeg verlatingsproblemen heb.

2

ZON EN MAAN

(ZES TOT TIEN JAAR OUD)

Misschien kwam het doordat ik een kind was.

Misschien kwam het doordat ik niet objectief was omdat ze mijn moeder was.

Of misschien kwam het doordat Margot-Sophia Lalonde groots, overstelpend, meeslepend, adembenemend bruisend en verbijsterend was.

Ondanks al die jaren en wat er sindsdien is gebeurd, vind ik dat nog steeds.

Als Margot-Sophia tijdens een optreden of repetitie, of zelfs in de kamers in de Europese steden waar we zo kort hebben gewoond, inademde en haar mond opendeed, trilde de lucht door het geluid, door de muziek, en alle kleuren lichtten feller op.

Door mijn moeders stem werd diep bij me vanbinnen iets omhooggehaald waardoor ik me alles tegelijk voelde, dingen waar nog geen namen voor bestaan en waar misschien ook nooit namen voor bedacht zullen worden. Het was groots, wonderbaarlijk, schitterend.

En ik was niet de enige. Waar we ook maar verbleven, er liepen voortdurend stemcoaches, stemregisseurs en collega-musici rond. Ze bekeken haar met amper verholen ontzag, en de zorg die ze nodig had – die haar stem, lichaam en ziel nodig hadden – was niet gering. Ze dronk speciale thee, de vochtigheidsgraad en temperatuur moesten optimaal zijn, in elke kamer stonden luchtbevochtigers, in elke stad waren er bezoekjes van de KNO (keel-, neus- en oor)-arts, privédocenten voor yoga, pilates, Alexandertechniek. Ze was gefocust en toegewijd, iedereen om haar heen was gefocust en toegewijd, en struikelde praktisch over zichzelf... Allemaal om de schoonheid in stand te houden.

Ik kreeg piano- en vioollessen, ik ademde muziek. Ik dacht dat ik zangeres wilde worden, of een ander soort musicus of artiest. Dat was een gegeven. Voor mijn gevoel had ons leven een doel, was het belangrijk, groots.

Er zijn ook gevoelige herinneringen – warme, tastbare herinneringen – allemaal net zo verbonden met en bezield door muziek. Op de avonden dat mijn moeder thuis was, zong ze me in slaap. Als ze moest optreden, kwam ze na afloop mijn kamer binnen, waardoor ik half wakker werd. Dan streek ze over mijn haar en kuste me zacht op mijn wangen, voorhoofd en neus. 'Niet wakker worden,' fluisterde ze dan. Maar dat wilde ik juist wel. Elke keer weer.

Waar we ook naartoe gingen, ze hield altijd mijn hand vast: musea, concerten, boekwinkels, in treinstations en lobby's van hotels en opera's, in artiestenfoyers en kleedkamers, altijd was daar haar hand. Ik voel nog steeds haar zijdezachte vingers, haar warme handpalm.

Ik weet nog hoe lang ze leek, hoe lekker ze rook, hoeveel ze van me hield. Ik herinner me dat ze tegen me zei dat ik alles kon worden wat ik wilde, als ik er maar hard genoeg voor wilde werken, en dat ik haar geloofde. En dat ik zo graag net zo wilde zijn als zij.

Maar zo nu en dan werd al die pracht aan het wankelen gebracht. Er waren dagen, weken zelfs, meestal tussen optredens in of na een van onze reisjes naar Canada om bij het huis te kijken dat mijn moeder van haar ouders had geërfd, dat mama heel verdrietig was, zo verdrietig dat ze niks anders kon dan in bed liggen huilen en slapen. Het ging altijd voorbij, maar het maakte me bang.

Maar toch, het leven was goed.

In Wenen kochten we dezelfde elegante, rode wollen jassen.

In Praag gingen we op een mistige vroege ochtend naar de Karelsbrug en ontbeten we met warme chocolademelk.

In Antwerpen gaven we een miniconcert voor een paar operavrienden van mijn moeder. Mama zong en ik speelde piano en viool, en in de krant werd er lovend over geschreven.

Ik kreeg een merkwaardige, maar interessante opvoeding. Mijn moeder downloadde een allegaartje van Noord-Amerikaanse en Britse leermethoden voor thuisonderwijs, koos daaruit wat ze wel en niet belangrijk vond, maar zorgde ervoor dat ik alle basisvaardigheden aanleerde. Sommige dingen onderwees ze zelf en voor de vakken die haar niet lagen nam ze een docent in de arm. En dan waren er altijd de muzieklessen, geschiedenis, tennis als we in bepaalde landen waren, afhankelijk van het jaargetijde.

In de meeste steden waren andere kinderen – andere operakinderen – met wie ik van alles en nog wat deed. In welk operagebouw mijn moeder ook werkte, overal kregen we les in naaien, hoeden maken, dansen of schermlessen van de kostuummakers, choreografen of toneelregisseurs. En we hingen rond achter de coulissen of in de rekwisietenruimtes, of renden door de kleedkamers als daar niemand was, vroegwijze operarakkertjes die de boel op stelten zetten, totdat iemand ons wegjoeg. Het ene kind vond ik leuker dan het andere, maar we waren nooit langer dan een paar maanden op één plek, en ook al heb ik een paar dikke vriendinnen gehad, de vriendschappen duurden nooit lang.

Met een paar meisjes heb ik nog een poosje gemaild, en zo nu en dan kwam ik in een operagebouw iemand tegen die ik eerder had ontmoet, maar bij elke vriendschap wist ik dat ik daar vroeg of laat afscheid van moest nemen.

Maar ik had mijn moeder, en dus was alles goed.

Op een keer, ik was negen, gaf ze me een Rubiks-kubus en zei dat ik die moest oplossen, als huiswerk. Eerst vond ik dat fantastisch.

'Weet jij hoe het moet, mam?' vroeg ik haar een paar frustrerende uren later.

'Nee,' zei ze, terwijl ze van haar muziekstandaard opkeek.

'Maar... waarom moet ik hem dan oplossen?'

'Zodat je leert om zelf dingen uit te zoeken,' zei ze. 'Zodat je leert vol te houden. Zodat je meer dan één ding kunt.'

Dat snapte ik niet. Als je één ding kon, als je dat even goed kon als zij, leek me dat meer dan genoeg. Maar toen ik haar een paar dagen later de opgeloste Rubiks-kubus liet zien, glansden haar ogen. En die avond mocht ik tijdens haar optreden in haar kleedkamer blijven en de dag daarop gingen we naar een prachtig cafeetje waar we naast elkaar gingen zitten en theedronken in Russische stijl, uit een echte samowaar.

Een paar maanden later reisden we naar Londen. Covent Garden.

Covent Garden was op zichzelf al heel bijzonder, maar helemaal voor Margot-Sophia.

Ik was gewend aan operagebouwen, maar Covent Garden, met aan de voorkant de Korinthische pilaren, het verbijsterende glazen atrium en een concertzaal met meer dan tweeduizend zitplaatsen, was grandioos. Het was ook ontzagwekkend, want het was in alle opzichten groter dan welk operagebouw ook waar mijn moeder ooit had opgetreden.

Ik was verrukt, vol ontzag, verblind.

'Dit is een plek waar muziek voor geschreven wordt,' zei ik een keer tegen mijn moeder toen ze bijna klaar waren met de repetities en ik omhoogkeek naar de drie galerijniveaus, en hoger nog, kilometers hoog leek het wel, naar de lichtblauwe koepel met goudfiligrein.

'Ja.' Mijn moeder keek me bedachtzaam aan en knikte. 'Het gebouw... Wie het ook heeft ontworpen, het is gemaakt voor muziek, maar nu wordt er muziek gemaakt voor het gebouw.'

Ik zuchtte, legde mijn hand in het kuiltje van haar arm en ze trok me tegen zich aan.

'Ben je bang? Als je op moet?'

'Altijd,' zegt ze. 'Maar dat hoort zo. En uiteindelijk moet ik geloven.'

'In jezelf.'

'Niet alleen in mezelf,' zei ze. 'Ik geloof ook in al die uren die in de voorbereidingen zijn gaan zitten, in mijn talent en de magie die wordt opgeroepen, als die het zich tenminste verwaardigt om zich te laten oproepen nadat je al dat werk hebt verzet.'

De magie hoefde ze niet uit te leggen – die had ik tijdens haar allerbeste optredens ervaren: iets wat technische perfectie overstijgt, waardoor het publiek naar lucht hapt of de adem inhoudt, wat dwars door me heen schiet en me het gevoel geeft dat ik vlieg of tot stof verkruimel, alleen maar door ernaar te luisteren.

We geloofden in hard werken, maar we geloofden ook in magie.

Alleen al in Covent Garden zíjn was het resultaat van allebei.

In Covent Garden werden ook opnames gemaakt, werd de eerste van vele in gang gezet, wat in het ideale geval in komende jaren voor een welkom inkomen zou zorgen. Bovendien ging de productie op tournee, waardoor ze nog bekender zou worden, wat nog meer zekerheid bood.

We huurden een appartement en kochten een piano en wat meubels: een bohemienachtige mengelmoes van antiek en afgedankte toneel-rekwisieten die door verschillende theaters en operahuizen waren gedoneerd aan een groots fondswervingsevenement. Duizelig van haar pas verworven succes, en misschien door een paar glazen champagne, had mijn moeder tijdens de stille veiling een paar malle biedingen gedaan, en zo kwamen we thuis met een reusachtig bed, twee kleerkasten, een kapotte koekoeksklok en twee tronen. We waren helemaal gesetteld, bedacht ik. Ik kreeg zelfs een vriendinnetje in de flat, een meisje van mijn leeftijd dat Emily heette. Ze woonde met haar ouders tegenover ons in de gang en ik vond haar 'normale' leven met haar ouders maar wat exotisch.

Inmiddels wist ik dat er nergens een vader was die op me wachtte of ergens gevangenzat en beslag op ons zou komen leggen. Ik was, zoals mijn moeder het formuleerde, 'het wonderbaarlijke resultaat van een heel wilde, heel late, heel onverantwoordelijke avond in het zuiden van Spanje', mijn vader was al lang weg, werd nooit gemist, er werd zelfs niet naar hem gezocht, want ze wist simpelweg niet hoe hij heette. 'Maar hij was knap,' zei ze dan met een glimlach, 'en lief, en hij wist hoe je de flamenco moest dansen. Ik ben hem elke dag dankbaar, lieve schattebout van me, maar we hebben hem niet nodig.'

Ik geloofde haar. En ik hield van de Londense flat. We zouden nog steeds blijven reizen, zei mijn moeder, maar nu konden we ons een thuisbasis veroorloven.

Tijdens de première zat ik in het publiek, gekleed in bordeauxrode zijde, en ik volgde doodsbenauwd en ademloos elke noot die ze zong.

Ik hoefde me nergens zorgen over te maken. Margot-Sophia, majestueus en meeslepend met haar weelderige, donkere haar en koffiebruine ogen, was verbluffend mooi, fascinerend, volmaakt en magisch. Er waren staande ovaties, bloemen. Schitterende recensies. Na jaren van hard werken en uitputtende tochten langs de minder goede en middelmatige Europese operahuizen had Margot-Sophia Lalonde het gemaakt.

Dit was zo'n kristalhelder moment waarop alles op zijn plek viel. Maar in mijn herinnering waren alle jaren in de aanloop ernaartoe ook schitterend, afgezien van de 'verdrietige dagen' die er soms waren. Mijn moeder was mijn zon en mijn maan, en alles was doortrokken van jubelende muziek, kleine luxes, liefde en een soort fluwelen pracht.

En daardoor is het zo moeilijk om ons te verzoenen met onze situatie van nu, hoe het nu met ons gaat.

3

EEN HARDE LEERSCHOOL

(PEAK WILDERNESS, DAG ÉÉN, VERVOLG)

Lieve mam,

We zijn bij het 'kamp' aangekomen.

Dat wil zeggen: we zijn bij het kamp aangekomen na een trektocht van drie uur, voornamelijk heuvel op.

Bovendien heb ik zeven uur lang mijn plas opgehouden.

En 255 muggen vermoord.

Zie je dat even? Ik heb nu al een hele lijst met wapenfeiten.

Weet je nog dat Ella ons vertelde dat ze bevriend raakte met andere meisjes in haar hut? En haar verhaal over die wilde avond waar de lui uit de bovenbedden uiteindelijk op de vloer belandden?

Herinner je je nog de charmante blokhutten in de brochure die je me liet zien toen dit reisje voor het eerst ter sprake kwam? En de buitenruimte met picknicktafels, de kabouterhuisjes waar in de houten deuren manen en sterren waren gekerfd?

Toen vond ik dat het er een beetje te rustiek uitzag voor mijn eerste kampervaring, maar hoe langer onze trektocht van vandaag duurde, hoe mooier het kamp in mijn herinnering werd. En ik dacht: misschien was dat juist het hele punt, ze putten ons op de eerste dag zo uit dat we dolblij waren als we alleen al een dak boven ons hoofd hadden, eindelijk min of meer thuiskwamen.

Ik wilde dat we er al waren. Ik kon niet wachten om naar de toiletruimte/latrine te gaan en ergens naar binnen te kunnen, weg van de muggen.

Maar weet je wat, mam?

Er zijn geen toiletruimtes.

Er zijn geen latrines.

EN

ER

IS

GEEN

KAMP.

Althans, geen echt, fysiek kamp.

Dat ding dat ze een 'kamp' noemen, is een open plek naast een meer.

Het is een mooi meer, absoluut. Maar er is geen kamp. Er zijn geen hutten. Er is geen eetzaal of een leuk winkeltje. Zelfs geen kanorek. Drie hele weken lang moeten we elke avond ons kamp opslaan.

Wauw hè?

Nu denk je misschien dat ik overstuur ben.

Wellicht een beetje in de war...?

Ik bedoel, ik realiseer me dat ik in de afgelopen paar maanden van streek en boos was, en ik geen... aandacht heb besteed aan de fijnere details van het een of ander, maar ik weet heel zeker dat dit niet het plan was, mam.

Dus is het plan veranderd en ben je me dat op de een of andere manier vergeten te vertellen?

Of heb je het wel geprobeerd maar was ik er met mijn hoofd niet bij?

Wist je dat ik er met mijn hoofd niet bij was? Vond je dat je me hier blindelings op af moest sturen?

Dat zou ik vroeger nooit achter je gezocht hebben, maar nu ben ik daar niet meer zo zeker van.

Hoe dan ook, misschien verwacht je dat ik een beetje hysterisch word, vooral omdat ik de laatste tijd nogal 'kwetsbaar' schijn te zijn?

Maar nee hoor, ik niet.

Als het hele plaatje tot me door begint te dringen, denk ik alleen maar: wat opwindend!

Wat opwindend en wat een geweldige kans om in contact te komen met de primitieve mens in me.

Reken maar dat ik haar mee naar huis neem, mam.
Liefs,
Ingrid

Nu eenmaal duidelijk is geworden hoe ik ervoor sta, besef ik dat ik ten slotte toch een medekampeerder zal moeten vragen of ik wat van die weerzinwekkende muggenverdelger mag gebruiken. Ook al doe ik nog zo mijn best, mijn handen, nek en gezicht zitten onder de beten en op de een of andere manier zitten ze ook op mijn benen en buik. Ik ben één zwetende, jeukerige bal.

Ik besluit het aan Ally te vragen. Ze ziet er echt jong uit en hopelijk is zij het minst geneigd om me uit te lachen.

'Geen probleem. Hier, hebe je een hele fles,' zegt ze met een verlegen lachje. 'Ik heb er vier bij me.'

'Heeft Duncan die dan niet in beslag genomen?'

'Toen ik zag wat er met jou gebeurde, heb ik ze hier verstopt,' zegt Ally. Ze trekt haar T-shirt omlaag en ik zie dat er tussen haar enorme tieten twee flesjes insectenspray verstopt zijn.

'Wauw. Wat handig.'

'Ik kan er een dienblad op zetten, zou mijn moeder zeggen,' zegt ze. Ze klopt op haar decolleté en haalt er een flesje tussenuit. 'Echt, ik kan daar ongeveer alles kwijt. Ik ben wel eens gaan stappen terwijl ik mijn portemonnee, telefoon en lippenstift veilig tussen deze meisjes had opgeborgen. En op Instagram zijn ze razend populair.'

'Dat... verbaast me niets,' zeg ik knikkend en ik pak de fles van haar aan. Die is warm en een beetje zweterig, maar ik ben er dolgelukkig mee. 'Dank je wel.'

'Natuurlijk was ik in de problemen gekomen als die heetgebakerde Schot me had gefouilleerd,' zegt ze. Haar grote ronde ogen glanzen alsof ze dat best lekker zou hebben gevonden.

'Absoluut,' zeg ik.

'Zie ik er goed uit?' vraagt ze aan me. 'Zonder mijn telefoon kan ik dat niet controleren.'

Ik bekijk haar gezicht van dichtbij, zie dat haar make-up er niet meer zo goed uitziet, de mascara is gevlekt, hier en daar is de foundation weggeveegd en haar lippenstift is bijna helemaal verdwenen. Ik vraag me af of ze ook nog wat make-up heeft weten achter te houden, en zo ja, of ze dan werkelijk elke dag hierbuiten haar gezicht in volle oorlogskleuren gaat beschilderen. Ik heb alleen maar lippenbalsem met een zonnefilter bij me.

'Je ziet er prima uit,' zeg ik, en als ik zie dat haar hoopvolle gezicht wat teleurgesteld betrekt, voeg ik eraan toe: 'Heel mooi.'

'Dank je wel.' Ze glimlacht onzeker, trekt aan haar shirt, strijkt tegelijkertijd over haar middel en steekt haar borsten min of meer naar voren. 'Ik kan alle hulp gebruiken die ik kan krijgen.'

Nu zou ik moeten zeggen: nee hoor, valt best mee, of: dat geldt toch voor ons allemaal? Of: nee, je bent het schitterendste meisje dat ik ooit heb gezien, en: ik wilde dat mijn tieten zo populair waren op Instagram! Of een andere geruststellende/vleiende opmerking, maar heel even gaat er zoiets verdrietigs van haar uit dat het me min of meer... verplettert. Mijn keel knijpt zich dicht, dan voel ik me belachelijk en is het enige wat ik kan uitbrengen: 'Ja, ik weet het, ik bedoel, nee, eh, je bent helemaal niet...'

Twee minuten geleden was er niks met me aan de hand (hoewel alles jeukt en ik wanhopig ben), maar nu lijkt het wel alsof ik geen normaal gesprek kan voeren zonder dat ik me raar en idioot emotioneel voel.

Ik steek de muggenspray omhoog. 'Ik ga dit even gebruiken.'

Ze knikt.

'Nogmaals bedankt, hè.'

Ik heb me nog maar net fatsoenlijk onder gesproeid of Bonnie haalt de groep bij elkaar en zegt: 'Nou, voor jullie eerste uitdaging...'

Alsof de dag niet één lange aaneenschakeling van uitdagingen is geweest.

'In jullie rugzak zitten onderdelen voor een tent,' vervolgt ze.

Aha, dus daar zijn die metalen stokken en zo voor.

'Pak de onderdelen uit, pas ze in elkaar en zet de tenten op,' zegt ze. 'Aan de slag.'

We kijken elkaar aan en dan weer naar Bonnie.

'Eh, Bonnie?' zegt een van de jongens, Seth de grappige hipster.

'Ja, Seth?'

'Ik heb nog nooit een tent opgezet. Is er een gebruiksaanwijzing?'

'Nee.'

'Er is niks aan,' sneert Peace-Bob.

'Ga je ons niet helpen?' zegt Seth op dwingende toon, terwijl hij Bonnie strak blijft aankijken... die daarop reageert door weg te lopen.

Onnodig te zeggen dat ik hier niet de enige ben die nog nooit op kamp is geweest, laat staan ooit heeft gekampeerd. Chaos alom.

Uiteindelijk ontdekken we dat er drie tenten zijn (en er was nog meer wat handig was geweest om te weten) door de onderdelen te tellen. Neem negen getergde, door muggen gebeten mensen, dan krijg je een stelletje dat ongeveer even goed kan tellen als een kleuter, maar op de een of andere manier kwamen we eruit. Daarna komen we er hardhandig achter dat geen van de tenten hetzelfde is en de delen niet bij elkaar passen.

Jin gaat ergens zitten roken en slaat bij dit alles haar ogen ten hemel, waar ik niets van snap. Ik ben hier bepaald niet vrijwillig, maar ik dacht dat ik de enige was. Dit is zo'n 'kans van je leven'-ervaring die mensen met beide handen horen aan te grijpen. Maar Jin grijpt helemaal niets aan. Sterker nog, afgezien van de schok en de paniek die ik onder controle probeer te houden, ziet zij er precies zo uit als ik me voel: niet onder de indruk.

De sportieve blonde Melissa doet enthousiast en serieus mee, ze sorteert de stokken en onderdelen op lengte en kleur, alsof ze de Gwyneth Paltrow van het kamperen is. En Ally staat erbij, zo te zien verbouwereerd, maar ze doet haar best om te helpen. Henry en Harvey vinden het klaarblijkelijk grappig om de spullen van hen af te pakken en er schreeuwend en toeterend mee rond te rennen, duidelijk in de hoop dat de meisjes achter hen aan komen. Melissa verbleekt en loopt weg. Ally rent eerst achter hen aan, maar staat algauw hijgend naar adem te happen, houdt haar boezem vast en mompelt dat ze twee beha's nodig heeft als ze gaat rennen.

Ik pak de stokken en zet ze bij de hoek van elke tent terwijl Tavik

Harvey en Henry aanpakt. Daarna gaan Peace en hij bijna met elkaar op de vuist omdat ieder voor zich ervan overtuigd is dat hij de enige is die weet hoe het moet, en geen van beiden naar de ander wil luisteren.

Intussen, wat dichter bij het strand, zetten Pat en Bonnie hun tent binnen vijf minuten op en gaan op een rots bij het meer zitten babbelen. Zo nu en dan werpen ze een blik op ons, maar zo te zien maken ze zich nergens druk om.

Wij doen er een uur over en als de tenten eenmaal klaar zijn, staan ze scheef, hangen ze slap en is het een zootje.

'Een aanfluiting, dat zijn ze,' mompel ik. '*Faux* tenten.'

'Spreek Engels, trut,' zegt Jin achter me.

Ik draai me met een ruk om, ik krijg een kleur van woede en angst. Ik heb vaker met dit soort mensen te maken gehad en de grens tussen me niet op mijn kop laten zitten en de boel erger maken is flinterdun.

'Misschien kun je er wat van je parfum op spuiten,' voegt ze er snerend aan toe.

'Je hebt geen hand uitgestoken, dus hou je kritiek maar voor je,' zeg ik en ik kijk haar aan met een blik waar meer zelfvertrouwen uit spreekt dan ik voel.

'Ik doe verdomme wat ik wil,' zegt ze.

'Ja hoor, je gaat je gang maar,' zeg ik. Plotseling word ik overvallen door een somber gevoel en ik heb moeite om zo stoer te blijven doen. 'Kan mij het ook eigenlijk schelen.'

Ze wendt eerder haar blik af dan ik en dan kijken we weer naar de tenten.

Ik heb een rekensommetje gemaakt.

We zijn met z'n negenen. Vijf jongens – Peace, Tavik, Seth, Harvey, Henry – en vier meisjes – Jin, Ally, Melissa en ik.

En er zijn drie driepersoonstenten.

Mensen beginnen hun rugzak naar de tenten te slepen...

Jin staat op, trapt haar sigaret uit, marcheert naar de minst gammele tent en grijpt onderweg Melissa vast.

Ik ga naar hen toe.

Ally komt ook onze kant op.

Bij de ingang blijven we staan en kijken elkaar aan.

'We passen er niet met zijn allen in,' zeg ik overbodig.

'Duh,' zegt Jin.

'Foutje zeker,' zegt Ally terwijl ze zenuwachtig om zich heen kijkt.

Op dit moment slentert Pat naar ons toe om te kijken hoe het gaat.

'Pat, we hebben een probleem,' zeg ik.

'Ik zie dat de tenten staan,' zegt hij met een knikje.

'Dat is niet het probleem,' zegt Melissa, plotseling weer enthousiast en behulpzaam, en ze legt het uit.

'O. Nou ja,' zegt Pat en hij klopt op de zakken van zijn vest, 'dit is een gemengde reis.'

'Bedoel je te zeggen dat een van ons een tent... met hen moet delen?' vraagt Melissa, die steeds schriller gaat praten naarmate de paniek verder toeslaat. 'Ik geloof niet...'

'Kijk,' zegt Pat, 'hier in Peak Wilderness houden we geen rekening met seksualiteit, zelfs niet met mannetjes en vrouwtjes, dus is het niet nodig om jongens en meisjes te scheiden. We hebben een strikte regel dat seks verboden is – als iemand die regel overtreedt, wordt hij of zij naar huis gestuurd. De kampeerterreinen zijn van dien aard dat de tenten dicht bij elkaar moeten staan, en door de regel dat er drie mensen in een tent moeten slapen, krijgen we geen compromitterende situaties die met twee personen zouden kunnen ontstaan.'

Seks...! Nooit aan gedacht. Ik zat daar nog een heel eind voor, ik maakte me zorgen over simpele dingen als privacy en persoonlijke ruimte, en het feit dat jongens erom bekendstaan dat ze snurken, winden laten en stinken. Nu word ik misselijk.

Intussen mompelt Jin: 'Gast, denk je soms dat je met drie geen compromitterende situaties kunt krijgen?'

Oei.

'En bovendien,' vervolgt Pat alsof hij haar niet heeft gehoord, 'verwachten we dat jullie respect tonen, op je eigen oordeel afgaan en een oplossing weten te vinden.'

En dan loopt hij weg om met de jongens te praten.

Schitterend.

'Loten?' stelt Ally voor.

'Nee, nee,' zegt Melissa, terwijl ze haar maag omklemt en eruitziet alsof ze van haar stokje gaat. 'Nee, ik kan het niet. Alsjeblieft.'

'Wat dacht je van twee om twee?' stel ik voor. 'Twee meisjes en Seth, bijvoorbeeld? En de andere twee met...'

Melissa begint te hyperventileren. 'Ik kan het niet. Ik kan het niet,' zegt ze hijgend.

Mijn maag draait zich om, en weer voel ik me hetzelfde als iemand anders eruitziet, deze keer is het Melissa. Alleen ben ik er duidelijk beter in om het te verbergen.

'Goed dan.' Ik slik en leg een hand op Melissa's arm. 'We vinden er wel wat op...'

'Vinden er wel wat op? Een van ons... moet bij twee wildvreemde jongens slapen,' zegt Ally met opengesperde ogen en een rood gezicht. Zo te zien begint het nu pas tot haar door te dringen. Afgaande op wat ik eerder van Ally heb meegemaakt, had ik verwacht dat ze hier opgetogen over zou zijn, of ten minste zou doen alsof, maar ze heeft het niet meer, echt niet.

Na Ally's opmerking valt er een lange, onbehaaglijke stilte waarin we allemaal wachten tot er op magische wijze een oplossing uit de lucht komt vallen of, in mijn geval, tot het hele gedoe gewoon overgaat.

Want zo gaat het altijd.

'Het is niet eerlijk,' zegt Ally.

'Het leven is niet eerlijk,' zeg ik beduusd, en tot mijn verbazing verdrietig omdat ik mijn moeders stem hoor terwijl ik haar favoriete mantra er zo gemakkelijk en automatisch uitflap.

Het leven is niet eerlijk.

Misschien was deze hele reis wel gepland om me dat voor eens en voor altijd duidelijk te maken. Het leven is niet eerlijk en alles is mogelijk. Misschien vindt zelfs je eigen moeder dat je een dromer bent, niet opgewassen tegen het leven waar je naar streeft. Vervolgens maakt ze een afspraak met je, maar verandert ze zonder je iets te zeggen de voorwaarden. Ze haalt je onderuit, alleen maar omdat je het lef had iets zo graag te willen dat je haar hebt getrotseerd, zelfs zo graag dat je haar hebt gekwetst. En opnieuw laat ze je vallen, voor het geval dat nog niet vaak genoeg is gebeurd. Of misschien voor de zekerheid, om je voor te bereiden op alle onrechtvaardige dingen die je in het leven zult tegenkomen. Alsof ik dat niet al wist. Alsof het me niet al/nog steeds duizelt van een karrenvracht aan onrechtvaardigheden.

Het zou kunnen. Maar dat zou ze niet doen. Ik word heen en weer geslingerd, maar feit is dat ik het niet meer weet en in de komende vijf minuten zal ik er ook niet achter komen.

Ik kijk naar Melissa en Ally, allebei lamgeslagen – Melissa verstard en bleek, ziet eruit alsof ze zo kan flauwvallen – en Ally, rood aangelopen, tranen in haar ogen. Intussen heeft Jin zich als een tijgerin voor de ingang van de tent geposteerd. Ze ziet eruit alsof het haar niet uitmaakt of ze wel of niet bij jongens in een tent moet slapen. Zij wil alleen maar wínnen, en zij was daar het eerste, daar gaat het om.

Dan denk ik weer aan mijn moeder en weet nu één ding zeker: het kan zijn dat ze me naar een ander programma heeft gestuurd dan waar Ella was geweest, per ongeluk of met opzet; misschien heeft ze me om de tuin geleid, of misschien ook niet; maar als ze het had geweten, had ze me nooit doelbewust op een reis gestuurd waar ik een tent met jongens – praktisch volwassen mannen – zou moeten delen.

Ik denk dat ze hier volkomen van over haar toeren zou raken.

En nu?

'Ik doe het wel,' zeg ik. 'Geen probleem.'

En zo komt het dat ik nu een tent met Tavik en Peace-Bob deel.

Geweldig.

4

DOEK

(TIEN JAAR OUD)

Popsterren en rockers krijgen knobbels – eeltplekken op de stembanden – meestal doordat ze hun stem te veel gebruiken en er geen aandacht aan schenken of denken dat ze hem wel kunnen forceren. Operazangers forceren hem niet.

Operazangers weten dat ze in een handomdraai kunnen worden vervangen, tenzij ze een superster zijn. Om die reden laten ze hun keel regelmatig onderzoeken om er zeker van te zijn dat ze geen knobbels of poliepen ontwikkelen, en als er ook maar iets is wat daarop wijst, houdt alles op. Zingen, praten, elk geluid: afgelopen. En dan komen de extra luchtbevochtigers, de koppen thee en de stemtherapeut om de hoek kijken.

Operazangers werken hard, werken onvermoeibaar, maar als het om hun stem gaat, forceren ze niets.

Tenzij...

Misschien...

Als ze midden in een doorbraak van hun carrière in Covent Garden staan, en de stem een beetje hees wordt, een heel klein beetje maar...

En omdat ze er niet aan moeten denken om midden in zo'n belangrijke rol vrijaf te moeten nemen, zeggen ze tegen zichzelf dat het maar een verkoudheidje is en gaan ze niet naar de KNO-arts. En gaan ze toch door met optreden omdat ze als ze het niet doen het momentum kunnen verliezen waar ze al die maanden en jaren naartoe hebben gewerkt, om vervolgens weer op de onderste tree van de ladder te belanden...

Ik zat in het publiek op de avond dat het gebeurde. Eerst was er een pauze waar geen pauze hoorde te zijn. Alleen iemand die haar dit stuk talloze keren had horen oefenen zou het kunnen horen. Maar ik schoof ongemakkelijk heen en weer op mijn stoel.

Daarna klonken er een paar vreemde tonen. Ik haalde mijn toneelkijker tevoorschijn, zoomde op haar in en staarde naar haar. Van zo dichtbij leek ze nog steeds... in orde... maar normaal gesproken was ze beter dan in orde. Ik begon te zweten, mijn hart bonsde in mijn keel. Misschien werd ze wel uitgejouwd. Operapubliek is gepassioneerd, luidruchtig en snoeihard.

En toen, tijdens de tweede aria, raakte haar stem compleet van slag, hij zwabberde van de juiste noten af en dwaalde naar andere noten, ging langs de toonladder omhoog en omlaag. Verkeerde tonen. Tenenkrommende, onmiskenbaar verkeerde tonen, die als in slow motion op- en neergingen, elke lange tel erger dan de vorige.

De laatste keer dat ze wilde gaan zingen, kwam er geen geluid uit haar mond.

Ik zat daar in het donker, vanbinnen aan flarden. Het was haar stem maar, maar voor mij was het alsof ze daar letterlijk stond dood te gaan.

Een lang, folterend moment hield alles op terwijl honderden mensen hun adem inhielden. Zelfs het orkest wachtte. En toen maakte mijn moeder, Margot-Sophia Lalonde, verhit gezicht, schitterende ogen van angst en onvergoten tranen, een dramatisch, karakteristiek gebaar met haar armen, en de dirigent kwam onmiddellijk in actie. De muziek begon weer te spelen, sneller dan eerst, en mijn moeder bewoog zich naar de plek waar ze moest staan en deed al haar choreografische bewegingen, mimede letterlijk de rest van het stuk, en eindigde op haar knieën in de schijnwerpers, terwijl de tranen van zielensmart over haar gezicht stroomden.

En toen viel het doek, bloedrood en goudgerand.

Mijn moeders vrienden kwamen bij ons in Londen bij elkaar.

Iedereen had het gehoord: de tragedie dat Margo-Sophia Lalonde tijdens een optreden haar stem was kwijtgeraakt haalde zelfs de krant.

Haar stand-in, zo noemen ze bij de opera een invaller, was binnen het in haar contract voorgeschreven kwartier in het theater aangekomen (zo snel ben je dus te vervangen bij de opera: in nog geen vijftien minuten) en zong vanaf de zijkant van het podium, terwijl mijn moeder de rest van het stuk acteerde. Gekweld had ik achter in de zaal toegekeken, ik kon niet meer op mijn stoel blijven zitten, maar was ook niet in staat weg te gaan.

Nu was onze flat vol mensen, dokters liepen in en uit, bezoekers arriveerden en brachten speciale thee, honingcake, boeketten reukloze bloemen en vermakelijke roddels mee. Mijn moeder communiceerde met signalen en tekens, of met pen en papier, in een mooi notitieboekje met zijden kaft dat iemand voor haar had meegenomen.

We gingen naar het ziekenhuis, er waren onderzoeken en doktersconsulten, en steeds weer zei mijn moeder dat alles in orde zou komen, maar dat ze meer rust nodig had. Ze werd niet verdrietig en ging ook niet naar bed; ze ging hardnekkig door met goed voor zichzelf zorgen en bleef positief.

De reeks voorstellingen was afgelopen.

De tour begon... zonder ons.

Mam bleef positief.

Maar toen de weken overgingen in maanden, kwamen er steeds minder mensen langs en degenen die nog wel kwamen, wisten zich niet goed meer een houding te geven, verontschuldigden zich. En algauw kwam er niemand meer, behalve de stemtherapeuten, yogaleraar en de KNO-arts.

Ik bleef bij mijn moeder of vluchtte naar mijn vriendin Emily.

Ten slotte werd er geopereerd. Ze had gehoopt dat dat niet hoefde, vanwege de kosten, vanwege de herstelperiode, en omdat er geen garantie was dat het iets zou uithalen. Maar ze moest het nu proberen. Ze zei het niet, liet het ook niet merken, maar ik wist het: dit was haar laatste kans.

Het herstel verliep langzaam, nog meer dagen en weken gingen voorbij en toen de eerste zangpogingen, eerst voorzichtig en onder begeleiding van de arts. Haar lage register was prima, klonk prachtig. Maar het hoge register... dat klonk niet goed.

En wat ze ook probeerde, het werd er niet beter op.

Ik zal nooit het verdrietige gezicht van mijn moeders knappe KNO-arts vergeten toen hij ons vertelde wat we al vermoedden: mijn moeders zangstem was verwoest. Het was voorbij.

'Het goede nieuws,' zei hij, 'is dat je spreekstem en het lage register... allebei weer prima in orde zijn. En die mag je zoveel je wilt gebruiken.'

'Ja. Dank je wel.' Ze was zo waardig, zo sterk, haar spreekstem nog altijd zo warm en vol, en door de klassieke training die ze al die jaren had gehad, articuleerde ze zo perfect en helder.

Misschien vergist hij zich wel, dacht ik. Dit was te pijnlijk voor woorden. We blijven het proberen. Morgen proberen we het opnieuw.

Maar de volgende dag begon Margot-Sophia Lalonde, met een grimmig gezicht maar volmaakt kalm, de meubels te verkopen.

Ze heeft nooit gehuild, dus deed ik dat ook niet.

Het doek viel. Was gevallen.

En de magie was verdwenen.

5

RISICOVOL

(PEAK WILDERNESS, DAG ÉÉN, VERVOLG)

Lieve mam,

Snel iets wat je vast heel leuk zult vinden: als je in het donker of halfdonker op een kampvuur kookt, vliegen er heel veel insecten in het eten, en dan vooral muggen. En als je dan gaat eten, is het zo donker dat je de insecten niet goed genoeg ziet om ze uit je kom te vissen.

Kennelijk is dat geen probleem, want ze worden meegekookt en daardoor worden eventuele ziektekiemen onschadelijk.

En ze zijn een goede bron van eiwitten.

Hoewel de insecten vers waren, en absoluut van hier, ben ik niet de enige die dat weerzinwekkend vond. Ally huilde. Seth en ik aten amper iets, allebei vastbesloten om zoveel mogelijk uit onze kom te vissen, wat betekende dat er niet veel eetbaars overbleef. Intussen was ik verbaasd dat Melissa haar schouders ophaalde en alles oppeuzelde terwijl Peace met smaak at en vertelde dat insecten het voedsel van de toekomst zijn, want de vleesindustrie houdt het niet eeuwig vol.

(Dode-muggenscore: 438, de beesten die we hebben gekookt en opgegeten niet meegeteld.)

Liefs,

Ingrid

Na de muggenmaaltijd gaan we iets doen wat 'de kring' heet. Ik vermoed dat we in een kring elkaars hand vasthouden en 'Danny Boy' of 'The Wheels on the Bus' zingen.

We verzamelen op een rotsachtig uitsteeksel boven het meer, onze gezichten verlicht door maanlicht en zaklantaarns. Pat heet ons hartelijk welkom, wat Bonnie nog eens dunnetjes overdoet, en dan moeten we onszelf voorstellen, vertellen waarom we voor deze trip hebben gekozen en wat we ermee willen bereiken.

Gekozen. Ha. Ik kan niet wachten tot het mijn beurt is.

Pat en Bonnie beginnen. Pat heeft een achtergrond in het maatschappelijk werk. Bonnie is psychotherapeut.

'Ik zie dit als een kans om twee van mijn passies te combineren: het schitterende buitenleven en de jongeren van nu,' zegt Pat, 'en dan met name risicovolle jongeren. Het is mijn doel om jullie als individuen te helpen en om jullie een gevoel van verbondenheid bij te brengen, van verantwoordelijkheid naar onszelf en naar de aarde.'

Aan de ene kant ben ik bijna geroerd.

Aan de andere kant probeer ik niet te gaan kotsen.

En aan weer een andere kant, als ik er drie had tenminste, vraag ik me af wat het woord 'risicovol' betekent.

Daarna neemt Bonnie het woord, met meer van hetzelfde: natuur en leiderschap, probleemkinderen en leren om als een team te werken, blablabla.

Als ik nog geen 'probleemkind' was, dan ben ik dat nu wel.

Seth, met wie ik zo dolgraag een tent had willen delen als ik dan toch bij de jongens moest slapen, is als eerste aan de beurt.

Hij schraapt zijn keel. 'Ik kom uit een heel... traditionele familie. En ik ben hier om sterker te worden. Mentaal, fysiek, spiritueel. Ik ben hier om dichter bij God te komen en mezelf te harden tegen... verleiding en zonde.'

Hij spreekt de woorden 'verleiding en zonde' uit alsof hij ze wil inslikken.

'Wat voor zonde?' vraagt Bonnie met een effen gezicht.

'Alle zonden,' zegt Seth en hij kijkt met hangende schouders naar de grond. 'Mijn vader... nou ja... laten we zeggen dat ik voor God onaanvaardbaar ben. En als ik voor God onaanvaardbaar ben, raak ik mijn familie kwijt, en ik hou van mijn familie, dus... moet ik veranderen. Ik heb eenentwintig dagen om te veranderen. Dat is mijn doel.'

Oké, dus hij is gay/bi/trans of zoiets, en hij komt uit zo'n achterlijke, klootzakkerige familie die hem om die reden zal verstoten. Nu wil ik pas echt dat hij mijn tentmaatje was. En ik kan zijn ouders wel wurgen.

Dan Harvey en Henry, een twee-eiige tweeling die toch heel erg op elkaar lijkt. Technisch gezien is eerst Harvey aan de beurt en dan pas Henry, maar eigenlijk praten ze allebei. Ze zijn daar omdat ze zo'n kamp 'compleet over de top' vonden en ze willen elkaar opjagen tijdens de verschillende uitdagingen in de natuur.

'Plus...' zegt Harvey.

'Gast,' zegt Henry, 'niet doen.'

'Wat maakt het uit, man?' antwoordt Harvey, die zich weer tot de groep wendt. 'Plus dat we een feestje hadden en, eh, het huis hebben vernield.'

'Het hálve huis.'

'Ja, het halve huis,' zegt Harvey. 'Maar volkomen per ongeluk, en het ergste was nog wel dat wij het niet eens hebben gedaan. Iemand is met een auto door het woonkamerraam gereden.'

'Dus onze ouders... Nou, ze hadden de trip bijna afgezegd, zo woedend waren ze, maar nu zijn ze wel een paar weken van ons af.'

'Het was tijd om uit Dodge weg te zijn.'

'Dus zijn we hier,' zegt Henry ten slotte.

'Heb je vaker van dit soort akkefietjes, Henry?' vraagt Bonnie.

'Nou, niet echt,' zegt Henry op hetzelfde moment dat Harvey zegt: 'O, echt wel!'

'Ik vroeg het aan Henry,' zegt Bonnie, en ze kijkt Harvey streng aan.

'Maakt niet uit,' zegt Harvey.

'Maar feitelijk ben je niet dezelfde persoon,' zegt Bonnie.

'Oké, dat is waar,' zegt Harvey. 'Aan jou de eer, broer.'

Henry, wiens bruine haar wat korter is dan dat van Harvey, kijkt boos, maar ik weet niet op wie hij boos is: op Bonnie of op zijn broer.

'We komen wel eens in de problemen,' zegt hij. 'Maar niks ernstigs, hoor.'

'Geintje zeker?' Harvey schreeuwt het bijna. 'We zijn helden! We zijn legendarisch!'

'Nou ja, oké,' zegt Henry, die er totaal niet legendarisch uitziet. 'Maar alleen maar voor de lol.'

'Pieperschieters! Rookbommen! En die keer dat we de telefoon van rector Carter hebben gestolen en...'

'Gast, hou nou eens je kop!' zegt Henry en hij geeft zijn tweelingbroer een stomp op de schouder. 'Hou je in, ja?'

'Oké,' zegt Harvey en hij bindt in. 'We zijn brave padvinders. Meer hebben we niet te melden.'

'Hm,' zegt Bonnie terwijl ze hem aandachtig opneemt. 'Hier komen we een andere keer wel op terug. En jij, Jin?'

Jin gooit haar sigaret in het vuur en kijkt nijdig de kring rond, kijkt iedereen met een uitdagende blik aan. 'Ik leefde op straat,' zegt ze, 'ik wist me best te redden, maar een paar maanden geleden werd ik op een avond in de gevangenis gegooid vanwege...'

'Ja...?' zegt Pat toen ze niet verderging, en plotseling krijg ik het idee dat hij het weet, het maakt niet uit wat ze gaat zeggen, hij weet het al.

'Uitlokking,' zegt Jin terwijl ze Pat met een kwade blik strak aankijkt.

Hij knikt, blijft zo koel als een kikker.

'Nou ja. Mijn ouders vertikten het om naar me toe te komen. Ik ben een schande voor de familie. Maar ze hebben mijn tante gebeld. Waarschijnlijk omdat zij rijker is dan zij en zich minder aantrekt van de mening van iedereen om ons heen. En ze wilden ook geen geld meer aan me uitgeven. Risicovolle investering.'

De bitterheid druipt van deze opmerking af.

'Hoe dan ook, zij bood aan om me in huis te nemen,' vervolgt Jin. 'Ik was... moe. Dus nam ik het aanbod aan. Maar ze is streng en stelde voorwaarden: geen drugs, wat klote is, want die gebruik ik echt alleen voor de lol, ik moet school inhalen en ze vond bovendien dat ik dit moest doen. Zo ver mogelijk bij de "slechte invloeden" vandaan. De kans dat je hier een dealer kunt bellen is trouwens nul komma nul.'

Harvey lacht.

Bonnie en Pat kijken Jin bloedserieus aan en Harvey houdt op met lachen.

'Hoe dan ook, ik dacht dat als ik op straat kan overleven, dit een makkie voor me is,' zegt ze schouderophalend.

'Hoe lang ben je al clean?' vraagt Pat.

'Ik ben niet verslaafd. Ik wil gewoon plezier maken. Maar voor zover ik technisch gesproken clean ben... op een paar zwakke momenten na,' zegt ze met een knik naar haar kruidensigaret, 'ben ik nu al twee maanden clean, ook van nicotine.'

Een paar zwakke momenten in de afgelopen twee maanden lijkt mij bepaald niet clean, maar wat weet ik ervan? Maar ik vind het nu niet meer zo erg dat ze rookt.

'Mooi zo. Goed van je,' zegt Pat.

'Peace, nu jij?' zegt Bonnie.

Peace-Bob strekt zijn benen en kijkt de kring rond.

'Ik verwerp onze manier van leven,' zegt hij.

Nu gaan we het krijgen.

'Ik verwerp marktwerking, de verspilling, het egoïsme. Ik verwerp de westerse relationele grenzen, georganiseerde religie, oorlog. Ik verwerp mijn vroegere zelf.'

Het is niet bepaald verheffend, maar ik verwerp de persoon die hij momenteel is.

'Het is mijn levensmissie, te beginnen met deze trip, om vreedzaam te zijn, in harmonie met de natuur te leven, authentiek te zijn. Ooit hoop ik een groep gelijkgestemde mensen te vinden met wie ik van het land kan leven...'

Ik doe heel erg mijn best om mijn ogen niet ten hemel te slaan.

Uiteindelijk spoort Bonnie hem (tactisch) aan voort te maken en Melissa is de volgende. Afgezien van haar intense afkeer om een tent met een man te delen, heeft ze zich heel stil gehouden. Ze ziet er zo fit uit dat ze waarschijnlijk gaat zeggen dat ze aan het trainen is om de Everest te gaan beklimmen of zo.

'Ik ben kortgeleden aan een sekte ontsnapt,' zegt ze.

Wauw. Geen Everest.

'Ik was verdwenen. Tot een halfjaar geleden had ik in ruim een jaar de zon niet gezien. Zo lang ben ik weggeweest. Maar goed. Ik ben een puinhoop en ik had er moeite mee om... weer met mijn familie, mijn vroegere vrienden... om te gaan. Ze weten niet wat ze met me aan moeten en ik... vertrouw mensen niet zomaar. Of mezelf. Dus toen mijn vader en moeder hiermee kwamen aanzetten, dacht ik dat het misschien kon helpen. Mijn doel is om sterker te worden, me beter te voelen en misschien te ontdekken... hoe dit me heeft kunnen overkomen.'

Daar zijn we allemaal even stil van, en opnieuw krijg ik het gevoel dat Bonnie noch Pat ervan schrikt, of zelfs verbaasd is.

'Dat is het wel zo'n beetje,' zegt ze, haar stem klinkt plotseling opgewekter. 'Ally?'

Ally snottert nog steeds vanwege de muggenmaaltijd, maar weet zich voldoende te beheersen om te vertellen dat ze op een 'bijzondere' middelbare school zit die hier studiepunten voor geeft. Bovendien wil ze graag afvallen. En ze wil ook graag de voogdij terugkrijgen over haar dochtertje van een jaar, dat momenteel in een pleeggezin zit doordat Ally niet voor een stabiele omgeving kan zorgen. Dit komt voor een deel doordat Ally's eigen ouders wilde feestgangers zijn, in beide opzichten: ze zijn wild en luidruchtig als ze plezier hebben, en nog wilder en luidruchtiger als ze ruziemaken, waardoor bij de meeste buren het nummer van de politie onder een sneltoets zit.

Ally's trip wordt gesubsidieerd door de overheid.

Ze kan niet ouder zijn dan zestien.

Mijn scheen doet pijn en ik begin misselijk te worden, vraag me af waar de oprechte natuurliefhebbers zijn (ik vertik het om Peace-Bob mee te tellen), want volgens de folder was deze trip voor hen bedoeld, en dat was ook het soort mensen dat Ella in Peak Wilderness was tegengekomen. Natuurliefhebbers.

De volgende is Tavik (mijn andere tentgenoot), en hoewel hij er bepaald niet zo uitziet, hoop ik dat híj dan tenminste een natuurgast is. Misschien is hij zo'n jongen die aan snowboarden en veldrijden doet, in terreinwagens rondrijdt, bergen beklimt.

Dat zit ik me allemaal voor te stellen als hij zegt: 'Ik kom net uit de gevangenis.'

Tot nu toe heb ik geen woord gezegd, maar nu flap ik er uit: 'Wat?'

'Ingrid, jij komt zo aan de beurt,' zegt Bonnie op effen toon.

'Sorry,' mompel ik.

'Ja, ik heb tot voor kort vastgezeten,' gaat Tavik verder, zijn blik nu op mij gericht. 'Niet dat het iemand iets aangaat. Mijn ouders zijn dood. Ik ben voorwaardelijk vrij. Een of andere geniale sociaal werker dacht dat dit goed was voor mijn terugkeer in de maatschappij en heeft voor het geld gezorgd.'

'En wat wil jij persoonlijk met deze trip bereiken, Tavik?' vraagt Bonnie, volkomen kalm en onaangedaan.

Ik ontkom maar niet aan de indruk dat zij en Pat nergens van opkijken. Dat klopt met het feit dat de bagage werd doorzocht en dat Duncan niet verbaasd was toen hij alcohol en drugs aantrof. Misschien bestaat er een dossier over de kampeerders met grotere problemen, of zijn de leiders van tevoren over ons ingelicht. Als dat zo is, wat zouden ze dan over mij te horen hebben gekregen? Dat ik zo'n watje van een stadsmeid ben die in de wildernis een schop onder haar kont nodig heeft... waarvoor? Karaktervorming? Ik heb een heel ander verleden dan deze mensen, en dit soort erge dingen komen in mijn leven niet voor, sowieso komt er niets belangrijks in voor. Maar toch, misschien weten Bonnie en Pat dat ik het de laatste tijd zwaar heb gehad.

Tavik kijkt naar Bonnie en lacht om haar vraag. Het is geen onvriendelijk lachje, zelfs niet bitter. Hij klinkt oprecht geamuseerd, en even doet hij me weer aan Isaac denken.

'Wat is er zo grappig?' vraagt Bonnie. 'Je hebt vast wel doelen. Misschien zelfs dromen...?'

'O ja,' zegt hij. 'Huisje-boompje-beestje, een bruine labrador, een lief vrouwtje die het graag aan beide kanten doet.'

Ik krimp ineen, en aan de overkant van het vuur hapt iemand naar adem, ik denk Melissa.

Bonnie wacht alleen maar af.

'Oké, sorry,' zegt hij ten slotte. 'Ik denk dat ik gewoon uit de problemen wil blijven en een poosje naar de lucht wil zitten staren. Volgens mij heb ik misschien te weinig lucht gezien.'

De wind draait, ik kijk omhoog en adem schone, frisse lucht in terwijl ik naar de schokkend heldere sterren kijk en probeer om 'beide kanten' uit mijn hoofd te verdrijven.

'Jouw beurt,' zegt Tavik, mij aankijkend.

Ik schud mezelf wakker.

'Ik... sorry, hoor, maar wat zijn we eigenlijk aan het doen?' zeg ik.

'We delen ons verhaal,' zegt Pat.

'Dat gedeelte snap ik,' zeg ik terwijl ik probeer kalm te blijven, normaal te klinken, wat me niet lukt. 'Ik bedoel, wat is dit voor reis? Want ik weet zeker dat ik een folder had waarin blokhutten stonden. En glimlachende tieners met "leiderschapspotentieel".'

'Wat, vind je dan niet dat ik leiderschapspotentieel heb?' vraagt Tavik en hij barst in lachen uit.

'Ik bedoelde niet... ik bedoel alleen...' Ik onderbreek mezelf en ik krijg een kleur. 'Ik wilde niemand kwetsen. Ik had alleen... iets totaal anders verwacht.'

Pat en Bonnie wisselen een blik.

'We hebben inderdaad een paar echte kampen en sommige expedities worden van daaruit georganiseerd,' zegt Pat, die zijn woorden zorgvuldig kiest. 'En in andere, zoals dit, gebeurt dat niet. In deze groep wordt meer de nadruk gelegd op leren overleven in de wildernis, op groepsdynamiek, en ja, op leiderschap.'

'Kan het... kan het zijn dat ik eigenlijk bij een van de andere had moeten zijn? Zo'n echt kamp?'

'Op dit moment is dit het enige Peak Wilderness-programma,' zegt Bonnie hoofdschuddend.

'Waarom vertel je ons niet waarom jij hier bent, Ingrid?' stelt Pat voor, op die vriendelijke en tegelijk staalharde manier van hem.

Ik kijk de kring rond, terwijl binnen in me een stekend, brandend gevoel begint te kloppen en ik probeer te verwerken dat mijn moeder me op een reis door de wildernis heeft gestuurd waarbij ik bijna een maand lang daadwerkelijk moet kamperen met een stelletje junks, criminelen en gestoorden.

Ik weet nog dat ik heb gezien dat er bij sommige trips inderdaad sprake was van 'kamperen', en ik kan me zo voorstellen dat mijn moeder besloot om me aan te melden bij een van de intensievere programma's. En dat ze me dat niet heeft verteld omdat ze boos was, of omdat ze oprecht dacht dat het niet zoveel verschilde van wat we hadden besproken, of om me een lesje te leren, omdat ze denkt dat ik niet goed genoeg op eigen benen kan staan.

Maar om me dan in zo'n groep te gooien? Ik kan me niet voorstellen dat ze dat doelbewust heeft gedaan.

Hoe dan ook, ik heb iets afgesproken. Iets beloofd. Ik zei dat ik Peak Wilderness zou gaan doen maar heb niet aangegeven welk programma ik wilde. En als ik dit helemaal afmaak, mag ik mijn laatste schooljaar in Londen, in Engeland, doen. Dan krijg ik het leven dat ik wil.

Bonnie, Pat en de rest van de groep staren me aan, wachten op een reactie. Ik besef dat ik weer over mijn onderbeen wrijf, houd daarmee op en klem mijn handen ineen.

Ik hoor hier niet.

Vergeleken met deze mensen ben ik een voorbeeldige stedeling en een toonbeeld van stabiliteit.

Oké, ik heb inderdaad een paar maanden amper iets door mijn keel kunnen krijgen. En er was het incident met de bijl. Maar er is slechts één persoon die daar iets van weet en hij heeft beloofd het aan niemand te vertellen. En nu gaat het goed met me. Ik ben bijna genezen, en veel kalmer, en echt, het was een ongeluk. Die kloppende scheen is gewoon psychosomatisch, kan niet anders. En trouwens, het was nog niet eens aan de hand toen mijn moeder me voor deze trip aanmeldde, en eerlijk gezegd kan ze het ook nu onmogelijk weten. Wat is het punt dan? Denk maar niet dat ik het daarover ga hebben, of over mijn relatie met mijn moeder. Tenzij ik opeens wil dat al deze labiele lui denken dat ze een beetje in mijn geest mogen rondgraven, wat nevernooitniet gaat gebeuren. Het heeft niets te maken met de reden waarom ik hier ben. Niet relevant, punt uit.

Bonnie en Pat weten vast iets, maar wat ze ook weten, of niet weten, ze kunnen me niet dwingen erover te praten.

Maar ik heb zo'n gevoel dat ik het bij deze mensen niet over de muziekschool moet hebben, en ik zal toch iets moeten zeggen.

'Ik had een slecht jaar... op school,' zeg ik uiteindelijk. Dit is gedeeltelijk waar, ik heb de vijfde klas met thuisonderwijs moeten afmaken. 'Ik had problemen.' (Min of meer waar.) 'Ik moest zo nu en dan van school thuisblijven...' (Waar.) 'Dus... besloot mijn moeder... dat tijdens de zomer verandering van omgeving... goed voor me zou zijn.'

Dat verandering van omgeving goed voor me zou zijn...

Lachen, hè?

6

ISAAC

Lieve Isaac,

Eh, hoi.

Ik moest vandaag aan je denken. En ik ben hier zo ver weg van alles en iedereen dat ik, na al die tijd dat we verwoede pogingen hebben gedaan om zogenaamd vrienden te blijven, bedacht dat ik je maar eens moest schrijven.

Heb ik je ooit verteld dat mijn moeder ervan overtuigd is dat muziek haar leven heeft gered? Niet alleen haar gezonde verstand, maar letterlijk haar leven. Over ironie gesproken.

Hoe dan ook, daar wilde ik het niet over hebben, ik zit gewoon bladruimte te vullen, onzin te verkopen, eigenlijk tijdverspilling, wat volkomen hilarisch is. Onzin verkopen in mijn eigen dagboek. Zielig gewoon.

Zal ik dan maar met de deur in huis vallen?

Het is mijn schuld dat we 'alleen maar' vrienden zijn. In elk geval voor een groot deel. Ik heb het recht niet je te schrijven. En toch... hier ben ik dan, zo ver bij je vandaan, en wie weet wat er vanaf dit moment verder met ons leven gaat gebeuren. Het is je vast opgevallen dat ik na Nieuwjaar niet meer op school ben geweest, en dat we elkaar in de herfst wellicht ook niet zullen tegenkomen. Ik ben aangenomen op die ongelooflijke school in Engeland waar ik misschien mijn eindexamenjaar ga doen. Sterker nog, dat ben ik ook van plan. Niet dat ik verwacht dat het je nog iets kan schelen. Dat zal wel niet. En dit krijg je trouwens toch nooit onder ogen.

Ik besef nu dat ik het fijn vond te weten dat je dicht in de buurt bleef, nadat we uit elkaar waren, als je het al zo kunt noemen, want we zijn nooit officieel een stel geweest. Zelfs toen ik woedend was, en gekwetst, was het fijn te weten dat je in een ander lokaal verderop in de gang zat, of vlak naast me terwijl je deed alsof ik lucht was, of in het weekend een paar metrohaltes bij me vandaan. Ik dacht dat ik niet meer aan je dacht, maar dat deed ik wel. Dat doe ik nog steeds. Als je maar dicht genoeg in de buurt was, kon ik je zien, horen, ruiken. Dat kan nu niet.

Grappig dat er zo veel dingen zijn waar we nooit over gepraat hebben. Dat is (in elk geval voor een deel) ook mijn schuld. Er was bij mij thuis zoveel aan de hand en ik heb je er nooit iets over verteld. Punt is dat ik eraan gewend ben geraakt om in mijn eentje met dingen te dealen, en ook al wilde ik wel met je praten, ik wist niet hoe dat moest. Dus je kon niet weten hoe kwetsbaar ik was, dat ik in de kreukels lag. Je kon niet weten dat ik er zo'n behoefte aan had om je te kunnen vertrouwen, ook al deed ik dat niet echt, je vertrouwen. Ha. Je wist niet hoe ingewikkeld ik in elkaar zat, en bovendien vol tegenstrijdigheden, en hé, dat heb ik je tenminste bespaard.

Dus: mijn moeder zegt dat ze als kind 'wispelturig' was, waarschijnlijk hebben ze daar nu wel een diagnose voor bedacht, maar het punt is dat ze moeite had om zich staande te houden. Ze voelde zich niet normaal, thuis niet, op school niet, nergens.

Ik weet dat jij en ik dat allebei hebben gevoeld.

Hoe dan ook, ze had het moeilijk. Ze kon niet gelukkig zijn. En haar ouders – mijn grootouders die ik nooit heb ontmoet – wisten niet wat ze ermee aan moesten. Volgens mij waren ze van die stoïcijnse, victoriaanse, trotse generatie die nooit ergens over praatte.

's Avonds klom ze dan uit het raam en ging op een smal, steil stukje van het dak liggen, wenste dat de sterren tot leven zouden komen en met haar zouden wegvliegen. Een keer was ze daar haast in slaap gevallen en viel ze er bijna van af. Daarna voelde ze zich drie volle dagen ongelooflijk – verbazingwekkend blij en gelukkig – dat is wat ze mij heeft verteld. Bijna-doodervaring = geluk.

Raar, hè?

Op haar elfde begon ze met pianolessen. In vergelijking met veel kinderen was ze een latertje, maar ze zei dat ze in muziek eindelijk iets vond wat haar houvast gaf. Voor die tijd had ze alleen maar rondgedoold.

Dat heb ik soms ook, het gevoel dat ik maar wat ronddool.

Haar ouders snapten het niet, niet echt, maar muziek was tenminste een fatsoenlijke tijdsbesteding voor een jong meisje. Zij zegt dat het haar leven heeft gered.

Want anders... Zou een ster haar anders hebben meegenomen?

Weet je, Isaac, mijn halve leven heb ik die ster in de gaten gehouden. Heel lange tijd was ze alles wat ik had, het middelpunt van mijn universum, en ik moest gewoon alert blijven. Later had ik het gevoel dat ik altijd bezig was om haar terug te halen, haar echte ik. Maar zij was het niet alleen, het was mijn jeugd, die glansrijke kindertijd. Die periode in mijn leven was een ijkpunt waar ik op de een of andere manier naar terug kon keren, een anker, zoals muziek haar anker was.

Ze zegt dat die haar heeft gered, en dat is waarschijnlijk ook zo.

Waardoor word ik gered?

Ingrid

7

PEACE UIT DE KLEREN

(PEAK WILDERNESS, DAG ÉÉN, VERVOLG)

Eindelijk is het bedtijd, tijd om te slapen met de agrohippie en de ex-bajesklant. Het goede nieuws is dat er waarschijnlijk geen muggen in de tent zijn. Het slechte nieuws is dat ik niet weet hoe ik in zo'n vreemde, idiote situatie ooit in slaap kom.

Ik haal diep adem, rits de tent open en kruip naar binnen.

Tavik is daar al en hij ligt op de hoge kant. Ik glip naar de andere kant, waardoor er nog ruim een halve meter over is voor Peace-Bob.

Tavik heeft een ledlichtje aangedaan en mijn mond valt open als ik zie wat hij vasthoudt: een boek, gewikkeld in iets wat eruitziet als een waterdichte hoes met rits.

'Hoe heb je dat weten te redden?'

'In tegenstelling tot jou heb ik niet stilgezeten terwijl die kerel al mijn spullen voor me uit- en inpakte,' zegt hij.

'Ik heb wel gezien dat je het een en ander kwijt was.'

'Mijn geheime voorraadje, bedoel je?'

Ik knik. Duncan had een behoorlijke zak wiet in beslag genomen.

'Ik wilde daar met opzet vanaf.'

'Hoezo, zodat je een boek kon meesmokkelen?'

'Jaloers?' Hij kijkt me strak aan.

'Hangt van het boek af.'

'Het is niet jouw Dostojevski met harde kaft.'

'Tolstoj.'

'Zelfde.'

'Nou, Dostojevski schreef eerder symbolisch, meer vanuit een ideologische discussie, terwijl Tolstoj je meteen midden in...'

'Zal wel, nerdo. Maar het is fokking pretentieus om tijdens een retraite in de wildernis dode Russische gasten te lezen.'

'Niet als je van dode Russische gasten houdt.'

Hij gromt en leest weer verder.

'Hoe dan ook,' zeg ik, niet in staat me in te houden, 'vind jij dat dit op een retraite lijkt? Volgens mij is het woord "retraite" tot nu toe alleen in ironische zin op deze tocht van toepassing. Is dit wat je ervan had verwacht?'

'Zo'n beetje wel, ja.'

'O. Je hebt niet gezegd wat je aan het lezen bent.'

'Porno.'

Mijn adem stokt. Hij gnuift.

'Als je lief bent, mag je het lenen als ik het uit heb.'

Ik betwijfel of ik klaar ben voor wat hij onder 'lief' verstaat, dus negeer ik zijn opmerking, rol mijn slaapzak uit, prop mijn zachtgroene hoody tot een kussen en probeer een manier te vinden om mijn pyjama aan te trekken.

Het was wel zo logisch geweest om Tavik te vragen even weg te gaan. Maar gaat het me lukken om mijn mond open te doen en hem dat te vragen? Nee. Niet na die opmerking over porno. Niet met die hardnekkige meesmuilende grijns op zijn gezicht, ook al is hij zogenaamd aan het lezen, alsof hij weet dat ik het besterf, me ongemakkelijk voel en nog nooit een nacht bij een jongen heb geslapen, laat staan bij twee.

Me buiten omkleden is uitgesloten, minder privé, doodeng, en ik word levend opgegeten door de muggen. Blijft over dat ik het te gênant vind om me in het bijzijn van Tavik om te kleden en te gênant om hem te vragen even weg te gaan.

Ten slotte ga ik helemaal aangekleed boven op mijn slaapzak liggen en staar naar het tentdoek boven me. Ik ga gewoon in mijn kleren slapen. En morgen bedenk ik wel iets beters, bijvoorbeeld als eerste de tent in gaan zodat ik verdomme wat privacy heb.

Maar daar heeft Peace-Bob geen last van.

O nee.

Hij stuift naar binnen, pakt in recordtijd zijn rugzak uit en dan, voordat ik zie aankomen dat ik een andere kant op moet kijken, gaat hij midden in de tent op zijn hurken zitten, pelt zijn broek én onderbroek af terwijl hij met zijn harige kont – en ik overdrijf niet – pal boven mijn hoofd hangt.

(Ik had geloof ik toch al gezegd dat hij stonk?)

Mijn keel knijpt zich dicht, ik rol me bijna stikkend van afgrijzen om en slaak tegelijk een walgend geluid.

'Wat?' zegt hij.

Tavik (de klootzak) moet lachen.

'Ik hoef niet zo nodig je... blote kont te zien, hoor,' zeg ik terwijl ik naar de zijkant van de tent staar, en het beeld alleen maar steeds weer voor mijn geestesoog opdoemt.

'Het lichaam is iets natuurlijks,' zegt hij. 'Daar hoef je je niet voor te schamen. Persoonlijk vind ik het heerlijk in mijn nakie.'

'O mijn god.'

Ik trek mijn capuchon over mijn ogen en doe mijn best om wat ik net heb gezien van mijn netvlies te wissen.

8

DIVA'S BED

(ELF JAAR OUD)

Drie maanden nadat ons leven in Londen voorbij was, waren we verhuisd naar het huis uit mijn moeders jeugd, een charmant koetshuis in een lommerrijke straat in Toronto. Een paar jaar geleden waren mijn moeders ouders gestorven en hadden we het huis verhuurd, maar nu waren de huurders vertrokken. We hadden onze spullen ernaartoe laten verhuizen en uitgepakt, en me op mijn eerste 'normale' school ingeschreven. Onder mijn echte achternaam: Burke. Lalonde was enkel mijn moeders artiestennaam geweest, haar manier om zich los te weken van ouders die haar carrièrekeuze nooit hadden begrepen en ook niet hadden goedgekeurd.

Ik vond Lalonde mooier. Ik was eraan gewend en wilde hem per se houden. Voor mij zou mijn moeder altijd Margot-Sophia Lalonde zijn, want dat had ze voor zichzelf gekozen. Maar nu koos ze voor iets anders, en Burke was onze wettige naam, het was zinloos om ertegenin te gaan.

Dus, oké. Nieuwe naam. Nieuwe start. In de herfst zou ik in de achtste groep beginnen en ik vond het spannend, bedacht dat ik eindelijk een kans kreeg om vriendinnen te maken van wie je niet na een paar weken afscheid hoeft te nemen.

Intussen was mijn moeders positieve houding overgegaan in een soort gelatenheid, en ze had dapper volgehouden.

Maar toen we in Toronto eenmaal op orde waren, ging ze naar bed.

Ik keek toe en wachtte af, en hoopte dat ze na een paar dagen weer zou opstaan, zoals dat vroeger ook gebeurde, maar de dagen gingen over in weken.

Op school ontdekte ik dat ik van heel veel dingen te veel en van andere niet genoeg wist om meteen al vrienden te maken, en algauw deed ik mijn best om onzichtbaar te blijven. Elke dag kwam ik thuis, liet mezelf binnen en bleef in de hal staan luisteren in de hoop dat mijn moeder was opgestaan. Als ik niets hoorde, zette ik mijn rugzak neer, trok mijn schoenen en jas uit en liep op mijn tenen naar boven om voor haar slaapkamerdeur opnieuw te gaan luisteren, elke zenuw in mijn lijf geconcentreerd op haar, wensend dat haar hart het tenminste nog deed en ze nog ademhaalde.

Soms hoorde ik dan nog steeds niets, en dan klonk er een oorverdovende stilte, als het geluid van dat vallende doek, zacht, niet-bestaand bijna, en toch zo definitief.

In de verduisterde, bedompte ruimte stond het reusachtige ledikant van de stille veiling in Londen, een van de weinige meubels die mijn moeder niet had willen verkopen en per se mee wilde nemen naar Canada, ook al was het nog zo onpraktisch en duur. Het had een hoofdplank van bladgoud en erboven hing een doorschijnend, hemelsblauw baldakijn. De hemel was zo hoog dat we hem aan het plafond moesten vastmaken.

Als ik dicht genoeg bij haar was en heel stil bleef staan, kon ik zien dat het laken licht op- en neerging, en dan viel alle verlammende angst weer van me af. Dan sloop ik nog dichterbij en bleef daar maar staan, ademde met haar mee, terwijl elke ademhaling de kleine angstflarden oploste die ik de hele dag op school met me had meegedragen. Ook op weg naar huis, waar de angst in elke straat erger werd, en daarna op de trap naar boven en de kamer in.

Ik wilde haar aanraken. Op het bed klimmen en tegen haar aan kruipen, me om haar heen krullen. Maar dan maakte ik haar misschien wakker, en wat ze allemaal zei als ze wakker was, kon ik niet verdragen.

'Ik wil gaan slapen en nooit meer wakker worden.'

Je moest wel een idioot zijn als je niet snapte wat dat betekende.

Doek.

Blijf bij me, smeekte ik haar dan in gedachten, en ik stuurde alle wilskracht die ik had de kamer door naar de verslagen gedaante in bed. *Blijf nou.*

Ik was niet achterlijk.

Terwijl de maanden in de achtste groep verstreken en mijn moeder niet doodging, wilde ik tegelijk dat ze opstond en ging leven.

Ik wilde niet boos zijn. Ik wist wat ze had doorgemaakt. Maar nadat ik me eerst zorgen had gemaakt en daarna het beangstigende besef tot me doordrong dat ze er niet zomaar een eind aan zou maken, leek ik net een wees: in mijn eentje in een nieuw huis in een nieuwe stad, niets vertrouwds, geen vrienden of familie en geen moeder.

Ik wist wel waarom. Natuurlijk wist ik dat. Maar ik begon vanbinnen te koken. Ik begon naar haar te staren zoals ze daar in bed lag, terwijl de woorden door mijn hoofd schreeuwden: STA OP.

Sta op. Sta op.

Ik heb je nodig.

Ik kon er met mijn hoofd niet bij dat ze me zo in dit nieuwe leven kon dumpen om me vervolgens aan mijn lot over te laten.

Sta. Op.

Ze was een verschrompelde, gekrompen, uitgewrongen, levenloze huls. Maar de moeder die ik kende, de toegewijde, optimistische, magische mam, die was daarbinnen nog ergens en die wilde ik terug. Ik voelde me afschuwelijk, en schuldig omdat ik zo woedend was, dat ik haar soms zo intens haatte. Ik wist dat dat verkeerd was.

Maar ik was hetzelfde kwijtgeraakt als zij. En haar bovendien. Dat is niet helemaal hetzelfde, maar toch. Ik was pas elf, maar ik moest de boodschappen doen met mijn moeders creditcard, moest de dividendcheques van het bescheiden aandelenpakket dat mijn grootouders ons hadden nagelaten storten, moest altijd mijn eigen eten klaarmaken en ook nog eens dat van een ander; niet dat ze iets at.

Ik hoefde geen rekenwonder te zijn om te zien dat we niet konden leven van de uitgekeerde bedragen.

Sta nou alsjeblieft op.

Er waren wel dagen waarop ze het probeerde, dan kwam ik thuis en trof haar in de keuken, waar ze een halve maaltijd had klaargemaakt, of ze zat in de kamer met een stapel zelfhulpboeken die ze probeerde te lezen.

'Staat daar iets in waar je wat aan hebt?' vroeg ik een keer, terwijl ik naar het boek wees dat voor haar lag.

Ze keek op, ontmoette mijn blik en begon toen te trillen. 'Ik kan niet eens lezen. Ik kan het wel, maar... het komt niet aan.' Ze wees naar haar hoofd. 'En alles is zo... traag. Dik.'

'Mam, je moet naar een dokter.'

'Ik heb mijn buik vol van dokters,' mompelde ze. 'Ik heb gewoon rust nodig.'

'En hoe zit het met wat ík nodig heb?'

'O, liefje...' Tranen welden in haar ogen op.

'Je kunt niet eeuwig in bed blijven, mam,' zei ik, en mijn onderdrukte woede borrelde omhoog. 'Je kunt niet zomaar vol zelfmedelijden in bed blijven liggen. Je hebt een dochter, voor het geval het je nog niet is opgevallen.'

Ik slaakte een jammerende snik, waarop ze opstond, naar me toe strompelde, zich huilend naar voren boog en haar armen om me heen sloeg. Ik beantwoordde haar omhelzing en wist haar uiteindelijk weer boven en in bed te krijgen, waar ze vijf hele uren heeft liggen huilen. Ik ging in de gang voor haar deur zitten, voelde me machteloos, had berouw en was nog steeds woedend.

De volgende dag stond ze op, maakte het ontbijt klaar en toen ik van school thuiskwam, kookte ze meer eten dan we op konden. Ze bleef de hele avond op, liep heen en weer, op en neer, huilde en praatte in zichzelf. Ze had Red Bull gedronken en grote hoeveelheden vitamines genomen.

Het werd er niet beter op. De volgende dag stortte ze weer in en bleef een hele maand in bed.

Ik kreeg de neiging om het huis in de fik te steken, het leger erbij te roepen, naar de maan te huilen, het maakte niet uit, als er maar iets gebeurde. Maar ik was ook bang dat er iets gebeurde, want dat hoefde niet per se goed uit te pakken, dat was wel duidelijk geworden uit het gedoe met de Red Bull en de vitamines.

En toen viel er een envelop op de mat. Die was van een van de weinige vrienden – een kostuumontwerper uit Wenen – die nog enige moeite deed om contact te houden.

Afgezien van een gezellige brief zat er in de envelop ook een krantenknipsel van een recensie over een optreden van een briljante nieuwe sopraan die haar doorbraak beleefde – iemand die we wel kenden, maar niet zo goed. Val dood, dacht ik en ik bracht hem naar mijn moeder op het mooie bamboe dienblad dat ik voor alles gebruikte waarvan ik dacht dat ik haar daarmee tot eten kon verleiden.

'Zal ik het voorlezen?'

'Het gaat wel,' zei ze, terwijl ze het artikel liggend op de kussens doorlas.

'Oké...'

'Een klap in mijn gezicht,' mompelde mijn moeder een paar minuten later en ze liet het knipsel op de vloer vallen. En toen ging ze wat meer rechtop zitten. Ik wilde op haar arm kloppen, maar deed dat maar niet toen ik zag dat haar ogen vuur spuwden.

Vuur was goed. Vuur was beter dan wanhoop, kon niet anders.

Ja. Sta op. Sta op en vecht.

Ik raapte het knipsel op.

'Haal het weg,' zei mijn moeder.

Met bonzend hart liep ik zachtjes weg en gooide het knipsel in de prullenbak van de badkamer.

Nu gebeurt er iets, dacht ik, en ik had gelijk.

Er klonk een scheurend geluid in mijn moeders slaapkamer, gevolgd door een loeiende brul: 'Omlaag!'

Ik verstarde.

'Haal het omlaag!'

'Mam, hou op!' riep ik en ik liep de kamer door. Opnieuw was dit niet waarop ik had gehoopt. 'Mam! Zo meteen komt het hele plafond naar beneden! Kom, je bent dol op dit bed, het is je divabed!'

Dat had ik niet moeten zeggen, dat deel over de diva. Dat wist ik meteen. En als ik nog enige twijfel mocht hebben, dan werd het wel duidelijk door de jammerkreet die oprees, uit de diepste krochten van de aarde leek te komen en zich een weg baande door mijn moeders verzwakte lichaam, helemaal tot aan haar beschadigde stembanden toe.

Foute boel.

Nog een gordijn, deze leek het uit te krijsen toen het langs de naden kapotscheurde.

'Mama, mama, hou op...' Ik moest me verplaatsen en struikelde bijna in mijn haast om weg te komen toen mijn moeder zich over het bed lanceerde om de gordijnen aan de andere kant aan te vallen.

'Stop, stop, stop!' Ik bleef maar roepen, maar mijn stem kwam amper boven het jammeren, scheuren, stuktrekken en het rondvliegende pleisterwerk uit. En mijn moeder pakte nu ook andere dingen – een kat van keramiek, een muziekdoos – en gooide ze tegen de muur. Het geraas was oorverdovend. 'Nee, je maakt alle mooie dingen kapot! Stop alsjeblieft...'

'Al het moois is al verloren,' brulde mijn moeder, dus ze hoorde me tenminste wel.

'Niet waar!' snauwde ik, zo moe, zo bang, ik was het zo zat om bang te zijn, en zo verschrikkelijk gefrustreerd. 'Margot-Sophia!' schreeuwde ik en ik vloog door de kamer naar de deur, greep de kruk en begon met de deur te slaan – open en *dreun*, open en *dreun* – steeds maar weer zo hard als ik kon.

'Margot-Sophia!' (*Dreun, woesj, dreun.*)

'Beheers je een beetje!' (*Woesj, dreun, woesj.*)

'Beheers je en hou op met dat dramatische gedoe!' (*Dreun.*)

'Jij moet ophouden!' Ik sloeg keihard met de deur, drie keer, de brul kwam uit de diepste krochten van mijn lijf. 'nu.'

Mijn moeder hield op, haar donkere haar sliertte na afloop nog een paar tellen om haar gezicht, in haar hand had ze een figuurtje uit Duitsland, gekleed in frivool ogend porseleinen kant.

Ze keek me strak aan zoals ik daar stond, mijn hand op de deurkruk, klaar om weer met de deur te slaan.

Even dacht ik dat ze het beeldje naar mijn hoofd zou gooien en schoot het door me heen dat het kant van porselein bij bepaalde snelheden misschien wel scherp kon zijn.

En toen vertrok mijn moeder haar lippen en ging er een rilling door haar heen, en ik dacht dat we weer terug bij af waren, bij het trillen en huilen, misschien wel dagenlang, deze keer nog erger wellicht. Misschien had ik een verschrikkelijke fout gemaakt.

Maar toen begon ze te lachen.

Ze lachte. Lachte tot ze niet meer kon, en opnieuw vreesde ik voor het beeldje en dus liep ik naar haar toe en nam het van haar over, zette het terug op de secretaire.

Mam lachte nog steeds, misschien een teken dat ze na dit alles werkelijk haar verstand aan het verliezen was. Maar als dit waanzin was, dan zou ik erin berusten, want ze kwam naar me toe en nam me in haar armen, en toen begon ik ook te lachen. Als dit waanzin was, dan moesten we samen maar waanzinnig zijn.

We lachten tot de tranen over onze wangen liepen, lachten tot we tussen de mishandelde gordijnen en het verkruimelde pleisterwerk op de vloer belandden, lachten tot we buikpijn kregen en onze keel uitgedroogd was.

En toen greep ze mijn handen vast en zei op die prachtig gefocuste, intense manier van haar: 'O, liefje, schattebout van me, je hebt natuurlijk gelijk.'

'Van dat dramatische gedoe van je?'

Ze snoof. 'Ja, dat ook.'

'Dat het plafond naar beneden komt?'

Daarop nam ze mijn gezicht in haar handen, kuste me op beide wangen, keek me vurig aan en zei: 'Dat al het moois niet verloren is.'

9

POEPGAT

(PEAK WILDERNESS, DAG TWEE)

Lieve mam,

Wat is het toch verfrissend om zo in de natuur wakker te worden.

In vijf centimeter water, om precies te zijn.

VIJF CENTIMETER.

Daar zat ik nou net op te wachten nadat ik een lange nacht Peace-Bobs gesnurk heb moeten aanhoren, opnieuw zijn harige blote kont voor me zag, zijn poepgat en familiejuwelen voor mijn geestesoog dansten, en ik werd geplet door grote mannenlijven die in hun glibberige slaapzakken heuvelafwaarts naar me toe gleden.

Heerlijk, fris regenwater om de nacht weg te wassen.

Zo stimulerend.

Al mijn kleren, de schone én de vieze, zijn nat. Mijn slaapzak is doorweekt, het enige wat niet nat is geworden zijn dit dagboek, mijn hoody/kussen en de paar dingen die ik gisteravond in de bovenvakken van mijn rugzak heb gestopt, waar niets bij zit wat ik aan kan trekken.

Gelukkig is de regen opgehouden en is de zon al op, en ik heb één stuk biologisch afbreekbare zeep weten te behouden, dus nu kan ik alles in het meer wassen en in de zon te drogen hangen. Dat ruikt waarschijnlijk goddelijk.

Ik doe mijn uiterste best om positief te blijven, want echt, het kan nu alleen nog maar beter gaan.

Zonnestralen en regenbogen,

Ingrid.

Lieve mam!

Ik wist mijn positieve houding minstens vijf minuten vast te houden, tot de eerste 'les' van de ochtend.

Hoe Graaf je een Gat om in te Poepen.

Denk je dat ik een grapje maak?

Was dat maar zo.

Maar nee, dit zijn zeker de 'details' waar Pat het gisteren over had, toen ik nog onschuldig en naïef was: namelijk dat ik bang was om op een latrine te moeten en of er wel een lekker matras op mijn bed lag.

Ik ga op een vezelarm dieet.

Klaarblijkelijk is dat een trekkersregel: je mag geen grote doen in het bos en hem gewoon laten liggen. Eerst zoek je een goede stok, dan graaf je een keurig klein gat zo groot als een drol, dan, eh, doe je je broek naar beneden en doe je je ding (hopelijk kun je goed mikken) en na afloop gooi je er aarde en bladeren overheen.

O, en het wordt nog mooier. Want daarna, toen niemand van ons verder vroeg over dat graven van een gat (ik vermoed doordat we er allemaal zo van walgden en in shock waren), gaf Bonnie een demonstratie voor de dames hoe je achteroverleunend tegen een boom kunt plassen.

Ze bleef helemaal aangekleed, maar de demonstratie op zichzelf was schokkend. Waarom dit ten overstaan van de hele goegemeente moest, en niet met alleen de dames erbij, weet ik niet.

En toen kwam de kers op de taart.

'Nou, luister! We proberen de natuur net zo achter te laten als we haar hebben aangetroffen,' zei Bonnie en ze gaf ons allemaal een grote ziplock-zak. 'Weet iemand waar die voor is?'

'Antibacteriële doekjes?' opperde ik hoopvol.

'Nee. Dit is voor je toiletpapier,' zei ze.

Juist. Dat leek me wel logisch, vooral na dat waterdingetje van vanochtend.

'Je gebruikte toiletpapier, welteverstaan,' verklaarde ze.

Ik deed mijn mond open om iets te zeggen, maar er kwam niets uit.

'Al het gebruikte toiletpapier gaat in deze zak,' zei ze nogmaals, 'en die hou je bij je tot het eind van de trip.'

Gebruikt

Toiletpapier.

Bij je houden...

Ik deed mijn ogen dicht...

...en op de een of andere manier wist ik mijn schreeuw binnen te houden.

'Is... hoort toiletpapier niet biologisch afbreekbaar te zijn?' Seth zei dit, en hij zag een beetje pips.

'Volgens mij heb ik net gezegd dat we ernaar streven om de natuur achter te laten zoals we haar hebben aangetroffen,' zei Bonnie op een toon die geen tegenspraak duldde. 'En dieren gebruiken geen toiletpapier.'

'Het is walgelijk,' mompelde Jin, en toen ik rondkeek, zag ik dat bijna iedereen er zo over dacht. Misschien ben ik niet de enige die niet was voorbereid op dit reisje. Misschien vermeldt Peak Wilderness doelbewust deze onsmakelijke details niet in zijn folders, en wist jij er ook niets van, mam...? Want mijn medekampeerders waren behoorlijk verbaasd en vonden het weerzinwekkend.

Behalve Peace-Bob, natuurlijk, die goedkeurend knikte en zijn gore ziplock waarschijnlijk als kussen gaat gebruiken.

En ik dacht: help.

En toen dacht ik: ik zou niet weten hoe dat me sowieso gaat helpen om me voor te bereiden op het feit dat ik een jaar van huis ga, in een volkomen beschaafde stad, op een school met riolering en alles erop en eraan. Hoe moet ik dat rijmen? En toen gaf ik antwoord op mijn eigen vraag, mam: het slaat nergens op.

Ik heb van die momenten waarop ik me afvraag: wat de fok doe ik hier, en dan denk ik aan jou. En op die momenten word ik vanbinnen door talloze kleine mesjes gestoken, dan krijg ik geen adem en wil ik wel weer naar de bijl grijpen. Met iets scherps op dingen inhakken.

'Tijd om in te pakken,' zei Pat opgewekt, alsof Bonnie niet net een strontbom op ons had gegooid. 'Duncan komt zo met de boot.'

De groep verspreidde zich, maar ik rilde in mijn nog altijd natte kleren en kon me niet voorstellen hoe ik op die manier de hele dag moest doorkomen, dus liep ik naar Pat toe en legde uit dat al mijn spullen doorweekt waren.

'O ja. Gisteravond zag ik dat de plek waar jullie tent stond niet zo best gekozen was,' zei hij.

'Dat zag je... gisteravond al?' zei ik, en ik knipperde ongelovig met mijn ogen.

'Je kunt een tent het beste op hoog terrein zetten,' zei hij.

'Je meent het.'

'Ja,' zei hij knikkend. 'Dan stroomt de regen heuvelafwaarts, bij je vandaan.'

'Aha,' zei ik en ik knikte met hem mee, terwijl ik zijn schriele nek wel kon omdraaien. 'Ik snap het.'

'Kwestie van zwaartekracht,' vervolgde hij, zich niet bewust – of hij deed alsof – van mijn woede. 'Bovendien mag je buitentent de binnentent niet raken, dan raakt de waterdichte coating beschadigd. Dus er zal ook wel wat water vanboven zijn gekomen.'

'Wauw. Ja, dat klopt.'

'Yep. Verbaast me niets dat je een probleem had.'

'Het verbaast je niets,' herhaalde ik.

'Nee,' zei hij.

Ik dacht dat mijn hoofd uit elkaar barstte. Of dat ik, ondanks het feit dat ik in het algemeen een vredelievend mens ben, hem tegen de schenen ging schoppen.

Maar je hebt me beleefd opgevoed, mam. Dus in plaats daarvan haalde ik twee keer diep adem, pakte mijn ziplock-tasje en vroeg of we dan wat later konden vertrekken, zodat ik tijd had om mijn spullen en onze tent te drogen te hangen.

Pat schudde zijn hoofd. 'We gaan twee uur varen en daarna maken we een lange trektocht voor we vanavond bij het kamp zijn. Het spijt me, maar het zal moeten wachten.'

'Het spijt mij ook,' zei ik o zo beleefd, en ik ging mijn spullen pakken.

Dus, mam, zo ben ik eraan toe: smerig, uitgeput, uitgehongerd, doorgedraaid en ellendig zit ik aan dek van een boot.

En voordat je het vraagt: ik heb geprobeerd om op de boot mijn spullen te drogen... en prompt waaide mijn korte broek overboord. De enige die ik had.

Evengoed liefs,

Ingrid

Algauw stonden we op een strand midden in een of ander zogenaamd fantastisch nationaal park – of liever gezegd: Zogenaamd Fantastisch Nationaal Park – terwijl we ons over de kaarten buigen die Bonnie en Pat ons hebben gegeven. Als ik zie waar we zijn, zinkt de moed me in de schoenen.

Ik dacht dat het feit dat we gisteren midden op een veld werden gedumpt, waarna de helft van onze bezittingen in beslag werd genomen, we een trektocht van vier uur moesten maken om uiteindelijk als avondmaal insecten voorgeschoteld te krijgen, en slapen in een lekke tent met vreemde kerels wel genoeg was om me het gevoel te geven dat vertrouwdheid of comfort ver te zoeken was. Maar het was overduidelijk dat we de beschaving nog verder achter ons moesten laten.

Iedereen roept o en ah over de natuur, en kijk eens naar de ongelooflijke vergezichten, terwijl ik alleen maar kan bedenken dat er nergens een gebouw te bekennen is, of iets anders wat door mensenhanden is gemaakt, maar dan ook nergens. Zelfs geen zendmast. We zijn midden in de rimboe afgeleverd, een dagenlange trektocht verwijderd van de beschaafde wereld, en ik vind er helemaal niets aan.

Ik vind het doodeng.

Sterker nog, ik word er kortademig van en krijg een enorme neiging om mijn rugzak op te rapen en het op een lopen te zetten. Het is bijna het tegenovergestelde van claustrofobie, als zoiets tenminste bestaat.

'Voel je dat?' vraagt Melissa die naast me is komen staan en enthousiast om zich heen kijkt.

'Wat moet ik voelen?' vraag ik, en ik denk dat ze misschien hetzelfde ervaart als ik.

'Hoe verder we komen, hoe meer ik het gevoel heb dat de lagen van me worden afgepeld,' zegt ze, en ik besef dat zij het juist fantastisch vindt.

'Echt?' zeg ik, terwijl ik mijn paniek de kop in probeer te drukken.

'Ja!' Ze spreidt haar armen wijd uit, draait zich naar me toe en zegt: 'Wat zie je?'

'Sorry?'

'Als je naar me kijkt, wat zie je dan?'

'Eh...' Ik weet zeker dat dit een strikvraag is. 'Ik zie een lang blond meisje met mooie blauwe ogen, dat er fit uitziet...'

'Een volmaakt meisje,' zegt ze.

'J-Ja...? Nou ja, ik bedoel, niemand is...'

'Een volmaakt meisje uit een volmaakte familie. Dat was ik,' zegt ze. De verbitterde woorden walsen over mijn antwoord heen als een speech die ze zo te horen al eindeloos vaak had herhaald. 'Ik ben volmaakt en voldoe moeiteloos aan ieders verwachtingen. Knap, slank, sportief maar niet te, slim maar niet zo slim dat het onaantrekkelijk wordt, aardig en met de juiste vriendinnen en juiste interesses. Een intelligente carrière in het verschiet, o, tenzij iemand me op straat "ontdekt", en dat gaat zeker gebeuren, en dan word ik de volgende Karlie Kloss. Maar het ging nooit moeiteloos.'

Ik knik alleen maar. Sterker nog, ik krijg het gevoel dat ik er in dit gesprek eigenlijk niet toe doe. Of misschien ook wel, want ze heeft er echt behoefte aan om te praten.

'In mijn familie schuiven ze alles het liefst onder het tapijt. Mijn vaders beste en enige advies is, zelfs na dat gedoe met die sekte: "Verlies het hoofd niet, Melissa!" Alsof ik, je weet wel, dat letterlijk door een chiropractor kan laten vastschroeven.'

'Het zou wel fijn zijn,' zeg ik.

'Nee echt. Mijn therapeut vindt dat ik ontvankelijk was voor... de sekte... omdat ik dat zo wanhopig graag wilde ontvluchten. Ik werd gek van alle verwachtingen. Dus ik mag dan aan de ene soort controle ontsnapt zijn, maar kwam van de regen in de drup. En nu ik weer thuis woon, en het is... die verwachting, en hoe ze flippen zonder ooit te zeggen dat ze flippen... en... o, sorry... Ik praat te veel.'

'Geeft niet hoor,' zeg ik.

'Waar had ik het trouwens over?'

'Lagen...?'

'Ja. Dus dat is ook een laag... verwachting. Ik ben weg van alles en dat voelt... goed. Voorlopig althans. Soms zijn ze als stemmen in mijn hoofd die ik niet uit kan zetten. En ook zijn stem, alsof iedereen vecht om de controle over me te krijgen. En ik ben bang.'

'Waarom?'

Ze kijkt me met een opgejaagde blik aan. 'Soms wil ik alleen maar dat iemand me zegt wat ik moet doen.'

Ik probeer daar een antwoord op te vinden, maar Pat roept ons bij elkaar.

Het is tijd voor de trektocht van vandaag. De instructies die Bonnie en Pat geven zijn superkort: er moet altijd iemand vooraan lopen, en er moet iemand achteraan lopen om te zorgen dat niemand achterblijft. De leider moet letten op kleine, kegelvormige steenhopen, die *cairns* worden genoemd, om het pad te kunnen vinden en dat te volgen.

Ze vragen wie dat vandaag op zich wil nemen.

Ik heb nog nooit een trektocht gemaakt, dus ik hoef niet zo nodig. Sterker nog, ik doe mijn best om mezelf onzichtbaar te maken, want ik weet wel zeker dat iedereen het beter kan dan ik. Ally, Melissa en Seth houden zich ook gedeisd, en Jin wekt op de een of andere manier de indruk dat ze dit iets voor klootzakken vindt en dat ze er niets mee te maken wil hebben.

Henry wil wel achteraan lopen en, wie had dat gedacht: Peace-Bob neemt de leiding en begint naar de cairn te zoeken. We zoeken er allemaal naar, maar voorbij het strand ligt een droge rivierbedding, die bezaaid ligt met rotsen, praktisch alleen maar zwerfkeien, en verder liggen er overal stenen, dus is het haast onmogelijk om te zien of er een onbenullig steenhoopje tussen zit dat door de mens is gemaakt.

We blijven een paar minuten op het strand staan, lopen dan achter Peace-Bob aan naar een kant waar hij denkt iets te zien.

Hij heeft zich vergist, dus gaan we weer terug naar ons startpunt. Onze rugzakken zijn loodzwaar, die van mij nog zwaarder doordat alles doorweekt is. Ik kan maar moeilijk mijn evenwicht bewaren, bij elke stap heb ik het gevoel dat ik plat op mijn gezicht ga vallen, of achterover en als een schildpad op mijn rug beland. Bovendien is de huid op mijn schouders en middel rauw gesleten, precies op de plek waar een beugel het gewicht van de rugzak zou moeten helpen verdelen. Over de borstriem die mijn tieten verplettert maak ik me nog het minste zorgen, maar dat komt er nog eens bij.

Ik kijk naar het zogenaamde pad omlaag en zet de ene voet voor de andere.

Algauw kunnen we niet anders dan de rivierbedding volgen, want het pad dat Peace heeft gevonden is natuurlijk geen pad. Niemand heeft een verdomde cairn gezien. De rotsen zijn merkwaardig hoekig en liggen los, en op de meeste kun je amper staan. Zelfs zonder de rugzakken zouden we langzaam vooruitkomen en nauwelijks ons evenwicht kunnen bewaren. Ze zijn verraderlijk. Straks verstuikt iemand zijn enkel nog of breekt zijn nek, en/of gaat de pijp uit. Waarschijnlijk ben ik dat. Hopelijk.

Ten slotte klauteren we uit de rivierbedding naar een ander zogenaamd pad.

'Wat was dat verdomme?' zegt Tavik en hij staart Peace-Bob aan alsof hij zijn kop eraf wil trekken. 'Probeer je ons soms te vermoorden?'

'Wat nou, een beetje van streek door een paar rotsen?' kaatst Peace-Bob terug terwijl de zweetdruppels uit zijn baard rollen. 'Kop dicht.'

Ik plet de muggen nummer 836 tot 846.

'We zijn precies twee minuten verder gekomen dan waar we begonnen zijn,' zegt Jin. 'En dat was uren geleden.'

'Drie uur,' zegt Tavik.

'Zo,' zegt Bonnie, en de stem die ze opzet begin ik te herkennen als haar therapeutstem, 'laten we eens bekijken wat hier aan de hand is.'

Zuchtend zet ik mijn rugzak neer.

'Ingrid,' zegt Pat. 'Zo te zien wil jij iets zeggen.'

'Nee hoor.' Gefrustreerd schud ik mijn hoofd, ik kan bijna niet meer. 'Ik niet.'

'Kom op. Wat vind jij hiervan? Hoe voel je je?'

'Fantastisch,' zeg ik toonloos

Jin snuift.

'Nee echt, ik ben een ander mens. Dit is geweldig,' zeg ik. 'Ik hoop dat het elke dag zo gaat.'

Tavik lacht.

Pat komt dichterbij, kijkt me strak aan. 'Ik wil graag horen wat je echt denkt en voelt, wat er onder dat sarcasme zit.'

'Echt waar?'

Pat knikt.

Iedereen kijkt naar mij.

Ik wacht even, kijk om me heen, denk erover na. Meestal houd ik een hoop vóór me, loop ik met opgeheven hoofd en zo. Dit gaat over waardigheid, overleven, dat je niet voor niets je muren optrekt, dat de show koste wat het kost moet doorgaan, dat je de schijn moet ophouden en moet doen alsof je leven perfect is. Zo ben ik ongeveer van baby af aan opgevoed, en nu lijkt het deel uit te maken van een pact – een pact tussen mijn moeder en mij.

Maar nu bekruipt me het gevoel dat het een waardeloos pact is.

'Ingrid?' Pat staat te wachten.

'Oké,' zeg ik. 'Dat we in deze situatie zitten vind ik om te beginnen niet de schuld van Peace, in elk geval niet helemaal. Ten tweede, hoe ik me voel? Ik voel me klote en alles doet pijn en ik ben kwaad.'

Pat glimlacht alsof hij een cadeautje heeft gekregen. 'Hoe komt dat?'

'Omdat ik het niet fijn vind dat jullie ons de hele middag als een stelletje idioten laten ronddolen, dat we met rugzakken van honderd miljoen kilo bijna onze nek breken op die verdomde rotsen terwijl jullie volgens mij precies weten waar het pad loopt.'

'Waarom denk je dat?'

'Nou, als jullie het niet weten, dan zou ik met jullie noodtelefoon Duncan maar bellen, want in dat geval is geen van jullie gekwalificeerd om ons hier veilig uit te krijgen, en zouden we allemaal ons geld terug moeten krijgen. Maar mij maak je niks wijs. En je maakt me al helemaal niks wijs na wat jullie ons hebben geflikt met de tenten. Dus vertrouw ik jullie niet. Dit is volgens mij net zo'n klotezooi en dat vind ik fout, bovendien is het onveilig.'

'Hm,' zegt Pat en hij kijkt even naar Bonnie.

'Dus reken maar dat ik nergens naartoe ga totdat we dit hebben opgelost.' Ik ga zitten en sla mijn armen over elkaar.

'Dus je wilt Peace niet meer volgen?' zegt Bonnie.

'Natuurlijk wel, of voor mijn part een ander, maar alleen als we een echt pad hebben gevonden. Pas als ik zeker weet dat we onze tijd en energie niet verdoen en niet in kringetjes blijven rondlopen.'

Seth mompelt iets wat klinkt alsof hij dat ook vindt en gaat naast me zitten. Tavik gaat ook zitten. Melissa kijkt alleen maar naar haar schoenen. Ally barst in tranen uit. Harvey en Henry luisteren amper, in plaats daarvan doen ze een stil spelletje waarbij ze elkaar met stokken bestoken. Jin blijft staan, maar kijkt nog altijd nijdig naar Peace-Bob.

'Goed dan,' zegt Bonnie ten slotte. 'Ik denk dat ik kan helpen. Kom maar mee.'

Als we op weg gaan, draait Pat zich om en knipoogt naar me.

'Bedankt voor je medewerking,' zegt hij.

Medewerking, stop die maar in je reet.

10

MARSHMALLOWS

(PEAK WILDERNESS, DAG TWEE, VERVOLG)

Bonnie brengt ons regelrecht naar het pad en de rest van de middag lopen we in stilte. Het is ruw terrein, het pad lijkt op een kleine achtbaan, het stijgt en daalt letterlijk om de paar meter. Nergens is de ondergrond vlak, en het pad loopt eerder verder omhoog dan omlaag: we beklimmen een of andere richel. Mijn billen en dijen krijsen het uit, stuiptrekken, dreigen met elke stap het bijltje erbij neer te gooien. Afgezien van het feit dat we bergopwaarts lopen, lijkt het alsof er om de andere stap een wortel zit waar je over kunt struikelen of een steen waarop je je enkel kunt verzwikken. En mijn voeten in mijn niet zo lekker ingelopen schoenen? Ik ben bang om te kijken, maar ze doen pijn als de hel.

Ik ben niet de enige die pijn lijdt. Ik laat het niet merken, maar Ally is bijna aan haar eind, stort zo erg in dat Henry ons heel vaak laat stoppen zodat ze kan uitrusten. Uiteindelijk dragen hij en Harvey om de beurt haar rugzak, want anders komen we nooit aan het eind van deze etappe.

Gedurende deze godsgruwelijke tocht probeer ik (a) te doen alsof ik ergens anders ben, (b) kalm te blijven en (c) de duistere kant van de Kracht te kanaliseren, oftewel heel, echt heel kwaad te worden en die woede over te brengen naar elke stap die ik moet zetten.

(C) is het effectiefst, hoewel de energie die ik eruit put samen met het daglicht begint uit te doven.

Het is bijna weer donker als we eindelijk op de kampeerplek aankomen.

De tweede keer is het erger, want ik weet dat we muggen als avondeten krijgen en er nul kans is dat mijn kleren en tent kunnen drogen. Maar ik ben uitgehongerd en mijn hele lijf is beurs, en dus knijp ik mijn ogen dicht en eet gewoon. En ik ben zo moe dat ik dan misschien geen last heb van de natte slaapzak/pyjama/tent.

Ally stort in het zand neer en trekt met een meelijwekkend kreetje haar schoenen en sokken uit. Haar voeten zitten onder de blaren, veel zijn opengebarsten en rauw van het schuren, en op een paar plekken bloeden ze zelfs. Ik rommel in mijn rugzak, vind een paar pleisters en breng die naar haar toe, maar Bonnie is al bij haar, met ontsmettende zalf, gaas en stevig verband.

Ik ben opgelucht dat Bonnie zich over haar ontfermt, zoals het tot nu toe is gegaan had ik half en half verwacht dat ze Ally op blote voeten het bos in hadden gestuurd om magische kruiden te zoeken om zichzelf te genezen, en bladeren in plaats van verband om haar voeten mee te verbinden.

Tavik en ik gaan meteen op zoek naar een mooie, vlakke hogergelegen plek voor de tent. En zetten hem dan met hulp van Peace op, eensgezind samenwerkend en zonder dramatische poespas. Een wonder. Hij is nog steeds nat, vanbinnen en vanbuiten, vooral aan de kant waar ik heb geslapen, maar er staat een briesje en het tentdoek is dun, dus er is een sprankje hoop dat hij voor een deel droog is als we gaan slapen.

Zodra de twee jongens wegslenteren, kruip ik de tent in, rits zowel de flap van de binnen- als buitentent dicht, zet mijn rugzak op de droge kant, haal mijn badpak tevoorschijn en trek dat aan, terwijl ik de tentflap geen moment uit het oog verlies.

In mijn badpak bekijk ik hoe het met de rest van mijn kleren is gesteld. Er ligt een vieze stapel kleren die ik gisteren en vandaag heb aangehad – sokken, onderbroek, beha, cargobroek, t-shirt, hoody – en de vochtige stapel schone spullen, feitelijk dezelfde spullen, plus een flanellen pyjama en een handdoekje. (Praat me er niet van hoe lang het duurt voordat flanel droog is.)

Ik heb één stuk zeep.

En sinds de zon onder is, is het fris geworden.

Als ik uit het meer kom, heb ik eigenlijk niets om aan te trekken wat droog én schoon is, behalve de hoody, die te kort is om mijn kont te bedekken.

Uiteindelijk leg ik de vochtige schone kleren, plus mijn slaapzak, op een grote rots in de hoop dat dat een beetje helpt, en prop de vuile kleren, alles behalve mijn ondergoed, sokken en beha, in mijn hoek van de tent. Ik heb niet de illusie dat ik morgen extra tijd krijg om ze te laten drogen als ik ze zou wassen. Maar mochten we morgenmiddag bij het kamp zijn en mocht het dan nog een paar uur licht zijn, dan kan ik het misschien op dat moment doen.

En dus loop ik naar het meer, leg mijn handdoekje op het strand en loop met mijn stuk zeep, beha, onderbroek en sokken het water in, want dat die schoon moeten staat buiten kijf.

Het water is zo koud dat mijn adem wordt afgesneden. En niet van het verfrissende en heerlijke soort dat overgaat als je er eenmaal een paar minuten in hebt rondgezwommen. Eerder het soort waardoor je onderkoeld raakt.

Melissa, Jin en Tavik voelen allemaal met handen en voeten hoe koud het is en houden het voor gezien.

'Je bent gestoord dat je daarin gaat,' zegt Jin vanaf de kant.

'Ik b-b-ben het niet met je oneens,' zeg ik klappertandend. 'M-m-maar ik kan er niet tegen als ik zo stink.'

Jin slaat haar ogen ten hemel en blaast kruidenrook mijn kant op. 'Je zou het op straat niet lang volhouden.'

'Dat is beledigend bedoeld, hè?'

'Absoluut.'

Naar adem happend huppel en waad ik verder het water in tot borsthoogte, buig dan mijn hoofd naar achteren om mijn haar nat te maken, hap naar nog meer adem, en begin mezelf grondig in te zepen, waarna ik me zo goed mogelijk afspoel. De blaren op mijn enkels en voeten doen pijn als de hel, maar het goede nieuws is dat ik ze algauw niet meer voel.

Ik kom boven water, als een triomfantelijk ijsblok met een hemelse, schone zeepgeur om me heen, en baan me rillend een weg terug naar het strand.

Peace is in de tent, dus besluit ik om eerst naar mijn slaapzak en vochtige schone kleren te kijken in plaats van daar naar binnen te gaan en te moeten luisteren naar de walgelijke opmerkingen die hij gegarandeerd gaat maken. Ik zal de vochtige slip en de vochtige pyjama moeten aantrekken, en/of de sweater, en hopen dat ze drogen door mijn lichaamswarmte die het op dit moment compleet laat afweten.

Bij de rots zie ik tot mijn ontzetting dat alles wat ik daarop heb gelegd in het zand is gewaaid.

Ik wil mezelf wel op de grond gooien en opgeven.

In plaats daarvan laat ik de doornatte (schone) kleren uit het meer in een bundeltje op de rots vallen en schud vervolgens zo veel mogelijk zand uit de andere kleren. Maar het is heel fijn zand, en ik krijg niet alles weg.

Ik had nooit gedacht dat 'ik heb niks om aan te trekken' zo letterlijk kon zijn.

Ik blijf daar klappertandend staan, schud mijn hoofd en probeer mezelf wijs te maken dat het belachelijk is dat ik wel een potje wil janken. Ik doe een jammerlijke poging om de woede terug te halen die me geholpen heeft om de dag door te komen als Bonnie naar me toe komt.

'Wat is er?' zegt ze.

Knarsetandend vertel ik het haar.

Ze kijkt me ernstig aan en denkt een ogenblik na.

'Volgens mij moet je voorlopig de natte broek en de sweater aantrekken, en laat je onderbroek maar zitten. Haal dan een lange stok, of een paar stokken, flans daar een soort droogrek van en hang alles daaroverheen.'

Ik knik.

'Als je dingen droog wilt krijgen, moet je ze ophangen,' zegt ze er nog bij.

Jee, nooit geweten.

'Oké...' zeg ik, en ik houd de hatelijke opmerking binnen, want ik ben dankbaar dat ze me tenminste nog een kant op stuurt, waarschijnlijk alleen omdat het niet goed voor haar cv zou zijn als ik doodga van de kou, maar toch.

'In het ideale geval is het morgen droog. Als het tenminste niet gaat regenen,' voegt ze eraan toe.

'O,' zeg ik knikkend en rillend.

'Trouwens,' zegt ze en ze werpt een blik naar de plek waar Harvey en Melissa aan de beurt zijn om het kampvuur en het eten te maken. 'Als je iets echt droog wilt hebben, kun je dat misschien bij het vuur hangen.'

Dit is werkelijk het beste idee van de hele dag, want tijdens het eten zitten we om het kampvuur en tijdens het kringgesprek waarschijnlijk ook.

Lieve mam,

Nadat je hebt geprobeerd om me al die damesachtige bescheidenheid bij te brengen, weet ik zeker dat je nu genietend naar me zou kijken: om een kampvuur met een stelletje vreemden, zonder onderbroek en beha, terwijl mijn slip op een stok hangt te roosteren.

Je weet dat ik marshmallows lekker vind.

Maar niet heus.

Dode-muggenscore: 1050.

Liefs,

Ingrid

Na het eten is het mijn beurt om af te wassen, wat betekent dat ik mijn stok – met slip, beha, plus een paar sokken die ik er nog bij had gehangen – die ik angstvallig balancerend op een blok hout naast het vuur had neergezet, in de steek moet laten.

'Eh...' Ik kijk naar Jin, die voor het kringgesprek daar nog een sigaret zit te roken.

'Wat?' zegt ze, terwijl ze de rook niet in de richting van mijn was maar de andere kant uit blaast, wat ik best aardig van haar vind, voor haar doen dan.

'Zou je...' Ik wijs naar mijn stok. 'Zou je willen opletten dat er niks gebeurt met mijn...'

'Je bent een lachertje,' zegt ze met een uitgestreken gezicht.

'Luister,' zegt ik en ik voel mijn wangen rood worden. 'Ik besterf het nu al.'

'Dat weet ik,' zegt ze. 'Dat is nou juist zo lachwekkend. Dat en dat je praat als een wandelend studieboek.'

'Nou, wil je het doen? Een oogje in het zeil houden?'

'O, goed dan.'

Terug naar het meer, deze keer om de afwas te doen.

Daarna blijf ik even over het water staan staren, waar de maan op het spiegelgladde oppervlak reflecteert. Het is inderdaad mooi. Maar ik beleef de schoonheid ervan anders dan ik normaal zou doen, want ik heb het gevoel dat ze me wordt opgedrongen. Ik zie de pure pracht van de wegstervende dag, waardoor ik het onbehaaglijke gevoel, de algehele gewaarwording krijg dat ik vanbinnen knap, openbreek, dat er een soort folterende pijn die ik met een ongelooflijke wilskracht heb weten te onderdrukken, naar boven begint te sijpelen.

Ik wil niet openbreken.

Dat mag ik niet.

Ik moet er niet langer over nadenken, ik moet helemaal niet nadenken.

Maar toch vraag ik me opnieuw af waarom... Waarom zou mijn moeder me willens en wetens aanmelden voor zo'n hard en spartaans programma van Peak Wilderness? Als ze dat inderdaad al heeft gedaan.

Waarom zou ze dat doen, terwijl zijzelf – zo'n fatsoenlijke, elegante vrouw, die altijd het beste kocht wat ze zich kon veroorloven, zelfs toen we niet veel te besteden hadden, die nooit zonder make-up van huis ging, die het niet damesachtig vond om zelfs maar het woord 'onderbroek' uit te spreken – elke seconde ervan zou hebben verafschuwd?

Mijn keel knijpt zich dicht en de tranen springen in mijn ogen, en ik blijf naar het meer toegekeerd staan, hoop maar dat niemand het ziet.

Verdomme. Ik ben geen huilebalk. Vanbinnen ben ik een puinhoop en vanbuiten houd ik me sterk, net als zij. Maar alles waar ik me veilig en normaal bij voel is onder me vandaan getrokken, en nu kan ik geen kant op terwijl ik me naakt, murw en veel te kwetsbaar voel.

Ik kom op tijd tot mezelf voor het kringgesprek begint en vind een redelijk comfortabele boomstam om op te zitten, dicht genoeg bij het vuur om verder te gaan met mijn gênante maar noodzakelijke roosterproject.

'Laten we het over vandaag hebben,' zegt Bonnie, het spits afbijtend. 'Volgens mij zijn er een paar heel belangrijke dingen gebeurd. Ik wil het van jullie allemaal horen.'

En zo gaan we de kring rond, ieder van ons komt aan de beurt om zijn of haar ervaringen van die dag te vertellen.

Ally is compleet aan het instorten. Haar oogmake-up – echt waar, vanochtend heeft ze nog tijd weten te vinden om haar ogen op te maken – is onherstelbaar gevlekt en uitgesmeerd, haar fiere, Instragram-grage houding is verdwenen en ze ziet er erbarmelijk uit.

'Ik wil weg,' zegt ze tegen Bonnie en Pat. 'Kunnen jullie alsjeblieft Duncan bellen en vragen om me op te halen? Ik stop ermee.'

'Je mag nog niet stoppen,' zegt Jin. 'Meen je dat nou?'

'Moet je mijn voeten zien!' roept Ally uit. 'Ik kan niet eens lopen!'

'Je voeten genezen wel weer en dan kunnen ze er een stuk beter tegen,' zegt Bonnie. 'We doen er een stevig verband om en over een paar dagen gaat het een stuk beter.'

'Dat is het niet alleen,' zegt Ally, en ze beeft over haar hele lichaam. 'Ik ben dik!'

'Wat dan nog?' zegt Bonnie op het moment dat ik in een reflex wil zeggen: nee hoor, valt best mee!

'Nou...' zegt Ally, in de war door Bonnies reactie.

'Zou het kunnen dat je denkt te worden belemmerd doordat je jezelf dik vindt... terwijl dat feitelijk niet zo is?' zegt Bonnie.

'Hè?' zegt Ally, en ze is zo verbijsterd dat ze haar tranen even vergeet.

'Wat je lijf wel en niet kan, wordt niet bepaald door of je dik of dun bent, tenzij je gelooft dat dat wel zo is,' zegt Pat.

'Misschien ga je nog versteld staan van jezelf,' zegt Bonnie. 'Vertel me nog een keer wat je belangrijkste doel is dat je in deze drie weken wilt bereiken.'

'Ik wil Angel terug,' zegt Ally terwijl de waterlanders weer tevoorschijn komen. 'En als ik het programma afmaak, die prestatie lever... is dat goed voor mijn dossier. Mijn maatschappelijk werker zegt dat daardoor de balans net kan doorslaan, want... want doordat mijn ouders zo... zijn zoals ze zijn, ben ik geneigd om dingen niet af te maken: baantjes, zomercursussen...'

'Dus,' zegt Bonnie knikkend, en ze focust op Ally alsof ze hier met z'n tweeën zitten, 'als je vindt dat je een opgever bent, vind je misschien een manier om je op dat doel te richten.'

'Oké,' fluistert Ally.

'En denk maar niet dat opgeven een optie is.'

Daarna leert Pat ons een meditatieoefening waarbij we in de vlammen van het vuur moeten kijken om ons hoofd leeg te maken.

Intussen ben ik geobsedeerd, vernederd en hyper doordat iedereen mijn slip en beha kan zien, terwijl ik bedenk dat ik door ze weg te halen nog meer aandacht zal trekken. Als ik ze echter laat hangen, blijft Peace van die walgelijke tongbewegingen maken, en elke keer als mijn blik zijn kant op dwaalt, kijkt hij er nadrukkelijk naar. Ik raak zo afgeleid dat ik tijdens de meditatie aan niets anders kan denken dan dat ik Peace' smerige tong in het vuur zou willen steken, hoe heerlijk dat zou zijn. Of hem met een brandende stok te bestoken.

Iedereen komt aan de beurt en elke keer zoomt Bonnie en/of Pat in op wat hij of zij zegt, en dat hij of zij misschien niet beseft wat hij of zij zegt. Ze graven en trekken om meer details boven water te krijgen, totdat ze ten slotte advies geven, een stukje wijsheid, stof tot nadenken.

Melissa herhaalt haar opmerking dat ze het gevoel heeft dat ze hier minder aan verwachtingen hoeft te voldoen, maar in een groep is ze verlegener, en nu valt het me op dat ze geen van de jongens of Pat recht in de ogen kijkt.

Seth, die een troostende arm om Ally heen heeft geslagen, heeft zo veel muggenbeten, plus een paar beten van zwarte vliegen, dat zijn gezicht en nek helemaal dik zijn. Hij meldt dat ze hem zelfs dwars door zijn broek hebben gestoken.

'Ik voel God niet,' zegt hij met een sombere uitdrukking op zijn gezicht. 'Ik dacht dat ik Hem hier, dichter bij de natuur, wel zou voelen.

Maar dat doe ik niet. Als dit een test is, dan ga ik die niet halen.'

'Is God voor jou een gevoel?' vraagt Bonnie.

'Soms,' zegt Seth. 'Daar gaat het juist om bij geloof... Geloven, ook al voel je het niet. Dus... misschien is het een test.'

'Of misschien zit je in een onderdrukkend patriarchaal kutsysteem,' zegt Jin, 'en valt er dus niets te voelen.'

Seth kijkt aangeslagen.

'Laten we iedereen alsjeblieft de ruimte geven om te praten,' zegt Bonnie, en ze steekt een hand op om Jin het zwijgen op te leggen. 'En laten we constructief blijven. We zijn hier niet om ruzie te maken over het geloof.'

We gaan verder.

Jin geeft toe dat ze tijdens de stressvolle zoektocht naar het pad drugs zou hebben genomen als iemand die bij zich had gehad, maar het komt er snoevend uit. Pat en Bonnie graven verder, maar Jin weet op de een of andere manier een ondoordringbare muur overeind te houden, zelfs als ze de waarheid vertelt.

Bonnie vertelt iets over de werking van de hersenen van verslaafden en dat daar nieuwe zenuwbanen kunnen ontstaan. Net als wegen. En dat Jin in deze drie weken misschien kan beginnen met de bouw van een nieuwe weg die haar van haar verslavingen wegvoert. Hoe we misschien allemaal een weg voor onszelf kunnen bouwen.

Ik vraag me af of de bouw van nieuwe wegen ook helpt bij steeds terugkerend verdriet. Alsof je gewoon een nieuwe weg of brug bouwt en ervoor weg kunt lopen. Misschien zijn er mensen zoals mijn moeder, die zo nu en dan in een diep gat vallen, een put van verdriet waar ze schijnbaar niet uit kunnen komen. Zou het dan niet mooi zijn als je gewoon een weg naar buiten kon bouwen?

'Jouw beurt, Ingrid. Wat vond jij van vandaag?'

'Fantastisch,' mompel ik, mijn armen stijf over elkaar geslagen om te voorkomen dat mensen naar mijn behaloze tieten kijken. 'Mooie natuur.'

Ik ben niet van plan hun te vertellen dat ik compleet de zenuwen kreeg van de uitgestrekte lucht met bomen en water, zonder enig teken van beschaving, hoe ik heen en weer word geslingerd tussen op iets in willen hakken en vluchten.

'Volgens mij hebben we een nieuwe kant van je gezien,' zegt Bonnie.

Nieuw, in vergelijking waarmee? wil ik uitschreeuwen. *Je kent me niet eens!*

'Volgens mij hebben we je ware stem gehoord,' vervolgt Bonnie, ook al werk ik bepaald niet mee.

'Mijn ware stem?'

'De helft van de tijd doe je alsof je hier eigenlijk niet bent,' zegt ze, 'alsof je een beetje ronddobbert en met je hoofd ergens anders zit. Je wilt geen verantwoordelijkheid nemen, wilt niet de leiding nemen.'

'Wat dan nog?' zeg ik, en ondanks mijn voornemen trap ik er toch in. 'Niet iedereen kan de leider zijn, en niet iedereen wil dat. Daarom is er altijd maar één leider.'

'Wat denk je hiervan,' zegt Pat, en hij gaat verder op een onbedoeld grappige, gewichtige toon: 'Iedereen moet zijn eigen leider zijn.'

'Ja hoor,' zeg ik, niet onder de indruk.

'Ja, en mijn punt is,' zegt Bonnie, 'dat je meestal niet zegt wat je denkt, dat je je mening voor je houdt, maar die heb je wel. Sterke meningen, misschien wel goede meningen. Als je die niet uitspreekt, doe je ons tekort, maar je doet jezelf nog het meest tekort.'

'Ik hou niet van ruzie,' zeg ik. 'Daar schiet je niks mee op.'

'Het hoeft geen ruzie te zijn,' zegt ze. 'Ik zeg alleen dat het me opvalt dat je dingen voor je houdt, en misschien doe je dat omdat je denkt dat de zaken anders misschien niet goed aflopen, maar vandaag... heb je dat doorbroken. Wat je eerder vandaag hebt gezegd, was niet erg tactisch, maar wel eerlijk en scherp, je sloeg de spijker op zijn kop waardoor de patstelling werd doorbroken en we verder konden.'

'Ik moest wel, jullie namen ons in de maling,' zeg ik en ik sla mijn armen nog steviger om mezelf heen terwijl ik haar nijdig aankijk.

'We zijn hier om jullie te helpen jezelf uit te testen,' zegt ze, het niet ontkennend terwijl ze me strak aankijkt. 'We zijn hier om uitdagingen voor jullie te creëren, en jullie te begeleiden om die tot een goed einde te brengen.'

'Of niet.'

'Ja, of niet.' Ze knikt. 'Wij zijn hier om erop toe te zien dat jullie met vallen en opstaan verder komen, het steeds weer opnieuw proberen. We zijn hier om het beste in jullie boven te halen.'

'Dus je wilt dat ik alles er maar gewoon uitflap? Denk je dat dat het beste in me is?'

'Ik denk dat je een heel sterk instinct hebt om voor jezelf op te komen, om voor het goede in het algemeen op te komen, maar dat onderdruk je.'

Deze opmerking steekt me als een mes in mijn hart: scherp, doelgericht en pijnlijk.

'Je hebt me gisteren pas voor het eerst ontmoet,' zeg ik boos, terwijl ik probeer bij te komen van de klap. 'Dus feitelijk weet je niets. Ik heb de energie niet om te kissebissen over elk klein dingetje waar ik het niet mee eens ben, dan zou ik de hele tijd ruziemaken. Ik heb wel wat beters te doen. Ik moet mijn energie voor belangrijkere dingen gebruiken.'

'Zoals?'

Bam, in de val.

Iedereen lijkt naar voren te leunen, alsof ik hun mijn diepste zielenroerselen ga onthullen. Ha.

'Waar heb je die energie dan voor nodig?' zegt ze, haar blik als een laserstraal op me gericht.

'Ik ben niet verplicht om mijn gedachten en gevoelens aan je te vertellen,' spuug ik haar toe. 'Ik ben hier niet gekomen om te worden gedwongen mezelf grondig onder handen te nemen. Ik heb niks gedaan...' Ik stop abrupt, voel een stekende pijn in mijn been en hap naar adem.

'Wat is er?' zegt Bonnie.

'Niks!' Ik omklem mijn scheen met een hand, dwing mezelf langzamer te ademen, en staar naar het vuur zoals we dat eerder die avond hebben geleerd. Het kan me niet schelen wat ze van me weet, of denkt te weten, maar ik zegt niks. Mooi niet. Maar jezus zeg, ik ben een compleet doorgedraaid wrak. 'Met mij is alles prima in orde. Ik kon me gewoon... op school niet meer concentreren en zei dat ik deze trip zou gaan doen. Dat heb ik beloofd. Dus ben ik hier en ik zit hem helemaal uit. Dat is alles.'

'Prima,' zegt Bonnie met een therapiestem. 'Maar weet wel dat als je zover bent, je ons met je ware zelf kunt vertrouwen.'

'Dit is mijn ware zelf.'

En nu al maakt mijn energie overuren, om te vechten om te overleven.

Ik laat mijn stok bij het vuur staan, maar zie dat Tavik me opnieuw te snel af is, wat betekent dat ik weer niet weet hoe ik me moet omkleden. Ik heb de fleece hoody die ik nu draag nodig als kussen en ik ga niet weer in mijn lange broek slapen, dank je feestelijk.

Stiekem werp ik een blik op Tavik, die zijn porno zit te lezen en doet alsof ik er niet ben, en mijn maag verkrampt. Weinig kans dat hij zich opeens als een heer gedraagt en aanbiedt om even weg te gaan. En als ik het hem ga vragen, wordt de toestand er alleen maar ongemakkelijker op en kom ik naïef, zenuwachtig en overduidelijk preuts over. En dat bij een gozer die in de gevangenis heeft gezeten. Pas geleden nog. Ik heb geen idee wat hij heeft gedaan en ben bang om het te vragen. Hoe dan ook, het is veel beter als ik cool blijf, doe alsof ik een van de boys ben.

Ik keer mijn rug naar hem toe, leg mijn vochtige pyjama tussen mij en het tentdoek, bedenk me dan en leg de broek links naast me en het pyamashirt rechts van me. Dan doe ik mijn zaklamp uit, in de hoop dat Tavik snapt dat hij zijn lamp ook uit moet doen. Hoewel dat wel een beetje raar zou zijn. Sterker nog, nu voel ik me een complete idioot. Alsof ik een spanning heb gecreëerd die er helemaal niet zou hoeven zijn.

Hij draait een bladzij om en leest door, zich schijnbaar nergens van bewust. Intussen heb ik mezelf in mijn gênante toestand zo zitten opfokken dat ik bijna verlamd ben.

Waar is mijn ware stem nu?

'Tavik?' zeg ik piepend.

'Ja?'

'Zou je... eh...' Mijn stem sterft weg en ik hoop dat hij de hint snapt.

'Wat? Ik probeer te lezen.'

'Wil je misschien het licht uitdoen? Of... het de andere kant op schijnen?'

'Hè?'

'Zodat ik me kan omkleden?' zeg ik gefrustreerd nadrukkelijk.

Tavik begint te lachen, een keelachtig, afschrikwekkend geluid, eerst zacht en donker, daarna steeds harder en intenser, en uiteindelijk zit hij regelrecht te schateren. Het ledlicht schokt in zijn handen heen en weer en creëert een lichtshow die mijn vernedering nog eens in de schijnwerper zet.

'Zo blij dat je het leuk vindt,' zeg ik. Ik zit te zweten en de tranen staan in mijn ogen. Ik had me gewoon uit moeten kleden.

'O, bekijk 't ook maar,' mompel ik en ik trek mijn armen uit de mouwen, ruk de hoody over mijn hoofd, zodat hij vol uitzicht heeft op mijn blote rug. En als hem eerder nog niet was opgevallen dat ik geen beha aanheb, dan weet hij het nu, aangenomen dat hij kijkt. En ik neem aan dat hij kijkt, ik voel hem kijken. Maar ach, het is mijn rug maar.

Ik werk me op mijn rechterzij, probeer mijn pyjamashirt aan te trekken zonder me helemaal te hoeven omdraaien, als plotseling de rits van de tent opengaat en Peace-Bob binnen komt, die met zijn zaklamp recht op me schijnt en de zijkant van mijn naakte bovenlijf in het volle licht zet.

Mijn hele kan-me-niet-schelen-houding verdampt, ik slaak een kreet en sla mijn armen voor mijn borst.

'Wauw,' zegt Peace-Bob. 'Babe...'

'Kan ik,' zeg ik knarsetandend, 'misschien een halve minuut privacy krijgen?'

'Nou, dat is niet eerlijk, Tavik krijgt een hele show.'

'Ga. Weg. Ga weg!' brul ik met een kreet die van heel diep komt.

'Oké. Oké.' Hij doet de zaklamp uit en trekt zich uit de tent terug.

'Alles in orde daar?' Pats stem, en ik besef dat iedereen in het kamp me heeft horen gillen.

'Prima,' blaf ik, terwijl ik met moeite een volgende gil onderdruk. 'Perfect.'

Met een hand omklem ik nog altijd mijn borsten en met de andere tast ik rond naar mijn verdomde pyjamashirt, waarvan ik weet dat dat vlak naast me lag.

'Moet ik binnenkomen?' vraagt Pat.

'Nee!' Alsof ik daarop zit te wachten, nóg een kerel in de tent. 'Blijf buiten!'

'Oké,' zegt Pat, 'roep maar als er iets is, gewoon doen.'

Tavik, nog steeds met zijn licht achter me, grinnikt.

'Klootzak,' sis ik.

Dan doet Tavik in een zeldzaam moment van genade zijn licht uit.

'Zoek je dit soms?' vraagt hij in het donker en ik voel dat het flanellen shirt tegen mijn schouder wordt gedrukt.

'Ja,' zeg ik. 'Dank je.'

Even ben ik oprecht dankbaar, maar dan vraag ik me af of hij het niet al die tijd heeft verstopt.

'Graag gedaan,' zegt hij. 'Ik kan niet wachten om te zien hoe je het met je broek gaat doen.'

Ik ook niet.

Maar de broek is niet zo'n probleem. Ik verkleed me gewoon in mijn slaapzak en kom er niet meer uit. Als ik kon ademen met mijn hoofd in het voeteneind, zou ik de rest van de nacht zo blijven liggen. In plaats daarvan wriggel ik me zo ver omlaag als ik kan en roep dan dat Peace-Bob binnen kan komen.

'Werd tijd,' zegt hij terwijl hij met een fel schijnende zaklamp en stank en al binnenkomt.

'Sorry,' zeg ik, hoewel ik eigenlijk niet weet waarom.

'Hé,' zegt hij en hij steekt beide handen omhoog, 'jouw probleem, niet het mijne. Ik heb je gisteravond toch gezegd dat het lichaam iets natuurlijks is. Niet iets om je voor te schamen.'

'Het heeft niets met schaamte te maken,' zeg ik.

'Zoals ik al zei, jouw probleem,' zegt Peace-Bob. 'Persoonlijk...'

'Vind je het heerlijk om naakt te zijn,' zeg ik. 'Dat weten we.'

Tavik grinnikt.

Ik draai me om, net op tijd om te ontkomen aan de stinkende, harige kont boven mijn gezicht.

Ik vermoed zomaar dat ik nu iets heb geleerd.

11

METAMORFOSE

(ELF TOT TWAALF JAAR OUD)

Na het incident waarin het bed aan gruzelementen ging, bezocht mijn moeder eindelijk een dokter die haar medicijnen voorschreef. Langzaam ging het beter met haar en betaalde ze de rekeningen weer, deed de boodschappen en praatte met me over mijn huiswerk, mijn dag, normale dingen.

Ik was zo opgelucht. Tegelijkertijd weet ik nog dat ik dacht dat mijn onderwijzers tijdens hun les over metamorfose iets hadden overgeslagen, want klaarblijkelijk kon die ook andersom plaatsvinden.

Mijn moeder was begonnen als een vlinder: een schitterende, opera zingende vlinder-diva. Maar toen haar stembanden beschadigd raakten, had ze op het laatst geen energie meer om tegen haar verdriet te vechten en leek ze terug te keren naar het tussenstadium, waarbij ze zich met haar kapotte vlinderlijf naar bed sleurde. Ik was dolblij dat ze weer opstond, maar daarna werd ze... nou, je kon niet van een rups spreken, maar eerder van een mot, wel zichzelf, maar alle kleur was uit haar verdwenen.

Tegen de tijd dat mot-mam helemaal was uitgekomen, had ik één onzichtbaar schooljaar achter de rug (achtste groep) en werd ik bijna twaalf.

'Ik heb een baan,' zei ze op een dag tegen me. 'Ik word administratief assistente bij een accountantskantoor.'

'Mam, je zou op de universiteit les kunnen geven. Waarom doe je dat niet? Je zou een fantastische zangdocente zijn.'

'Nee,' zei ze, en haar gezicht trok plotseling wit weg. 'Geen sprake van. Denk je dat ik elke dag van mijn leven de mensen wil horen zeggen: moet je haar zien, wat tragisch, hè? Bovendien kan ik onmogelijk technieken voordoen als mijn hogere register klinkt als een paar nagels die over een schoolbord schrapen.'

'Oké, maar je zou pianoles, vioolles... het hoeft niet per se zang te zijn.'

'Ingrid.' Ze stak haar hand op. 'Nee.'

'Waarom niet?'

'Het is te pijnlijk,' zei ze terwijl ze me smekend aankeek. 'Alsof... Ik zou elke dag het gevoel hebben dat ik iets probeer terug te krijgen wat voorgoed verdwenen is. Wanhopig, strompelend en dieptriest. Het is voorbij. We gaan verder. We moeten het verleden van ons afschudden en met opgeheven hoofd verdergaan.'

'Goed dan,' zei ik, maar ik was duidelijk niet overtuigd.

'Ik doe mijn best, Ingrid,' zei mijn moeder. 'Zie je dan niet dat ik mijn best doe om voor je te zorgen? Voor ons? Dat doe ik op de enige manier die ik verstandig vind. Ik kan het niet anders. Begrijp je dat?'

In haar nieuwe baan kleedde ze zich in beige ('ik kan niet in divakleren staan kopiëren, Ingrid') en liet ze haar haar kort knippen. Op haar werk zei ze dat ze haar Margot moesten noemen, wat op de een of andere manier tot 'Marg' werd afgekort, met een harde G.

Afschuwelijk, na het verlies van Lalonde.

'Mam, je bent geen Marg.'

'Wat maakt het uit?' verzuchtte ze.

Lesgeven aan beginnende operazangers mocht dan pijnlijk zijn voor mijn moeder, het feit dat ze 'Marg' accepteerde was pijnlijk voor mij. Sterker nog, ik werd er bang van. Depressie, wanhoop en verdriet waren één ding, maar dit was iets anders.

Dit was lijdzaamheid.

Het was alsof haar licht uitdoofde.

Van Margot-Sophia Lalonde naar Marg Burke.

Van vlinder naar mot.

Een jaar nadat ze uit de rups tevoorschijn was gekomen, was mijn moeder nog steeds Marg.

En Marg nam de telefoon aan, nam pakjes in ontvangst, plande vergaderingen, stuurde memo's rond en leefde zonder muziek, en dat gold dus ook voor mij.

Maar er was hoop.

Want laat in het voorjaar stapte er op een dag een man in een linnen pak het accountantskantoor binnen. Hij had golvend bruin haar dat zo lang was dat hij het achter zijn oren kon stoppen, een prachtige olijfbruine huid en een zijdezachte stem met een licht accent.

Mijn moeder was een elegante vrouw, zelfs als Marg, en ook al deed ze nog zo haar best om een heel nieuw bestaan als mot op te bouwen, haar volmaakte houding, haar verschijning of die zo bijzondere, verbijsterende schoonheid van haar had ze niet verloren. Onder die beige mantelpakjes, lage hakken en bescheiden make-up was ze nog altijd meer dan wat ze leek, elke dag weer.

En deze man, Andreas, zag dat.

Hij wierp een blik op mijn moeder, pakte haar hand vast en keek haar diep in de ogen. 'Jij hoort hier niet,' zei hij. 'Je moet met mij meekomen.'

Ze dacht dat hij een grapje maakte en trok haar hand weg.

Maar thuis vertelde ze over hem en ondanks haar protesten ging ik hem googelen. Andreas kwam uit een zakenfamilie, en was nu eigenaar en directeur van een voortreffelijk coachings- en consultingbedrijf in Toronto, gespecialiseerd om leidinggevenden en ondernemers te helpen hun carrière naar een volgend niveau te tillen. Hij had een team van coaches in dienst maar was zelf ook een veelgevraagde coach met een indrukwekkend netwerk van belangrijke internationale cliënten.

Mijn moeders baas was zijn accountant.

Dus was hij geen zonderlinge figuur of oplichter. Hij was succesvol, deed interessant werk en hield er kennelijk van om mensen te helpen.

Andreas bleef terugkomen, blijkbaar waren zijn fiscale zaken dit jaar ingewikkeld doordat hij zo veel nieuwe cliënten had gekregen. Om de paar dagen kwam hij langs, maakte een praatje met mijn moeder, hoorde haar uit. En elke keer had hij een cadeautje bij zich: heerlijke Belgische bonbons, antieke knopen, bijzondere kaas, een zijden shawl, boeken en ten slotte een Russische muziekdoos in de vorm van een Fabergé-ei die muziek uit Puccini's opera *Turandot* speelde.

Die dag was ik daar toevallig. Ik was na school naar haar toe gegaan om te wachten tot ze klaar was en zat een paar meter verderop in de ontvangsthal mijn huiswerk te doen.

Hij had me niet gezien en mijn moeder maakte geen aanstalten om ons aan elkaar voor te stellen, of hem zelfs te laten merken dat ik er was. Maar ik staarde met grote ogen naar dat prachtige ei en bestierf het zowat toen ze het deksel optilde en de bekende muziek weerklonk.

Het kon een averechtse uitwerking hebben. Dat had het ook bijna. Want toen ze de muziek hoorde hapte ze naar adem en stond op achter haar beige bureau, en ik dacht dat ze in huilen zou uitbarsten.

Maar toen zei hij op zo'n lieve toon: 'Als ik naar jou kijk, hoor ik muziek. Mag ik je alsjeblieft ergens mee naartoe nemen?'

'Waar...' Ze stond nog te trillen op haar benen, maar begon weer tot zichzelf te komen. 'Waar wil je me dan mee naartoe nemen?'

'Is dat een ja?'

Ik kon er niets aan doen, ik stond op, ging in haar gezichtsveld staan, net over zijn schouder, en begon op en neer te springen, ik zwaaide, knikte en mimede: ja!

'Ja!' zei ze, iets nadrukkelijker dan strikt nodig was en met een scherpe blik op mij, waarmee ze me duidelijk maakte dat ik als de bliksem weer moest gaan zitten voordat ik haar dodelijk in verlegenheid zou brengen.

'Prachtig,' verklaarde hij met een hand op zijn hart. Hij was knap (voor een volwassen man) en expressief. Via Google had ik niet kunnen achterhalen waar hij vandaan kwam, maar ik dacht dat hij misschien Italiaans of Spaans was.

'De maan, de oceaan, het dak van de wereld... waarheen je maar wilt. Kopenhagen, Rome, Praag, Parijs...'

'Zullen we met een etentje beginnen?' zei ze lachend. Haar ogen schitterden, iets wat ik heel lang niet had gezien, misschien wel nooit.

'Momenteel heb ik verantwoordelijkheden waardoor een ruimtereis uitgesloten is.'

'Dan wordt het een etentje,' zei hij.

Toen hij een paar minuten later vertrok, met haar telefoonnummers en e-mailadres op zijn lijst met contacten, blies hij haar een kus toe en daarna, net toen hij zich omdraaide om weg te gaan, ontmoette hij mijn blik. Hij grijnsde en gaf me een heel vrolijke knipoog.

Toen hij haar bij ons thuis kwam ophalen, werd ik naar boven gestuurd.

'Geen man krijgt mijn dochter op de eerste date te zien. Of de tweede, als die er al komt.'

'Heb je in de spiegel gekeken? Reken maar dat die er komt.'

Ze haalde haar schouders op, maar ze wist vast dat ze er oogverblindend uitzag, met haar half opgestoken haar dat eindelijk weer wat langer was, een vleug rode lippenstift en een beetje mascara. Ik had haar overgehaald om een stijlvol zwart met rood broekpak aan trekken – onder bedreiging dat ik al haar beige kleren zou verbranden als ze dat niet zou doen – en een paar sandalen met riempjes.

'Red jij het hier wel?' vroeg ze.

'Ik weet niet of je het weet, maar ik ben oud genoeg om te babysitten. Als we tenminste baby's kenden.'

'Binnen blijven, de gordijnen dicht laten, de deur niet opendoen en tegen niemand op internet of via de telefoon zeggen dat je hier alleen bent,' commandeerde ze.

Ik had bijna gezegd dat ik het maanden in huis had overleefd terwijl zij praktisch in coma lag, maar ik bedacht dat ik dat maar beter niet kon doen.

Toen de bel ging, rende ik gehoorzaam de trap op, maar liep naar de badkamer om een handspiegel te halen en ging net uit het zicht op de vloer zitten met de spiegel naar de hal gericht. Zo kon ik alles zien zonder dat Andreas of mijn moeder me kon betrappen. Maar toen de deur eenmaal openging, had Andreas alleen maar oog voor haar.

Hij hield nu al van haar. Dat was zo duidelijk als wat, zelfs in de kleine spiegel. Waarom of hoe dat in zo'n korte tijd was gebeurd, was me minder duidelijk, maar het was absoluut zo.

Die eerste avond gingen ze op een schip in de haven eten.

En er kwamen meer etentjes, en toneelstukken, films en sportevene-menten, en hij kreeg haar zelfs zover dat ze meeging naar een klimmuur, maar eenmaal daar aangekomen weigerde ze een veiligheidsharnas aan te trekken met de opmerking dat het er bepaald niet eerbiedwaardig uit-zag (vanaf beneden, neem ik aan).

Tot mijn onuitsprekelijke opluchting vroeg ze of hij haar Mar-got-Sophia wilde noemen en geen Marg. Dat was een goed teken, en niet alleen als het om hun relatie ging. Tenminste, dat hoopte ik. Als Andreas haar kwam ophalen wist hij me boven aan de trap te vinden. Bij hun vierde afspraakje haalde hij een boek uit zijn jasje en legde dat op de tafel in de hal.

Mijn moeder deed alsof ze het niet zag, maar glimlachte.

Ze glimlachte de hele tijd.

Het was nog een goed boek ook. *De geheime tuin.* Ik had het in drie avonden uit.

Afspraakje nummer vijf was op een zaterdagmiddag en ze zouden gaan paardrijden. Andreas stond in de hal, hij was nog nooit gevraagd om verder te komen.

'Wat ik me afvraag...' zei hij tegen mijn moeder, na een heimelijke blik op mij in mijn schuilplek boven.

'Ja?'

'Als ze beneden komt, verandert ze dan in een pompoen?'

Ik zette grote ogen op en trok me terug, zodat mijn moeder me niet zou zien als ze omhoogkeek.

'Sorry?' zei ze.

'Of heeft ze een verschrikkelijke ziekte, zodat ze in een trol verandert als ze met de buitenwereld in aanraking komt? Wat het ook is, mij maakt ze niet bang, hoor.'

Technisch gesproken was ik te oud voor die gekkigheid, maar ik moest giechelen, eerst stilletjes, en daarna niet meer zo stilletjes, en ik speelde ook niet langer verstoppertje.

Mijn moeder keek van Andreas naar mij, en weer terug.

'Of komt het door mij?' zei hij en hij raakte haar arm aan. 'Want anders... misschien wil ze ook wel paardrijden?'

'Ja!' zei ik en ik sprong op, maar toen bracht ik mezelf in herinnering dat ik me als een meisje van twaalf moest gedragen en niet als een opgewonden pup. 'Dolgraag. Ik ben Ingrid, trouwens. Dank je voor het boek, ik vond het schitterend.'

Ik liep met afgemeten pas de trap af en ging voor hem staan.

'Leuk je te ontmoeten, Ingrid,' zei hij en hij gaf me een hand. 'Ik ben Andreas.'

'Hallo,' zei ik met mijn meest volwassen stem. 'Aangenaam kennis te maken. Mam? Mag ik mee?'

Ze aarzelde even en ik zag zo dat ze bang was dat het allemaal te snel ging, maar ten slotte knikte ze kort en zei: 'Ja.'

Daarna mocht ik meestal met hen mee, behalve op avonden dat ik de volgende dag naar school moest. Andreas was leuk, grappig en gul, hoewel hij me soms behandelde alsof ik jonger was dan ik eigenlijk was. Hoe dan ook, het was zonneklaar dat hij snapte dat ik erbij hoorde en zoals hij met me omging, wílde hij dat ook.

Het bleek dat Andreas van Grieks-Marokkaanse afkomst was, en dat zijn vader een diplomaat was geweest, waardoor hij over de hele wereld had gezworven en op internationale scholen had gezeten. Hij was wereldwijs, had veel interesses en een hele poos was ik bang dat hij ons vroegere leven interessanter had gevonden, dat ons nieuwe leven te klein voor hem was, dat mijn moeder uiteindelijk te veel op een mot zou gaan lijken.

Maar ze begon te lezen, iets waarvoor ze tijdens haar zangcarrière niet veel tijd had gehad. Ze las kranten, boeken, wetenschappelijke tijdschriften. Eerst dacht ik dat ze dat deed omdat ze, net als ik, bang was dat ze anders niet wist waarover ze met Andreas moest praten, vooral omdat ze het niet over haar verleden wilde hebben. Maar het werd een passie van haar – kennis, geschiedenis, recente gebeurtenissen, gemeentelijke politiek, debatten over de toestand in de wereld, de laatste romans – ze was onverzadigbaar. Het was duidelijk dat haar briljante geest uitgedaagd wilde worden.

Ze begon ook te tennissen en haalde Andreas over om met haar op stijldansen te gaan, waarvan ze vroeger de basispassen al had geleerd. En ze kookten samen – grappige, verbazingwekkende maaltijden, altijd een fles wijn bij de hand, gelach, gebabbel en zo nu en dan wat gekibbel.

Ze leefde weer. Op het werk droeg ze nog steeds beige, had nog altijd haar beige baan, maar ze leefde.

En dat gold ook voor mij.

12

PARIA

(TWAALF JAAR OUD)

Lieve Isaac,

Ik dacht dat ik zingen eng vond. Punt is dat ik dacht dat ik het niet kon.

Als kind kreeg ik al die lessen, en toen hielden die op. Lang verhaal. Hoe dan ook, als je nog echt heel jong bent, kunnen ze de kwaliteit van je stem niet goed beoordelen. Bij een meisje weten ze pas op haar elfde of twaalfde of zangles de moeite loont. Toen ik zo oud werd, lagen de lessen en ons muzikale leven al ver achter ons.

Sterker nog, in ons huis was muziek verboden. Niemand heeft die regel ooit ingesteld of zo, maar het gebeurde gewoon. Zo nu en dan luisterde ik wel naar muziek, maar alleen als mijn moeder weg was, wat voor mij heel wild en rebels aanvoelde, om niet te zeggen gevaarlijk.

Een van die keren, ik was toen twaalf, draaide ik popmuziek die keihard door de keuken schalde, en ik zong mee. Het lied ging over iets gênants, dat weet ik zeker. Ik danste erbij en ik ging compleet uit mijn dak, dat gebeurt nou eenmaal als je denkt dat je helemaal alleen bent. Je weet wel, doen alsof je in een microfoon zingt, bokkensprongen maken, doen alsof je een rockster bent... een chantagemiddel als iemand dat op de video zou opnemen. Maar ik vond dat ik best goed zong.

En toen, holy shit, was de muziek uit en stond mijn moeder daar, haar hand op de aan/uitknop, mijn eenzame stem hing opeens ongemakkelijk in de lucht.

Ik stopte.

Haar gezicht was lijkbleek.

Ik stond met open mond. Ik had het warm en koud tegelijk, was in de war en op de een of andere manier schaamde ik me diep. Even had ze er zo gekweld uitgezien, en ik wist niet of het door de muziek zelf kwam, of doordat mijn stem afschuwelijk klonk of juist doordat hij zo prachtig was. Het enige wat ik wist was dat het – datzelfde moment – compleet foute boel was.

Zij herstelde zich het eerst en gaf me een aai over mijn bol.

'Nou,' zei ze, en ze schraapte haar keel, 'dat blijft ons tenminste bespaard.'

'Wat blijft ons bespaard?' vroeg ik.

'Dat je misschien voor een zangcarrière zou kiezen,' zei ze met een meesmuilend lachje.

'O,' zei ik, en ik voelde me dubbel vernederd. 'Was het zo erg? Ik bedoel, ik weet dat ik anders klink dan zoals jij... vroeger zong... maar...'

Ik had kunnen zweren...

'Geloof me, Ingrid,' zei ze. 'Ik wil je niet kwetsen, maar... die stem van jou... daarmee word je echt niet beroemd en rijk.'

Toen is er een stukje van me doodgegaan. Mijn moeder wist alles van stemmen, dus als zij dacht dat hij niet goed was, dan was dat zo.

'En dat is maar goed ook, hè?' ging mijn moeder verder. 'Want je ziet wat er van mij is geworden. Armoede, onzekerheid, hard werken en een gebroken hart. Jij verdient beter. Jij bent intelligent en voor jou ligt de wereld aan je voeten. Dat is helemaal niet verkeerd, liefje. Als je in de keuken wilt zingen, of in de douche of waar dan ook, ga dan gerust je gang.'

Maar dat kon ik niet. Daarna niet meer.

En nu denk ik dat ze tegen me heeft gelogen. Of misschien heeft ze niet gelogen, maar wilde ze me met opzet misleiden, was het eerder een list. En kijk mij hier nou, op deze trip, terwijl ik dacht naar een kamp te gaan. Over misleiding gesproken, als dat het inderdaad was. Zogenaamd voor mijn eigen bestwil, in beide gevallen. Maar ik weet het niet... Als je iemand misleidt voor zijn eigen bestwil, wat kan daar dan voor goeds uit komen?

Boosheid is een rotgevoel. Ik wil niet boos zijn op haar. Dat doet pijn.

Heel veel dingen doen pijn.

Trouwens, nu ik erover nadenk, ik wilde wel dat ik jou naakt had gezien.

En vice versa.

Wat dacht je daarvan, schokkend eerlijk ben ik, hè?

Ja, ja, dit is mijn ware stem. En die blijft hier, in dit boek.

Weemoedig de jouwe,

Ingrid

Ik heb Isaac voor het eerst ontmoet in een kast, en dat is niet figuurlijk bedoeld.

We zaten in de brugklas en werden op onze leuke school opgesloten in een werkkast.

Zonder licht.

Terwijl een stelletje tweedeklassers ons aan de andere kant van de deur stond te pesten, want, wauw, wat was het toch leuk om mensen in een kast op te sluiten.

Isaac was een sulletje van het zuiverste water, compleet met slecht zittende kleren, een strohachtig bloempotkapsel, vlekkerige sproeten, een bril, een beugel en een fabelachtig stel hersenen gecombineerd met een gretigheid om bij elk denkbaar academisch onderwerp te laten zien hoe intelligent hij wel niet was, het recept voor sociale zelfmoord.

Ik was nieuw. Nou ja, ik werd als een nieuweling beschouwd, want het jaar daarvoor had niemand me opgemerkt, terwijl ik toen echt nieuw was, en klaarblijkelijk was dit voor sommige kinderen een reden om me te gaan pesten.

Dit gedoe met de kast was me al heel vaak overkomen, maar ik nam aan dat het voor Isaac de eerste keer was, omdat hij naar lucht hapte en stond te trillen op zijn benen. Ik drukte mezelf tegen de ene muur, zodat we allebei wat ruimte hadden.

'Sorry, hoor,' zei ik.

'Het is niet jouw schuld,' zei Isaac.

We hadden nooit eerder met elkaar gepraat. Als je zelf al problemen hebt, schiet het niet erg op als je mensen opzoekt die dezelfde problemen hebben. Het zou mooi zijn te denken dat de situatie beter werd als je samen optrok, maar de ervaring in de eerste anderhalf jaar op een 'echte' school had me geleerd dat het zo niet werkte.

'Wat moeten we doen?' vroeg Isaac.

Ik haalde mijn schouders op, maar realiseerde me dat hij dat natuurlijk niet kon zien. 'Meestal wacht ik gewoon tot de lunchpauze voorbij is. En hoop ik dat ze er op een bepaald moment mee ophouden.'

'Maar ze zeiden dat ze bewijs willen dat we...'

'Hé, Ingrid, lig je op je knieën?' werd er vanaf de andere kant geroepen.

'Ze kunnen ons nergens toe dwingen,' zei ik, plotseling knarsetandend.

'Nee, ik dacht alleen... misschien kunnen we onze kleren wat in de war maken? Zodat het eruitziet alsof...'

'Onze kleren in de war maken? Nee. Getver.'

'Oké! Ik bedoel er niks verkeerds mee, hoor.'

'Dat snap ik ook wel. Zo bedoelde ik het ook niet. Ik ben die neanderthalers gewoon zat.'

'Oké, maar je klinkt zo boos.'

'Nou, ik zit tegen mijn wil opgesloten in een kast. Alweer. En ik had geen tijd om eerst mijn lunch op te eten, dus heb ik honger. En die lui op deze school zijn afschuwelijk en zo niet origineel. En dit is de enige school in de buurt, dus kan ik pas na junior high weg. En ooit was mijn leven heel wat leuker dan nu. Dus ja, ik ben boos. Maar niet op jou.'

'O, oké,' zei Isaac, en hij schraapte zijn keel, terwijl hij zelf helemaal niet oké klonk. 'Het kan altijd nog erger, denk ik zo. Ze hadden ons ook in elkaar kunnen slaan.'

'Wauw. Dat is een hele troost.'

'Dat kunnen ze natuurlijk nog steeds doen.'

'O mijn god.'

'Sorry. Ik hou mijn mond wel.'

'Fijn.' Ik verdroeg de stilte tweeënveertig tellen lang, gaf het op en vroeg: 'Hebben ze dat dan gedaan? Eh, je in elkaar geslagen?'

Isaac maakte weer een hijgend/verstikt geluid.

'Laat maar, je hoeft het me niet te vertellen.'

Daarna bleven we gewoon maar staan, ademden de dampen van de schoonmaakmiddelen in en probeerden niet te luisteren naar het gejoel en de pesterijen aan de andere kant van de deur. Daar klonk het hard, maar deze kast was als een kleine geluidscapsule en daardoor hoorde ik dat Isaac sneller ging ademen en begon te hijgen.

'Wat is er?' vroeg ik.

'Afgezien van het voor de hand liggende?'

'Ja.'

'Ik vertoon de kenmerken van iemand die niet... niet erg van... kleine afgesloten ruimtes houdt.'

'Heb je claustrofobie?'

'Zoiets. Punt is, als ik een plek zou mogen kiezen waar ik werd gedwongen om zogenaamd, eh, met iemand aan te pappen, dan zou dat niet hier zijn.'

'En dan te bedenken dat we pas twáálf zijn.'

'Dat ook.'

'Dus... Ga je flippen? Flauwvallen? Wat?'

'Ik weet het niet. Ik... doe mijn best om...' zei hij, zijn stem klonk alsof hij half gewurgd werd. 'Maar deze klootzakken... die neanderthalers, hoewel ik het voor de neanderthalers eerder een belediging vind...'

'Klopt.'

'Ze maken me het leven al zo zuur en nu is dit... gewoonweg... geweldig.'

Zoals ik daar in het donker stond, kwamen er een paar dingen in me op.

(1) Dit was misschien een soort test, en als ik slim was (en kwaadaardig en meedogenloos), zou ik die halen als ik een manier wist te vinden om Isaac onder een bus te gooien, hem te vernederen, neer te sabelen, zodat ikzelf de kans kreeg hoger op de

sociale ladder te komen en misschien bevrijd werd van de kast-lunches en de rest. Tenslotte was Isaacs status een hopeloze zaak, terwijl er bij mij nog wel iets aan te sleutelen viel. Althans, dat hoopte ik.

(2) Op kosmisch en karmisch niveau, en als het erom ging een 'fatsoenlijk mens' te zijn, was dit een ander soort test.

(3) Het zat er niet in dat ik beide tests zou halen.

(4) Dat was klote.

Intussen ging het van kwaad tot erger met hem.

'Isaac, kan ik iets doen?'

Geen antwoord.

'Hoe haal je jezelf hieruit? Oké, waarschijnlijk moet je... ademhalen. Ik bedoel, langzamer ademhalen. Mediteren of zoiets.'

'Soms...' Hij hapte naar adem. 'Maak ik sommen.'

'Natuurlijk. Logisch, ga sommen maken.'

'Het gaat niet. Ik kan geen begin vinden.'

'Eén plus één is...'

Half hijgend, half gniffelend zei Isaac: 'Het moet moeilijker zijn... formules... breuken...'

'Nou, sorry, maar in wiskunde ben ik waardeloos,' zei ik en toen stak ik hem in de kleine ruimte mijn handen toe. 'Geef me je handen. Of je armen.'

'Oké.'

Ik pakte zijn onderarmen vast, kneep erin, liet toen mijn handen in die van hem glijden en hield ze vast. Ze waren steenkoud.

'Bij die lui mag ik de weg niet kwijtraken,' zei hij.

'Dat gebeurt ook niet.' Maar als het zo doorging gebeurde dat wel. 'Luister, hou je van muziek? Stimuleert muziek niet het rekencentrum van de hersenen?'

Ik dook in mijn geheugen, haalde mijn favoriete cellosuite van Bach naar boven en begon te neuriën, langzaam, want in het normale tempo gingen de noten te snel om te neuriën. Ik hield zijn handen vast, ging dicht bij hem staan en stelde de toonhoogte zo af dat mijn stem regelrecht binnendrong in zijn brein en zenuwstelsel.

'Ga door,' zei hij toen het afgelopen was.

Hij klonk een beetje kalmer, dus zocht ik nog iets uit: een aria van Verdi. Eerst neuriede ik alleen maar, maar algauw zong ik de woorden.

Het werkte. Hij hapte niet langer naar lucht en zijn handen waren niet meer zo koud, dus ging ik maar gewoon door. Ik zong een volksliedje, wat van Mozart, Puccini, nog meer Bach, voornamelijk uit Margot-Sophia's repertoire of van mijn eigen muzieklessen. Ik werd helemaal stil vanbinnen en het voelde alsof ik water had gevonden in de woestijn. Ik vergat de klootzakken aan de andere kant van de deur geen moment, maar de muziek maakte iets in me los waardoor ze me gewoon niets konden schelen, waardoor ik kon denken aan de o zo grote wereld buiten deze helse school. En hoe dan ook, daarbuiten maakten ze zo veel herrie dat ze het toch niet konden horen.

'Niet ophouden,' zei Isaac, toen ik na afloop van de treurzang uit *Dido en Aeneas* zweeg.

En dus koos ik er nog een.

En weer een.

En nog meer...

Totdat alles om ons heen muziek was en al het andere in diepe stilte was ondergedompeld... een pauze, een schijnbare onderbreking in tijd en ruimte, zoals het moment tussen de ene ademhaling en de volgende...

En daarna, toen ik niets meer uit mijn hoofd kon verzinnen, en Isaac kalm en langzaam ademde, hield ik op.

'Beter?'

'Jezus,' zei hij. 'Wat... kun jij zingen.'

'Nee, ik ken gewoon wat liedjes.'

'Als jij het zegt. Maar het heeft geholpen. Dank je.'

'Bedank me nog maar niet. Ik denk niet dat ze me hebben gehoord, maar... het is daar plotseling wel heel stil...'

'En toch heb je me geholpen.' Hij kneep in mijn handen, ik kneep terug. Hij neuriede een paar maten uit de cellosuite en in het donker glimlachte ik naar hem.

En toen vloog de deur open, fel tl-licht scheen naar binnen, frissere lucht, en gezichten.

'O kijk nou eens, ze houden elkaars hand vast,' kraaide Elizabeth, de loederkoningin. Zij was het grote kwaad, en niet het typische kwaad met de twee gezichten, van het misschien-domme mooie meisje, nee, zij was kwaadaardig slim, verwaand en sportief, met lang krullend bruin haar, een lichte huid, sproeten en priemende blauwe ogen. Ze was niet knap, en dat probeerde ze ook niet te zijn, maar ze had een verbazingwekkende lach en een aantrekkelijke persoonlijkheid. Ze probeerde de wereld naar haar hand te zetten, en daar zou ze waarschijnlijk in slagen ook. Zij was degene die me begin september in het vizier had gekregen en had besloten me tot haar doelwit te bombarderen.

'Ze hadden een romantische date,' sneerde ze nu, 'en hij wilde dat ze voor hem zong.'

Ja, ze hadden me gehoord. O-o.

'Waarom moest ze zingen, grote knul?' zei Zac, Elisabeths nachtmerrie van een vriendje, terwijl hij Isaac de gang in duwde en een gemaakt vriendelijke arm om zijn schouders sloeg.

'Je hebt haar zeker lekker opgevrijd om een meisje zo te laten zingen,' voegde Elizabeth eraan toe. 'En jij... zo'n nachtegaal.'

'Gewoon haar manier om erom te smeken,' zei Zac en de meelopers om hen heen gniffelden.

Ik ontmoette Isaacs blik en zag dat hij kwaad was, klaar om te vechten. Ik schudde heel licht mijn hoofd.

Niet doen.

Als we niets terugzeiden en hun stomme grappen over ons heen lieten komen, zou het misschien overgaan zonder dat er iets ergs gebeurde.

Misschien.

'Zij is een nachtegaal en samen zijn ze tortelduifjes...' vervolgde Zac op dezelfde stompzinnige manier, en omdat hij Zac was, lachte iedereen.

Maar toen brak Isaac in met: 'O kom op, zeg, dat was niet eens grappig.'

Shit. Even deed ik mijn ogen dicht, en tegen de tijd dat ik ze opendeed, belandde Zacs vuist in Isaacs maag, en Isaac ging neer, terwijl hij al die tijd werd geschopt en geslagen.

'Stop!' riep ik, maar niemand luisterde.

'Sta op, tortelduif,' zei Zac terwijl hij Isaac aan zijn kraag omhoogtrok en hem naar twee potige knapen schoof die naar voren waren gestapt alsof ze een stilzwijgend bevel hadden gekregen. 'Hou hem vast.'

Tegelijkertijd werd ik van achteren vastgegrepen en tegen Isaac aan geduwd.

'Laat zien, tortelduifjes,' zei Elizabeth. 'Laat ons maar zien hoeveel jullie van elkaar houden.'

Ik kwam niet verder dan Isaacs kin, dus ik kon zijn gezicht niet zien.

'Wat dacht je van een grote, natte kus? Dat vindt je loverboy lekker,' zei Zac. 'Kom op.'

Ik had nog nooit iemand gezoend, in elk geval niet op de romantische manier.

Niet dat dit – in welk opzicht ook – romantisch was. Eerder het tegendeel.

Ik had kunnen weigeren, of mezelf kunnen redden door op dat moment iets akeligs tegen Isaac te zeggen, maar wilde ik nog met mezelf kunnen leven, dan was ik dat stadium ver voorbij. Dus ging ik op mijn tenen staan en gaf hem razendsnel een vluchtige kus, ik mikte op zijn mond maar hij belandde er half op en half naast.

'Tongen, tongen, tongen,' dreunden ze.

Ik voelde mijn wangen branden en de tranen prikten in mijn ogen. Ik had geen idee hoe dat moest en ik walgde sowieso al van het idee, en ik zou het absoluut nooit willen uitproberen voor een meute pestende kinderen die me alleen maar wilden vernederen.

Maar ze hadden Isaac al in elkaar geslagen, dus het kon nog erger worden.

'Kom op, nachtegaal.' Het was Elizabeth, die achter me stond en pal in mijn oor praatte. 'Hij is zóóó sexy.'

Ik probeerde bij haar weg te schuifelen, maar daardoor kwam ik nog dichter tegen Isaac aan te staan, die me op zijn beurt paniekerig aankeek. Hij mocht dan niet van afgesloten ruimtes houden, met deze jennende, verpletterende meute kon hij ook niet best omgaan.

We keken elkaar aan en hij zei: 'Doe het nou maar.'

Met een ellendig gezicht bukte hij zich en ik ging weer op mijn tenen staan.

De groep lachte, joelde, en een paar lui hielden nog steeds onze armen vast, duwden ons van alle kanten tegen elkaar aan.

We schoven nog dichter naar elkaar toe en ik probeerde te doen alsof we alleen waren, weer in de kast stonden.

Met muziek.

En toen dook Zac opeens op, legde een hand op ons achterhoofd, en in één krachtige beweging sloeg hij onze gezichten tegen elkaar en hield ze zo vast.

Onze lippen raakten elkaar misschien, maar dat gold ook voor onze tanden, neus en voorhoofd.

Ik was nog steeds verdoofd, mijn hoofd suisde toen hij ons losliet, maar toen zag ik dat Isaacs linkerneusgat ging bloeden en drongen de pijn en vernedering hardhandig tot me door.

En dat was het moment waarop het rood werd voor mijn ogen.

Het is een beetje een wazige vlek, maar ik herinner me een woedeaanval waarbij ik met mijn ellebogen alle kanten op maaide, met mijn voeten stompte en schopte en ik denk dat ik zelfs heb geschreeuwd. Ik weet niet of ik iemand pijn heb gedaan, maar ze stonden absoluut perplex. Mezelf heb ik sowieso pijn gedaan, want als je mensen letterlijk schopt en stompt, bezeer je jezelf ook.

Ik weet nog dat ik bloed proefde en dacht dat ik er geweest was.

En toen ging de bel, de leraren kwamen de personeelskamer uit en liepen de gang door, en als bij toverslag was iedereen verdwenen.

Behalve wij. Isaac en ik, bont en blauw en versuft, bleven aan het eind van de gang staan.

'Alles goed met je?' vroeg ik aan hem. 'Nee, natuurlijk niet, je bloedt. Ik breng je naar de ziekenboeg.'

'Ik moet naar aardrijkskunde.'

'Dat meen je niet, maak je je druk om de les?' Ik sloeg een arm om hem heen en loodste hem de gang door.

'Nou... ja,' zei hij, terwijl hij puffend naast me liep. 'Dit overkomt me aan de lopende band. Niet precies hetzelfde, natuurlijk. Hoe dan ook, ik laat me er niet door weerhouden om naar les te gaan.'

'Vandaag wel,' zei ik toen we bij de dichte deur van het kantoor aankwamen.

'Wacht, Ingrid,' zei Isaac met schorre stem. 'Je mag het ze niet vertellen. Hoe dit is gebeurd, bedoel ik.'

'Eh, ja, zo graag wil ik nou ook weer niet dood.'

Meneer Moore, de schoolverpleegkundige, die er in zijn rode spijkerbroek en een bijpassend rood met donkeroranje overhemd cool uitzag, wierp een blik op Isaac en werkte hem het kantoor binnen.

'Moet jij ook bij mij zijn?' vroeg meneer Moore aan mij, terwijl hij me taxerend aankeek.

'Ik ben oké.'

'Wil je me vertellen wat er is gebeurd?'

'Hij is tegen een deur aan gelopen,' zei ik.

'Hm. Oké.' Hij geloofde me niet, maar begreep wel dat ik er verder niets over zou zeggen. 'Ga dan maar naar je klas.'

Ik schonk Isaac een bemoedigend glimlachje, zwaaide en maakte dat ik wegkwam, bewoog me zo snel ik kon zonder te gaan rennen. Ik wist bij mijn kluisje te komen, stopte alles in mijn rugzak wat ik erin kwijt kon, trok mijn jas aan, liep de gang door, duwde de buitendeuren open en liet op weg naar huis mijn tranen bevriezen door de novemberwind.

Ik was niet van plan nog een seconde op die school door te brengen, en het zou drie jaar duren voordat ik Isaac weer zag.

Ik had geluk dat Andreas bij ons was toen ik mijn moeder in niet mis te verstane bewoordingen vertelde dat ik nooit meer naar die school terugging. We zaten in een impasse. Mijn moeder wilde me niet van school halen zonder dat er een andere school beschikbaar was, en vond eigenlijk dat ik weer terug moest gaan. En ik was wanhopig, wilde geen duimbreed toegeven, ook al had ikzelf geen concreet alternatief plan.

Maar Andreas was een onverbeterlijke probleemoplosser. Dat deed hij niet alleen in zijn bedrijf, maar zo zat hij gewoon in elkaar. Daardoor kende hij heel veel mensen. En zo kwam het dat Andreas wel een school wist – een heel bijzondere school – en mijn moeder vond het goed om daar in elk geval een kijkje te gaan nemen.

Godark Academy is gevestigd in een voormalige kerk die was omgebouwd tot een pand met twee theaters en waar een school in gevestigd werd. Het was een bouwvallig gotisch, merkwaardig gebouw, het tochtte en kraakte, met een oud verwarmingssysteem dat je alleen op stand 'koken' of 'vriezen' kon zetten met niets ertussenin, en het verleende een spookachtige charme aan een hoek van de West End.

Het was een alternatieve particuliere school met een klein aantal leerlingen van groep acht tot en met de zesde klas middelbare school. Toelating ging via loting en een gesprek, maar Andreas kende de rectrix en dacht dat hij me misschien om 'humanitaire' redenen kon binnenloodsen.

'Wat, als een soort vluchteling?'

'Omdat je voor mij heel speciaal bent,' zei hij.

Mijn keel kneep zich dicht. Het was niet mis dat hij dat zei.

We kwamen in de hal waar ik heel ver omhoog kon kijken en gebrandschilderde ramen zag. Ik voelde de grijze stenen muren om me heen oprijzen, de kroonluchters met hun talloze lampen zweefden griezelig in de ruimte boven ons. Ik ademde in en uit, ademde de bedompte, naar oude boeken ruikende lucht diep in en voelde me getroost.

Het voelde er als klein-Zweinstein.

Het voelde er als een uitgewoond operagebouw.

Het voelde er als thuis.

Ik bleef op de stenen vloertegels staan en wilde dat er wortels uit mijn voeten zouden groeien zodat ik kon blijven.

Ik keek naar mijn moeder, vroeg me af of dit haar ook aan vroeger deed denken, of dat een goed teken was of juist niet.

'Ik geloof dat een groot aantal van de leerlingen van deze school tot een universiteit wordt toegelaten,' mompelde Andreas, die kennelijk al wist wat voor mijn moeder het zwaarste woog. Als het om kunst ging – maakte niet uit welke vorm – was ze sinds we naar Canada waren verhuisd als een blad aan een boom omgedraaid. Wanneer we het ook maar over opleiding en carrière hadden, maakte ze me onomwonden duidelijk dat ik praktisch moest zijn en op zeker moest spelen. Ik moest schitterende cijfers halen en een intelligente carrière uitstippelen. Dat was Andreas duidelijk niet ontgaan.

'Sterker nog, negenennegentig procent gaat naar de universiteit,' antwoordde een minzame, andere stem.

Ik draaide me om en zag dat de stem bij een zwaanachtige persoon hoorde, met witte haren, van wie je niet goed kon zien of het een man of een vrouw was, en die Andreas aan ons voorstelde als Rhea. (Ray-uh. Ik zag algauw dat ze een zij was.) 'Rhea is het hoofd van de school, oftewel de rectrix.'

Ik sloeg mijn moeder gade toen zij en Rhea elkaar de hand schudden en elkaar aandachtig opnamen, alsof ieder bij de ander iets bespeurde van een soort je-ne-sais-quoi.

We kregen een rondleiding en een uitleg over het leerplan en de filosofie van de school, en daarna hadden we een gesprek. Ik hoefde geen rondleiding. Ik zou naar elke andere school zijn gegaan, als ik maar niet terug hoefde naar de vorige. Maar terwijl we door het gebouw liepen en verschillende klaslokalen bekeken, kreeg ik er steeds meer zin in. Leerlingen zwaaiden naar ons en glimlachten naar me, en je kon nu al zien dat ze een bonte verzameling vormden, er waren bijvoorbeeld allerlei rassen en niemand was hetzelfde gekleed of had hetzelfde kapsel.

Ik stapte binnen een week over en kreeg op mijn eerste dag een 'buddy'.

'Zo'n buddy klinkt een beetje afgezaagd, maar dat is ook zo bedoeld,' zei mijn 'buddy', een meisje dat Juno heette, met rood haar en reusachtige groene ogen. 'Het komt erop neer dat Rhea mij heeft gekozen om je "volg"-vriendin te zijn. En ze is heel goed in het beoordelen van mensen, dus grote kans dat we het goed met elkaar kunnen vinden.'

'Dat is... oké, dat is fijn,' zei ik.

'Rhea heeft er echt gevoel voor. Ze doet aan vriendschapsvoodoo, maar dan in positieve zin.'

'Geweldig.' Ik vond Juno aardig. Ik merkte meteen dat ze een slimme meid was en ook een tikje bot, wat me wel aanstond. Ik wilde dolgraag een goede indruk maken, dus moest ik een manier bedenken om vriendelijk en cool over te komen, en niet wanhopig.

'Ik moet zorgen dat je een geruisloze start maakt. Het is mijn taak om je aan iedereen voor te stellen, je wegwijs te maken en te zorgen dat niemand vervelend tegen je doet.'

'Vervelend tegen me doet?' Ik keek haar zeker met een paniekerige blik aan, want Juno schudde haar hoofd.

'Nee, nee, eerder dat niemand je met opzet de verkeerde kant op stuurt of zo, stomme dingen doet, probeert grappig te zijn. Maar dat doen ze niet. En wees maar niet bang, je hoeft heus niet mijn vriendin te blijven als je dat niet wilt.'

'Nee, dat... dat wil ik wel, als jíj dat tenminste wilt.'

'Natuurlijk wil ik dat. Maar ik bedoel meer dat je heus mijn hart niet zult breken, ook al mag ik je nog zo graag.'

'Krijgt iedereen zo iemand toegewezen? Of...' *Alleen de freaks die op een andere school werden uitgekotst...?* Ik wist dat Andreas Rhea alles had verteld wat hij wist en ik hoopte dat ze dat niet aan de grote klok ging hangen, want ik wilde graag met een schone lei beginnen.

'Iedere nieuwkomer en iedereen die later in het schooljaar instapt,' zei Juno.

'O, mooi. Oké dan. En dank je wel.'

'Trouwens, ik zeg het maar vast, als we toch vriendinnen gaan worden, moet je me helpen met een soort jongensdrama,' zei ze.

'Jongensdrama? Een vriendje of zo?'

'Nee.' Juno trok een gezicht. 'Gewoon een vriend, mijn beste vriend, op weg naar de volwassenheid, maar sinds, ik weet niet precies, vorig jaar of zo, doet hij raar. Het ene moment doet hij normaal en het volgende moment ben ik lucht voor hem, je weet wel, doet hij alsof hij te cool is voor me. En ik pik die onzin niet van een jongen met wie ik vroeger verkleedspelletjes deed. Dus ik zeg waar zijn vrienden bij zijn: "Toff, ik heb je honderd keer in je nakie gezien en je hebt zelfs een keer in mijn badwater gepoept!" Dan schaamt hij zich bijna dood, waardoor hij zich als een nog grotere klootzak gaat gedragen.'

'Wauw,' zei ik, en ik wist niet of ik erom moest lachen. 'Wat wil je dat ik doe? Met hem praten als jij met hem praat en hem negeren als je dat niet doet?'

'Absoluut. En...'

'En...?'

'Als hij ooit iets over me zegt...'

'Ik betwijfel of hij tegen mij iets gaat zeggen, maar als hij dat inderdaad doet, laat ik je dat natuurlijk weten,' zei ik, en ik hoopte maar dat dit was wat ze wilde.

En dat was vast zo, want Juno glimlachte, stak plotseling haar armen uit en omhelsde me, en ik omhelsde haar ook en deed mijn best niet te huilen van opluchting.

13

GEROOKT

(PEAK WILDERNESS, DAG DRIE TOT EN MET ZES)

Lieve mam,

Inmiddels heb ik hordes muggen afgeslacht.

En toch ben ik zo erg gebeten dat ik betwijfel of mijn huid er ooit van zal herstellen.

Intussen weet ik zeker dat je bezorgd bent over mijn natte spullen, en dan met name mijn slipje en beha. Of ze wel droog zijn, of ze van de stok zijn afgehaald en niet langer een onfatsoenlijk spektakel bieden, of ze schoon zijn en of ik ze nu draag? Geef maar toe, je kunt vast nergens anders aan denken.

Voor we naar bed gingen, gaf Pat me een stukje tentdoek en samen hebben we dat over een paar lage takken op een enigszins beschutte plek gespannen. Ik heb er mijn van stokken in elkaar geflanste droog-rek onder gezet zodat ik daar alles voor de nacht kon ophangen (mijn slaapzak niet, want die had ik natuurlijk nodig) zonder bang te hoeven zijn dat het door dauw of regen weer nat zou worden.

Maar vannacht was het koud en vanochtend was alles nog steeds vochtig. (En praat me niet van slapen in de natte slaapzak.)

Maar ik zal je iets over kampvuren vertellen, mam, want volgens mij heb je die nog nooit van dichtbij meegemaakt.

Ja, ze zijn heet en hebben verwarmende en drogende eigenschappen.

Maar weet je wat ook een eigenschap is van kampvuren?

Ze roken.

En herinner je je nog wat er gisteravond verder rondom dat kampvuur gebeurde?

Er werd gerookt.

Maar toen zat ik ermiddenin, dus rook ik het op het laatst niet meer.

Maar vanmorgen werkte mijn reukzin op volle toeren.

Dus.

Denk je eens in dat ik zo mijn best heb gedaan om alles te wassen met een klein stukje biologisch afbreekbare zeep. Denk je de sokken en het ondergoed eens in waarin ik heb gelopen en geslapen, waarop ik insecticide heb gesproeid, en dat allemaal twee dagen lang.

En het andere stel kleren dat gisteren bijna de hele dag nat en rottend in mijn rugzak in de hete zon had gezeten? Denk je dat eens in.

En stel je dan maar eens voor hoe die spullen vanochtend roken, nadat ze gisteravond doorrookt waren door de rook van het vuur en de stinkende kruidensigaretten.

Stel je eens voor dat je die spullen moet aantrekken onder koude, vochtige kleren en stel je dan de geur eens voor die vanaf je voeten, je borst en andere plekken omhoogwasemt. Het is een unieke stank, er is geen ontkomen aan, alsof je in een inferno rondloopt, maar niet dezelfde die je in de disco aantreft.

Stel je eens voor hoe dat vandaag zal gaan als ik bijvoorbeeld zweetvoeten krijg.

Intussen stelde Bonnie, die naast mij staand probeert om niet te stikken, voor dat ik vandaag mijn andere stel ondergoed – dat ik niet draag – maar aan de buitenkant van mijn rugzak moet hangen, om de boel wat op te frissen.

Dus ja, ik heb mijn ondergoed als een vlag aan mijn rugzak gehangen.

Je weet wel, voor het geval iemand het gisteravond niet goed heeft gezien.

Doorrookt liefs,

Ingrid

Als ik op dag drie wakker word, voel ik me verschrikkelijk. Ik heb amper geslapen. Ik lag rillend en bibberend wakker, draaide in kringetjes rond van woedend naar bang naar verward en weer terug, en moest alle zeilen bijzetten om niet in paniek te raken. Die paniek was er de hele tijd al, maar ik heb haar weten te onderdrukken. Maar nu elke spier in mijn lijf pijn doet, alles stinkt en nat is, en ikzelf ook, en alles wat ik doe onder een vergrootglas ligt – de manier waarop Bonnie en Pat me emotioneel bestoken, de manier waarop mensen als Jin en Tavik me een onbehaaglijk gevoel geven en het enge gedrag van Peace-Bob – ben ik de strijd aan het verliezen. Ik ben te moe om er nog tegen te vechten, dus ik delf gewoon het onderspit.

En er is geen ontkomen aan. We zitten midden in de rimboe, je moet dagen lopen om bij de beschaafde wereld te komen, dus ook al zou ik mijn belofte aan mijn moeder willen verbreken, dan kan dat niet eens. Ik zit in de val.

Ik doe in het bos mijn ochtendplas, kleed me aan en ga mijn moeder schrijven over de doorrookte slip, beha en sokken. Door de boosheid die ik kwijt kan in die brieven die ik nooit zal versturen begin ik merkwaardig genoeg steeds meer begrip te krijgen. (Misschien heb ik ze wel met mijn ware stem geschreven, wat betekent dat ik in wezen een sarcastisch kreng ben.) Vandaag helpt het niet veel, maar ik doe het toch. En dan, als ik het boek dichtsla, de leren riempjes vastmaak en naar de lucht omhoogkijk, overvalt me opnieuw het gevoel dat ik compleet word ingesloten. Mijn hart slaat op hol, ik begin weer te trillen, zeg tegen mezelf dat dat niet mag, dat ik niet mag instorten, want als ik dat hier doe, in de buurt van een stelletje vreemden die geen barst om me geven, ben ik de sjaak.

Ik zal gewoon nog... achttien dagen moeten zien te overleven. Geen probleem. Ha ha.

Het ontbijt is klaar. Ik kan me niet voorstellen dat ik een hap door mijn keel krijg, maar ik weet dat als ik niet eet, ik het niet de hele dag zal volhouden.

Ik moet het gewoon overleven. En daar ben ik goed in. Toch?

Bonnie komt naast me zitten terwijl ik een lepel warme ontbijtgranen in mijn mond stop.

'Ingrid...?' vraagt ze. 'Hoe gaat het vandaag met je?'

'Fokking klote,' zeg ik. 'En met jou?'

'Wat akelig,' zegt Bonnie. 'Wil je erover praten?'

'Nee.'

'Ben je van streek doordat Peace gisteravond in de tent kwam toen jij je aan het omkleden was?' vraagt Pat, zich lomp en ongevraagd in het gesprek mengend. Harvey en Henry kijken belangstellend op. Sterker nog, iedereen luistert mee, alleen Peace is er niet.

'Als ik dat al ben, denk je dan dat ik het daar tijdens het ontbijt over wil hebben, waar iedereen meeluistert?' zeg ik met een rood aangelopen gezicht, terwijl ik me maar amper kan inhouden om mijn kom naar zijn hoofd te gooien.

'Sorry...' zegt Pat.

'Maakt niet uit,' zeg ik. 'Laat maar.'

'Wat is er dan aan de hand?' zegt Bonnie, en ze wrijft over mijn rug.

'Niks!' zeg ik en ik probeer bij haar vandaan te schuiven. God, wat heb ik een rothekel aan die mensen die zich de hele tijd met mijn zaken bemoeien. 'Niks, ik ben gewoon met het verkeerde been uit bed gestapt.'

'Waarom?' zegt ze.

'Waarom moeten we het over elk wissewasje hebben?' zeg ik, en ik sta op en ga op een andere boomstronk zitten, uit haar buurt.

'We zijn hier met z'n allen,' zegt ze. 'En de stemming van één persoon heeft invloed op de hele groep.'

'Bovendien,' zegt Jin, 'als iemand vraagt hoe het met je gaat en je zegt: "fokking klote", is het logisch dat mensen vragen waarom je je zo voelt. Je smeekt mensen praktisch om naar het waarom te vragen. Dus? Wat is je probleem?'

'Luister, ik wil hier gewoon niet zijn, dat is alles.'

'Ben je van gedachten veranderd?' vraagt Bonnie.

'Nee, ik heb hier nooit willen zijn.'

'Je dacht dat je naar een kamp ging...' zegt Bonnie met een stem die klinkt als haar professionele ik-blijf-kalm-want-ik-praat-met-een-gestoord-iemand.

'Nee, ik wilde dat allemaal niet. Ook niet toen ik nog dacht dat het een echt kamp was. Ik heb wel beloofd om eraan mee te doen, maar ik wilde het helemaal niet.'

'Waarom heb je dat dan gedaan?' zegt Jin.

'Omdat mijn moeder het wilde.'

'Echt waar?' sneert Jin. 'Doe je alles wat ze zegt?'

'Nee,' zeg ik en ik kijk haar nijdig aan, wil dat ze erbuiten blijft.

'Wil ze je onder controle houden?' vraagt Melissa zachtjes. 'Want op mij komt het behoorlijk controlerend over.'

'Nee! Niemand houdt me onder controle of probeert dat te doen.'

'Maar je bent duidelijk van streek,' merkt Bonnie nogmaals op.

'Luister,' zeg ik en ik sta op en loop bij het vuur weg. 'Ik zal meelopen, koken en opruimen als het mijn beurt is, maar de rest, al dat gepraat, al die vragen... Daar heb ik geen trek in. Ik vertik het. Dus hou op met al die vragen.'

Lieve mam,

Ik heb ze nog steeds niets verteld over Ayerton, of dat ik op de avond van het lentefeest doordraaide: de bijl, de garage. Dat is niet de reden waarom je me hierheen hebt gestuurd. Het gaat ze niets aan. Wat heeft het voor zin om ze te vertellen dat ik zo'n loser ben dat ik per ongeluk in mijn eigen been heb gehakt? En niet per ongeluk op het dak van onze garage? En hoe kan ik ze verdomme uitleggen dat ik die actie – het dak, niet het been – destijds volkomen logisch vond en dat ik dat nog steeds vind?

Intussen probeer ik alles uit de kast te halen wat je me hebt geleerd. Schud het verleden van je af. Ga gewoon door. Kin omhoog, opgeheven hoofd. Wat jij vroeger in je leven hebt gedaan: je eigen weg volgen en je uit de naad werken om te bereiken wat je wilt bereiken. Maar dat is praktisch onmogelijk nu jij me met deze verdomde reis alles hebt afgenomen waardoor ik me op mijn gemak of veilig voel, zodat ik totaal niet meer kan omgaan met mijn problemen. Waarom? Ik weet niet waarom je me hebt misleid, maar jij hebt me hierheen gestuurd en je wist dat het moeilijk zou worden. Zelfs als het wel een fatsoenlijk kamp was geweest, met hutten en tenminste nog enige beschaving. Klopt het wat Melissa zegt? Doe je dat inderdaad om me onder controle te houden? Nou, absoluut, maar het is meer dan dat. Probeer je me te breken? Want ik verzeker je dat ik daar niet op zit te wachten. En de gotspe dat je denkt te weten wat ik op dit moment nodig heb... nou, het is gewoon bizar.

Met liefde (hoe waardeloos soms ook),

Ingrid

En weer loop ik midden in de groep en denk ik bij elke stap dat ik alleen maar de dag moet zien door te komen. Ally loopt voor me, het verband om haar voeten steekt uit de bovenkant van haar schoenen.

We beginnen in stilte en het duurt niet lang of ze begint zo hard te hijgen en te puffen dat al het andere wordt overstemd. Ik vraag of het wel gaat, en ze knikt alleen en loopt door. Ze gaat algauw mank lopen en komt langzamer vooruit, en ik zie haar schouders schokken.

'Ally? Wil je soms even uitrusten?'

Ally blijft staan, kijkt naar me achterom en ik stop. Jin staat achter mij stil.

'Ik heb even twee minuutjes rust nodig,' zegt Ally. De tranen stromen over haar gezicht, dat ze, zo valt me op, vandaag weer heeft opgemaakt. Ik kan niet anders dan haar optimisme bewonderen.

'We kunnen echt niet om de twee minuten stoppen, hoor,' zegt Jin over mijn schouder.

'Weet ik,' zegt Ally snotterend.

Ik draai me om en kijk Jin nijdig aan. Dan zeg ik tegen Ally: 'Drink anders een slokje water.'

Ze knikt, haalt haar waterfles tevoorschijn en neemt een paar slokken.

'Ik overleef dit nooit,' zegt ze terwijl ze me met grote, huilende ogen aankijkt. 'Alles doet pijn.'

Seth, die vóór Ally had gelopen, komt terug om te kijken wat er aan de hand is en ik zie dat verderop iedereen is blijven staan.

'Ally?' zegt Seth, die de situatie meteen doorheeft. 'Hoe heet ze ook alweer? Angel?'

Ally knikt, snottert.

'Kom op,' zegt hij en hij pakt haar hand vast. 'Doe bij elke stap gewoon... wat ze gisteravond hebben gezegd. Denk aan Angel. Elke stap brengt je dichter naar haar toe.'

Ally en ik knikken tegelijk en ze mompelt: 'Angel,' en loopt weer door.

'Je kunt het,' zeg ik, hoewel ik niet echt zeker weet of ze het kan. Ik weet niet eens zeker of ik het kan.

'Zo is het maar net,' zegt Seth. 'Kom op.'

Seth houdt haar hand vast, ook al is dat nogal onhandig als je in een enkele rij achter elkaar loopt, en we komen weer in beweging.

'Dat werd tijd,' mompelt Jin achter me.

'Wat ben je toch vriendelijk en meelevend,' zeg ik hoofdschuddend.

'Kan niet op,' zegt ze ijskoud en ik moet bijna lachen.

In de uren daarop merk ik dat ik ook bij bijna elke stap aan Angel denk, het wordt haast een mantra. En soms helpt het nog ook.

We zijn hier nu vijf dagen en Ally is veranderd van een huilerige, manke en langzaam vooruitkomende puber in iemand die helemaal niet meer huilt en – weliswaar grimmig – met gestage pas doorloopt. Samen met Seth begint ze voor het avondeten rekoefeningen en push-ups te doen. Ik ben een beetje bang dat ze verliefd wordt op Seth, wat niet goed kan aflopen, maar het gaat een stuk beter met haar en aan het eind van de vijfde dag vraagt ze uit zichzelf of ze de volgende dag voorop mag lopen.

Die avond is het mijn beurt om hout te sprokkelen. Als ik met mijn laatste armvol hout bij de vuurplaats kom, is er iets mis tussen Melissa en Peace, die het eten moeten klaarmaken.

'Wat is je probleem?' zegt Peace. 'Mag ik er geen mening over hebben?'

Melissa's gezicht staat strak en ze reageert er niet op.

'Ik doe alleen maar aardig,' zegt Peace terwijl Melissa de ingrediënten op een platte steen verzamelt. 'Ik probeer je te helpen. Prima. Ga maar in je eentje koken. Ik ben weg.'

Hij beent het bos in en laat Melissa aan haar lot over, die snel ademhaalt en eruitziet alsof ze flauwvalt door... Ik weet eigenlijk niet wat er in haar omgaat.

'Gaat het wel?' vraag ik aan haar.

Ze geeft geen antwoord, draait zich als een soort robot om en gaat verder met de voorbereidingen voor het eten. Omdat Peace haar in de steek heeft gelaten, ga ik haar helpen en probeer haar tot een gesprek te verleiden, maar ze blijft zo gesloten als een oester. De hele avond zegt ze geen woord, ook niet tijdens het kringgesprek.

Op dag zes doet Ally het prima als leider, maar het duurt nog steeds uren langer om 's avonds bij ons kamp te komen dan op de kaart staat aangegeven.

Met haar gaat het nu wat beter, maar dat geldt niet voor Melissa.

Harvey en Henry gaan op het pad met elkaar op de vuist, dus met hen gaat het duidelijk ook niet goed.

En met mij ook niet.

Ik loop te fantaseren over warme douches.

Ik heb nachtmerries, word een paar keer per nacht badend in het koude zweet wakker.

En dag en nacht heb ik het gevoel dat ik in het vagevuur gevangenzit, de paniek golft op en neer en de woede die me overeind houdt komt en gaat. Ik probeer mezelf af te leiden door aan andermans problemen te denken – die zijn er genoeg om me heen – maar steeds vaker maakt de woede plaats voor andere dingen: leegte, zwaarmoedigheid, een gevoel van verpletterend verraad.

14

FANTOOMBEEN

(DERTIEN TOT VEERTIEN JAAR OUD)

'Dit, dit, dit...' Mijn moeder gooide dingen op een almaar groeiende stapel spullen voor de recyclebak. 'Weg ermee.'

Ik zat inmiddels iets langer dan een jaar op Godark en na veel heen en weer gepraat had Andreas ermee ingestemd om zijn appartement aan het water te verkopen en bij ons in te trekken. Met z'n drieen waren we een paar woningen gaan bekijken omdat we erover dachten om te verhuizen. Maar nadat we andere huizen hadden gezien, beseften we hoe uniek en gezellig het koetshuis was en we besloten dat het meer dan groot genoeg was voor ons drieën. Andreas had echter kastruimte nodig en dat had een schoonmaakwoede op gang gebracht.

'Mam, je kunt niet zomaar... hatsjoe!' Ik nieste door het opdwarrelende stof toen ze al haar operaspullen uit de kast trok: programma's, affiches, foto's van collega-zangers, recensies, bladmuziek, kleine chocolaatjes in de vorm van een operagebouw van Joost mocht weten wanneer. 'Je mag niet alles zomaar weggooien – niet het *Carmen*-programma – kom op nou, ik kan me bijna alle voorstellingen nog herinneren. Stop!'

Mijn moeder wachtte even om een muziekboek open te slaan en met haar wijsvinger langs de noten te gaan, vloekte toen in een of andere exotische taal en gooide het op de stapel.

'Als jij je been afhakt, bewaar jij dat dan ook om het zo nu en dan tevoorschijn te halen en ernaar te kijken?'

'Jakkes. Wat?'

'Precies.'

'Een been gaat stinken, mam.'

'Nou, dit stinkt ook en ik wil niet dat Andreas in een stinkend huis gaat wonen. Weg ermee.'

'Het is geen been, mam. Dit is je leven. Ons leven. Onze erfenis. Het is belangrijk.'

Hierop keek ze even met een schuin hoofd naar het plafond en gromde.

'O mijn god,' zei ik. 'Goed dan.'

'En tegen hem zeggen we er niets over. Nooit.'

Wij hadden het erover gehad en waren het niet met elkaar eens, niet dat het wat uitmaakte, want van de keren dat we het niet met elkaar eens waren, moest ik in negentig procent van de gevallen toch bakzeil halen. En het feit dat ik dertien was, had daar niets aan veranderd.

Het krankzinnigste was nog wel dat mijn moeder, zelfs nadat ze al bijna twee jaar met hem samen was, Andreas nog steeds niets had verteld over haar operaleven. Ja, hij wist dat ze zangeres was geweest en dat ze 'niet graag meer zong'. Ze had niet gelogen, maar ze had niet verteld dat ze in haar jonge jaren door Europa had gezworven om als zangeres de kost te verdienen, dat ze de gekste baantjes had gehad en overal zong waar ze kon. Ik zag dat hij eerder het idee had dat ze in bars had gezongen, of zelfs op straathoeken, en dat ze niet zo'n heel beste zangeres was geweest.

'En ik al die tijd maar denken dat je het juiste moment afwachtte om het aan hem te vertellen,' zei ik.

'Er valt niks te vertellen. Die persoon,' zei ze, en ze wees naar een verbijsterende foto van zichzelf, 'ben ik niet. Niet meer. En ik ben degene met wie hij nu is. De ik van nu. Ik wil er niet over praten, ik wil het niet opnieuw beleven, ik wil niet dat hij medelijden met me krijgt, en ik wil niet dat hij zou willen dat ik die vrouw nog steeds was. Hij houdt van me zoals ik nu ben.'

'Dus je gaat het hem nóóit vertellen.'

'Nee. En jij ook niet.'

'Maar...'

'Nee!' brulde ze. 'Nee, nee, nee! Dan ga ik nog liever bij hem weg. Is dat dan wat je wilt?'

'Oké.' Ik zuchtte en keerde terug naar het deprimerende karwei waar we mee bezig waren. Margot-Sophia was in een búí, en zelfs de oude foto's die we niet hadden gedigitaliseerd, gingen op de stapel. Ze liet zich niet vermurwen. En dus hielp ik haar: ik hield de vuilniszak open, scheidde de dingen die gerecycled konden worden van de spullen waarmee dat niet kon, en liep heen en weer naar de rolcontainers.

Bij elk snippertje dat daarin werd gegooid brak mijn hart. Het was ook mijn leven... Het mooiste deel. Zelfs de dingen die voor mijn geboorte waren gebeurd maakten deel uit van wie ik was, en hoe we gaandeweg in dit huis terecht zijn gekomen, met of zonder eventuele onwelriekende overdrachtelijke ledematen.

Niet alles haalde de vuilnisbak – een klein deel ervan, zoveel als ik voor elkaar kon krijgen, kwam helemaal achter in mijn kast terecht, waar ik het later weer tevoorschijn kon halen als – en wanneer – ze spijt kreeg van wat ze vandaag had gedaan.

15

HUILENDE LEIDER

(PEAK WILDERNESS, DAG ZEVEN TOT EN MET TIEN)

O p dag zeven, na weer een rusteloze nacht – door Peace' onafgebroken gesnurk en doordat ik mijn klaarwakkere hoofd niet kon stilzetten – gaat het mis.

Ik ben nog niet uit mijn slaapzak of ik begin al te huilen, en tijdens het ontbijt huil ik zo hard dat ik geen woord kan uitbrengen, hoewel Bonnie en Pat natuurlijk proberen om me aan het praten te krijgen. Ik huil tijdens het lopen, in elke rustpauze, tijdens de lunch en de hele weg naar het kamp van die avond.

Het is afschuwelijk. Gênant. Ally, Seth en Melissa proberen allemaal te helpen, maar ik wil geen hulp en ik kan niet praten. Wil niet praten. Ik ben zo boos dat ik me zo laat gaan, dat ik ben opengebroken, ben ingestort.

'Ingrid, je moet ons vertellen wat er aan de hand is,' zegt Bonnie die avond in de kring.

Ik heb geprobeerd om eronderuit te komen en naar bed te gaan, maar dat mocht natuurlijk niet van haar en Pat.

'Het enige wat ik weet is wat ik jullie al heb verteld, dat ik hier niet wil zijn,' zeg ik ten slotte. 'Het is niet eerlijk.'

'Waarom niet?' zegt Bonnie.

'Ik hoor jou en Pat de hele tijd maar over "risicovol" praten,' zeg ik tussen een bibberende ademhaling door. 'Wat ik niet eerlijk vind is... Dit is een trainingskamp, hè? Voor "risicovolle" jongeren. Nou, het is wel duidelijk dat ik momenteel niet het toonbeeld van stabiliteit ben, maar... in zijn algemeenheid gesproken, loop ik enkel het risico dat ik iets ga worden waar mijn moeder op tegen is.'

'En dat is...?' vraagt Tavik.

Ik richt mijn druilerige blik op hem. 'Gaat je niks aan.'

'Waar gaat het nou helemaal over?'

'Nergens over, denk ik,' zeg ik, en ik geef hem gelijk. 'Behalve voor mij. Ik wil musicus worden. Zangeres, om precies te zijn. En mijn moeder... wil dat niet.'

Tavik gnuift. De andere kampeerders kijken verbaasd.

'En wil ze dat je hierdoor van gedachten verandert, of zo?' zegt Jin ongelovig.

'Nou, zie je, een paar maanden geleden heb ik auditie gedaan bij Ayerton, die fantastische muziekschool. Ik dacht niet dat ik een kans maakte. Je moet echt goede cijfers halen en een supertalent zijn. Per jaar nemen ze drie leerlingen uit Noord-Amerika aan, die worden uit duizend aanmeldingen gekozen. Hoe dan ook, ik kreeg de schrik van mijn leven toen ik hoorde dat ik was toegelaten. Ik ga daar mijn eindexamenjaar doen en als ik dat goed doe, mag ik daarna instromen in hun conservatoriumprogramma. Maar ik ben nog minderjarig, dus heb ik mijn moeders toestemming nodig, en je begrijpt wel dat mijn opgespaarde toelage niet genoeg is om alles te betalen. Maar het gaat niet om het geld. Ze wil gewoon niet dat ik aan een muziekcarrière begin. Ze wil dat ik iets doe wat... zekerheid en stabiliteit biedt.'

'Waarom?' vraagt Bonnie. Dit is duidelijk haar favoriete vraag.

'Ze denkt dat als je kiest voor een carrière in de kunst, maakt niet uit wat je doet, je leven gewoon te zwaar wordt. Bovendien moet ik ervoor naar Engeland.' Ik slik. 'Misschien wil ze enkel dat ik bewijs hoe graag ik het wil. Ik weet het niet. Maar dit waren haar voorwaarden: ik doe dit programma, dan geeft zij toestemming en betaalt het.'

'Dus je bent een supertalent,' zegt Ally. 'Terwijl de rest van ons...'

'Slechteriken en criminelen zijn,' zegt Tavik met een ondeugende grijns.

'Ik heb zelf ook wel wat op m'n kerfstok, hoor. Ik vind het alleen niet... het is gewoon niet eerlijk.'

'Maar dat ze je hiernaartoe heeft gestuurd zonder je precies te vertellen wat je te wachten stond,' zegt Harvey tegen me. 'Ik bedoel, gast, je zult wel woedend zijn.'

'Nou, het verbaast me niks,' sneert Peace aan de overkant van de kring, vanwaar hij met een gemene grijns op zijn gezicht naar me heeft zitten kijken. 'Je verwachtte duidelijk een vijfsterrenkamp.'

'Niet waar!'

'Op weg naar je vijfsterrenschool met al die andere "speciale" vijfsterren-musicalwatjes.'

'Peace, alsjeblieft,' zegt Bonnie. 'We hadden een heel positieve, productieve...'

Peace negeert haar, staat in plaats daarvan op en loopt naar me toe. 'Je bent gewoon een verwende, kapitalistische, elitaire...'

Ik hijs mezelf overeind en kijk hem kwaad aan. 'Als het elitair is om niet die harige reet van je in mijn gezicht te willen krijgen en vervolgens de hele nacht naar je gesnurk te moeten luisteren, dan ben ik elitair, ja.'

'Ik heb ademhalingsproblemen! Ik ben het zat om door mensen als jij te worden gediscrimineerd.'

'Ik heb het niet over je kloteademhalingsprobleem, Bob, wat dat ook mag betekenen. Tot nu toe deed je niet eens aan het gesprek mee, maar nu je dat toch doet, ik ben je agro-granola-bullshit spuugzat.'

Peace gromt.

Bonnie en Pat komen overeind en staan zo te zien op het punt om in te grijpen.

'Het gaat wel,' zeg ik, en ik gebaar dat er niks aan de hand is en dat ze weer kunnen gaan zitten. 'Laten we gewoon afspreken dat we uit elkaars buurt blijven.'

'Mij best.'

Het goede nieuws is dat de tranen door de ruzie even zijn weggebleven.

Maar nu moet ik bij Peace in de tent slapen. Onderweg ernaartoe pak ik Tavik bij de arm en houd hem staande.

'Ik heb je hulp nodig,' zeg ik.

'O ja?'

'Zou jij...' Ik slik hevig. 'Ik weet dat het de slechtste plek is, maar zou jij in het midden kunnen slapen? Vannacht? Ik kan gewoon...'

'Buffer nodig?'

'Zelfs een halve meter scheelt al een heleboel.'

'Natuurlijk,' zegt hij. 'Een redder in nood, dat ben ik.'

'Bedankt,' zeg ik en ik slaak een zucht van verlichting.

'Maar als hij me naait? Dan gaat de deal niet door.'

We trekken nog eens twee dagen verder terwijl ik in bijna elke rustpauze instort. Ik huil en vecht tegen de tranen, en onder het lopen weet ik een manier te vinden om de muren en bruggen die ik in de afgelopen paar maanden heb weten op te trekken overeind te houden, maar elke keer dat we stoppen worden ze neergehaald en weggespoeld.

We komen elke verdomde avond laat op de kampeerplek aan en eten insecten. Mijn kleren en slaapzak, alles wat ik heb, stinkt en voelt vochtig en slijmerig aan.

Op de ochtend van dag tien huil ik nog steeds en Pat neemt me apart, geeft me de plattegrond en zegt tegen me dat ik die dag de groep moet leiden.

'Grapje, zeker?' Ik veeg met de rug van mijn hand over mijn gezicht. 'Ik ben op van de zenuwen.'

'Je gaat het vast fantastisch doen,' zegt hij.

'Ha,' zeg ik.

Het is de eerste keer dat de leider wordt aangewezen, en je hoeft geen Einstein te zijn om de achterliggende psychologie te snappen: zet iemand die zich machteloos voelt op een plek waar hij de touwtjes in handen kan nemen.

'Het wordt een héél lange dag,' zegt Peace. 'Goed onthouden: we hebben geen tijd voor lunch in het Ritz. Of om even bij de therapeut langs te gaan.'

'Wil je dat ik hem de nek omdraai?' vraagt Tavik, die naast me komt staan.

'Bedankt, maar ik heb zo'n vermoeden dat die lui van de reclassering niet blij zijn met een moord.'

'Heb je hulp nodig bij het kaart lezen?'

Ik kijk ernaar, strijk met mijn vinger over de route.

'Ik denk dat het wel gaat.'

Ik mag midden in een complete meltdown zitten, als ik dan toch de leiding moet nemen, ben ik verdomme wel zo goed om te zorgen dat we voor donker op de volgende kampeerplek zijn.

'Oké allemaal!' zeg ik tegen de groep, terwijl ik over mijn gezicht veeg en op mijn horloge tik. 'Ik wil dat jullie over precies tien minuten bepakt en bezakt klaarstaan om te gaan.'

Tavik grinnikt, Peace moppert, de meisjes grijnzen en gaan hun tent afbreken, terwijl Bonnie me met een geamuseerde blik op haar gezicht gadeslaat.

'En weet je wat we vanavond níét te eten krijgen?' roep ik.

'Wat?' roep Jin terug.

'Muggen!'

Misschien dacht niemand dat ik een leider kon zijn. Misschien ik ook niet. Ik zat absoluut niet op dat baantje te wachten. Maar als ik voor het blok word gezet? Dan ga ik er ook helemaal voor.

Op deze kaart is onze route in mijlen zowel als kilometers aangegeven, en er staat bij hoe lang we ongeveer over elke dagtocht zouden moeten doen. Tot nu toe hebben we die tijd nooit gehaald. We kwamen er zelfs niet bij in de buurt. Met als gevolg twee dingen waar ik een ongelooflijke hekel aan heb: (1) insecten eten en (2) nooit tijd hebben om mijn kleren te wassen en te drogen, waardoor ik het gevoel heb een wandelende beerput te zijn.

En dus, ook al moest ik nog steeds tegen de tranen vechten, was ik opeens een en al verbetenheid.

We gaan op tijd op weg, ik heb geen moeite om het pad te vinden of de cairns op te sporen, en ik zet er flink de pas in. Als iemand onderweg moet plassen, geef ik de groep vijf minuten, houd de klok in de gaten en zorg dat we zodra de tijd om is verdergaan. We doen negenentwintig minuten over de lunch en in de dertigste zijn we alweer op weg.

Met andere woorden, ik loop niet te lanterfanten. We zijn op mars en ik wil dat we daar aankomen. En als we daar eenmaal zijn, ga ik mezelf en mijn spullen wassen en drogen, dan fatsoeneer ik mezelf, pleister ik alle gaten in mijn muren dicht, lap ik de deuken op die mijn geest heeft opgelopen, bouw een paar nieuwe, sterke bruggen en reken af met deze belachelijke inzinking.

Onnodig te zeggen dat we er komen. We komen er niet alleen, we duiken om twee uur 's middags op bij een verbijsterend wit strand, anderhalf uur eerder dan op de kaart vermeld staat.

Achter me gaat er een gejuich op uit de groep en een paar schitterende ogenblikken blijf ik met een fantastisch gevoel naar dat strand staan staren. Ik voel me verdomme wel een rockster.

'Wat zei je ook alweer, dat je geen leiderschapskwaliteiten had?' zegt Bonnie die met een zelfvoldaan glimlachje naast me komt staan. 'Goed gedaan.'

Helaas ben ik die dag alleen maar leider van de trektocht, en we hebben onze rugzakken nog niet neergelegd of Pat roept ons.

'Oké allemaal! Verzamelen bij het water. Laat de tenten nog maar even zitten, ik wil dat jullie iets doen.'

'Wat dan?' Ik kijk naar Bonnie.

'O, dat zul je wel zien,' zegt ze knipogend.

Door die knipoog verwacht ik dat het iets leuks is. Zoals in die realityshows waar plotseling iedereen wordt ontvoerd om in Hawaï te gaan dineren, of zoiets. Dineren in Hawaï, dát zou pas fantastisch zijn. Of misschien zijn hier wel geheime warme bronnen waar ook douches zijn en waar je je kleren kunt wassen. En kaboutertjes die de was doen.

Ik slenter ernaartoe, ben nog steeds trots op mezelf en bereid om mee te doen aan het plannetje van Pat. Een kringgesprek op het zand. Een vroege kring. Prima.

Als we er allemaal zijn, klapt Pat enthousiast in zijn handen en zegt: 'Oké, jongens, ga allemaal in een kring staan.'

Ik had gelijk! Gehoorzaam maken we een kring en Bonnie deelt zwarte lappen uit – ieder krijgt er een – en zegt dat we die voor onze ogen moeten binden. Daarna krijgen we een stuk touw in een hand geduwd en een ander stuk in de andere.

'Goed, jongens. Ik heb het touw in een dubbele lus om jullie heen gewikkeld,' zegt Pat. 'De opdracht is om je uit die dubbele lus te werken en het touw uit de knoop te halen. Je mag het touw niet loslaten en er ook niet langs glijden. Je mag ook je blinddoek niet afdoen. Ga je gang.'

Natúúlijk is het niks leuks. Duh.

Ik denk koortsachtig na om een oplossing voor deze puzzel te bedenken, maar er komt niets in me op.

En dat geldt ook voor de rest, maar die laat zich er niet door afschrikken.

'Allemaal!' roept Peace. 'Doe gewoon wat ik zeg! Neem je rechterhand, waarmee je het touw achter je vasthoudt, en stap eroverheen.'

'Nee, nee, gast, je moet van plaats ruilen met degene die naast je staat!' zegt Harvey (of Henry?).

'Nee, nee, ik heb het net gedaan en ik ben gedeeltelijk vrij!' houdt Peace vol en ik hoor dat hij zich beweegt.

'Je kunt niet zomaar beginnen als we nog niet allemaal meedoen,' zegt Tavik, links van me.

'Van jou hoor ik anders geen oplossingen,' zegt Peace.

'Gast, sta niet zo aan me te trekken,' zegt Henry (of Harvey?).

En dan gaat het bergafwaarts, het zand vliegt in het rond, mensen roepen en schreeuwen en doen lukraak hun eigen ding. Het duurt niet lang of we zitten hopeloos in de knoop.

De zon schroeit op ons hoofd, het zweet druipt over mijn gezicht en rug, zelfs mijn ogen zweten, vuurwater sijpelt uit mijn schoenen, shirt en broek.

Ik beweeg als het moet, maar ik speel niet mee.

In plaats daarvan rouw ik om mijn korte geluksmoment, mijn persoonlijke macht. Ik besef dat het een illusie was, en voor het eerst weet ik, dringt het diep tot me door, dat ik gevangenzit in een val binnen een val, hier en in mijn leven. Ik zit gevangen in deze verstrikte cirkel, in die folterende zon, met deze mensen, zonder enige uitweg. Ik zit gevangen in een raadsel waar geen oplossing voor is. Ik zit gevangen in deze helse wildernis, gevangen in mijn eigen stinkende lijf, zelfs met een glashelder, glinsterend meer op drie meter afstand. Blijdschap is me afgenomen, schoonheid doet me niets, angst achtervolgt me, gevangen onder deze hemel, in dit leven, in mijn eigen hoofd en hart, waar alles, bijna alles, in puin ligt.

Terwijl ik daar in totale duisternis onder de fel brandende zon sta, zie ik het: ik kan dingen in brand steken, met een bijl inhakken op elk bouwwerk dat ik wil, vanbinnen of in de wereld daarbuiten, en het maakt verdomme geen greintje verschil.

Ik ben compleet en op een verbijsterende manier belazerd.

En hier op dit strand ga ik mijn verstand echt verliezen.

En dan...

Komt het in me op dat ik aan een deel van deze val, een heel klein stukje, wél kan ontsnappen.

Bonnie en Pat doen wat ze altijd doen: slaan ons gade terwijl wij er een bende van maken, en komen ons niet te hulp.

'Ik weet hoe het zit,' zeg ik, zo hard dat mijn stem boven de chaos uitkomt.

'O ja?' vraagt Bonnie.

'Ja.' Ik doe mijn blinddoek af. Die is doorweekt van het zweet en nog meer tranen, want mijn ogen lekken weer, maar het kan me niet schelen. 'De oplossing is dat er geen oplossing is. Het is een truc. Jullie tweeën noemen het liever een tést. Net als in de rivierbedding. In mijn geval net als deze hele trip. Er is geen antwoord. Jullie willen alleen maar kijken wat we gaan doen. Alleen maar kijken wie koppig en stom of schaapachtig genoeg is om zich hier de hele middag in de zon te laten roosteren terwijl we huidkanker krijgen en de zwarte vliegen en muggen het feestmaal van hun leven hebben. Ik denk: wie is nou zo stom? Om in deze idiote val te blijven zitten omdat jullie...' – ik wijs beschuldigend naar Bonnie en Pat – 'ons dat opdragen? En weet je wat het droevige antwoord is? Ik denk dat we allemaal zo stom zijn. Maar ik niet. Niet langer.'

Inmiddels heeft iedereen zijn blinddoek afgedaan en ligt het in de knoop geraakte touw in het zand.

Pat glimlacht alsof hij denkt dat hij verdomme de dalai lama is.

Ik draai me naar hem toe. 'Je bent een klootzak dat je zo staat te grijnzen. Denk je dat dit leuk was? De vlag veroveren, dat is leuk. Volleybal, dat is leuk. Maar dit? Dit is de hel. Dit is pure manipulatie, elke dag weer. Dit is de *Heer van de* fokking *vliegen*. Je hebt met dit klotegedoe mijn hele middag verpest, terwijl ik alleen maar een kans wil om in een droge slaapzak te slapen en schoon ondergoed aan te trekken dat niet naar rook stinkt, en een leven waar ik echt mezelf kan zijn zonder te denken dat ik iemands hart breek of hem of haar vermoord.'

Daarna gooi ik het touw en de blinddoek neer, en stamp het strand over, terwijl het zand achter me de lucht in stuift.

16

LANGE STILTE

(VEERTIEN JAAR OUD)

Het was fijn dat Andreas bij ons woonde, ik was echt dolblij toen hij bij ons introk, maar ik had het er ook moeilijk mee. Andreas verviel soms onwillekeurig in zijn coachrol, terwijl mijn moeder of ik alleen maar ons hart wilde luchten. Ik probeerde mee te spelen, maar mijn moeder kon het niet, ze was niet gewend dat mensen zich met haar zaken bemoeiden en ze werd er vervelend van. Daar kwam nog bij dat ik altijd bang was doordat mijn moeder haar verleden voor Andreas verborg, wat feitelijk niet alleen haar verleden was, maar ook dat van mij. Dat gaf me van meet af aan het gevoel dat we op drijfzand leefden, elkaar niet echt vertrouwden.

Bovendien waren mijn moeder en ik heel lang met z'n tweeën geweest, en voordat er nog iemand bij ons kwam wonen, had ik me niet gerealiseerd dat we zo gewend waren geraakt aan elkaars gewoonten en eigenaardigheden.

Iemand die 's ochtends opgewekt was, en dat niet onder stoelen of banken stak.

Iemand die de vieze borden in de gootsteen liet staan en al het ijs verorberde.

Iemand die mensen graag wilde verbeteren, soms zelfs nog voordat de persoon in kwestie koffie had gedronken.

Iemand die, simpel gezegd, ruimte innam op een manier die me vreemd was.

Bovendien wist ik ook niet veel van zijn verleden, afgezien van het

zakelijke gedeelte dan. Hij kon er maar niet over uit dat hij van een on-
bevredigende baan bij een groot bedrijf de overstap had gemaakt naar
het runnen van een eigen bedrijf, waar hij nu zakenlui coachte en advi-
seerde. Hij hield van zijn werk.

Hij hield van mijn moeder.

Volgens mij hield hij ook van mij.

Ik vond het fijn dat hij heel erg in het heden leefde, hij was goed voor
mijn moeder, en voor mij, en probeerde geen vadertje te spelen (afgezien van het ongevraagde advies over hoe ik 's ochtends mijn rugzak
efficiënter zou kunnen inpakken, of over kleding en bewust eten), wat
waarschijnlijk wel zo verstandig was. Maar een deel van me was bang
dat we met zijn allen maar deden alsof en dat alles zomaar kon instorten.

Op een zaterdagochtend, hij woonde ongeveer een jaar bij ons, sliep
mijn moeder uit, zoals in elk weekend, en hij en ik waren beiden op.

'Ingrid, heb je zin om met me mee te gaan op een geheime missie?'
vroeg hij.

Daar had ik wel zin in en we gingen met de metro naar Yorkville,
waar hij me op een luxe lunch trakteerde.

Ik zat mijn culinaire wafels met ijs te eten en keek hem aandachtig
aan terwijl hij over koetjes en kalfjes praatte en ik me afvroeg wat er aan
de hand was, want dit deden we nooit en hij gedroeg zich vreemd.

Ten slotte vouwde hij zijn handen samen onder zijn kin en zei: 'Ingrid, denk je dat je moeder met me zou willen trouwen?'

Mijn mond viel open.

'Je bent verbaasd,' zei hij.

'Nou ja... dit had ik niet verwacht!' Ik had iets ergs verwacht, macht
der gewoonte, vermoed ik.

'Misschien moet ik je eerst vragen of jij er wel blij mee bent,' zei hij,
misschien omdat hij iets afwerends in mijn reactie bespeurde.

'Ik... ja. Ik bedoel, natuurlijk moet je haar ten huwelijk vragen, en...
waarschijnlijk zegt ze ook ja. We leven toch al samen, en ze is gelukkig.'

'Maar?'

'Er is geen maar. Alleen...' Ik haalde mijn schouders op, wendde mijn blik af en keek hem toen weer aan. 'Ben je wel eens eerder getrouwd geweest? Ik vind het een beetje raar dat ik niks van je weet.'

'Je hebt er nooit naar gevraagd,' zei hij.

'Nee, dat is zo,' zei ik, het schuldgevoel wegslikkend over mijn rol in het verzwijgen van mijn moeders verleden. 'Ik wil je niet uithoren...'

'Ik ben één keer getrouwd geweest,' zei hij. 'Ik was nog heel jong, achter in de twintig. Dat is misgelopen.'

'Waardoor?'

'We hebben nu wel een heel volwassen gesprek,' zei hij.

'Ik ben een heel volwassen puber.'

'Goed dan,' zei hij. Kennelijk had hij een besluit genomen. 'Ze raakte in verwachting. Ik was er blij mee, zij niet. En toen kreeg ze een miskraam...'

'O, wat akelig.'

'Ja, dank je,' zei hij met een ernstig gezicht. 'Daarna vertelde ze me dat ze door die ervaring had ontdekt dat ze geen kinderen wilde, en sterker nog, ze wilde mij ook niet, en dat was dat. Toen drong er iets tot me door, ze had me niet nodig. Ze had me nooit nodig gehad. Misschien had ze wel van me gehouden, maar... ze was niet iemand aan wie je je kon vasthouden. En al de plannen die ik voor ons had – een eigen huis, kinderen, samen oud worden – en de plannen om het tussen ons weer in orde te maken... dat wilde ze allemaal niet. Ze wilde niet dat alles weer in orde kwam. Het duurde heel lang voor ik daaroverheen was. Maar ik werkte, ging op reis, ben naar Canada verhuisd en uiteindelijk ben ik weer heel.'

'Heb je wel vriendinnen gehad?'

Hij lachte. 'Natuurlijk! Ik leefde niet als een monnik. Maar voordat ik je moeder ontmoette, ben ik simpelweg nooit een andere vrouw tegengekomen met wie ik een serieuze relatie wilde. Ik ken haar nu al jaren en nog heb ik het gevoel dat ik niet alles weet. Ze is zo fascinerend. En jij... misschien moet je dit eerst met je moeder bespreken, maar...'

'Maar wat?'

'Als ik haar vraag, en ze zegt ja,' zei hij, plotseling een beetje zenuwachtig, 'en als je het een goed idee vindt...'

'Ja...?'

'Ik weet dat je je vader nooit hebt gekend,' zei hij. 'Je moeder heeft me het verhaal verteld...'

Ik knikte.

'Mij lijkt het perfect. Ik heb nooit het kind gekregen dat ik wilde, jij hebt nooit een vader gehad...'

'Ja...?'

'Ik zou je graag willen adopteren, officieel, en niet je... stiefvader, maar je vader zijn. Maar natuurlijk alleen als je moeder en jij dat ook willen. En je mag er echt wel een poosje over nadenken, hoor... maar... misschien heb je het al zo lang zonder vader gedaan dat dit wat te veel van het goede is?'

'Nee, helemaal niet,' zei ik. Ik kon amper praten en ik had op mijn lip gebeten om niet te huilen. 'Niemand heeft ooit... Dat zou ik heel graag willen.'

Hij glimlachte zo opgelucht en warm dat ik er helemaal blij van werd.

'Nou, als je je wafels ophebt, wil je me misschien wel helpen bij het uitkiezen van een ring.'

Ik was opgetogen over de (hopelijk) aanstaande verloving, maar daardoor was ik ook ongeruster en angstiger dan ooit dat de boel zou instorten. Het was heerlijk dat Andreas van mijn moeder hield omdat ze zo mysterieus was, maar volgens mij zou hij minder begrip kunnen opbrengen als hij wist dat wij tweeën zo'n belangrijk stuk van ons verleden voor hem verzwegen, waar ik me steeds schuldiger over voelde. Ik besloot dat de stapel geheime geschiedenis die diep in mijn kast was weggestopt, moest verdwijnen.

Dus op een avond kroop ik uit bed, glipte in mijn slippers en haalde de twee vuilniszakken met herinneringen tevoorschijn. Op mijn tenen liep ik de gang door, langs de op een kier staande deur van mijn moeder en Andreas en toen de trap af, waar ik bij elk krakend geluidje ineenkromp.

Ik liep het huis door naar de keuken, waar ik zachtjes de achterdeur van de grendel haalde, hem opendeed en het donker in liep.

Ook al stond ons huis in een relatief veilige buurt, afgezien van inbrekers, drugsverslaafden en mogelijke verkrachters, moest je ook beducht zijn voor wasberen, muizen, ratten, agressieve wilde katten en stinkdieren.

En dus bleef ik een paar ogenblikken staan luisteren en liet mijn ogen aan het donker wennen voordat ik de stuk of twintig passen naar de recyclecontainer overbrugde. Daar wurmde ik de eerste zak tegen mijn borst, klapte het deksel open en liet de zak voorzichtig in de container zakken.

Er ging een gevoel van opluchting door me heen en ik stond op het punt om de tweede zak erin te stoppen toen een grote gedaante uit het donker opdoemde, met een zaklantaarn in mijn gezicht scheen en mijn naam noemde.

Een seconde of twee gilde ik het uit en hield toen abrupt op.

'Andreas!'

'Ingrid!'

'Je jaagt me de stuipen op het lijf! Wat doe je hier?'

'Ik?' zei hij, en hij scheen met de zaklamp omhoog zodat ik niet langer verblind werd, maar het licht op onze gezichten viel. 'Ik vraag me af wat jíj hierbuiten doet. Ik dacht dat je een dief was!'

'Ha ha...'

'Daarna dacht ik dat je misschien wilde weglopen. En dus ben ik vanaf de voorkant omgelopen om te kijken...'

'O.'

Er viel even een ongemakkelijke stilte terwijl ik koortsachtig naar een antwoord zocht, maar behalve de waarheid kwam er verder niets in me op, en de waarheid kwam nu bepaald niet goed uit.

Andreas wachtte af, kalm en geduldig in de kleine poel van licht.

'Ik... ik vond dat ik mijn kamer maar eens moest opruimen,' zei ik en ik slikte. 'Ik wilde wat spullen weggooien. Rommel. Je weet wel, van die ouwe troep waar je niks meer aan hebt... Die opruimgoeroes op tv zeggen altijd dat als je iets een jaar lang niet hebt gebruikt of hebt gedragen, je het dan moet weggooien, dus ik vond dat ik dat maar moest doen.' Ik praatte te veel maar kon niet meer ophouden, en erger nog, de tweede zak stond nog steeds bij mijn voeten, en een onderzoekje zou aan het licht brengen dat er geen kleren in zaten.

'Hoe dan ook!' zei ik met schrille stem. 'Je hoeft je geen zorgen te maken, we worden niet beroofd en ik loop niet weg. Ik wil alleen een beetje opruimen en het ook helemaal afmaken, het huis uit ermee! Ik gooi de rest van die rommel weg dan kunnen we allemaal weer naar bed, oké?'

Ik begon als een gestoorde te giechelen, voelde mijn warme wangen in de koele nachtlucht en wilde het liefst wegrennen, maar tilde in plaats daarvan de tweede zak op. Die was behoorlijk zwaar en ik had er twee handen voor nodig, en zonder dat ik het had gemerkt was hij gaan scheuren.

'Laat me je alsjeblieft helpen, Ingrid,' zei Andreas en hij reikte naar de zak.

'Nee, nee! Het gaat prima!' Ik trok hem weg.

'Doe niet zo belachelijk, Ingrid, het is... o!'

Ik zag het in slow motion gebeuren: de scheur, de scherpe randen van mijn moeders foto's, de krantenknipsels die zachtjes en snel weggleden, het kwam er als een waterval uit. Alles landde met de goede kant naar boven, zodat Andreas het perfect kon zien als hij er met zijn zaklamp op scheen. Wat hij ook deed.

Ik had het niet over mijn hart kunnen verkrijgen om die dingen weg te doen, en nu moest ik daarvoor boeten.

Want daar was Margot-Sophia Lalonde op haar publiciteitsfoto voor *La Bohème*, een recensie met de kop: SOPRAAN MARGOT-SOPHIA LALON-DE BETOVEREND IN *LA TRAVIATA* en net zo'n verslag van *Troilus en Cressida*, een prachtige kaart van een collega-zanger, en ten slotte een van de gesigneerde portretten die ze vroeger aan fans uitdeelde.

Misschien had ik alles gauw moeten oprapen voordat Andreas de kans kreeg om er goed naar te kijken. Of had ik mezelf op de stapel moeten gooien om de boel met mijn lichaam af te schermen.

Maar het was te laat en ik wist het.

En dus zonk ik naast hem op mijn knieën en staarde in de straal van licht...

En liet hem kijken.

'Lalonde?' zei hij ten slotte, en zijn fluwelen stem was schor. 'Is Burke... dan niet haar achternaam?'

'Lalonde was haar artiestennaam.'

'Maar... waarom? Waarom wil ze dat verzwijgen?'

Ik waagde een blik op hem, maar keek gauw weer een andere kant op, ik kon de verwarring en pijn op zijn gezicht niet verdragen.

'Alsjeblieft...' zei ik. 'Alsjeblieft...' Maar op de een of andere manier kon ik verder niets uitbrengen, want het enige wat ik nog voor me zag, wat ik kon voelen en wat door mijn hoofd spookte was dat hij nu weg zou gaan, en hoe leeg alles zou worden als hij weg was. En het was allemaal mijn schuld, sentimentele idioot die ik was.

'Alsjeblieft wat? Wat is dit in godsnaam? Ik heb altijd geweten dat er iets aan de hand was, maar niet... Ze is... niet zomaar een zangeres...' Hij pakte een foto op. 'Een operazangeres?'

'Was,' zei ik. 'Ja. Maar alsjeblieft... nu...'

'Wat?' Hij zei het nu in mijn gezicht, de woede nam het over.

'Kan ze het niet meer,' fluisterde ik. 'Kan niet meer zingen. Ze had... ze noemden het knobbels. Een soort blaren op de stembanden. Haar stem raakte compleet van slag en is toen verdwenen. Daarna is haar zangstem verdwenen. Die was niet goed genoeg meer, zelfs niet na een operatie. En dus is ons hele leven...' Ik spreid mijn armen uit, de handpalmen naar boven gekeerd, om te laten zien dat het leven als zand door mijn vingers weggleed.

En dat zou nu weer gaan gebeuren.

'Daar kan toch zeker wel iets aan gedaan worden. Aan haar stem.'

'Nee. Geloof me, we hebben het geprobeerd.'

Ik begon te huilen en probeerde dat te verbergen door op mijn knieen de puinhoop op te ruimen, maar hij schoot me te hulp, want ik kon de overduidelijke tranen niet inhouden en het schokken van mijn schouders niet onderdrukken.

'Wat moet het pijnlijk voor je zijn,' zei hij vriendelijk. 'Dat begrijp ik wel.'

'N-nee,' zei ik hoofdschuddend. 'Ik bedoel, ja, maar dat is niet de reden dat...'

Hij keek me intens aan, open als altijd, wachtte tot ik mijn zin zou afmaken.

'Is dat niet de reden waarom je huilt?' zei hij. 'Ingrid, praat tegen me. Waarom dan wel?'

'Omdat je...' Mijn onderlip trilde en ik voelde me net een kind van vijf, maar wat had ik te verliezen? Wat had ik nog méér te verliezen? 'Nu bij ons weggaat. Bij mij weggaat. En ik kan het je niet kwalijk nemen. Maar ik wilde... misschien is het stom, maar ik wilde...'

'Ja...?'

'Ik wilde zo graag dat je mijn vader werd,' zei ik, met een zacht jammerend stemmetje, en toen stortte ik compleet in. 'Ik heb nooit een vader gemist, nooit een vader gewild totdat ik jou ontmoette. Maar nu, vooral sinds we erover gepraat hebben...'

'O,' zei hij, eerder een geluid dan een woord. 'O, Ingrid. Schattebout.' En het volgende moment nam hij me in een berenomhelzing.

Zo zaten we daar midden in de nacht op de oprit, op de stapel uitgespreide herinneringen, terwijl we elkaar omhelsden en hij me liet huilen, de hele tijd geruststellende geluiden maakte en me vertelde dat het wel goed kwam. Ik geloofde het niet, maar toen wist ik zeker dat hij echt van me hield. Het was een heerlijk gevoel op een donker moment. Ik was blij dat ik het heb gevoeld. Toen ik eindelijk was uitgehuild, probeerde ik mezelf te troosten met de gedachte dat hij dan misschien wel mijn vriend wilde zijn, dat hij me zo nu en dan zou meenemen naar de film, als een soort oom voor me zou worden.

'Kom,' zei hij ten slotte en we raapten de laatste spullen op.

Ik wilde alles in de recyclecontainer bij de eerst zak doen, maar hij zei: 'Nee,' en in plaats daarvan pakte hij de ongeopende zak die erin lag terug en ging me voor naar de veranda, daarna naar binnen, waar hij alles op de eettafel uitspreidde.

'Ik wilde het je vertellen,' zei ik, fluisterend om mijn moeder niet wakker te maken, ook al wist ik zeker dat hij dat gauw genoeg zou doen. 'Maar ik heb het haar beloofd. Sorry.'

'Nee, nee,' zei hij. 'Ik vind het erg dat je zulke geheimen hebt moeten bewaren.'

'Ik zal het je vertellen,' zei ik. 'Ik kan je het hele verhaal vertellen.'

'Nee,' zei hij, en hij wierp een grimmige glimlach naar de trap. 'Je moeder is degene die me dat gaat vertellen.'

'Andreas, misschien... wil ze er niet over praten. Ik bedoel...' Ik stak een hand naar hem uit en liet hem toen vallen. 'Ze draait misschien compleet door. Maar ze is ook... kwetsbaar. Als het hierom gaat, is ze kwetsbaar.'

'Ik begrijp het.' Hij pakte een programma met een foto van haar en keek me toen aan. 'Ga nu maar naar bed, Ingrid. Probeer wat te slapen.'

'Maar wat...' ik slikte. 'Wat ga je doen?'

Ik was eraan gewend dat hij precies wist wat hij moest doen en meteen tot actie overging. Maar ik zag dat dit een te zware schok voor hem was.

'Ik ga met haar praten,' zei hij. 'En dan zien we wel.'

En dan zien we wel... Niets voor Andreas om zoiets te zeggen, maar hij was tenminste eerlijk.

'Wat kan ik verder nog doen?' zei hij en mijn hart werd verscheurd door zijn onzekerheid.

'Oké...' Ik wilde naar de trap lopen en keek toen achterom.

De angst en wanhoop moesten van mijn gezicht af te lezen zijn geweest, want hij omhelsde me nog een keer. 'Ik verdwijn heus niet,' zei hij in mijn haar. 'Wat er ook gebeurt, dat beloof ik je.'

Ik slikte, knikte, rukte mezelf los en liep toen op mijn tenen de trap op naar mijn kamer, deed de deur dicht en ging op bed liggen, kon amper ademhalen, wachtte op de huiselijke apocalyps die ongetwijfeld komen ging.

Die liet niet lang op zich wachten. Voetstappen op de trap en toen in de gang, het geluid van hun deur die open- en dichtging, mompelende stemmen, eerst rustig, wat me een bedrieglijk gevoel van opluchting gaf, en toen... *boem.*

Niet letterlijk een crash, maar een jammerklacht, een brul.

Ik zat rechtop in mijn bed, greep mijn kussen beet en klemde mijn armen eromheen.

'Weg ermee!' schreeuwde mijn moeder met glasheldere stem die door de slaapkamermuren heen drong.

'Ik wil erover praten.' (Andreas.)

'Nee.'

'Als we samen verder willen, zullen we wel moeten. Luister naar me, we moeten elkaar vertrouwen, Margot-Sophia!'

Het geluid van scheurend papier, van snikken...

'Ik kan het niet. Die persoon is dood en ik ben verdergegaan. Je begrijpt er niets van...'

'Omdat je me de kans niet geeft, omdat je tegen me hebt gelogen, me buitensluit en omdat je me niet vertrouwt...!'

'Praat me niet van vertrouwen.' Het klonk alsof ze het uitspuugde.

'En je bent niet echt verdergegaan met je leven als je het gevoel hebt dat je het geheim moet houden. Je hebt het alleen begraven. Levend begraven, Margot-Sophia Lalonde.'

'Jij bent niet alles kwijtgeraakt, niet alleen je bron van inkomsten, maar ook de kans om de wereld iets te vertellen, om in contact te staan met iets beters, om vreugde te beleven...'

'Ik...'

'Jij bent niet het enige kwijtgeraakt waardoor je je verstand bij elkaar kunt houden, het enige wat je bijzonder maakt!'

'Dat is niet waar, Margot-Sophia, je moet...'

'Ik moet helemaal niks! Ik laat me niet vertellen wat ik wel of niet moet. In plaats daarvan vertrek je uit mijn huis! Jij denkt me te kunnen zeggen wie ik ben en wat ik moet voelen, en dicteren wat ik jou over mijn verleden moet opbiechten, zodat mijn littekens worden opengereten en jij nog eens zout in de wonden kunt strooien? Dat gaat niet gebeuren.'

'Margot-Sophia, alsjeblieft...'

'Eruit. Mijn huis uit!'

'Je kunt dit niet bij mij neerleggen, Margot-Sophia.'

En toen werd er geschuifeld en geslagen, en ik, ik verstopte me o zo stilletjes met bonzend hart in mijn bed, hoorde hun slaapkamerdeur openvliegen en stelde me voor dat Margot-Sophia daar stond, een en al furieuze woede terwijl ze deze lieve, prachtige man beval bij ons weg te gaan.

En het was mijn schuld. Ook haar schuld, maar vooral die van mij.

Als het kon, zou ik in beweging zijn gekomen, maar dat lukte me niet; ik zette me uit alle macht schrap tegen wat komen ging, ondanks wat hij me had beloofd. Hoe kon hij na dit alles nog in mijn leven blijven?

'Daar is de deur, hij staat open,' schreeuwde Margot-Sophia. 'Verdwijn.'

Een seconde, nog een... en toen...

'Nee, dat doe ik niet.'

'Dat doe je niet...?' In haar stem klonk ongeloof door. 'Wat bedoel je, dat doe je niet? Blijf je hier en ga je vechten?'

'Ja, als dat moet. Of ik kan hier blijven en... niet vechten.'

Andreas bleef.

Er waren tranen. Er werd nog meer geschreeuwd en toen werd er uiteindelijk gepraat. Ze praatten maar door. Ik hoorde genoeg om te weten dat Andreas haar niet spaarde en alles wilde weten, dat hij boos was en gekwetst, maar ook nu weer naar oplossingen zocht. In de vroege uurtjes voor de dageraad aanbrak werden hun stemmen zachter en praatten ze langzamer, en eindelijk viel ik in slaap.

Dit alles was mooi, geweldig.

Alleen, na hun heftige gesprek ging mijn moeder naar bed.

Dagen gingen voorbij.

Toen ik zag dat mijn moeder in een neerwaartse spiraal terechtkwam, keerde de angst van vroeger terug, en daarmee ook de woede van vroeger. Hier waren we dan, met deze fantastische man die bij ons gezin wilde horen, en zij gaat naar bed. Als een o zo fijngevoelige victoriaanse vrouw in een te strak zittend korset, met dampen en reukzout. Er was niets mis met haar, behalve met wat ze zich in haar hoofd haalde.

Natuurlijk, alles wat ze zich in haar hoofd haalde, was voor haar heel echt, en ernstig.

Eerst viel ik terug in mijn oude gedrag, van de vorige keer dat dit gebeurde – op mijn tenen lopen, fluisteren, mijn handen wringen, haar smeken te eten, stilletjes in haar deuropening staan kijken naar hoe ze ademhaalde. Ik voelde me afschuwelijk, alsof de tijd tussen toen en nu slechts een droom was, een bitterzoete, sprookjesachtige dagdroom. Ik voelde me elf, geen veertien.

Maar deze keer stond ik er niet alleen voor. Andreas en ik hadden talloze gesprekken, op gedempte toon, in de keuken of buiten op de veranda.

'Waarom staat ze niet gewoon op? Ik kan dit niet nog een keer aan. Ik kan er niet mee overweg.'

'Ingrid...' Andreas boog zich naar voren. 'Je moet geduld hebben, en je moet begrijpen... dat de ziel ziek kan zijn, gekweld misschien, vanwege het verlies dat niet volledig kan worden verwerkt, want ze weet niet hoe dat moet, en misschien wil ze het ook wel niet. Want als je het verwerkt, laat je het ook voor altijd achter je. En volgens mij lijdt je moeder duidelijk aan een depressie. Uit wat jij me pas geleden hebt verteld, maak ik op dat ze hier haar hele leven al mee te kampen heeft gehad. En ze wist het met muziek te verslaan. Nu moet ze iets anders zien te vinden. En alles zit verschrikkelijk in de knoop en is met elkaar verweven, en het is niet zo gemakkelijk om maar "gewoon op te staan", zoals jij het zegt.'

'Hou je nog steeds van haar?' vroeg ik.

'Ja,' zei hij vurig.

Ik geloofde hem. Sterker nog, je zou bijna zeggen dat hij zelfs nog meer van haar hield. Deze crisis leek het beste in Andreas naar boven te halen, en doordat hij het hele verhaal kende, voelde hij zich misschien ook meer verbonden, meer betrokken, kon hij zelfs meer betekenen. Het haalde het beste in hem naar boven en hij kon zijn kennis erin kwijt. Algauw paste hij zijn werkschema aan zodat hij als ik op school was vanuit huis kon werken, hij ging 's avonds bij haar in bed naar Netflix liggen kijken of probeerde haar tot praten te verleiden. Met zachte hand oefende hij net zolang druk op haar uit tot ze at/douchte/wakker bleef, en intussen pakte hij de telefoon en vroeg of haar dokter langs wilde komen, zodat mijn moeder iets tegen haar depressie kreeg voorgeschreven, veel eerder dan de vorige keer.

Maar toch, ik was boos en bang. Ik wilde zeggen: *sta op! Niemand heeft je ooit iets aangedaan. Je liegt tegen deze geweldige vent die nog steeds bij je wil zijn, en jij kruipt weg in het donker alsof het 't einde van de wereld is. Sta. Op.*

Ik dacht het, maar zei het niet. In plaats daarvan stond ikzelf op en ging elke dag naar school, bleef tot laat in de bibliotheek en probeerde te doen alsof er niks aan de hand was. Juno merkte wel dat er iets mis was en vroeg me ernaar, maar ik zei tegen haar dat ik ruzie had met mijn moeder. Dat snapte ze wel, want zij had voortdurend ruzie met haar ouders, vooral over dingen als wel of niet uit mogen en hoe vaak ze bij Toff mocht zijn, die nu haar vriendje was, als ze tenminste geen ruzie-maakten.

'Ik wed dat de verwachtingen te hooggespannen zijn,' zei Juno met een wijsgerig knikje.

'Hè?'

'Klaarblijkelijk gedraag je je te netjes,' zei ze en ze sloeg een arm om me heen. 'Ik wed dat jullie aan de eettafel zitten en het hebben over wat er allemaal in de wereld gebeurt en zo, en ik weet al dat je bijna nooit de deur uit gaat. Dit is mijn nieuwe strategie: ik zorg dat de verwachtingen laaggespannen zijn. Ik ben nooit op tijd, zelfs niet als ik buiten twintig minuten moet wachten om te zorgen dat ik te laat ben. Plus, elke keer dat Toff bij ons is, zit ik met hem te flirten, pal onder hun ogen. Daar-door wagen ze zich niet in de kelder als wij naar een film zitten te kijken. Ze zijn doodsbenauwd dat ze ons betrappen als we aan het flikflooien zijn. En in zijn algemeenheid praat ik gewoon niet met ze, ik vertel hun niets en waarschuw ze ook niet van tevoren wat ik van plan ben, ver-volgens barst ik een paar keer per week uit in een dramatische huilbui, sla met mijn deur, schreeuw naar ze dat ze me niet begrijpen... het werkt.'

'Hoe... maakt dat de toestand er nou beter op?'

'Je moet zorgen dat ze dankbaar zijn voor elke kruimel! Dat is ten-minste mijn theorie. En echt, dat verwachten ze ook.'

'Wat?'

Ze lachte om mijn verwarring. 'Mijn moeder heeft minstens acht boeken gelezen over pubergedrag, de psyche van de puber, enzovoort, ze heeft zelfs bepaalde stukken onderstreept, die ze vast aan mijn vader heeft voorgelezen. Ik hoefde enkel die stukken te lezen om te ontdekken wat ze verwachtte.'

'O mijn god.'

'Echt waar. Ze verwachten problemen, ze zoeken die zelfs op, ook al gedraag ik me volkomen beschaafd. Ik train ze om op het ergste voorbereid te zijn, wat betekent dat zij blij zijn als ik niet heel erg dwarslig. Ze zijn nu al zo blij als ik normaal doe dat ze me niet meer over elk wissewasje uithoren. En als ik werkelijk vriendelijk iets aan hen vraag? *Bam...* dan zijn ze in de zevende hemel.'

'Wauw,' zei ik. 'Dat klinkt... vermoeiend.'

'Maar ik wil ze niet te veel vragen, want ik spaar het op voor iets groots,' zei ze. 'Ik ben zoals die figuur uit het toneelstuk van Shakespeare dat we tijdens ons schoolreisje hebben gezien. Herinner je je die gast nog die eigenlijk een prins was?'

'O, je bedoelt prins Hal uit *Hendrik iv*.'

'Ja, die. Hij heeft me geïnspireerd, zoals hij rondhing, zoop en mensen beroofde. En hij hield die toespraak die wij van tevoren moesten bestuderen, over dat hij eigenlijk een klootzak was waardoor hij des te beter voor de dag kon komen als hij eenmaal was veranderd.'

'"Hierin volg ik het voorbeeld van de zon,"' zei ik en ik begon te lachen.

'Ja, precies! Ik doe alsof ik de zon ben die achter de wolken tevoorschijn komt, en dan heb ik mijn ouders precies waar ik ze hebben wil.'

'Ik betwijfel of dat de les was die we uit het toneelstuk moesten trekken.'

'Je zou het eens moeten proberen.'

'Eh, mijn situatie is een beetje anders,' zei ik, maar ze was alweer over Toff aan het babbelen, wat ik ook wel prima vond. Ik wist zeker dat Juno zou hebben geprobeerd om me te helpen als ik het haar had verteld, maar mijn problemen losten zich niet op door erover te praten, en meestal was het veel leuker om naar haar gezellige geklets te luisteren.

Binnen een maand gedroeg mijn moeder zich weer normaal. Alles wat Andreas had gedaan, was goed uitgepakt, maar ze had geweigerd om naar een therapeut te gaan.

We borgen de opera-aandenkens in dozen in de garage op en beloofden haar er niet meer over te praten.

Maar daarna leek het toch alsof ze hem verder toeliet. Ze hielden de hele tijd elkaars hand vast, ze legde haar hoofd op zijn schouder en als zij niet naar hem keek, volgde hij haar met een bewonderende, opgeluchte en een tikje verdrietige blik.

'Er komt een dag dat ik een dokter vind,' zei hij tegen me. 'Een specialist die haar stem kan repareren.'

'Dat hebben we al gedaan,' zei ik. 'Doe geen moeite.'

'Er worden voortdurend nieuwe technologieën en behandelmethoden ontdekt,' zei hij. 'Zelfs als haar stem niet meer op professioneel niveau te krijgen is...'

'Andreas, geloof me: laat zitten,' zei ik.

Maar ik betwijfelde of hij dat zou doen.

Midden in haar herstelperiode deed Andreas voor de zoveelste keer iets compleet onverwachts: hij vroeg haar ten huwelijk.

Ze moest huilen en zei ja.

Twee maanden later gingen we met z'n drieën naar het stadhuis, waar ze trouwden.

Ze droeg een lange jurk in Japanse stijl, zwart, rood en blauw, had haar haar opgestoken en was even oogverblindend als ze ook altijd op het toneel was geweest. Hij droeg een smoking. Ik trok een krankzinnige oranje met hemelsblauwe vintage Lilly Pulitzer-jurk aan die ik in haar kast had gevonden en deed er een riem omheen. We gingen per helikopter naar de wijnstreek en hadden een privédiner in de kelder van een beroemde wijngaard.

Ik had een vader. Een extravagante, lieve, vastbesloten vader.

En als hij voor ons koos, was hij duidelijk niet goed bij zijn hoofd.

17

MODDERPOEL

(PEAK WILDERNESS, DAG ELF)

O p dag elf, de voorlaatste dag van het trektochtgedeelte van deze reis, blijf ik de leider.

Als we deze keer aankomen, laat ik me geen onzin of stomme spelletjes meer in de maag splitsen, ook niet op het strand. Ik heb mijn lesje geleerd. Al die dagen in een vochtige slaapzak en kleren die zo stinken dat ze bijna pootjes krijgen is genoeg. Ik walg zo van mezelf dat ik wel uit mijn huid wil kruipen, en daar ga ik wat aan doen. Vandaag nog.

Als de buitenkant in orde is, komt het vanbinnen ook in orde.

We breken stipt op tijd het kamp op en gaan op pad. Naarmate de ochtend vordert, merk ik dat ik tijdens het lopen niet hoef te huilen omdat... ik het leuk vind. Misschien hou ik er zelfs wel van. Het doet me intens plezier als ik mijn weg zoek over boomwortels, mijn dijspieren, bilspieren en hamstrings aanspan om een heuvel te beklimmen, bij elke stap de voldoening voel dat ik moet vechten, opluchting dat ik tenminste iets heb om tegen te vechten. En er zit een ritme in – hartslag, voetstappen, ademen – dat tegelijk uitdagend en troostend is.

En in tegenstelling tot de warboel van het vochtige, benauwende stuk bos vol doornstruiken en insecten waar we onze tocht begonnen, staan in dit deel grote, majestueuze bomen met hoog boven ons hun bladerdak, dus krijg je bijna het idee dat je door een openluchtkathedraal loopt, met overal gespikkelde schaduwen van het licht dat omlaag filtert.

Ik lig in puin, maar het is prachtig.

En dus marcheren we door.

En dan hoor ik achter me iemand luid fluisteren: 'Hé, Ingrid...?'

Het is Tavik, die anders nooit iets zegt onderweg.

'Wat?'

'Stop jij je vieze wc-papier in de zak?'

Mijn mond valt open van verbazing, dan kijk ik achterom en zie dat hij me beslist met een duivelse grijns aankijkt.

'Jij?' vraag ik aan hem.

'Jij eerst. In het ergste geval doe je het niet, dan verraad ik je en... wat zullen ze dan doen, denk je, moet je dan terug om het op te halen?'

'Oké, nee,' zeg ik zachtjes. 'Wacht, anders gezegd: no way.'

'Ik ook niet. Ik begraaf het gewoon.'

'Laat ik dan als je tentmaatje,' zeg ik, 'de eerste zijn die je daarvoor wil bedanken.'

'Ben je altijd zo rebels?'

'Ha,' zeg ik. De vraag roept allerlei gedachten bij me op die ik moet wegduwen.

'Nee?'

'Nee,' zeg ik. 'Eigenlijk nooit.'

Lieve mam,

Wat ze niet op de kaart hebben vermeld, je weet wel, die kaart waarop de rechtstreekse route en de schilderachtige route werden aangegeven, wat nergens staat en waarvan ook geen spoor op die kaart te vinden is?

De modderpoel.

De reusachtige, ongeëvenaarde modderpoel van ongeveer dertig meter lang en bijna twee meter breed, waar twee lange touwen boven hangen, die je waarschijnlijk moet vastgrijpen bij je pogingen niet in de modder weg te zinken en het loodje te leggen.

O, en aan weerskanten? Rotsmuren.

We houden een korte pauze om dit alles in ogenschouw te nemen.

Correctie: we houden een korte pauze terwijl ik, omdat ik het geluk had die dag de leiding te hebben, de zaak in ogenschouw neem en ga besluiten wat we doen. Misschien denken ze dat ik dat hier zit te doen: het neerkrabbelen van een briljant plan dat ik niet heb.

Als ik ons allemaal uiteindelijk een waterig graf in leid, hoop ik dat iemand dit dagboek vindt en het door de collectieve strot van Peak Wilderness duwt.

Liefs. Ha.

Ingrid

Ik leg het dagboek neer en ga staan om de modderpoel nogmaals te bekijken.

'Kunnen we eromheen?' vraag ik aan Bonnie.

Ze schokschoudert. Inmiddels ken ik het spelletje maar al te goed. Ik wil ik haar wel bij die schokkende schouders grijpen en de waarheid uit haar schudden.

Peace en Hendry hebben intussen wat stokken gehaald en beginnen in de modder te prikken om te kijken hoe diep die is, zowaar een van Peace' betere ideeën.

Ik loop naar Bonnie en Pat toe. 'Jongens, we hebben het hier al over gehad. Jullie weten of we er wel of niet omheen kunnen, en ik weet dat jullie het weten. Voor de dag ermee.'

Niets.

'Ahum. Als leider van de dag vráág ik jullie om alsjeblieft alles wat jullie weten aan ons te vertellen om ons te helpen. Ik weet dat het deel uitmaakt van het "ding" om ons het zelf te laten uitzoeken,' vervolg ik, en ik kan mijn frustratie amper meer inhouden. 'Ik vind dat gelul. En dat weten jullie. En ik vind het verkeerd, want in wezen houden jullie ons steeds maar weer voor de gek. Alsof de ellende in de natuur en moeten omgaan met al die totaal verschillende persoonlijkheden niet al genoeg is. Geloof me, het is echt genoeg. Dus. Kunnen we hier nou wel of niet omheen?'

'Je kunt er niet omheen,' flapt Bonnie er ten slotte uit, terwijl ze Pats blik negeert. 'Alleen erdoorheen.'

'Schitterend,' zeg ik. 'Dank je wel, Bonnie.'

'Je kunt er niet omheen, alleen erdoorheen,' herhaalt Pat.

'O mijn god, ja, Pat, ik zal het op een tegeltje zetten,' zeg ik, en ik vraag aan Bonnie: 'Is het drijfzand?'

'Nee, gewoon modder,' zegt ze.

'Bonnie!' Pat kijkt haar streng fronsend aan.

'Wat?' zegt ze. 'Ze heeft gelijk, een paar van die dingen zijn een beetje onredelijk.'

'Dank je wel,' zeg ik nadrukkelijk tegen haar.

Een paar minuten later, nadat ik het terrein heb verkend (oftewel een mogelijk dodelijk veenmoeras) en zelf heb onderzocht hoe diep de poel is en de groep om suggesties heb gevraagd, weet ik wat ik ga doen.

De modder komt minstens tot ons middel, bij sommigen misschien wel tot de borst, wat betekent dat we de rugzakken niet kunnen dragen zonder dat alles (nog) natter en smeriger wordt. Dus doen we onze rugzak af en leggen ze op een compacte stapel bij de 'ingang' van de modder.

'Iedereen,' zeg ik, toen de groep zich had verzameld, 'houdt het touw de hele tijd met minstens één hand vast, of je nou wel of niet denkt dat het nodig is. Ga op je plek staan, hopelijk op zo'n afstand dat je iets aan de volgende persoon kunt doorgeven. Het plan is dat we van hier naar de overkant een rij vormen waarbij we op gelijke afstand van elkaar staan om de rugzakken aan elkaar door te geven tot alles aan de overkant is. Dan klimmen we eruit. Wat vinden jullie daarvan?'

'Om de rugzakken door te geven, moeten we het touw loslaten,' merkt Jin met een spottende grijns op.

'Goed punt. Zorg dat je stevig staat voordat je loslaat.'

'Waarom draagt iedereen zijn eigen rugzak niet gewoon?' vraagt Harvey.

'Omdat ik niet wil hebben dat jullie slaapzak en kleren ook nat worden en blijven, zoals mij is overkomen. En hier is het nog erger, want het is modder. Daarom trek ik mijn schoenen uit,' zeg ik, terwijl ik mijn best doe zelfverzekerd te klinken, ook al heb ik de neiging om te kotsen. 'Bovendien denk ik dat het veiliger is, voor het evenwicht. Moeten we erover stemmen?'

Klaarblijkelijk niet. Ik trek mijn schoenen uit en hang ze boven aan de rugzak, en de anderen doen hetzelfde.

'En het lijkt me ook een goed idee om je broek in je sokken te stoppen en je shirt in je broek. Zorg dat je huid overal bedekt is.'

'Waarom?' vraagt Ally, maar ze is er al mee bezig.

Ik krimp ineen voor ik antwoord geef, maar Jin bespaart me de moeite en zegt: 'Bloedzuigers.'

'Ja.'

Ally ziet eruit alsof ze gaat flauwvallen. Ik neem het haar niet kwalijk. Seth kijkt ook met een extreem bleek gezicht naar de poel.

'Fantastisch.' Ik tuur met nauwelijks verholen angst naar de modder. 'Aangezien ik de leider ben en het mijn plan is, ga ik eerst.'

Bij de eerste stap komt de modder tot mijn knieën. Ik heb een lange stok bij me en daarmee prik ik in de modder vóór me en probeer niet aan slangen, bijtende schildpadden, dodelijke algen of dode of levende padden te denken. Bij elke stap test ik de modder eerst en ga dan verder. Na vijf stappen komt de modder tot mijn dijen. Halverwege vergis ik me duidelijk met de stok en wordt het snel dieper, komt de modder tot aan mijn borst. Ik onderdruk een kreet, vloek, grijp het touw boven me met beide handen vast en roep overbodig: 'Jongens, hier is het diep!'

'Gesnopen,' zegt Tavik. 'Hoe is het water?'

'Heerlijk. Lijkt wel een spa,' zeg ik en ik hoor verschillende mensen grinniken. 'Hier hebben we nou een kapitaal voor betaald.'

De modder rukt nu verder op. Weerzinwekkend gewoon.

Laat dat kleren wassen maar zitten. Ik verbrand ze wel.

Ik kom weer in beweging, langzamer nu, waad tussen wortels en andere onbestemde sliertige dingen door die langs mijn enkels, dijen en middel glijden. Ik zet mijn tanden op elkaar en kom uiteindelijk aan de overkant, waar ik op zo'n anderhalve meter van de kant blijf staan – de modder komt nog altijd tot aan mijn dijen.

'Oké,' roep ik naar de overkant voordat de volgende aan de beurt is, 'het diepste gedeelte is in het midden.'

'Je meent het,' roept Peace terug.

Ik negeer hem. 'Als het even kan moeten jullie naar lengte een rij vormen, de langste mensen staan dan in het midden. Oké?'

Een halfuur later, we staan in een rij op min of meer gelijke afstand van elkaar, slaakt Seth een schrille kreet.

'Ik voelde iets! Er kwam iets tegen mijn been!'

Iedereen verstart. Seth kreunt.

'Haal me hier weg, haal me hier weg, help me, god...' Hij maakt verschrikkelijke, verstikte geluiden en begint te hyperventileren. Hij kan elk moment het touw loslaten en wegstormen, wat rampzalig zou zijn.

'Seth,' roep ik. 'Ben je gewond?'

'N-nee...'

'We moeten die rugzakken aan deze kant krijgen, dus hou vol.'

'Stel dat het een slang is? Het is vast een slang! Aaah,' huilt hij. 'Ik voelde het weer, geloof ik!'

'Het kan ook een wortel zijn,' zegt Ally, die zelf lijkbleek ziet.

'Kom op, slapjanus!' zegt Peace.

'Het is geen wortel! Ik wil hier niet doodgaan, o god, haal me hier alsjeblieft weg...'

Plotseling schreeuwt iedereen door elkaar, sommigen naar Peace, anderen naar Seth, weer anderen naar mij, sommigen simpelweg omdat ze compleet de weg kwijt zijn. Als hier geen einde aan komt, marcheert iedereen de modder uit en moeten we helemaal opnieuw beginnen om de rugzakken op te halen.

'Ally!' brul ik door het gekakel heen.

Met een ruk draait ze haar hoofd naar me toe. 'Ja?'

'Ga hem helpen!'

Ally staat voor Seth en ze draait zich naar hem toe en steekt een hand naar hem uit. Ze praat tegen hem. Ik hoor niet wat ze zegt, maar uiteindelijk houdt hij op met gillen en pakt haar hand vast.

Dan roep ik naar Henry, want hij kan heel hard fluiten. Ik gebaar naar hem door twee vingers in mijn mond te steken. Hij knikt en even later fluit hij. Het is heel hard en iedereen houdt zijn mond.

'Geef nu de eerste rugzak door!' roep ik in de korte stilte.

Bonnie geeft de eerste rugzak aan en wij geven hem door, van de een naar de volgende, helemaal naar mij. Ik doe twee stappen om hem op de droge kant te zetten en loop de modder weer in. We herhalen dit nog tien keer, met veel ademloze, hachelijke momenten waarin mensen hun verstand en/of evenwicht dreigen te verliezen. Drie keer verdwijnt een rugzak bijna in de modder. We zweten, zijn smerig en compleet door-gedraaid, en reken maar dat niemand hier ook maar iets aan vindt.

Maar het werkt.

Het werkt!

Als de laatste rugzak aan de overkant is, sleuren we onszelf een voor een door de rest van de poel naar de kant. Er stijgt een schor gejuich op als Seth met een groen gezicht uit de modder stapt en op het pad neer-stort.

We staan te wankelen op onze benen, sommige mensen huilen, ik ook. Seth kruipt in de bosjes en geeft over, Jin begint hysterisch te la-chen, rolt over de grond en slaat er met haar handen op. Peace maakt brullende geluiden en – ik maak geen geintje – laat zijn spierballen zien. Harvey en Henry, die even een zeldzaam moment van broederliefde be-leven, roepen teksten uit de afvalpersscène uit *Star Wars*.

Melissa, Bonnie en Pat beginnen allemaal, heel verstandig, met stok-ken de modder van hun kleren te werken. Melissa is de laatste paar da-gen nogal stilletjes geweest, ook tijdens deze tocht door de modder. Ik kom er maar niet achter of ze gewoon superstoer is en alles stoïcijns van zich laat afglijden of dat ze in een soort posttraumatische comateuze toestand verkeert.

Iedereen probeert nu met de stokmethode de modder weg te krijgen, maar dat lukt maar voor een deel, en algauw zijn we alleen nog bezig onze voeten zo schoon te krijgen dat we schone (nou ja, schoon) sokken en onze schoenen kunnen aantrekken zodat we verder kunnen naar het kamp.

Een paar momenten beleef ik hetzelfde rockstergevoel als gisteren – trots op mezelf omdat ik ons naar de overkant heb geloodst, verbaasd dat we het hebben overleefd – maar dat duurt niet lang. Ik ben door-weekt, smeriger dan ik ooit van mijn leven ben geweest, walg van me-zelf, ben uitgehongerd en heb nu geen enkele hoop meer dat ik mezelf of mijn spullen ooit nog schoon en droog krijg. Peak Wilderness heeft duidelijk als doel om ons compleet te verpletteren. En te zorgen dat we de mensen die ons ernaartoe hebben gestuurd gaan haten.

18

O BOY

(VIJFTIEN JAAR OUD)

Het was een gewone schooldag in de vierde klas, het was herfst, droge bladeren dwarrelden in de wind, een eerste ijskoude bries zat in de lucht. Juno en ik stormden arm in arm door de schooldeuren, uitgelaten lachend en pratend van ons lunchwandelingetje.

En toen zag ik hem staan, bij Rhea's kantoor aan de overkant van de hal, een jongen met goudbruin haar. Ik zag hem van opzij, hij bestudeerde iets wat op een lesrooster leek, en er was iets aan hem waardoor ik als aan de grond genageld stond.

Het kwam niet doordat hij zo leuk was.

Het kwam ook niet doordat hij overduidelijk nieuw was.

Het kwam doordat, toen hij zich omdraaide en ik de bijzonderheden van deze goedverzorgde, goedgeklede jongen in me opnam, ik in gedachten een ander beeld over hem heen legde, dat van een slungelige, sullig ogende jongen met erbarmelijk haar en slecht passende kleren. De bril was weg, de huid was helder, hij was zo veranderd dat ik hem bijna niet herkende... Maar ik kende hem toch.

Isaac.

Mijn maag maakte een sprongetje en ik kreeg een wee gevoel.

Ik was zo ongelooflijk blij om hem te zien, en om te zien dat hij er zo goed uitzag. Al die tijd had ik me afgevraagd wat er van hem was geworden. Had ik me zorgen om hem gemaakt. En hier was hij dan en hij zag er goed uit. Beter dan goed.

Ik was verbijsterd toen ik hem daar plotseling in de hal van mijn school zag staan en viel bijna om vanwege de complete metamorfose die hij had ondergaan. Terwijl ik probeerde te verwerken dat hij daar was, kwam tegelijk alles weer boven. En daar stond ik dan, verdrinkend in een stroom akelige herinneringen, en ik voelde opnieuw de eenzaamheid, de ellende van al die lunchpauzes dat ik in die kast werd opgesloten, de schaamte dat ik werd gedwongen om voor een joelende groep te moeten zoenen, en het afgrijzen toen Isaac werd neergeslagen, het bloed op zijn gezicht.

En misschien was het dat wel wat Isaac zag toen onze blikken elkaar kruisten, niet de blijdschap dat ik hem zag, maar mijn plotselinge en scherpe reactie op die herinneringen.

Want hij wilde glimlachen, dezelfde glimlach die ik aan voelde komen toen ik besefte wie hij was, een brede, hartelijke en opgetogen glimlach, maar die zette niet door. Zijn gezichtsuitdrukking veranderde, werd stuurs. Tegen die tijd was ik weer tot mezelf gekomen en ik liep naar hem toe, glimlachte terug, de armen zelfs gespreid om hem te omhelzen, maar hij draaide zich abrupt om, liep de trap op en verdween.

En ik bleef daar staan, draaierig, met het gevoel alsof ik een stomp in mijn maag had gekregen.

Daarna wist ik niet wat ik moest doen. Elke keer dat ik bij Isaac in de buurt kwam, draaide hij zich om, deed hij alsof ik lucht was. Toen we aan hem werden voorgesteld door zijn 'officiële buddy', toevallig was dat Toff, wilde hij me niet aankijken. Het zou er niet zoveel toe moeten doen, het zou me niet moeten kwetsen, maar dat deed het wel.

Dat ongemakkelijke gevoel was wederzijds, en ik besloot zijn methode over te nemen en hem gewoon te vergeten, te doen alsof hij lucht was. Het was wel duidelijk dat hij geen vrienden wilde worden, of zelfs maar met me praten. Mij best. Maar het werd een ding voor me. Ik snapte wel dat hij dacht dat ik hem die eerste keer misschien raar had aangekeken. Maar daar reageerde hij dan wel erg overdreven op, en ik kon niet eens bij hem in de buurt komen om het uit te leggen. En trouwens, ik zou niet alleen bij hem in de buurt moeten kunnen komen, ik zou ook alléén met hem moeten zijn, en dat leek dubbel onmogelijk.

Uiteindelijk hield ik het niet meer. Op een dag hoorde ik hem zeggen dat hij langer bleef omdat hij een afspraak had met de algebradocent. Ik zei tegen Juno dat ze maar zonder mij weg moest gaan, parkeerde mezelf met een boek bij zijn kluisje en deed of ik las. Een halfuur later was het zo stil in het schoolgebouw dat ik zijn voetstappen al hoorde voordat hij de hoek om kwam en dat zijn adem stokte toen hij me zag.

Ik keek pas op toen hij vlak voor me stond.

'Ingrid. Wat doe je?'

'Ik zit voor je kluisje in een boek te kijken, Isaac.'

'Ja,' zei hij, op zijn hoede. 'Dat is evident.'

'Evident. Mooi woord. Kom je ook zitten?' Ik klopte op de krakende houten vloerdelen naast me.

'Nee, dank je. Het gaat goed zo.'

Ik ging staan en zei: 'Kom op, Isaac. Zeg je dan helemaal nooit meer iets tegen me?'

'Ik heb geen idee wat je bedoelt.'

'Doe niet zo stompzinnig.'

'Mooi woord,' zei hij en toen keek hij over zijn schouder. 'Ik wil niet hier praten, Ingrid.'

'Oké, waar dan wel?'

'Ik wil eigenlijk helemaal niet praten.'

'Luister, of je gaat met me praten, of ik ga je bij je kluisje stalken.'

'Dat brengt mensen op verkeerde ideeën, denk je niet?'

'Kan me niet schelen.'

'Nee, dat zal wel niet,' snauwde hij.

'Wat?'

'Mag ik er alsjeblieft even bij?'

Ik deed een stap opzij, sloeg hem met toegeknepen ogen gade terwijl hij zijn spullen in zijn schoudertas stopte, zijn jas pakte, aantrok en daarna het kluisje dichtdeed en op slot draaide.

'Wat bedoelde je daarmee?' zei ik, 'dat het me soms wél iets kan schelen als het mensen op "verkeerde ideeën" brengt, wat hét ook mag zijn?'

'Het kan je wel iets schelen,' zei hij, maar hij keek me niet aan.

Ik liep samen met hem de trap af naar de hal, waar nog een paar leerlingen rondhingen. Ik voelde dat hij van me af wilde, maar er waren nog steeds mensen in de buurt en hij kon me niet lozen zonder een scène te maken. Hij liep naar de voordeuren en ik sprong naar voren en duwde die voor hem open.

'Hier kunnen we praten,' zei ik en ik wees naar de overkant waar een groot veld was met een atletiekbaan eromheen.

Isaac keek me aan en fronste toen zijn wenkbrauwen. 'Je hebt geen jas aan.'

'Lief van je dat je daaraan denkt,' zei ik een tikje sarcastisch.

'Het is gewoon een logisch feit. Geen jas staat gelijk aan dat je het koud krijgt.'

'Geeft niet. Ik haal hem straks wel op.'

We staken over bij de lantaarnpaal en liepen door het gat in de afrastering.

'Goed dan,' zei Isaac terwijl hij tegen de klok in over de baan ging lopen. 'Jij wilde praten, praat dan ook.'

'Ik wil gewoon weten wat... ik bedoel, eerst wil ik oprecht weten hoe het met je gaat en wat er met je gebeurd is, want we hebben samen iets meegemaakt en het voelt een beetje gek om het daar niet over te hebben. En dan heb ik het nog niet over het feit dat je het vertikt om sowieso met me te praten en doet alsof ik lucht ben.'

Ik bleef staan, draaide me naar hem toe om hem aan te kijken, maar hij keek naar zijn voeten, over mijn schouder, overal behalve naar mijn gezicht.

'Zie je wel? Je wilt me niet eens aankijken. Je hebt kennelijk een probleem met me en daar snap ik helemaal niks van.'

'Jij bent degene met het probleem.' Plotseling, eindelijk, keek hij me boos aan. 'Jij bent nu net zoals zij...'

'Zoals zij...? Wat? Niet waar.'

'Wel waar. Je bent zoals zij geworden...'

'O, is dat zo?' zeg ik, hem onderbrekend. 'Zie je mij soms mensen uitschelden, ze in kasten opsluiten, ze vernederen en in elkaar slaan? Meen je dat echt?'

'Nee, maar je bent populair geworden,' zei hij snerend, wat niets voor hem was.

'Ik heb inderdaad vrienden en vriendinnen, als je dat bedoelt.'

'Ja, en dan kun je niet omgaan met een jongen zoals ik.'

'Dat slaat nergens op. Dat is absurd.'

'Oké, een jongen zoals ik vroeger was. Die ik trouwens nog steeds ben.'

'Dus... als je er nu nog steeds... zo uit zou zien als, wat, op je twaalfde, denk jij dat ik zomaar zou besluiten om niet met je om te gaan? Dat is een belachelijke conclusie, Isaac, daar heb je nul bewijs voor.'

'Ik heb al het bewijs dat ik nodig heb!' Hij stond bijna te schreeuwen. 'Ik heb het bewijs gezien, Ingrid, en je mag zeggen wat je wilt en liegen tot je barst, maar ik zag het in je ogen op mijn allereerste dag hier. Ik zag je daar staan met die giechelende vriendin van je en de blik in je ogen toen je besefte wie ik was.'

'Isaac, ik was dolblij om je te zien.'

'Niet waar!'

'Wel. Maar ik...'

'Ik zág het! In je ogen... alsof ik een geestverschijning was, of een onwelkom familielid dat opdook om je nieuwe leven binnen te dringen.' Hij wendde zich af en begon zo snel over de baan te lopen dat ik moest hollen om hem bij te houden. 'Na al die tijd dat ik aan je dacht als die moedige, terugvechtende meid, terwijl het enige wat jij intussen deed was je verstoppen, het enige wat jij deed was assimiléren.'

Ik pakte zijn arm vast, dwong hem tot stilstand en ging voor hem staan.

'Luister,' zei ik recht in zijn gezicht, 'het is geen misdaad om vriendinnen te hebben. Het is geen misdaad om de kans te krijgen een normale puber te zijn. En de vrienden die ik nu heb lijken in niets op die lui die ons zo hebben gepest, en je hebt lang genoeg op Godark gezeten om dat te weten.'

'Maar je hebt hun niet verteld...'

'Wat verteld?'

'Dat je... dat je net zo was als ik.'

'Je weet helemaal niet wat ik hun wel of niet heb verteld, Isaac. En je weet ook helemaal niet wat je in mijn ogen zag.'

'Dus heb je het ze verteld?'

'Het is niet zoiets als een ziekte, Isaac. Of iets waar je je voor moet schamen. Zíj waren de klootzakken. Tirannen. Zíj zijn degenen op wie je kwaad moet zijn, niet op mij.'

Hij staarde me met open mond aan en ik ging door.

'Had je soms verwacht dat ik de vuile was zou buitenhangen, is dat het? Ik zie jou anders ook niet al je ellende rondbazuinen. Daar wil je het helemaal niet over hebben, net zomin als ik. Je wilt niet dat de mensen je als slachtoffer zien. Jij wilt jezelf niet als slachtoffer zien. Jíj zegt dat ík me verstop? Jij hebt een hele make-over ondergaan, en denk maar niet dat ik niet weet dat je elke seconde geniet van het feit dat je de leuke nieuwe jongen van Godark bent. Zo te zien vind jij het ook niet erg om te "assimileren", zoals jij het uitdrukt, dus wat is dan verdomme je probleem met mij?'

'Ik...'

'Wil je weten wat ik dacht, wat ik voelde toen ik je zag? Ja, je zag inderdaad iets. Want voor het geval je het vergeten bent, hebben we een afschuwelijke tijd doorgemaakt, en doordat ik jou zag, kwam dat allemaal weer boven. Dus sorry dat het een milliseconde duurde voordat ik opsprong van blijdschap, Isaac.'

'Oké, oké.'

'Nee, niet oké. Wil je dat ik het aan iedereen vertel? Ik kan het hun vertellen. Ik geloof toevallig dat het echte vrienden zijn en dat niemand me zal laten vallen, en jou ook niet. Persoonlijk hoef ik niet zo nodig stil te blijven staan bij al die narigheid die me is overkomen, en ik sta ook niet te trappelen om het te vertellen, maar als je wilt dat ik het doe, dan kun je het krijgen ook.'

Hij hield zijn ogen op een punt in de verte gericht.

'Kom op, zeg het nou maar.'

Toen verplaatste Isaac zijn blik naar die van mij en hield die een hele tijd vast. 'Je meent het echt,' zei hij ten slotte.

'Duh.'

'Het is... al goed. Ik bedoel, je hoeft het niet te doen.'

'Je bedoelt dat je niet wilt dat ik het doe.'

'Nee, ga gerust je gang.'

'Oké, dan doe ik het,' zei ik en ik wilde weglopen.

'Oké, ik wil niet dat je het rondvertelt,' zei hij.

Ik bleef staan, draaide me om en keek hem aan. 'Nou, misschien wil ík het nu wel.'

'Ik... zie maar, doe wat je wilt. Maar, als je het niet erg vindt, waarschuw me eerst.'

'Prima.'

'Geweldig, oké,' zei hij.

Mijn woede begon weg te ebben en plotseling merkte ik dat het waaide, ik voelde de kou op mijn armen en sloeg ze over elkaar. Hij keek geschokt. Hij was kwetsbaarder dan ik me had gerealiseerd, misschien meer beschadigd door zijn ervaringen dan ik door de mijne. Hij had het zwaarder gehad en het had zeker langer geduurd. Ik had voorzichtiger met hem moeten omspringen, maar ik was boos door hoe hij tegen me deed, gefrustreerd dat hij meteen het ergste van me dacht en in de war door de pijn die door me heen ging toen hij mijn blik vasthield.

'En de volgende keer, Isaac? Voordat je weer iets in je hoofd haalt als je zogenaamd iets in mijn ogen ziet?'

'Wat?'

'Bespaar ons dan het drama en vraag het gewoon aan me.'

En daarmee draaide ik me om en liep weg.

19

PEACE

(PEAK WILDERNESS, DAG ELF, VERVOLG)

De maan staat aan de hemel (alweer) als we de kampeerplek op strompelen. Het is nog niet helemaal donker, maar dat is het zeker als het eten klaar is.

Ik wacht niet af tot iemand me een karweitje opdraagt. Ik doe zelfs geen moeite om eerst de tent op te zetten. Ik zet mijn rugzak op een rots naast de oever, trek mijn schoenen en sokken uit, diep mijn stukje zeep op en loop met kleren en al het water in.

De meeste anderen uit de groep volgen mijn voorbeeld, op Peace na, die zich eerst uitkleedt en over het zand heen en weer rent, ons royaal uitzicht biedend (als we dat zouden willen) op zijn genitaliën die op en neer stuiteren in het glanzende roze laatste licht van de dag.

Hij gaat zich tenminste wassen.

Het is een lang strand en we vinden in het water een plekje voor onszelf om onze kleren af te stropen en een poging te doen de modder eruit te wrijven. Nadat ik klaar ben met mijn broek, shirt en sokken, stuif ik in slip en beha het water uit (nog zoiets waarover mijn moeder uit haar dak zou gaan, maar wat kan het me schelen?). Ik wring de min of meer schone kleren uit en leg ze op de steen naast mijn rugzak, daarna ga ik het water weer in.

Het is koud, echt koud, maar ik wil zo wanhopig graag alleen zijn en de kou voelt zo lekker op mijn zere voeten, op de honderden muggenbeten, op mijn pijnlijke spieren. Ik schop heen en weer in een vergeefse poging warm te worden, trek dan mijn beha en slip uit, hang ze over een arm zodat ik ze niet verlies voordat ik ze heb gewassen.

Het duurt niet lang of ik ben alleen met mijn slinkende stukje zeep, met links in het water de reflectie van de opkomende maan en mijn ellendige boze hart dat tegen de kou roffelt.

Ik ben te moe om te huilen.

Ik ben zo moe van alles, óver alles, dat ik me voorstel hoe het is als de kou het overneemt als ik mezelf onder het oppervlak laat zakken en daar blijf, dat ik mijn grip op de wereld met alles erop en eraan loslaat. Ik ben zo moe dat ik niet eens schrik van die gedachte.

Dan hoor ik gespetter, ik draai me om en zie dat Peace het meer weer in loopt.

Ik laat me dieper in het water zakken, hoop dat hij niet weet dat ik hier ben en/of de hint snapt dat ik geen zin heb in gezelschap.

Maar nee.

Hij komt recht op me af.

En dan word ik me er plotseling afschuwelijk van bewust dat ik níét te moe ben om me er druk over te maken.

'Hé, onverschrokken leider,' zegt hij, en hij spettert water naar me toe.

'Hé Bob,' zeg ik, nadrukkelijk zonder enig enthousiasme.

'Peace.'

'Juist. Eh, nee, bedankt.'

'Hoezo bedankt?'

Weer een spetter.

'Voor je uitnodiging om elkaar nat te spatten.'

'Wat is er aan de hand, bang om je zeep te laten vallen?' zegt hij, en hij wiebelt weerzinwekkend met zijn wenkbrauwen.

'Ik probeer een beetje van de rust te genieten, Peace.'

'Ja, ik ook.'

'In mijn eentje, als je het niet erg vindt.' Ik laat me zijwaarts drijven.

Hij gaat achter me aan. 'Het is een vrij land.'

'Wat, ben je vijf of zo?'

'Hé, hé, het is allemaal liefde, babe. Allemaal liefde.'

'Okééé.'

'Je mag me niet,' zegt hij.

'Ik ken je niet,' antwoord ik. Ik hurk zo diep mogelijk in het water, en nu moet ik een stap naar achteren doen om bij hem uit de buurt te blijven.

'Maar je mag me niet. Geef het maar toe.'

'Waarom kan het je wat schelen of ik je mag?'

'Dat doe ik niet.'

'Waarom vraag je het dan?'

'Ik wil gewoon dat je het toegeeft.'

'Moet je horen, soms liggen mensen elkaar niet, dat is normaal.' Ik schuif weer een centimeter naar achteren.

En opnieuw komt hij achter me aan, torent nu boven me uit. Met zijn lengte en het feit dat het hem geen snars kan schelen dat hij naakt is, maar mij wel dat ik in mijn nakie sta is hij dubbel in het voordeel. Want het is duidelijk dat hij het weet, en weet dat ik weet dat hij het weet, en hij geniet met volle teugen dat ik me ongelooflijk ongemakkelijk voel.

Aangezien achteruitdeinzen niets uithaalt, zet ik mijn voeten stevig op de bodem van het meer en kruis mijn armen voor mijn borst.

'Volgens mij, Peace, moeten we gewoon accepteren dat we het niet met elkaar eens zijn.'

'O ja? Waarover?'

'Over alles.'

'Ik weet niet... misschien moeten we erover praten.' Hij legt zijn handen op mijn schouders en begint me te masseren. 'Misschien kan ik helpen. Als ik in de buurt ben, raak je erg gespannen.'

'Ik heb je hulp niet nodig. En ik wil geen massage. Haal je handen van me af.'

'Kom op,' zegt hij, en hij verstevigt zijn greep, laat zich in het water zakken zodat we op ooghoogte met elkaar zijn. 'Ik denk te weten wat dit is. Het is spanning.'

'Laat me los,' zeg ik met zachtere, beslistere stem.

Hij trekt me dichter naar zich toe.

'Seksuele spanning.'

'Getver.'

'Ik wist het.'

'Laat. Me. Los. Nú.'

Ik wankel naar achteren, maar plotseling valt het zand onder mijn voeten weg.

Hij heeft me nog steeds vast en hij is sterker dan ik, sterker dan ik dacht. En hij heeft me in een positie weten te manoeuvreren waarin hij nog wel kan staan, maar ik niet.

'Ik weet hoe ik met dat soort spanning moet omgaan,' vervolgt hij met zijn stinkende adem in mijn gezicht. 'We zijn ver genoeg bij alles vandaan, we zouden er nu, op dit moment, iets aan kunnen doen.'

Ik begin te trappen, niet naar hem maar om weg te komen.

Maar hij lacht alleen maar en trekt me tegen zich aan, zodat ik zijn walgelijke haren voel en moet kotsen van zijn erectie.

'Ik denk het niet,' sneer ik, maar ik ben bang. En erger nog, ik zie aan de voldoening die in zijn ogen opflakkert dat hij ervan geniet.

Nu begin ik hem te schoppen, maar het is moeilijk om onder water iemand echt te raken, en het haalt niets uit.

Hij grijnst als een waanzinnige en duwt me onder water, waar hij me lange, angstige ogenblikken vasthoudt, terwijl ik probeer niet in paniek te raken, geen energie wil verspillen met worstelen, en het me nu wel heel duidelijk wordt dat ik op deze manier niet wil sterven.

Peace trekt me met een ruk weer omhoog en terwijl ik sputterend naar adem hap, grijpt hij me bij mijn kont.

'Ik zou je tegelijk kunnen neuken en verzuipen,' zegt hij. 'Dan zouden al mijn problemen opgelost zijn.'

En dat is het moment waarop begin ik te gillen.

20

AUTUMN, BIOLOGISCH EN LOKAAL GEPRODUCEERD

(VIJFTIEN JAAR OUD)

Door het gesprek met Isaac klaarde de lucht tussen ons op, een beetje. Hij ging me niet langer uit de weg, ik werd niet langer achtervolgd door het feit dat hij me uit de weg ging. Ik maakte er (mogelijk een overdreven) punt van om hem gedag te zeggen, vooral als ik met mijn vriendinnen was, om hem te laten zien dat ik echt niet 'zoals zij' was, zoals hij het formuleerde. Alles was lief en aardig.

Min of meer.

Maar helemaal op ons gemak waren we niet. Hij betrapte me soms als ik in de klas naar hem keek, meestal nadat hij heel intelligent commentaar had gegeven, wat vaak voorkwam, en dan wendde ik me met een warm gezicht af. Of ik zag dat hij in de pauzes of tijdens de lunch aanstalten maakte om met me te praten, maar wegslenterde als hij zag dat ik het zag.

Ik was nieuwsgierig en raakte in de war van hem, en vervuld van een soort... verwachting.

En toen kreeg Autumn Robarts hem in haar greep.

Hij raakte met haar bevriend, bedoel ik.

Autumn was helemaal leuk... op een parmantige, overdreven positieve, mogelijk stiekem kwaadaardige manier. Punt was alleen dat zij je er altijd zo nodig op moest wijzen dat je spijkerbroek waarschijnlijk door een kinderarbeider was gemaakt of dat de kaas op je brood geen echte kaas was. Wat je ook had of dacht of deed, ze had/dacht/deed het beter/schoner/ethischer/meer ecologisch. Ze liet koffie, suiker, tarwe, zuivel en nachtschades (wat?) staan, gaf televisie en haar telefoon op en vond het *transformerend*.

'Ik ben zoveel meer aanwézig,' zei ze.

Was ik de enige die dat geen verbetering vond?

Maar we zaten op een tolerante school en als iemand in zijn vrije tijd theatraal wilde mediteren en/of mensen wilde bekeren, best. Sommige leerlingen deden zelfs met haar mee.

Ik ergerde me mateloos als ik Isaac bij haar zag rondhangen. Ze zaten naast elkaar bij muziek (dat vak deed ik niet omdat mijn moeder dat op niet al te subtiele wijze ontmoedigde, ook al zou ik met gemak een tien halen) en het viel me op dat hij haar hielp bij haar actie om de snoep- en frisdrankautomaten uit de school weg te krijgen, een actie waar Juno tegen was. Sterker nog, plotseling leek Isaac overal aan mee te doen: hij zat in een band, deed rugby, basketbal, fondswerving, atletiek, goed doel x.

'Jij doet ook overal aan mee,' zei ik begin november, toen ik zag dat hij bij het theater posters aan het ophangen was. Het kwam er een beetje scherper uit dan ik bedoelde en hij kneep zijn ogen tot spleetjes.

'Waarom niet?' zei hij. 'Binnenkort moeten we ons bij een college aanmelden. En je maakt zo gemakkelijk vrienden.'

'Bovendien red je de wereld,' zei ik – ik kon het niet helpen. 'Je weet wel, met je vriendin Autumn.'

'Je mag haar niet.'

'Dat heb ik niet gezegd.'

'Waarom ben je dan plotseling zo'n secreet?'

'Waarom praat je nog steeds niet tegen me?' Tot mijn verbazing kwam dit er bijna als een jammerklacht uit, gênant gewoon.

'Ik praat nu met je.'

'Dat weet ik, maar het is nog steeds... het is niet...'

'Moet je horen, Ingrid...' Hij ging voor me staan, zenuwachtig nu, en hij hield de stapel posters met beide handen stevig vast. 'Het is... ik weet het niet. Ik weet dat het nog steeds een beetje gek gaat. Maar... we hoeven toch niet per se vrienden te zijn? Misschien is dat het probleem, dat we allebei vasthouden aan de onlogische veronderstelling dat we dat wel zouden moeten zijn. Maar vroeger waren we ook geen vrienden.'

'We hebben de kans niet gekregen om vrienden te worden.'

'Maar dat zou toch niet zijn gebeurd. Als je was gebleven. Uiteindelijk zou je op de sociale ladder omhoog zijn geklommen en zouden we echt geen vrienden zijn geworden.'

'Oké, laat maar zitten. We weten allebei niet hoe het gelopen zou zijn. Dat is geweest. Maar... kom eens met me mee.' Ik gebaarde naar de posters. 'Leg die even neer en kom mee.'

'Wat? Wil je me weer naar die atletiekbaan sleuren en ruzie gaan maken? Het is koud buiten.'

'Nee, ik wil alleen met je praten. Heb je niet het gevoel dat...' Ik keek de gang door om er zeker van te zijn dat we alleen waren en voelde me vervolgens opgelaten doordat hij me dat zag doen.

'Dat wat?' zei hij, en hij deed een halve stap naar me toe en deed dezelfde stap weer terug.

'Ik heb gewoon dit... Ik heb steeds maar het idee dat jij en ik, dat we elkaar kénnen.' Ik zweeg even, wachtte tot hij zou zeggen dat dat wel of niet zo was, maar hij keek me alleen maar aan, wachtte af, dus ik rebbelde door. 'Ik weet wel dat dat eigenlijk niet zo is, maar ik heb het gevoel dat we als we op een dag eenmaal met praten beginnen... het is krankzinnig, maar dat we dan niet meer kunnen ophouden. We hebben iets te zeggen, wij allebei, en ik denk dat we het tegen elkaar kunnen zeggen.'

'Daar heb je Juno toch voor?'

'Ja, maar... nee. Juno is fantastisch. Heel grappig, heel loyaal, en ze is vrolijk, maar...'

'Is haar nooit iets akeligs overkomen?' zei Isaac. 'Dat idee heb ik van haar. Niet dat daar iets mis mee is, hoor.'

'Wat je net zei, is precies wat ik bedoel. Je snapt het. We zijn voorbestemd om vrienden te worden, Isaac. Alsof we nu al vrienden zijn, maar gewoon nog niet...'

'Ons vriendschapsprogramma hebben geactiveerd?' zei hij, de zin voor me afmakend terwijl hij zijn mondhoeken in een grappige glimlach krulde.

'Ja!'

'Je bent raar, weet je dat?'

'Hoezo?'

'Je gaat van verlegen naar hardnekkig naar bitchy en weer terug naar verlegen, en nu lijk je wel een intense wervelwind.'

'Dus... wat bedoel je te zeggen? Voel jij het dan niet?'

'Ik zeg dat je me in de war brengt. Ja, ik heb ook het gevoel dat we elkaar kennen, maar ook weer niet, en ik ben... nieuwsgierig naar je. Maar misschien vinden we elkaar saai en stom en hebben we niks gemeen. Wat gebeurt er dan?'

Ik haalde mijn schouders op. 'Nou, ik weet in elk geval dat je niet dom bent. En dat ben ik ook niet, dus dat deel is al veiliggesteld.'

'Het is bij jou heel erg alles of niets, Ingrid.'

'Ik wil dat we vrienden worden, Isaac. Zo ingewikkeld is dat niet.' Maar het was wel ingewikkeld. 'Sorry dat ik me zo aanstel.'

'Nou, laten we dan beginnen met iets normaals te doen,' zei hij en hij stak me de posters toe. Autumn had ze gemaakt, om bekend te maken dat er audities werden gehouden voor *De tovenaar van Oz*. 'Help me hier maar mee.'

'Oké,' zei ik en ik pakte ze aan.

Super,' zei hij en hij gaf me een rol plakband. 'Geef me gewoon een poster aan, en dan stukjes plakband. Appeltje-eitje.'

We waren een paar minuten geconcentreerd bezig toen ik hem vroeg wat hij in de afgelopen paar jaar had gedaan.

Voor hij antwoord gaf, keek hij om zich heen of er iemand in de buurt was, en antwoordde toen zachtjes: 'Ik heb nog een jaar op die school vastgezeten. Toen werd de boel een beetje erger. Mijn ouders, ze zijn allebei hoogleraar en... idealisten.'

'Wat, in professionele zin?'

'Ha ha. Professionele Idealisten.' Zijn ogen schitteren even, maar keken toen weer serieus. 'Maar echt, idealisten in de zin dat ze wilden dat ik er met opgeheven hoofd mee om moest gaan, dat ik er trots op moest zijn dat ik anders was, en dat ik het, je weet wel, op de een of andere manier kon verslaan met mijn grote intellect, met mijn anders-zijn.'

'Ja, dat werkt altijd,' zei ik en ik sloeg mijn ogen ten hemel.

'Ze bedoelden het goed. Ze hebben het geprobeerd. Ze deden me op taekwondo, kochten allerlei biografieën van briljante mensen die hetzelfde hadden meegemaakt, het hadden overleefd en de Nobelprijs voor de Vrede hadden gekregen. En ik kreeg stapels gratis lessen over individualisme, Darwin, sociale concepten, de hormonen van het puberale menselijk brein.'

'O mijn god.'

'Maar ik mocht niet van die school weg. Totdat ten slotte... nou, laten we zeggen dat ze het toch in de gaten kregen. De school was niet van plan te helpen, niets hielp. Dus kreeg ik een paar maanden thuisonderwijs, en toen bood mijn tante aan om me mee op reis te nemen. Ze werkt voor het Rode Kruis en geeft trainingen in Zuid-Amerika en Azië. Ik moest met haar mee. School hield ik bij via de computer, wat ik trouwens toch al deed. Dat heb ik een paar jaar gedaan, en toen kwam ik thuis en nu zit ik hier, dat is alles.'

'Wat vond je van dat reizen?'

'Fantastisch. Wat ik ook in mijn leven ga doen, ik ga absoluut reizen.'

'Ik ook. Het grootste deel van mijn jeugd heb ik met mijn moeder door Europa gezworven.'

'Echt waar?'

'Ja. Dus... ben je blij? Ik bedoel, vind je het sowieso moeilijk om steeds op dezelfde plek te blijven? Mis je het?'

'Jij?' vroeg hij.

'Het was lang geleden,' zei ik, en ik sloeg mijn blik neer, maar keek hem toen weer aan. 'Ik werd... nogal in beslag genomen door ons nieuwe leven en heb er eerst niet zo over nagedacht, maar: ja. Ik heb het gemist. Dat doe ik nog steeds.'

'Ik mis het ook,' zei hij en hij stak zijn hand uit naar de plakband, waarmee hij me eraan herinnerde dat we een klusje moesten klaren. 'Maar, eh, mijn ouders vonden dat ik iets nodig had wat zij "normale sociale interactie met pubers" noemden.'

'O, dat!'

'Ja, dat. Ik weet alleen niet wat "normaal" is en of ik het herken als ik het tegenkom.'

'Je kunt ook gaan voor "niet afschuwelijk", dan ben je er ook,' zei ik.

'Laag inzetten?'

'Nee, ik bedoel...'

'Je bedoelt in de context van mijn vorige ervaring.'

'En die van mij.'

'Over sociale interacties gesproken,' zei hij, 'voldoe ik aan je hoogge-spannen verwachtingen? Heb ik genoeg te vertellen? Ben ik nu al bril-jant en grappig en je soulmate?'

Ik begon te lachen en hij lachte ook, en voor ik het wist hadden we alle posters opgehangen.

'Dankzij jou was het zo gepiept,' zei hij.

'Graag gedaan,' zei ik.

We waren terug waar we begonnen waren, voor de deuren van het theater.

'Dus...' zei hij en hij duwde zijn handen in zijn zakken. 'Ga jij naar de auditie?'

'Niks voor mij. Hoe dan ook, zoals mijn moeder zou zeggen, het is niet praktisch.'

'Niet praktisch?' Hij wierp me een sceptische blik toe. 'Hoezo?'

'Je weet wel, in het leven.'

'Dit is niet het leven, het is de schoolmusical,' zei hij. 'Het is voor de lol.'

'Wat is voor de lol?' Autumns hoge, sprankelende stem kondigde haar komst aan toen ze de hoek omsloeg en haar blauwe ogen zo groot als schoteltjes op Isaac richtte.

'Dit,' zei Isaac en hij wees naar de poster.

'O, er loopt zo veel talent rond op school,' zei Autumn. 'Er komt een echt orkest, dus er is livemuziek. Is dat niet waanzinnig?'

Een echt orkest leek mij niet bepaald waanzinnig, maar dat zei ik maar niet.

'Doen jullie allebei mee?' vroeg ik. Isaac speelde trompet en gitaar en Autumn hobo.

'Ik denk het wel,' zei Isaac.

'Sterker nog...' zei Autumn, 'een klein vogeltje heeft me ingefluisterd dat ik een goede kans maak om de rol van Doro... ahum... te spelen. En heb jij niet gezegd dat je stagemanager wilde zijn, Isaac? Aangezien je toch al muziek op je cv hebt staan?'

'Ik moet ervandoor,' zei ik, geërgerd dat ze zich aan Isaac en mij opdrong, en nog meer geërgerd dat ze voor hem dacht.

'Ingrid,' zei Isaac met een nadrukkelijke blik, 'ze hebben zangers nodig.'

'O,' zei Autumn, en ze kromp ineen. 'Jij weet dat natuurlijk niet, want je bent nieuw, maar die arme Ingrid is... niet muzikaal, Isaac.'

'O nee?' zei hij met geamuseerde blik.

Punt is, ik wil niet dat mensen me vragen lid te worden van een koor, dus tijdens de verplichte zangsessies op school mompel ik altijd maar een beetje mee, zodat iedereen denkt dat ik een muzikaal uilskuiken ben.

'En je moet ook kunnen acteren,' vervolgde Autumn, met zo'n lieve, medelijdende glimlach dat ik haar wel een klap wilde verkopen. 'Maar als je toch iets wilt doen, we hebben hulp nodig bij de rekwisieten, kostuums en het schilderen van het decor.'

Plotseling was het duidelijk dat ze absoluut niet wilde dat ik iets deed.

'Misschien kan ik gewoon voor de lol auditie doen,' zei ik. 'Er zijn ook stukken waarin niet wordt gezongen, toch?'

'Nee, maar iedereen zingt wel mee als we samen zingen!' Ze ging dicht bij Isaac staan. 'Tijdens de auditie moet iedereen zingen!'

'En dus? Mag ik het dan niet proberen?'

Isaac zei al die tijd niets. Hij leunde enkel tegen de muur, zijn blik schoot beurtelings van de een naar de ander.

'Het is niet zomaar iets, Ingrid!' Autumn begon nu echt opgefokt te raken. 'Het is serieus! Je kunt niet zomaar voor de lol auditie doen. Je kunt niet...'

'O, kan ik volgens jou geen auditie doen? Ik kan doen wat ik wil, Autumn.'

En zo kwam het dat ik me aanmeldde om auditie te doen voor *De tovenaar van Oz*.

Ik had er onmiddellijk spijt van.

Tijdens de auditie zou ik het besterven van gêne en plankenkoorts, als dat voor die tijd al niet was gebeurd. Ik zou er niks van bakken. Of ik bakte er wel wat van en kreeg een rol, dan zou mijn moeder me vermoorden. Of de komende vijf jaar in bed gaan liggen.

Ik had het haar nog niet verteld.

Intussen hoorden we Autumn 'Over the Rainbow' oefenen, compleet met de extra intro die, zo vertelde ze ons heel gewichtig, níét in de film voorkwam, maar wél in de musical. Ze oefende in de gangen tussen de lessen door en in elke pauze, ook tijdens de lunch, en ze droeg ook al van die achterlijke vléchtjes in haar haar. Dat alles bij elkaar, plus die valse bescheidenheid van haar of ze de rol wel zou krijgen (waardoor medeleerlingen haar verzekerden dat ze geweldig was en de rol absoluut zou krijgen, ook al had ze op zijn zachtst gezegd een middelmatige stem) maakte haar meer onuitstaanbaar dan ooit.

'Goed nieuws,' zei ze tegen me op de dag voor de audities, 'ik hoorde net dat er nog een rol is waarin niet wordt gezongen: natuurlijk hebben we de Boze Heks, maar daar ben je een beetje te klein voor en qua acteerwerk is dat een geweldige uitdaging. Maar Rhea is van gedachten veranderd om een echte hond op het toneel te laten optreden. Ze laat een leerling Toto spelen! Dus...' Ze kwam dicht naast me staan en fluisterde: 'Jij zou mijn hond kunnen zijn!'

'Nee, Autumn,' zei ik, ziedend van woede. 'Denk maar niet dat ik jouw hond word.'

'Luister, het is niet te laat om nog van gedachten te veranderen, hoor,' zei ze met een zogenaamd meewarig gezicht.

O ja, dat was het wel.

Afgezien van een paar zachte oefeningen in de douche repeteerde ik niet.

Noem het ontkenning, noem het pure doodsangst, maar het kwam erop neer dat ik deed alsof het gewoon niet gebeurde.

En toch was het op een dag zover en daar zat ik dan, met alle anderen bij het theater. Afgezien van de angst die me bij de keel greep, was het ergste nog wel dat ik zo zweette en dat mijn hart op hol was geslagen. Bovendien had het theater een uitstekende akoestiek en was het niet geluiddicht, zelfs niet met gesloten deuren. Dat betekende dat iedereen die daarbuiten op zijn beurt zat te wachten iedereen kon horen die binnen stond te zingen.

Afschuwelijk.

Juno had besloten om ook auditie te doen, dus zij hield me gezelschap, maar ik was evengoed opgefokt. Gelukkig hielp het dat Autumn er was (die opzichtig stemwarming-ups deed, en vergeefs haar best deed om niet naar elke auditie te luisteren en daar commentaar op te leveren) om te zorgen dat ik bleef zitten waar ik zat terwijl ik op mijn beurt wachtte.

Dat duurde een eeuwigheid, maar tegelijk ging het ook weer te snel.

Van de twee theaters die de oude kerk rijk was toen de school zich in het gebouw vestigde had Godark het grootste theater intact gelaten en daar werden voortdurend allerlei schoolactiviteiten georganiseerd. Het theater was vergane glorie, met ongeveer tweehonderd zitplaatsen die bekleed waren met dun afgesleten fluweel, een balkon dat leunde op donkerblauw met bladgoud geschilderde Korinthische zuilen, echte toneellichten en een naar voren springend toneel.

Binnen was het uitgelicht als voor een echte voorstelling. Aan de ene kant stond een piano met daarachter meneer Krauss, de muziekleraar, en aan de andere kant zat Isaac de stagemanager met zijn klembord op een stoel. Halverwege de zaal stond een tafel met gedempte rode lampen, waar Rhea zat.

'Miss Burke,' zei Rhea, haar stem schalde uit het schemerduister toen ik midden op het toneel stond, 'wat fijn dat jij ook auditie doet.'

Ik hoorde haar met papieren ritselen en tuurde de zaal in om haar te kunnen zien.

'Je hebt niet gezegd voor welke rol je auditie doet,' zei ze. 'Heb je een voorkeur?'

'Nou, meestal doe ik niet mee aan zoiets. Ik heb me gewoon aangemeld vanwege...' Ik keek naar Isaac en wendde mijn blik vlug weer af. 'Eh. Omdat ik dacht dat het misschien...' Leuk was niet het juiste woord, besefte ik net op tijd. Rhea straalde dodelijke ernst uit.

'Ja...?'

'Nou, ik ben dol op het verhaal. Er is iets mee... De film is natuurlijk iconisch. Maar je hebt ook *Wicked*, die ik jaren geleden heb gezien, en ik heb de originele boeken een paar keer gelezen. Er zitten zo veel grote thema's in, je ontdekt dat alles wat je nodig hebt al in jezelf zit, dat je voorzichtig moet zijn met wat je wenst, dat je blij moet zijn met je afkomst, met vriendschap, goed en kwaad...'

Eerst had ik geen woord kunnen uitbrengen, maar nu kon ik niet meer ophouden met praten.

'Hoe dan ook, als er een rol is die bij me past en u wilt dat ik die speel, dan vind ik dat prima. Als ik tegenval, ben ik misschien een goede heks, of... welke rol ook. Behalve...'

'Behalve...?'

Autumns hond. Alsjeblieft, God.

'Niets. Elke rol is goed.'

'Zing je ook?'

'Ik...' Ik wierp een snelle blik op Isaac, dacht aan mijn moeder en haalde mijn schouders op. 'Ik kan wel een beetje zingen.'

Ik was vast wel goed genoeg om in het koor mee te doen. Het was tenslotte maar een schoolmusical.

'Prima, dan gaan we een paar dingen proberen,' zei Rhea, die naar het toneel toe liep en me enkele scènes aanreikte. 'Isaac is je tegenspeler.'

Ik las een paar stukken: Glinda, de Boze heks van het Westen, de Vogelverschrikker en Dorothy. Ik had me niet veel zorgen gemaakt over het acteergedeelte, maar het was verwarrend en vreemd, en het lukte me alleen als ik me op Isaac richtte, die goddank goed toneelteksten kon oplezen.

'Heel goed,' zei Rhea toen we klaar waren. 'Nou, heb je een lied voorbereid?'

Niet echt.

'Welke, eh, welke wilt u dat ik zing?' zei ik. 'Ik ken ze eigenlijk allemaal. Geloof ik.'

Meneer Krauss legde zijn handen op de toetsen en speelde de openingsnoten van de intro van 'Over the Rainbow'.

O shit.

Ik deed een stap naar voren, vouwde mijn handen samen, maakte ze weer los en deed een stap naar achteren. Besefte dat als ik een vel bladmuziek kon vasthouden, ik tenminste mijn handen ergens kon laten. Besefte dat het misschien onvoorbereid overkwam dat ik dat niet had. Maar de intro was bijna voorbij en ik moest een teug adem nemen want er was nu geen weg terug meer...

Wat dacht ik nou helemaal toen ik me hiervoor aanmeldde?

Op de een of andere manier zong ik. Het was al een wonder dat ik mijn mond open kreeg. Verdomme, wat had dit liedje een groot bereik, en de eerste hoge toon kwam eraan, die we tijdens alle audities steeds weer in de gang konden horen, die er vlak en/of krijsend uit kwam: de toon waarbij je ineenkromp. Ik zou het niet beter doen, waarschijnlijk slechter...

Maar nee, bij mij klonk het niet vlak of krijsend. Ik was een beetje bibberig begonnen, maar die toon haalde ik zonder problemen, en ik was absoluut niet van plan dit te verknoeien nu Autumn aan de andere kant van de deur stond mee te luisteren.

Toen het achter de rug was, bleef ik met knipperende ogen staan, trok mezelf stukje bij beetje terug naar het heden. Ik was naar Oz geweest en het duurde even voor ik weer terug was. Mensen waren aan het praten en ik reageerde op de automatische piloot... en toen was het klaar en Isaac liep met me mee, zaklamp in de hand, van het toneel af, door het gangpad en naar de deur. Daar bleef hij staan.

'Waarom kijk je me zo gek aan?' fluisterde ik.

'Ik ben gewoon blij dat je auditie hebt gedaan. Als ik je daardoor gek aankijk dan is dat maar zo. Reken maar dat meer mensen je gek zullen aankijken.'

'Hoezo?' zei ik en de paniek kroop in mijn keel omhoog. Het had zo goed gevoeld, maar dat betekende nog niet dat het ook goed wás.

'Ingrid,' zei hij hoofdschuddend. 'Je hebt net het dak eraf geblazen.'

'O ja? En is dat goed?'

'Geintje zeker? Ja. Ga nou maar, ik moet weer aan het werk.'

En daarmee, nog voordat ik een kans kreeg om zijn woorden tot me door te laten dringen, trok hij de deur open en werkte me het felle ganglicht in.

Juno begon te juichen en te klappen toen ze me zag, en andere mensen deden dat ook.

Maar Autumn niet. Als blikken konden doden was ik er geweest, zo staarde ze me aan, en ze was heel bleek, zo bleek dat ik echt medelijden met haar kreeg. Ik schonk haar een bemoedigende blik en zei: 'Toitoitoi, Autumn.'

Ik ben ook zo'n secreet, dacht ik. Maar wel een secreet dat kan zingen.

Toen de rolverdeling bekendgemaakt werd, stond mijn naam er ook bij. Ik speelde Dorothy.

Het nieuws sloeg bij me in alsof er honderden kleine bommetjes in mijn lichaam ontploften, van boven tot onder langs mijn ruggengraat. Hoe was ik al die jaren doorgekomen zonder te weten hoe graag ik dit wilde?

Het is maar een schoolmusical, zei ik steeds weer tegen mezelf, maar toch...

Ik had het mijn moeder nog niet verteld.

Andreas zat in Ierland, waar hij een of andere hotemetoot moest coachen, en ik had gehoopt dat hij er weer was als/wanneer ik mijn moeder over de musical moest vertellen. Maar ten slotte werd ik zo onrustig dat ik op een ochtend besloot het haar tijdens het ontbijt te vertellen.

'Mam?' Ik schraapte mijn keel. 'Ik... probeer ook wat dingen buiten school te doen, zodat ik... een meer veelzijdige indruk maak als ik me bij een universiteit aanmeld.'

'Slim idee. Wat doe je, debatteren? Voetbal?'

'Nee, ik dacht... nou ja, iemand stelde voor dat ik een proefopvoering zou doen voor dit kleine... toneelstukje.'

'Proefopvoering?' Ze trok haar wenkbrauwen hoog op.

'Auditie.'

'Ik weet wat het betekent. Ga je auditie doen voor een toneelstuk?'

'J-ja,' zei ik en ik besloot bliksemsnel om het feit dat ik al auditie had gedaan en een rol, de hoofdrol, had gekregen te bewaren voor een volgende keer.

'Waarom is het klein?'

'Hè?'

'Je zei een "klein" toneelstukje. Wat is er klein aan?' zei ze met scherpe stem, niet van plan zich van het onderwerp te laten afleiden. 'Is het een slecht stuk? Of onbeduidend?'

'Neeee... het is geen slecht stuk. En ook niet onbeduidend. Het is maar schooltoneel, mam,' zei ik en daarna stond ik op om de ontbijtboel af te ruimen. 'Hoe dan ook, ik ben een paar weken wat later thuis omdat ik moet repeteren... Maar ik zorg dat ik niet achter ga lopen met mijn huiswerk of zo en het staat goed op mijn cv.'

Ze bleef me strak aankijken en tikte met een lange nagel op het tafelblad.

'Om welk stuk gaat het?' Ze zei het op luchtige, gemoedelijke toon.

Ik mompelde het antwoord: 'Wizardofoz,' terwijl ik in een rechte lijn naar mijn jas liep en mijn schoenen aantrok.

Ik weet niet precies wat ik verwachtte toen ik haar eindelijk aankeek, maar ik zag dat ze me meewarig aankeek.

'O jeetje, je denkt dat je Dorothy kunt spelen.'

'Denk jij dan van niet?'

'Ingrid... We hebben het hier al over gehad. Je bent geen zangeres en dat leven is niet voor jou weggelegd. Je verdient zekerheid. Respect. Iets waar je niet als een stuk vuil aan de kant wordt gezet. Ik wil niet dat je teleurgesteld bent als je geen rol krijgt, of als ze je een klein rolletje geven. Er zíjn kleinere rollen.'

'Maar je vindt het toch niet erg als ik auditie doe?' zei ik, de kleine uitweg die ik zag aangrijpend. 'Gewoon om het te proberen?'

'Als je dat per se wilt,' zei mijn moeder met een verdrietig gezicht. 'Ik zal er voor je zijn.'

'O, mam, dank je wel,' zei ik en toen omhelsden we elkaar in de hal terwijl ik in mijn hoofd het moment waarop ik auditie had gedaan en de rol kreeg een beetje verder naar achteren schoof... dat ik voor die avond met repeteren begon.

Als ik nou maar een tijdmachine had gehad, dan zou het niet eens gelogen zijn.

Een week later stormde ik het huis binnen, nog in de wolken omdat ik zo'n fantastische repetitie had gehad, en vertelde het haar.

'Ik heb een rol!' zei ik, en ik probeerde het krankzinnige en wonderlijke gevoel terug te halen en opnieuw te beleven dat ik had ervaren toen ik het nieuws voor het eerst hoorde. 'De hoofdrol. Dorothy!'

'O!' Ze was de afgelopen paar dagen zo lief en bezorgd geweest dat ik ervan overtuigd was dat ze blij voor me zou zijn. 'Schatje. Ingrid. Nou, dat is... Nou, is dat niet...'

'Geweldig?'

'Ja. Geweldig. Gefeliciteerd, liefje. Het is geweldig,' zei ze, waarna ze me omhelsde en op beide wangen kuste. 'Schitterend!'

Dus had ik me fantastisch moeten voelen.

Behalve dat ze eruitzag alsof ik zojuist een huis op haar had laten vallen.

21

MOED

Zodra ik begin te gillen laat Peace me los.

Ik schop naar achteren en opzij zodat ik niet te dicht langs hem hoef als ik naar de kant loop, waar Bonnie en een paar anderen zich verzamelen.

Hij draait zich om, volgt me met zijn enge kraaloogjes en begint te lachen.

'Hé, ik maakte maar een grapje,' roept hij tussen het grinniken door. 'Doe niet zo nuffig.'

'Blijf uit mijn buurt,' roep ik terug. 'Praat niet tegen me, raak me niet aan, denk niet eens aan me!'

'Ingrid?' roept Pat vanaf de kant, met Bonnie naast hem. 'Alles in orde?'

'Ik neem je te grazen als je slaapt, dan hak ik 'm er af!' ga ik verder.

Ik ben nu in ondiep water en laat me op handen en voeten vallen, want natuurlijk ben ik tijdens al dat gedoe mijn onderbroek en beha kwijtgeraakt (en de zeep) en na dat alles ziet die klootzak me nog in mijn nakie ook, hoewel dat relatief gesproken nog mijn laatste zorg was.

'Nee, alles is niet in orde,' zeg ik, en ik besluit om op te staan en naar hen toe te lopen, terwijl ik de neiging onderdruk om mezelf te bedekken. 'Bob hier vond het wel leuk om me te bedreigen, lastig te vallen en me aan te randen.'

Bonnie trekt haar jasje uit en slaat dat om me heen.

'O, kom op, zeg, ik zei toch dat het een grapje was,' zegt Peace, die nu ook het water uit komt.

'Was dat toen je me onder water hield of toen je aan me zat? Wat was er dan zo grappig aan, Peace?'

Bonnies adem stokt en Pat zuigt zijn adem naar binnen. De rest van de groep, bijna iedereen was er nu, schuifelt dichterbij.

'O, wat er zo grappig aan was? Dat ik je probeerde te helpen omdat je niet goed kon zwemmen,' zegt hij overdreven spottend. 'En ik krijg stank voor dank.'

'Me helpen? "Ik zou je tegelijk kunnen neuken en verzuipen", dat is wat je geloof ik zei vlak nadat je me met geweld onder water had gehouden.'

Ally geeft me een handdoek die ik maar wat graag onder Bonnies jasje om me heen wikkel. Dan loop ik bibberend naar het vuur.

'Je liegt,' zegt Peace, die vlak op mijn hielen zit.

Pat steekt zijn handen omhoog. 'Oké, we hebben duidelijk een probleem. Twee versies van hetzelfde verhaal en twee mensen die heel erg overstuur zijn. We gaan met z'n allen zitten en gooien het in de groep. Maar eerst stel ik voor dat jullie je gaan aankleden.'

Ik merk dat ik sta te rillen, maar ik heb het warm, niet koud. En mijn oren suizen, zo hard dat het haast op schreeuwen lijkt, want het kan toch niet waar zijn dat ik mezelf nu in een soort nachtmerrieachtige strijd van 'hij zei/zij zei' moet gaan verdedigen?

Terwijl alles in het donker plaatsvond...

En onder water...

Ver in het meer waar niemand ons hoorde of zag.

Wat precies zijn bedoeling was.

'Wacht!' roept iemand, een piepende meisjesstem. 'Ik wil wat zeggen.'

Het is Melissa. Jin staat naast haar en houdt haar hand vast.

Maar nu ze in het middelpunt van de aandacht staat, lijkt ze te verschrompelen.

'Na wat ik heb doorgemaakt... heb ik er moeite mee om...' Haar ogen flitsen angstig op, ze slaat ze weer neer. 'Ik werd zo bang. Maar ik moet... voor mij is het nog belangrijker om...'

'Doe het nou maar,' zegt Jin en ze knijpt in haar hand. 'Het is oké.'

Melissa kijkt naar Bonnie en Pat en zegt: 'Ik hoorde hem dat zeggen. Over... dat hij haar tegelijk kon neuken en verdrinken. Ik heb alles gehoord... Ik zat op de rots, je weet wel, een beetje na te denken en zo. Het geluid... Hun stemmen droegen ver. En het was niet alleen die ene opmerking. Ik hoorde haar een paar keer vragen of hij haar met rust wilde laten en daarna dat hij haar los moest laten, en gespetter, en dat verzuipen... Ik wilde net iemand gaan halen toen Ingrid ging gillen. Het klopt wat ze zegt.'

Doodse stilte.

Vanuit mijn ooghoek zie ik dat Pat zich kalm naar achteren beweegt en achter Peace gaat staan, en dan sluit Tavik hem vanaf de andere kant in. Peace heeft het in de gaten, draait zich naar hen toe en kijkt hen nijdig aan, alsof hij ze uitdaagt boven op hem te springen. Wat ze natuurlijk ook gaan doen. Tavik ziet er moordzuchtig uit En Pats blik straalt staalharde vastbeslotenheid uit. Bonnie rent plotseling weg en stormt haar tent binnen.

Peace gromt en het lijkt alsof hij naar iemand wil uitvallen, maar niet kan kiezen tussen mij, Melissa of Pat en Tavik. Ally komt dicht bij me staan, evenals Harvey, Henry en Seth. Jin doet een stap naar voren en kijkt Peace woedend aan.

'Dit is bullshit,' zegt Peace ten slotte. 'Ik ben weg.'

Hij draait zich om alsof hij in het donker naar het bos wil weglopen.

Dat hoop ik bijna, behalve dat we ons dan zorgen moeten maken omdat hij daar ergens uithangt waar we hem niet kunnen zien.

Maar hij komt niet ver. Pat, verrassend snel en sterk, grijpt hem bij zijn borst en binnen vijf seconden pakt Tavik hem ook beet. Ze gooien hem op de grond en houden hem in de houdgreep. Peace vloekt en jankt als een beest, schopt en stompt om zich heen en Tavik krijgt een klap tegen zijn schouder. Tavik geeft lik op stuk, hard en snel, geeft hem een knietje in zijn maag en houdt hem dan in een wurggreep totdat Pats kreten door zijn woede heen dringen. Hij houdt op en neemt Peace in een andere greep waaruit geen ontsnappen mogelijk is.

Peace is gestopt met vechten, maar blijft schelden en eisen dat ze hem uit hun 'kapitalistische bullshit' moeten bevrijden.

'Rustig maar, Peace,' zegt Bonnie, die met een mobieltje in de hand komt aanlopen. 'Zo meteen krijg je precies wat je wilt.'

Drie kwartier later ben ik dankbaar dat ik in mijn haveloze, stinkende kleren op het strand sta. Met behulp van reusachtige schijnwerpers aan zijn kant en vuurbakens aan de onze manoeuvreert Duncan de boot de kreek in.

'Dat was snel,' zeg ik tegen Bonnie, die naast me staat.

'We houden altijd maatregelen achter de hand.'

'Voor de niet-emotionele noodgevallen?'

'Ja,' zegt ze. 'Als het gaat om de emotionele noodgevallen, nou ja, dan zijn wij de maatregelen. Dit is iets anders. Ik vind het zo erg. Gaat het weer met je?'

'Ja, hoor.' In elk geval niet slechter dan anders. 'Wat gaat er met Peace gebeuren?'

'We schrijven een uitgebreid verslag en hij krijgt zijn geld niet terug. Bovendien... je zou aangifte kunnen doen. Zou je moeten doen. Maar daar hoef je nu nog niet over te beslissen.'

'Ik zal erover nadenken.'

'Luister... ik weet dat je hier nooit naartoe hebt gewild...'

'Dat klopt.'

Ze haalt diep adem alsof ze zich schrap zet, en zegt dan: 'Je mag weg.'

'Wat?'

'Vertrekken. Met deze boot. Ik... heb zo'n idee dat je het de laatste tijd nogal zwaar hebt gehad. Je moet zelf weten of je er ooit wel of niet over wilt praten...'

'Niet,' zeg ik.

'Maar mijn punt is, ik heb er geen goed gevoel over dat je emotioneel totaal niet op deze tocht was voorbereid. Dat je geen flauw benul had van wat je te wachten stond. Zonder blinddoek is het al moeilijk genoeg. Zo te horen heeft je moeder nogal wat van je gevraagd, en goed beschouwd heb jij daardoor een hoop op je bordje gekregen.'

'Laat je me gewoon gaan? Nu?'

'Ik geef mijn toestemming, aanbeveling en goedkeuring. Ik kan niet geloven dat je moeder het niet zou begrijpen.'

'Wees daar maar niet zo zeker van,' zeg ik.

'Hoe dan ook, ik zeg dat je weg mag.'

'Met hem?' zeg ik en ik wijs naar Peace, die op het strand zit en door Tavik, Harvey en Henry wordt bewaakt. 'Nou, zo graag hoef ik nou ook weer niet weg.'

'Nee.' Bonnie legt een hand op mijn arm. 'Ik bedoel, jij gaat eerst. Nu, met Duncan, die kan morgen wel terugkomen. Tot die tijd kunnen we Peace wel aan.'

Nu dringt eindelijk tot me door wat ze zegt en het duurt even voor ik me kan voorstellen dat ik naar huis mag.

Thuis, waar een warme douche is, met schone kleren, waar ik in mijn eigen bed kan slapen...

Normaal eten, geen modderpoelen of muggen, niet meer rondzeulen met een rugzak van tig kilo, niemand die zijn neus in mijn zaken steekt of met mijn hoofd rotzooit...

Nou ja, thuis zou ik weer een hoop mamagedoe over me heen krijgen.

Maar ik zou me absoluut veel beter en sterker voelen als ik weer schoon, warm en droog was, en een keer een nacht fatsoenlijk kon slapen. Dan zou ik niet de hele tijd in janken uitbarsten, en met mijn moeder zou het wel loslopen.

En toch, gaat het bij dit besluit nou echt om mijn geestelijke gezondheid of gaat het om het principe?

'Ik wil je niet onder druk zetten,' zegt Bonnie, mijn gedachten onderbrekend, 'maar ik moet het nu weten.'

'O... oké...'

Ik heb het hier niet naar mijn zin.

Dat hele Peak Wilderness kan wat mij betreft de kolere krijgen, ik ben boos dat ik er zo toe gedwongen ben, en het grootste deel van de tijd ben ik een snotterend wrak.

Maar...

Hoewel ik Bonnies aanbod waardeer en het wat graag zou willen aannemen, kan ik niet vertrekken. Ik heb iets beloofd en die belofte moet ik houden.

'Dank je wel,' zeg ik tegen haar. 'Maar ik zit het helemaal uit.'

We staan bepaald niet te juichen als Peace-Bob vertrekt. Sterker nog, we staan samen vanaf de oever te kijken hoe hij met Duncan wegvaart, allemaal even somber.

Maar als hij eenmaal weg is, verandert de atmosfeer. Bonnie en Pat wachten niet tot het kringgesprek om te praten over wat er zojuist is gebeurd, dus het avondeten is heftig en gaat naadloos over in het kring-gesprek.

Ik weet niet of het komt doordat ik als verdoofd ben, of tot op het bot uitgeput, of doordat het zo'n opluchting is dat Peace weg is, maar Me-lissa is op dit moment een veel grotere puinhoop dan ik, ze is beter in staat om te praten en wil dat ook graag.

'Overal waar ik kom, is er zo iemand als hij,' zegt ze. Ze zit bij het vuur en slaat haar slaapzak om haar schouders. 'Zoals onze sekteleider. Psycho's, narcisten, controlfreaks, leugenaars. Ik wist dat hij zo was. Da-gen geleden al.'

'En dus hield je je van de groep afzijdig,' zegt Bonnie zachtjes.

Melissa knikt. 'Maar ik voelde dat hij me in de gaten hield. En Ingrid ook. Ik zag hem. Daardoor... raakte ik in mezelf gekeerd. Ik was bang. Ben nog steeds bang, dat ik mijn hele leven op mijn hoede moet zijn. Maar Bob zou nooit een sekteleider kunnen worden,' zegt Melissa. 'Hij is niet in staat de charmeur te spelen, de rol van ik-overspoel-je-met-liefde, ik-ben-alles-waar-je-ooit-van-hebt-gedroomd. De redder te zijn.'

'Hij is enkel in staat om de klootzak uit te hangen,' grom ik.

'Het ergste is die eerste fase,' vervolgt Melissa, 'waarin je gehersen-spoeld wordt, en weet je wat zo verbazingwekkend is? Daar zijn ze zo goed in. Ze ontdekken al je geheime verlangens, en op de een of andere manier weten ze daaraan tegemoet te komen. Het is... verbijsterend. En de rest van de tijd, als je jezelf bent kwijtgeraakt, je zelfs niet zonder toestemming naar de wc durft te gaan en jezelf de schuld geeft omdat alles verkeerd gaat... wil je alleen maar, de hele tijd, terug naar dat begin, naar degene die je toen dat gevoel gaf. En op de een of andere manier geloof je ook nog dat dat gaat lukken.'

'Dat is gestoord,' zegt Jin.

'Sorry dat ik het gesprek zomaar naar me toe trek,' zegt Melissa, en ze kijkt mij aan. 'Jij bent degene die is aangerand. Alleen... hierdoor kwam alles weer boven. Ik ben zo lang zo'n idioot geweest, en zo'n lafaard.'

'Vanavond anders niet,' zeg ik en ik knijp even in haar hand. 'Dank je. En echt, praat zoveel je wilt. Ik... heb veel om over na te denken, maar heb niet veel te zeggen. Vanavond in elk geval niet. Ik ben oké. Nu hij weg is, gaat het veel beter.'

Bonnie en Pat pakken het grondig aan, ze helpen Melissa bij het doornemen van de thema's die door de confrontatie met Peace bij haar naar boven zijn gekomen, en laten dan ons aan het woord, een voor een. Natuurlijk komen ze uiteindelijk ook bij mij terecht en ik weet dat ik iets moet zeggen, want anders hebben ze niet het gevoel dat ze hun werk hebben gedaan.

'Als ik zeg dat ik in orde ben,' zeg ik tegen hen, 'dan is dat ook echt zo. Ik was bang, maar ik heb teruggevochten, en Melissa heeft me gesteund. En... in zekere zin heeft Peace me ook iets gegeven.'

Iedereen zwijgt, duidelijk verbaasd door dat laatste, en wacht op uitleg.

'Ik stond daar in mijn eentje over de dood na te denken,' zeg ik, het kon me nu niet meer schelen dat ze het wisten. 'Mijn eigen dood. Op dat moment... zag ik dat het soms gemakkelijker leek om maar gewoon... weg te drijven.'

Jin wordt heel stil, houdt haar blik scherp op mij gericht. Melissa knikt, Seth kijkt naar de grond. Ally ziet eruit alsof ze elk moment kan gaan huilen en Tavik kijkt me aan met een felle blik die ik niet kan duiden.

'En toen Peace naar me toe kwam, me bedreigde en onder water duwde, ontdekte ik heel vlug dat dat bagger was, dat hele melodramatische idee over wegdrijven. Soms haat ik mijn leven, maar ik wil het niet kwijt. Dus eigenlijk voel ik me nu haast beter dan voordat het gebeurde. Ik weet dat het raar klinkt...'

Iedereen zwijgt een paar ogenblikken en dan zegt Ally: 'Wauw.'

'Ja,' zeg ik, en ik was er nu wel klaar mee. 'Dus, joechei, Peace.'

Jin begint te lachen en we beginnen bijna allemaal te lachen, en dan moet ik gapen.

'Mogen we nu alsjeblieft gaan slapen?'

Pat sluit af door ons een centrerende meditatie te leren om gevaarlijke emotionele vicieuze gedachtecirkels te doorbreken.

'Als je uit de gedachtecirkel stapt, verandert de emotie. Als je de emotie verandert, verandert het gedrag,' legt Pat uit. 'Of vice versa. Sterker nog, als je een willekeurig onderdeel verandert, veroorzaakt dat een kettingreactie van verandering.'

'Bovendien,' gaat Bonnie verder, 'als je de externe situatie niet kunt veranderen, kun je de manier waarop je die ervaart wel veranderen.'

Een paar minuten later, ik heb net mijn tanden gepoetst, kuiert Tavik naar me toe.

'Bonnie verhuist naar onze tent,' zegt hij.

'Wat?' Ik frons mijn wenkbrauwen. 'Waarom?'

'Ah...' Hij kijkt een andere kant op. 'Voor het geval je het gevoel krijgt... je weet wel...'

'Wat? Dat ik zo geil word dat ik midden in de nacht je weerloze lijf ga bespringen?'

'Nee.' Hij lacht even, maar is meteen weer serieus. 'Voor het geval je je kwetsbaar voelt... je weet wel, na wat er is gebeurd.'

'O, in godsnaam, zeg...' Op dat moment krijg ik Bonnie in het oog, haar slaapzak hangt over haar schouder.

'Bonnie!' Ze verandert van richting en loopt naar ons toe.

'Ik ben niet bang voor Tavik,' zeg ik.

'De procedure schrijft voor dat ik...'

'Ik voel me bij Tavik echt veel veiliger dan toen Peace nog bij ons sliep,' werp ik tegen. 'En echt, ik verheugde me er zo op dat we wat extra ruimte hadden...'

'De regel is dat er drie in een tent slapen. Na alles wat er is gebeurd, neem ik geen enkel risico,' zegt ze en ze loopt naar onze tent.

'O, nou ja,' zeg ik, en ik sla een mug dood... mug nummer miljoen en nog wat. Ik ben opgehouden met tellen. 'Hopelijk snurkt ze niet.'

22

GLINDA'S DROEFENIS

(VIJFTIEN JAAR OUD)

Andreas was eindelijk thuis, kwam net binnen voordat een fikse winterstorm losbarstte.

'Heeft mam het je verteld?' vroeg ik nog voor hij zijn schoenen uit had.

Hij fronste zijn voorhoofd. 'Wat verteld?'

'Over de musical?'

Nee, dat had ze niet. Ze deed alsof het niet gebeurde.

Ik vertelde het hem.

'Gefeliciteerd,' zei hij en hij tilde me in een reusachtige, zwierige omhelzing op. 'Je bent vast fantastisch!'

'Wat is fantastisch?' vroeg mijn moeder die de trap afkwam.

'Ingrid, in *De tovenaar van Oz*,' zei Andreas.

'Mmf,' zei ze. 'Ik hoop alleen dat ze haar schoolwerk niet verwaarloost.'

'Dit is belangrijk, liefje van me,' zei Andreas. 'Dit gebeurt maar één keer in je leven.'

'Dat hoop ik van harte. Ik heb liever dat ze zich bezighoudt met zich op de echte wereld voor te bereiden en niet met toneelspelen.'

Tot nu toe had ik nog gehoopt dat ze zou bijdraaien. Ik had het zelfs in mijn hoofd gehaald dat ze zover zou bijdraaien dat het haar in zekere zin zou helpen dat ik Dorothy speelde. Bijvoorbeeld dat ze zou aanbieden om me met de liedjes te helpen, of dat ze zo trots op me was dat daardoor het verlies van haar eigen stem een beetje werd goedgemaakt.

Maar mijn geduld was nu wel zo'n beetje op.

'"Ik hoop het van harte"?' herhaalde ik. 'Hoor je wel hoe dat klinkt, mam?'

'Als de stem van het gezonde verstand, geloof ik,' zei ze. 'En de stem van de ervaring. Je weet net zo goed als ik wat er mis kan gaan.'

'Het is de schoolmusical. En hoe dan ook, alleen maar omdat jou iets is overkomen... Waarom doe je nou alsof het geen waardevolle ervaring voor me is? Of dat ik waardevol ben voor het stuk? Ik ben jou niet, voor het geval je het nog niet hebt gemerkt. En misschien betekent het niet veel in het grote wereldplan, voor mij is het belangrijk. Waarom kun je niet gewoon blij voor me zijn?'

'Doe niet alsof je weet wat ik voel.'

'Dat hoef ik niet te doen, ik woon bij je in huis. Ik heb ogen en oren, en ik ben niet achterlijk, mam! Voor mijn gevoel kan ik mijn tekst niet eens oefenen in dit huis, laat staan dat ik ook maar één noot durf te zingen.'

'Ga dan oefenen,' zei ze nijdig. 'God verhoede dat je je tekst niet kent, jezelf voor gek zet en mij ervan de schuld geeft. Ik betwijfel of ik dan genoeg geld heb voor de therapie.'

'Je wilt niet dat ik meespeel, maar wel dat ik oefen?'

'Wat ik wil doet er duidelijk niet toe, en evenmin de wijze ervaringen die ik in de afgelopen jaren heb opgedaan. Maar nu je toch wilt doorzetten, ga je het goed doen ook. Ik wil niet met het schaamrood op de kaken in het publiek zitten.'

Ze draaide zich om en liep de kamer uit.

'Wacht!' zei ik.

Ze draaide zich terug en keek me met een ijzige blik aan. 'Ja?'

'Kom je dan... kijken?'

'Natuurlijk.'

'Ik zal je nooit begrijpen.'

Ze kneep haar ogen toe en stond zichzelf een heel licht glimlachje toe. 'Dat is niet te hopen,' zei ze, en ze zeilde de trap op.

Andreas en ik bleven verbijsterd achter.

Dus begon ik thuis te oefenen. Niet de liedjes, maar in elk geval de scènes. Ik oefende zelfs als mijn moeder thuis was, maar wel in mijn slaapkamer en met de deur dicht. In het begin voelde ik me heel slecht op mijn gemak, en ik was bezorgd omdat ze zo wispelturig bleef: op sommige dagen stilletjes, op andere hartelijk.

Het goede nieuws op school was dat Juno de Boze heks van het Westen speelde.

Het slechte nieuws was dat Autumn Glinda speelde en elke keer pogingen deed om haar rol groter te maken.

'Ik heb het gevoel dat Glinda hier weer verschijnt,' zei ze toen we de klaprozenveldscène repeteerden. 'Alsof ze in de verte zou kunnen opduiken, haar smart tonend omdat ze niet kan helpen.'

Haar smart tonend.

'Volgens mij gaat het in deze scène niet over jouw smart,' zei Juno en ze keek haar boos aan.

'Hier zullen we het over hebben tijdens een repetitie waar je wel in voorkomt, Autumn,' stelde Rhea diplomatiek voor.

Het kostte me de grootste moeite om een sarcastische opmerking in te slikken toen ik Isaacs blik ving.

Hij lachte meesmuilend.

Ik vertrok mijn lippen even en moest een andere kant op kijken om niet in lachen uit te barsten.

Later, toen Juno samen met de Blikken Man en de Leeuw (Toff werd jaloers) was weggegaan, trof Isaac me backstage bij de rekwisietentafel.

'Ik weet het,' zei hij terwijl hij naast me kwam staan. 'Vergeet de echte musical, we hebben een gevecht nodig. Een gevecht tussen Glinda en de Boze Heks van het Westen. In de lucht boven Smaragdstad.'

Ik sloeg een hand voor mijn mond en probeerde niet te lachen.

'Het kan ook in een worstelmodderbad,' voegde hij er grijnzend aan toe.

Ik snoof. 'Smeerlap.'

'Precies. Ze zullen ervoor in de rij staan,' zei hij. 'De kaarten vliegen weg. Maar echt, Autumn...'

'Sst.'

'Maak je niet druk, ze is al weg en Rhea staat op het punt om te vertrekken. En Rhea zei tegen me dat ze haar gaat vragen om niet meer naar de repetities te komen waar ze niet bij hoeft te zijn.'

'Nou, ze begint behoorlijk irritant te worden met haar opmerkingen als iemand een cue heeft gemist of als iets niet lekker gaat.' Ik grom. Ze hing de hele tijd om Isaac heen, keek over zijn schouder naar zijn aantekeningen en deed alsof hij van haar was. Ik zag wel dat hij dat vervelend vond. 'Dat is jouw taak.'

'Ja,' zei hij. 'Sorry.'

'Waarom zeg je sorry? Zij is degene die het doet.'

'Alleen... je zult wel gelijk hebben. Maar ik zou eigenlijk tegen haar moeten zeggen... dat ze niet...' Hij keek omlaag, haalde zijn schouders op. 'Ik ben niet zo goed in... Ik wil haar niet kwetsen.'

Ik pakte Glinda's toverstaf (een mooie, een en al glitters, Autumn was zo methodisch dat ze hem zelf had gemaakt) en zwaaide ermee door de lucht. 'Ze moet haar energie gewoon ergens anders in stoppen. Ze zou moeten gaan werken aan een zusje van de musical: *Glinda's droefenis.*'

Isaac proestte van het lachen. 'We kunnen het ook gewoon veranderen, zodat zij alle andere rollen speelt: Oz, de Boze Heks van het Westen, allemaal.'

Ik zwaaide giechelend met de toverstaf als was die een gummistok, hield er toen abrupt mee op en keek hem aan.

'Zijn jullie nog steeds met elkaar bevriend?'

'O. Eh.' Zijn plezier verdween even snel als dat van mij en hij bloosde zelfs. 'Ja, ik... nog wel. Maar, eh, ik zie haar de laatste tijd niet meer zo vaak...'

'Van mij mag je, hoor.'

'Maar ik ben een rotzak dat ik zo over haar praat. Dat bedoel je eigenlijk.'

'Luister, ze is echt onuitstaanbaar, Isaac. En toegegeven, ze ergert me al zonder dat ze iets in die richting doet. Ze is irritant perfect. Ze is irritant serieus. En nu, tijdens de repetities, word ik gek van haar. En tegelijkertijd is ze ook de kwaadste niet. En ik...'

'Je wilt gewoon niet dat een van ons net zo wordt als die loeders die tijdens de lunchpauze mensen in een kast opsluiten?'

Ik gaap hem aan, hij had bijna mijn gedachten geraden.

'Het is een flinterdunne lijn,' zei hij. 'Toch?'

'Hé, we praten er alleen maar over. Even stoom afblazen. En waar twee kijven hebben twee schuld, dus neem me maar niet al te serieus.'

'Ik neem je altijd serieus, Ingrid.'

'Nou, klagen over Autumn gaat bij mij vanzelf. Maar weet je wat? Denk maar niet dat jij ooit zo wordt.'

'Dat zeg jij,' zei hij terwijl hij me strak aankeek. 'Maar het ligt in de menselijke natuur, Ingrid. *Heer van de vliegen*. *De weg*, welke dystopische roman je ook openslaat, het gaat allemaal om survival of the fittest. Als je mensen uit de beschaafde wereld weghaalt, zijn ze niet meer zo aardig. Dan veranderen ze in beesten.'

'Of ze krijgen vrienden, smeden banden,' zei ik. 'Zoals Dorothy.'

'Oz is een sprookje.'

'Misschien hebben we meer sprookjes nodig.'

'Misschien.'

'Zullen we het maar niet meer over Autumn hebben?' stelde ik voor.

'Dat is goed,' zei hij en hij slaakte een diepe zucht. 'Laten we dat maar niet meer doen.'

En toen viel er een stilte waarin we allebei niet wisten wat we moesten zeggen.

'Luister, eigenlijk...' zei hij ten slotte. 'Ik weet dat het mosterd na de maaltijd is, maar... ik wilde je steeds nog zeggen dat het me spijt hoe het... tussen ons gegaan is. Je weet wel, toen ik hier net was.'

'O dat,' zei ik. 'Maakt niet uit, hoor. Het spijt mij ook.'

'Hoe dan ook, ik wilde het officieel gezegd hebben,' zei hij en hij rechtte zijn rug alsof hij een formele speech wilde houden. 'Ik heb er echt veel berouw over.'

Op dat moment, zo formeel als hij nu was, met zijn warrige haar en de oprechte blik in die grote ogen van hem, vond ik hem opeens zo aanbiddelijk. En omdat er kennelijk geen filter zat tussen wat ik dacht en ging zeggen, flapte ik er uit: 'Berouw? Isaac, wat ben je toch een schatje,' en toen ging ik op mijn tenen staan en gaf hem een knuffel.

Tot mijn verbazing kleurden Isaacs wangen in een roze tint, wat hem alleen maar nog schattiger maakte. Hij schraapte zijn keel, deed dat nog een keer, hoestte, mompelde iets over dat ik op tijd bij de repetities moest zijn – tot nu was ik nog nooit te laat geweest – en stormde weg.

'Vinden jongens het niet leuk als iemand tegen ze zegt dat ze een schatje zijn?' vroeg ik een paar dagen later aan Juno op weg naar de repetitie.

Ze draaide zich naar me toe en keek me aandachtig aan, verbaasd zelfs. 'Heb je dat dan tegen iemand gezegd?'

'Ja. Ongeveer. Niet schattig-schatje, gewoon schatje.'

'Zoiets als een schattig knuffeldier? Heb je het zo gezegd?'

'Ik weet niet. Min of meer. Het lijkt wel alsof hij beledigd is.'

'Tegen wie heb je het dan gezegd?'

Ik keek om me heen, ging zachter praten. 'Isaac.'

'Ah,' zei ze.

'Wat?'

'Hij is ook een schatje.'

'Maar niet zo.'

'Echt wel. Maar goed, waarom denk je dat hij het vervelend vond?'

'Hij praat niet meer met me.'

'Ik wist niet dat hij ooit wél met je praatte. Je weet wel, meer dan normaal. En sterker nog, ik wist zelfs niet dat jullie bevriend waren.'

'Ja. Volgens mij wel. Zijn we dat. Ik weet het niet.'

'Oké, geef me wat context. Ik ben de jongensdeskundige van ons tweeën, zoals je weet.'

Ik vertelde het aan haar. Niet het hele verhaal, natuurlijk, alleen het deel waar hij zo lief was en dat ik hem aanbiddelijk vond en ik zei dat hij een schatje was.

'En toen heb je hem als een knuffelbeer omhelsd?' vroeg ze, en ze keek me nauwlettend aan.

Ik knikte.

'Nou, zie je, teddyberen hebben geen penis,' zei Juno.

'Júno!'

'Nee, luister, misschien voelde hij zich ontmand.'

'Sst. Nee.'

'Of hij vond het gewoonweg te fantastisch.'

'Nee, nee, nee, nee, nee.'

'Echt niet...? Want jij? Het houdt je zo bezig dat het niet niks kan zijn.'

'Shit. Daar heb je een punt.'

'Geloof me, het draait allemaal om de penis. Hij heeft er een. Jij niet. Dat moeten jullie wel of niet erkennen. Jullie zijn wel of niet gewoon vrienden, of jullie zijn iets anders. En dat vind ik heel interessant als je bedenkt dat ik nog nooit heb meegemaakt dat je op iemand viel.'

'Ik heb niet gezegd dat ik...'

Ze walste over me heen. 'De enige optie waarbij het niet gaat over een conclusie dat jullie allebei heteroseksueel zijn – wat ik aanneem – en dat jullie verschillende lichaamsdelen hebben... is de optie dat jullie niet bevriend zijn. Wil je dat?'

'Nee.'

'Oké dan. Reken af met de penis.'

'O mijn god.'

Ik was een halfuur te vroeg voor de strompelende doorloop, wat precies is zoals het klinkt: de eerste poging om de hele musical in één keer te doorlopen (ook al is het strompelend). Achter de coulissen had ik een soort looppad uitgestippeld, rechts van het toneel, uit de buurt van de rekwisietentafel, en zo lang dat ik naar alle kanten heen en weer kon lopen.

Nu de première snel dichterbij kwam, de spanning thuis om te snijden was en Isaac me zoveel mogelijk uit de weg ging, merkte ik dat ik vaak de behoefte voelde om heen en weer te lopen.

'Hé.'

Ik slaakte een kreetje maar onderdrukte de rest toen ik zag dat het Isaac was.

'Sorry,' zei hij, 'ik wilde niet...'

'Ik moet sorry zeggen. Ik ben gewoon gespannen. Eh... Wat is er?'

'Ik heb een paar opmerkingen voor je,' zei hij. 'Opmerkingen over het script.'

'O, oké.' Ik raapte mijn script en een pen van de vloer op en bleef staan wachten.

Isaac had het script altijd bij zich, in een groot boek. Daarin zaten het schema, contactinformatie van de cast en de crew, alle rol- en lichtwisselingen, enzovoort, en daarin schreef hij zijn aantekeningen voor de acteurs. Hij keek omlaag naar zijn armen alsof hij nu pas zag dat hij het niet bij zich had.

'O... eh...' hakkelde hij. Toen keek hij op en keek me voor het eerst sinds het knuffelincident aan. 'Raad eens? Er is niets van waar. Ik heb geen opmerkingen. Je doet het prima. Heel erg goed zelfs.'

'Ah... bedankt,' zei ik en ik sloeg mijn script dicht en klemde het tegen mijn borst. 'Maar...'

'Maar wat sta ik hier eigenlijk te doen, doe ik alsof ik opmerkingen voor je heb, maar toch niet?'

'Ja. Inderdaad.'

'Misschien pak ik het wel verkeerd aan,' zei hij. Hij haalde diep adem en flapte het eruit. 'En als ik het verkeerd aanpak, dan zou ik absoluut tot na de musical moeten wachten. En als je naar ons verleden kijkt, zou het wel eens heel verkeerd kunnen aflopen of te ingewikkeld gaan worden, en in dat geval krijg ik er misschien spijt van, of ik het nou voor, na of tijdens de show doe. Hoe dan ook, ik wil wat er is gebeurd uitwissen, of in elk geval vervangen door iets beters, en echt, bijna alles is beter, en in dat geval zou het misschien wel goed zijn, ook al wás het niet per se goed, want het zou beter zijn dan verschrikkelijk, en dan kunnen we erom lachen...'

'Isaac, waar héb je het in godsnaam over?'

'Ingrid... ik kan het maar niet uit mijn hoofd zetten, en misschien krijg ik er spijt van, maar ik denk dat ik er nog meer spijt van krijg als ik het niet probeer, dus...'

En nu, doordat het allemaal zo stuntelig ging, mijn hart als een uitzinnige op hol was geslagen en ik helemaal in de war was, kreeg ik enig idee waar hij naartoe wilde, en ik had hem dolgraag uit de brand geholpen, maar ik was verlamd en hoorde Juno's stem zeggen: *penis, penis, penissss.*

196

'Ingrid...'

'Ja?' piepte ik.

'Ik bedoel eigenlijk te zeggen dat alles een beetje raar gaat tussen ons, en ik denk dat het komt doordat... doordat er een vraag is opgekomen waar nog geen antwoord op is...'

Penis...

'Eh, om zo te zeggen...'

'O mijn god, Isaac...'

'...tussen ons.'

Penis, penis...

O mijn god.

Inmiddels stond mijn hele lijf in vuur en vlam en ik voelde dat ik elk moment in een volkomen misplaatste en hysterische lach kon uitbarsten. Of tranen misschien. En dan zou ik ter plekke dood neervallen.

'Om de situatie op te lossen, dacht ik dat het, ahum, misschien hielp...' zei Isaac en zo te zien was hij zelf ook niet erg op zijn gemak, 'als ik eh...'

'Ja...'

'Als ik je kuste.'

'Denk je dat dat de situatie zou oplossen...?' papegaaide ik, want er kwam niets anders in me op.

'Als ik je zou kussen. Ja,' zei hij bloedserieus. 'Voel je daar wat voor? Wat denk je ervan?'

'Hoe ik me voel... alsof ik flauwval van schaamte, Isaac.'

'Sorry.'

'En wat ik ervan denk,' zei ik, weer een beetje bijkomend nu het hardop was gezegd. 'Twee dingen: één: je praat soms te veel.'

'Een waarheid als een koe. Dat vind ik zo vervelend, alleen wil ik... wacht, wat is het tweede?'

'Ja.'

'Ja?'

'Dat zei ik,' zei ik terwijl ik zijn blik vasthield. 'Het tweede is: ja, ik vind dat je me moet kussen.'

'Oké, goed,' zei hij, driftig knikkend.

'En drie: en goddank was het niet iets anders, ik was even bang dat je ging zeggen dat we seks moesten hebben,' flapte ik er uit.

'Seks?'

'Ik bedoel, niet dat dat voor altijd... eh, buiten beeld is, maar, ah, het zou nogal wat... o, ik zou helemaal niet moeten praten. Vergeet het maar, ik heb niks gezegd.'

Toen gooide hij zijn hoofd in zijn nek en barstte in lachen uit.

Intussen had ik het niet meer.

'Over seks kunnen we het altijd nog hebben,' zei hij.

'Ja!'

'Poeh.'

'Dus... bedoelde je nu?' vroeg ik ten slotte toen hij zich niet verroerde.

'Natuurlijk. Ongeveer nu, ja,' zei hij.

'In dat geval moeten we eh...'

'Dichter bij elkaar gaan staan?' zei hij en hij deed een stap naar voren.

'Ja, inderdaad,' zei ik. 'Kom op, dan hebben we het maar gehad.'

'Zo mag ik het horen.'

'Ha ha.'

We stonden nog steeds een aardig eindje van elkaar af.

'Goed dan,' zei hij, 'want...'

'Isaac! Echt? Kop dicht.'

'Ik ben niet de enige die tijd rekt met praten,' zei hij. Toen kwam hij naar voren, pakte mijn script en legde dat voorzichtig op de vloer, en legde daarna zijn handen op mijn schouders.

'Misschien moeten we... tot drie tellen?' stelde ik voor.

'Goed idee. Jij begint.'

'Waarom moet ik beginnen?'

'Waarom stribbel je nou tegen? Het was jouw idee!' zei hij. 'Nu sta je weer tijd te rekken. Jij telt, ik kus.'

'Oké, prima. Eén...'

Ik keek naar hem omhoog, zag zijn adamsappel op- en neergaan toen hij slikte.

'Twee...'

Ik onderdrukte een zenuwverlamming en deed een halve stap naar voren.

'Dr...'

De drie haalde ik niet helemaal.

En dat we allebei geen ervaring hadden, was geen probleem.

Maar ik betwijfel of iemand daarna ooit zo door een strompelende doorloop is gestrompeld als ik.

23

KILLER

(PEAK WILDERNESS, DAG TWAALF)

Op dag twaalf word ik met een stekende pijn in mijn scheen wakker en al mijn spieren doen zo zeer dat ik me amper kan bewegen.

'Nou, na alles wat er gisteravond is gebeurd,' legt Bonnie uit als ik erover klaag, 'zou je zomaar vergeten dat we gisteren ook nog door een modderpoel zijn gewandeld. Dan gebruik je andere spieren.'

Ik knik instemmend, maar begrijp niet dat mijn ingewanden, mijn emoties, er net zo aan toe zijn: alsof er roofbouw op is gepleegd, bont en blauw, traag. Als je bedenkt waar we doorheen moeten, lijkt hier elke dag wel een heel mensenleven, het is allemaal een beetje veel.

Ik heb niet het gevoel dat ik moet huilen, eerder dat ik moet slapen.

Maar ik heb weer de leiding, dus dat kan ik wel op mijn buik schrijven. En hé, misschien wordt het vandaag wel de magische dag waarop we vroeg bij ons kamp zijn en krijgen we echt een beetje tijd voor onszelf.

Op het pad loopt Tavik opnieuw vlak achter me en als we twintig minuten op weg zijn en iedereen zich een beetje heeft verspreid, vuurt hij vragen op me af, te beginnen met: 'Dus je had zelfmoordneigingen? Is dat met je aan de hand?'

'Wat?' Ik draai me met een ruk om, staar hem aan en schreeuw het bijna uit. 'Nee!'

'Je hoeft heus niet kwaad te worden. Jij bent degene die gisteravond zei... dat je aan de dood dacht, en zo.'

'Dat zou ik nooit doen,' snauw ik. 'Over de dood nadenken, peinzen over wat die betekent en hoe gemakkelijk het kan zijn... dat is niet hetzelfde als zelfmoord willen plegen. Ik dacht er maar eventjes aan, hoe het zou zijn, maar ik was niet van plan om het echt te doen. Jezus. En iedereen zich maar afvragen waarom ik niet wil praten.'

'Hé, ik geloof je,' zegt hij. 'Ik bedoel, je lijkt me het type niet. Maar aan de andere kant, je hebt heel wat dagen de ogen uit je hoofd gejankt.'

'Een beetje gehuild,' zeg ik, hem corrigerend, en dan draai ik me om en loop verder.

'Oké, een beetje gehuild, de hele tijd.'

'Ik hier geen zin in, Tavik,' zeg ik. 'Kunnen we het over iets anders hebben?'

'Natuurlijk,' zegt hij, maar hij blijft vragen stellen.

Heel veel vragen.

Maar nu zijn het de gebruikelijke vragen, die mensen nu eenmaal stellen als ze elkaar niet goed kennen. Maar ik vermoed dat dit voor Tavik niet 'gebruikelijk' is. Hij vuurt zijn vragen af, luistert met een bijna tastbare gretigheid, komt dan met nog meer vragen waaruit blijkt dat hij mijn antwoorden aandachtig in zich opneemt, klaarblijkelijk is hij oprecht nieuwsgierig en enthousiast.

Normaal gesproken laat ik niet veel over mezelf los, maar op de een of andere manier steek ik van wal en begin mijn levensverhaal te vertellen, van begin af aan... waar ik zo erg van schrik dat ik na de eerste rustpauze, wanneer blijkt dat hij nog altijd aan mijn lippen hangt, probeer om de aandacht naar hem te verschuiven.

Ik heb Tavik niet veel vragen gesteld. Dat heeft eigenlijk niemand gedaan, behalve Bonnie en Pat, die bijna geen steek zijn opgeschoten. Het lijkt me een beetje raar om te beginnen met: 'Jeetje, hoe ben je in de gevangenis beland?' en 'Waar ben je opgegroeid?' lijkt juist weer een verkapte manier om te vragen: 'Hoe ben je in de gevangenis beland?' Bovendien moet ik rekening houden met zijn scherpe tong – die is hij niet verloren – en het gevoel dat hij me altijd op de hak neemt, maar ik moet toegeven dat dat minder is geworden.

'Nou... jij lijkt behoorlijk rustig te zijn geworden,' zeg ik als voorzetje.

'Dacht je dan dat ik niet rustig was?' vraagt hij.

'Misschien heb je eindelijk genoeg lucht gekregen?'

'Eerder dat ik ben gestopt met navelstaren.'

'Dat is misschien wel hetzelfde.'

Hij grinnikt.

'Wat, eh, heb je daarvóór gedaan? Voordat je... werd opgesloten, bedoel ik.'

'Ik was croupier in het casino. En in mijn kelder, illegaal.'

'Ah. Is dat de...' Verdorie, stel ik die vraag bijna toch, en ik voel gewoon dat hij weet dat ik hem wil omzeilen, maar dat ik er wel nieuwsgierig naar ben.

'Nee, dat was niet de reden,' zegt Tavik met een droog lachje. 'Ik heb iemand vermoord.'

Ik slaag erin niet te laten merken dat ik naar adem hap of te struikelen en op mijn gezicht te vallen. 'Echt waar?'

'Ja.'

'Eh,' zeg ik, en ik probeer cool te klinken. 'En was het zijn verdiende loon?'

'Het is niemands verdiende loon.'

'Ik bedoelde alleen...'

'Ben je nu bang voor me?'

'Als je mij had willen vermoorden, had je dat volgens mij al gedaan.'

Hij snuift.

'En je lijkt niet gek of zo. Boos, misschien, maar niet gek.'

'Ha. Bedankt.'

'Ik ben degene die gek is, zo voelt het althans. De ene dag huilen, de andere chagrijnig, de volgende als verdoofd.'

'Het lijkt wel of je heimwee hebt,' zegt hij.

'Denk je?'

'Lijkt erop. En jij bent ook boos. Maar anders dan ik,' zegt hij. 'Boosheid trilt in een bepaalde frequentie, in verschillende frequenties. Als een soort aanwijzing voor waar ze vandaan komt. Je moet de frequentie leren lezen. Je weet wel, om eroverheen te komen.'

'In de gevangenis?'

'Overal. Zoals die oude tentgenoot van ons, Peace? Hij doet alsof hij zich druk maakt over de wereld en onrechtvaardigheid, maar zijn woede komt enkel voort uit narcisme, "arme ik". En daartussendoor is hij een gestoorde verkrachter, dat is wel duidelijk.'

'Oké, laat me raden,' zeg ik, dapper als je bedenkt dat ik tegen een moordenaar praat. 'Jouw woede heeft een verdedigende trilling. Zoiets als: "blijf verdomme uit mijn buurt".'

'Absoluut. Waarschijnlijk. En het werkt.'

'En die van mij?' vraag ik. 'Als je het dan toch zo goed weet?'

Ik kijk naar hem achterom en hij grijnst alsof hij wist dat ik de verleiding niet kon weerstaan.

'Jij? Jij bent boos over onrechtvaardigheid, en dan met name het feit dat je hier bent. Maar daaronder ben je… is het alsof je… ziedend bent, als een klein kind van wie ze de teddybeer hebben afgepakt of je ijsje.'

'O, dus ik ben een nukkig kind?'

'Niet precies. Er is nog meer. Het zit dieper. Ik probeer het nog steeds te ontdekken, maar er zit meer in je dan je laat blijken. Je bent hier om meer redenen dan wat je ons hebt verteld.'

'Maak je me nu voor leugenaar uit?'

'We liegen allemaal wel eens.'

Daarna zeggen we een poosje niets, want het is verrassend moeilijk om tegen hem te liegen, en daardoor schiet me zo gauw geen antwoord te binnen. Vanuit mijn scheen schieten kleine hete prikkels door mijn been en ik stel me voor dat ik hem vertel dat het zo lekker voelde om met die bijl te zwaaien. Hij zou het geweldig vinden. Hij zou het begrijpen. Maar hij zou het er niet bij laten zitten, hij zou verder graven en dat zou meteen rampzalig zijn.

Nee. Ik haal diep adem, maar mijn maag draait zich om en knijpt samen.

'Hé.' Een hand op mijn schouder. Ik was zeker gestopt, want hij staat vlak achter me, raakt me aan, deze zelfverklaarde moordenaar, en zijn hand is warm en verrassend zwaar.

Ik draai me om. De groep is nog een heel eind achter ons, het is de regel dat we degene die voor ons loopt altijd moeten kunnen zien, maar in de loop van de dag valt de groep uiteen in clubjes van twee of meer en loopt iedereen met elkaar te praten. Het pad is nu langer en rechter, met meer uitzicht, dus raken we vanzelf een beetje meer verspreid.

'Met mij is het goed, hoor,' zeg ik.

'Maar niet heus,' zegt hij.

'Het gaat prima.'

'Oké,' zegt hij en hij haalt zijn schouders op. 'Maar ik heb niemand vermoord, dat je het weet.'

'Wat?'

Hij glimlacht, een brede, mooie glimlach, zonder een spoortje ironie, en schudt zijn hoofd.

'Waarom zei je het dan? Over leugenaars gesproken.'

'Omdat je dat verwachtte.'

'Niet waar.'

'Of, oké, omdat je daar bang voor was.'

'Of omdat jij bang was dat ik bang was, en jij wilde zien hoe ik zou reageren.'

'Kijken of je gillend zou wegrennen, bedoel je?' Hij knijpt zijn ogen toe en kijkt me aandachtig aan. 'Je nam het anders behoorlijk goed op.'

Ik lach.

Hij lacht.

'Betekent dat dat we vrienden kunnen zijn, zelfs als ik iemand had vermoord?'

'Zijn we dan vrienden?'

'Misschien.' Hij houdt zijn hoofd schuin en kijkt me recht in de ogen. 'Als je dat wilt.'

'Ja hoor,' zeg ik, maar plotseling weet ik heel zeker dat hij eigenlijk iets anders bedoelt, en daar ben ik absoluut niet voor in, ook al was het wel toegestaan, hoewel hij wel sexy is, op zo'n angstaanjagende sexy manier.

'Hé, ik zou Bob voor je vermoord hebben, dan was het wel bewaarheid geworden.'

'Heel grappig.'

'Nee, zo'n goede vriend ben ik nou ook weer niet.'

'Zo'n goede vriend wil ik niet eens,' zeg ik, niet helemaal overtuigd of hij een geintje maakt. 'Ik heb gewoon een normale, eerlijke vriend nodig.'

'Het was maar een grapje. Eerlijke vriend, een betere is er niet.'

'Uh-huh,' zeg ik. 'Niet moordzuchtig.'

'Ben er voor je,' zegt hij.

'Dus... als je geen koelbloedige moordenaar bent, wat heb je dan wel gedaan?'

'Stel dat ik nou zeg dat je dat niets aangaat?'

'Dan geef ik je gelijk. Maar alles wat jij mij hebt gevraagd ging jou ook niks aan. Al die verhalen die we met elkaar delen, dat hoort bij een vriendschap, dan maakt het niet uit of het ons wel of niet aangaat. Dat heb ik althans gehoord.'

'Prima, dan zal ik het vertellen. Ik heb niemand iets aangedaan,' zegt hij en hij laat ten slotte de insinuaties en de grappen achterwege, maar blijft nog steeds ongemakkelijk dicht bij me staan, en kijkt me aan.

'Oké...?'

'Eigenlijk is het zo oenig. Inbraak. En zo zonde, want mijn maatje en ik... we waren gewoon wat aan het rotzooien. Dronken, je weet wel, en stom. Maar, zoals ik al zei, ik had mijn eigen casino in de kelder. Ik denk dat de smerissen dat wisten en dat we daarom zijn opgepakt. Ze hielden ons in de gaten.'

'Wauw.'

'Ja,' zegt hij.

'We worden ingehaald,' zeg ik en ik gebaar naar de dichterbij komende groep, en plotseling krijg ik het gevoel dat ik niet wil dat iemand ons zo ziet, dat we dit soort lange, merkwaardige intense momenten hebben en we zo intiem met elkaar praten. 'We moeten verder.'

Hij knikt, doet een stap naar achteren en we lopen weer verder, deze keer in stilte.

Ondanks het feit dat ik uitgeput ben, blijf ik die avond na het kringgesprek in het vuur zitten staren, met mijn dagboek op de stronk naast me.

Tavik komt naar me toe en legt nog een stuk hout op het vuur.

'Vind je het goed als ik erbij kom zitten?' vraagt hij, wat duidelijk retorisch bedoeld is.

'Prima hoor. Ik zit nu toch niet te schrijven.'

'Deze hele tocht... dan ga je wel over dingen nadenken, hè?'

Plotseling knijpt mijn keel zich dicht en prikken er weer tranen in mijn ogen. Ik heb er zo helemaal geen zin in, maar ik weet dat ik weer moet huilen als hij me opnieuw aan een kruisverhoor onderwerpt.

'Waar...' zeg ik en ik slik iets weg. 'Waar moet je dan over nadenken?'

Hij gaat op zijn hurken voor het vuur zitten en blaast op de gloeiende kolen zodat het nieuwe houtblok vlam vat.

'Gewoon... Ik moet een baan zien te vinden,' zegt hij, en hij gaat naast me zitten. 'En een plek om te wonen. Ik kan niet terug naar mijn ouwe stek. Als ik die mensen opnieuw ga opzoeken, wordt het weer het oude liedje.'

'Word je dan weer meegezogen?'

'Absoluut. Net als die gedachtecirkels, maar dan is het een levenscirkel. Ik wil niet in die cirkel terechtkomen.'

'Wat wil je gaan doen? Met je leven?' Ik voel me een stuk beter nu we het over hem hebben.

'Als het even kan naar school. Ik heb de middelbare school in de lik afgemaakt. En nog met een goed gemiddelde ook, al zeg ik het zelf,' zegt hij grijnzend. 'Ik lees graag.'

'Porno?'

Tijdens het praten hebben we allebei in het vuur zitten staren, met zo nu en dan een zijdelingse blik naar elkaar, maar nu draait hij zich naar me toe en kijkt me aan, nog steeds met een intense blik, maar zonder een spoortje spot.

'Hé, sorry. Dat boek, dat is niet echt... Ik was gewoon een lul. En na wat er met je was gebeurd, nou ja, niet cool.'

'Het is wel goed, hoor. Wat is het dan voor boek?'

'Het is het Grote Boek. Het Anonieme Alcoholistenboek.'

'O. Ben je dan...?'

'Ik lees het alleen maar. Vooral omdat ik het interessant vind en omdat ik veel alcoholisten ken, en omdat in de gevangenis bijeenkomsten werden gehouden en ik iets kon doen wat in goede aarde viel.'

'Ah.'

Jin komt nu ook bij ons zitten.

'Ik lees van alles,' vervolgt Tavik. 'Ik hou van geschiedenis, literatuur, een goeie detective. Maar wat ik met mijn leven wil... Ik hou ook van dingen repareren. En het blijkt dat ik graag buiten ben. Dus, ik weet het niet.'

'Geschiedenisleraar, automonteur, ingenieur... gids bij Peak Wilderness?'

'Zijn dat jouw suggesties voor wat hij later wil worden?' vraagt Jin.

Ik haal mijn schouders op. 'We zitten gewoon wat te praten. Hoe dan ook, je zou naar de universiteit kunnen gaan en daar kijken wat je wilt.'

Jin schudt haar hoofd.

'Wat?'

'Gewoon... dat toont maar weer eens hoe bevoorrecht je bent,' zegt ze. 'Niet vervelend bedoeld, hoor.'

'Eh... oké, maakt niet uit... Denk ik...?'

'Ik zat ook op dat spoor, weet je,' zegt ze.

'Welk spoor?' vraag ik.

'Me aanmelden bij een goeie school waar mijn lesgeld betaald werd.'

'Wat is er gebeurd?'

'Ken je Aziatische ouders? Of studenten?'

'Studenten, wel. Een heleboel.'

'Oké, hoeveel van hen zie je naast hun studie plezier maken of meedoen aan niet-verplichte, buitenschoolse activiteiten?

'Ik... ik weet het niet. Is dat geen stereotiep beeld?'

'Natuurlijk, maar dat is niet voor niets. Alles draait om je gemiddelde cijfer. Wat er ook gebeurt, je zúlt naar een goeie school gaan en techniek of tandheelkunde studeren, of de voorbereidende studie geneeskunde doen, want anders dalen je ouders in aanzien.'

'Bij wie dalen ze dan in aanzien?'

'Bij vrienden die kinderen hebben met goedbetaalde banen en bij familie in Hongkong...'

'Ah. Oké.'

'Maar in mijn geval ging het nog een heel stuk verder, want mijn vader is een klootzak die me heeft mishandeld en compleet door cijfers wordt geobsedeerd.'

'O,' zei ik, en ze knikt, duidelijk van streek.

'Ja,' zegt ze, 'ik mocht op muziekles, maar alleen omdat het zogenaamd goed is voor mijn wiskundige vaardigheden. Ik mocht op sport, maar alleen omdat atletiek goed is voor de hersenen, en dat hield op toen atletiek te veel tijd van mijn studie-uren afsnoepte.'

'Mijn moeder... doet ongeveer hetzelfde,' zeg ik.

'Maar ze laat je toch gaan,' zegt Jin. 'Naar die school.'

'Maar wel tegen een hoge prijs.'

'Dat gold ook voor mijn zogenaamde vrijheid,' zegt Jin. 'Dat geldt ook voor Taviks opleiding, en in zijn geval gaat het letterlijk om geld.'

'Ja, ik kan niet zomaar kunstgeschiedenis gaan studeren of exacte wetenschappen,' zegt Tavik. 'Ik hou van boeken en zo, maar ligt het me misschien beter om een vak te leren. En ik moet een plan hebben.'

'Waarom?'

'Geld, om te beginnen.'

'Juist, dat snap ik.'

'Dus Jin,' zegt hij, 'zeg je soms dat je knapte? Bent weggelopen? En wat bedoel je met die mishandeling waar je het over had?'

'Ik moest vijf avonden achter elkaar tot na middernacht opzitten terwijl mijn vader tegen me schreeuwde en me ondervroeg over materie-eigenschappen en atoomtheorie. Hij hield me wakker. Hij huurde iemand in die mijn Engelse essays moest schrijven, ook al vond ik Engels leuk en wilde ik dat zelf doen. Dat nam te veel tijd van mijn exacte vakken in beslag, zei hij. En toen werd ik betrapt op fraude – de essays, natuurlijk – en ik voelde me zo vernederd. Het kwam in mijn rapport te staan, hij gaf mij de schuld, en ik moest met volleybal stoppen, nog het enige leuke in mijn leven, en ik... Het was te veel. Ik vertrok. Dus, ja, ik denk dat ik knapte. En de tijd daarna, toen ik dakloos was en een poosje geprobeerd had om de hoer te spelen, was ook niet echt gezellig, dus ik ben wel een paar keer ingestort.'

'Godsammeliefhebbe,' zegt Tavik.

'Jezus,' zeg ik.

'Ja. Dus. Dat is de reden waarom ik het vertik om hier in te storten, zoals sommige anderen is overkomen,' zegt ze. 'In vergelijking met het leven op straat is dit het Plaza Hotel. Maar genoeg over mij. Wat schrijf je toch steeds in je boek, Ingrid?'

'Behalve klagen over deze tocht?'

Jin grijnst, Tavik lacht.

'Het is een dagboek. Mijn moeder heeft een enorme stapel voor me gekocht, met allemaal verschillende kaften. Maar er staan... brieven in, voornamelijk aan haar gericht.'

'Aan je moeder?' zegt Jin.

'Ja,' zeg ik, en ik hoop dat ze aan mijn toon horen dat ik er verder niets over wil zeggen.

'Ga je het aan haar geven als je klaar bent?' vraagt Tavik.

Ik staar in het vuur, schud mijn hoofd. 'Nee.'

'Waarom niet?' vraagt Jin.

'Waarom doe je het dan?' vraagt Tavik.

'Ik... Het is een lang verhaal. Het ligt ingewikkeld.'

'En dus?' zegt Tavik.

En Jin staart alleen maar naar me, alsof ze me uit wil dagen.

'Vanavond niet.' Ik sta hoofdschuddend op. 'Ik ben veel te moe. Maar het was gezellig om met jullie te praten.'

Als ik uit het licht van het vuur weg ben, onderdruk ik de neiging om te gaan rennen, en daardoor kan ik tijdens het weglopen luid en duidelijk horen wat Jin zegt.

'Schijtbak.'

24

LAAT MIJ NOU MAAR

(VIJFTIEN JAAR OUD)

Boven op het feit dat mijn moeder zo raar deed over de musical, hadden zij en Andreas een probleem, ruzie, maar die werd in stilte uitgevochten. Als ik thuiskwam, hoorde ik nog laat op de avond stemmen mompelen, en er hing een vreemde spanning in huis. Ze slikte slaappillen, maar in sommige nachten liep ze toch door het huis te spoken. Eerst was ik bang dat het om mij ging, maar ik kreeg het gevoel dat het iets anders was.

Normaal gesproken zou ik te hulp zijn geschoten, of in elk geval mijn best gedaan hebben te ontdekken wat er aan de hand was. Maar voor het eerst van mijn leven wilde ik dat niet. Als ik me ermee ging bemoeien, zou het me gaan beheersen en dat kon ik er niet bij hebben, niet nu de première zo dichtbij was.

Bovendien, hadden mijn pogingen om te helpen ooit iets uitgehaald? Ik kon me doodongerust maken en me van alles en nog wat in mijn hoofd halen, maar het maakte toch geen verschil. En het eindigde er altijd mee dat het enige wat ik ermee bereikte was dat ik me zelf verschrikkelijk voelde. Misschien was genoeg genoeg en misschien, heel misschien kon ik wel gelukkig zijn, ook al was mijn moeder dat niet. Een revolutionaire gedachte.

En ik was gelukkig. Ik leefde intens, kreeg vleugels door een energie waaruit ik nooit eerder had geput. Ik was vervuld en zinderde van muziek, van woorden, van Dorothy, van Isaac, zo hartbuitelend adembenemend, en van talloze kleine, geheime momentjes die tussen ons voorvielen.

Als we tussen het laatste lesuur en de repetitie tijd hadden, maakten we lange wandelingen, dronken koffie verkeerd en praatten. Isaac had overal ideeën over, zijn brein draaide alle kanten op en schoot van kunst naar muziek, naar internationale politiek, naar wetenschap, ethiek, psychologie en zelfs naar sport. Het kon zijn dat hem iets opviel in een etalage of een bijschrift in een krantenartikel, dan bracht hij die twee met elkaar in verband en kon vervolgens prompt drie of vier manieren bedenken waarop je ernaar kon kijken. Hij kon naar mij kijken en meteen zien hoe mijn stemming was, en of hij me aan het lachen moest maken, me een knuffel moest geven, of allebei.

Net als ik hoefde hij ook niet zo nodig al te diep in te gaan op persoonlijke zaken, praatte hij ook niet graag over vroeger, en dan vooral over de jaren waarin hij zo werd gepest. Dat hoefde hij niet te zeggen, dat wist ik gewoon.

Isaac was van alles tegelijk, iemand die zich net als ik aan te veel tegenstellingen tegelijk kon vasthouden. Dat was niet gemakkelijk, want daardoor heb je te maken met paradoxen die in botsing komen met dingen die weliswaar ook waar zijn, maar er toch lijnrecht tegenover staan. Ik bedoel, soms was je de brug tussen die dingen, maar vormde je ook een strijdperk.

Dus praatten we niet over onszelf maar over de wereld. En later, in het theater, trok hij me achter de coulissen naar een schemerige hoek, legde een hand op mijn rug en kuste me tot ik helemaal in brand stond.

'Je bent zeker over je claustrofobie heen,' mompelde ik een keer tussen de kussen door.

'Hier zitten we niet opgesloten,' zei hij. 'Er zijn geen deuren.'

'Mm.'

'Maar hé, als je een kast wilt proberen...'

'Nee, ik vind het prima zo.'

We praatten niet over 'ons' of wat het betekende. En we hadden het aan niemand verteld, zorgden dat niemand ooit zag dat we elkaars hand vasthielden of stonden te zoenen. Juno had me een paar keer onderzoekend aangekeken, maar ze werd te veel afgeleid door het recente drama met Toff – dat ze duidelijk aan zichzelf te wijten had door hem willens en wetens jaloers te maken – om er echt iets van te merken. Het voelde goed om het voorlopig tussen Isaac en mij te houden, voor mijn gevoel moest dat gewoon zo.

Op de ochtend van de generale repetitie kregen mijn moeder en Andreas tijdens het ontbijt knallende ruzie.

Hij zat online het nieuws te bekijken en zei iets over een medische doorbraak voor de ziekte van Alzheimer. Ik heb geen idee wat het was waardoor mijn moeder ontplofte, maar het gebeurde.

'Nu moet je ophouden,' zei ze.

'Sorry?' Hij keek verbaasd op.

'Ik heb heus wel in de gaten wat je aan het doen bent.'

'Ik ben niet...'

'Doe niet alsof ik achterlijk ben, Andreas. Ik wil niet dat er aan mijn leven wordt gemorreld! En trouwens, je bent niet zo subtiel als je wel denkt.'

'Maar Margot-Sophia, laten we erover praten,' zei hij. Of hij had niet in de gaten dat hij maar beter niet moest aandringen, of hij deed alsof. 'Als je nou maar...'

'Ik wil het er niet over hebben!' Ze explodeerde en barstte toen in tranen uit. 'Ik wil het er niet over hebben en ik ben helemaal klaar met die toespelingen, met die campagne van je.'

'Ik maak alleen maar... een babbeltje tijdens het ontbijt!' protesteerde hij, nu ook met stemverheffing.

'Nee, je probeerde voor de zoveelste keer je punt te maken en dat heb je al zo vaak gedaan, en míjn punt is dat je niet naar me luistert! Je zoekt gewoon een andere manier om het weer te proberen en ik heb al nee gezegd. Nee, nee, nee, nee.'

'Oké!'

'Want je kwetst me ermee. Elke keer kwets je me, Andreas, en dat wil ik niet, en dus word ik boos, zo verschrikkelijk boos...!'

Ik stond op, en ze keken me allebei aan alsof ze nu pas zagen dat ik er was.

'Wat is er in godsnaam aan de hand?' zei ik.

'Niets waar jij je zorgen over hoeft te maken,' zei Andreas.

'Kan ik er iets aan doen?' vroeg ik.

'Nee,' zeiden ze tegelijk.

'Mooi. Luister, ik moet naar school. Het is een belangrijke week voor me en vandaag is het een grote dag, en als jullie problemen hebben... dat werkt op mijn zenuwen. Kunnen jullie ermee ophouden?'

Mijn moeder keek me met opgejaagde, doodvermoeide ogen aan en gaf geen antwoord.

Andreas schraapte zijn keel.

Mijn moeder wendde zich af en mompelde: 'Ik ben niet begonnen.'

'Sorry,' zei Andreas tegen haar en tegen mij.

Bezorgd en besluiteloos liet ik ze zo achter, ik stampte het huis uit, schoof het toen naar mijn achterhoofd en zei dat het daar moest blijven.

De generale repetitie ging zoals die altijd gaan: doodeng, opwindend en hier en daar wat knullig vanwege gemiste cues, de zenuwen, rekwisieten die het lieten afweten, verhaspelde teksten, ga zo maar door. Rhea en Isaac gaven uitgebreid commentaar maar stuurden ons meteen daarna naar huis, ze redeneerden dat een nacht goed slapen beter was dan wat dan ook.

Terwijl verder iedereen zijn spullen verzamelde, Isaac de rekwisieten teruglegde en met Rhea babbelde, liep ik met mijn script het toneel weer op en begon stilletjes en zorgvuldig mijn opkomsten en afgangen door te nemen, controleerde mijn opmerkingen, fluisterde mijn tekst, zong de liedjes in mijn hoofd. Ik herinnerde me hoe Margot-Sophia te werk ging, en ik zou dat net zo goed doen, zo niet beter.

Na een paar minuten liep Rhea aan de rechterkant het toneel op en ik hield op.

'Ga naar huis, Dorothy,' zei ze. 'Ga slapen.'

'Leuk hoor,' zei ik.

'Het is niet leuk bedoeld.'

'Kunt u slapen?'

'Ja,' zei ze, en toen bond ze in. 'Maar dat komt denk ik doordat ik ouder ben dan jij en niet zonder kan. Bovendien hoef ik niet op te treden.'

'Ik ben bijna weg. Ik wilde alleen de liedjes nog een keer repeteren,' zei ik en ik keek naar de deur, waar de anderen van de cast en crew met z'n allen stonden te grappen en te lachen.

Ik wilde dat ik kon lachen, maar was er niet voor in de stemming.

'Ik kan wel afsluiten, Rhea,' zei Isaac, die naast haar kwam staan. 'Ik heb nog vijf of tien minuten nodig, dat is voor Ingrid tijd genoeg.'

Rhea keek van hem naar mij en weer naar hem, trok toen een wenkbrauw op op een manier dat ik dacht dat ze de situatie volkomen doorhad en haalde toen haar schouders op. 'Goed dan.'

De rest van de cast liep met haar mee naar buiten.

Isaac rommelde wat tussen de coulissen terwijl ik op het schemerig verlichte toneel ging staan en zes keer 'Over the Rainbow' zong. Mijn stem raakte vermoeid, maar ik moest weer aan mijn moeder en Andreas denken en wilde gewoon nog niet naar huis. Nog afgezien van mijn persoonlijke revolutie, punt was dat ik elke keer dat mijn moeder een inzinking kreeg compleet doordraaide. De enige oplossing was om helemaal op te gaan in waar ik mee bezig was.

Ik wilde net alle andere liedjes gaan doornemen, maar dan neuriënd, toen Isaac het toneel op liep.

'Tijd,' zei hij.

'Oké,' zei ik, maar ik kwam niet in beweging.

'Wat is er? Ben je zenuwachtig?'

'Absoluut. Maar. Het is eerder...' Ik keek de donkere ruimte in. 'Ik wil hier gewoon zijn. Ik wil dat dít mijn leven wordt.'

'Wil je Dorothy zijn?' zei hij met zijn hoofd schuin.

'Nee. Ik wil in dit theater staan. Dorothy spelen. Repeteren om Dorothy te zijn. Dit... wat hier gebeurt, zelfs met een mislukte generale repetitie, het is...'

'Een wereld.'

'Ja,' verzuchtte ik. 'En in deze wereld zijn de meeste dingen simpeler dan in de echte.'

Isaac ging op de rand van het toneel zitten, liet zijn benen omlaag bungelen en klopte op de plek naast zich.

'Wat is er dan niet simpel, Ingrid?' zei hij toen ik naast hem ging zitten. 'Bedoel je...' Hij wees naar mij en zichzelf.

'Nee, dat niet,' zei ik glimlachend. 'Ik bedoel alleen... In een show is je taak glashelder. En in de musical zijn de problemen waar Dorothy mee te kampen krijgt... Ja, ze moet dat hele "oost west, thuis best"-gedoe nog leren. Maar de obstakels, wat ze moet doen en hoe ze zich daarover moet voelen... dat is allemaal duidelijk. Ze wil naar huis. Ze moet bij de tovenaar zien te komen. Ze moet in leven blijven. Ze moet de heks doden.'

Isaac knikte. Wachtte.

'Soms kun je de heks niet doden,' zei ik. 'Je weet wel, in het echte leven.'

'Waarom niet?'

'Omdat er geen heks is. Of omdat de boze heks ook de goede heks is, of omdat de heks in iemand zit van wie je houdt, of in jezelf. Of de heks is een onoplosbaar probleem tussen twee mensen van wie je houdt. En dan... dan kun je nog zo veel water gooien als je wilt, je kunt die heks niet vermoorden omdat het niet aan jou is om haar te vermoorden, en ook al zou het je wel lukken, ze komt gewoon weer terug.'

'Ingrid...' zei hij, en hij legde zijn handen over de mijne, 'wat is er aan de hand?'

'O, ik ben...' Ik zou met hem kunnen praten. Ik wist dat hij de problemen zou begrijpen en hoe diep het zat, dat hij het zich zou aantrekken. Maar ik kon niet praten, niet met hem en ook niet met Juno, want als ik dat ging doen, zou ik degene zijn die zou instorten. En ik had al mijn kracht nodig om morgen door te komen en de dag daarna en ook weer de dag daarna. En hoe dan ook, redeneerde ik, Andreas en mijn moeder waren eerder door de mangel gegaan. Het ging wel weer over. Het ging sneller en was minder pijnlijk als ik het voor me hield.

'Gewoon stom gedoe thuis,' zei ik tegen Isaac. 'Te lang verhaal voor vanavond. Het gaat goed.'

Ik hield zijn hand nog steeds vast toen ik van het toneel af glipte en probeerde zijn gekwetste blik niet te zien.

Mijn rugzak gleed op de vloer en toen ook die van hem.

'Je weet dat het niet alleen hierom gaat,' zei hij tussen twee kussen in. 'Je kunt echt met me praten.'

'Dat weet ik.' Ik trok hem dichter tegen me aan, voelde me met de seconde beter... 'We hebben al gepraat. Heel veel. Later is daar meer tijd voor. Maar nu hebben we het druk, wat jij?'

De hele weg naar huis droeg ik hem met me mee en voelde ik zijn warme armen om me heen, onze lichamen dicht tegen elkaar aan gedrukt.

En in mijn hoofd speelde de muziek en schitterden de toneellichten.

Isaac en Oz, mijn graadmeters.

Terwijl ik de laatste halve straat naar huis liep, probeerde ik dat allemaal vanbinnen te verzamelen, alsof ik een fles was waar ik die gevoelens in kon bewaren en ze elke keer als ik ze nodig had tevoorschijn kon halen, als een tegengif of ter bescherming.

Maar niets kon me beschermen tegen de afschuwelijke aanblik van Andreas die voor het huis in zijn auto zat met de ramen open, terwijl mijn moeder armenvol kleren door het achterraampje naar binnen gooide.

Ze was niet uitzinnig en schreeuwde ook niet, maar zweeg, het haar in een strenge paardenstaart naar achteren gebonden en gekleed in een legging met zwarte tuniek, kralen om haar hals en aan haar voeten gevaarlijk ogende zwarte laarzen met hoge hakken. Even zag ik haar gezicht, ving ik een glimp rode lipstick op. Ze zag eruit als een operazangeres/ballerina/ninja/vampier, en was op en top een diva. Ze had zich gekleed voor een drama.

Toen ging de voordeur dicht en was ze weg, en ik rende naar de auto. 'Andreas...'

O god, waarom had ik dit genegeerd? Waarom had ik niet geprobeerd te helpen?

'Ingrid,' zei hij. Zijn wangen waren nat en de achterbank van de auto lag vol. 'Ik wilde... met je praten... rustig...'

'Nee. Nee, nee, nee...' zei ik, mijn maag kolkte, ik deed het portier open, schoof de kleren opzij die op de voorbank lagen en ging zitten. 'Je mag niet weg.'

'Dat wil ik ook niet, maar zij stuurt me weg,' zei hij met schorre stem.

'Wat ze zegt en wat ze nodig heeft zijn... Hoe kon ze dit doen?'

'Ik heb iets verkeerds gedaan.'

'Jij? Wat dan?'

Even liet hij het hoofd hangen en keek me toen weer aan.

'Ze heeft me heel duidelijk verteld dat ze niet wilde dat ik zou onderzoeken of haar stem genezen kon worden.'

'En?'

'Ik geloofde haar niet.'

Ik kreunde, helaas niet verbaasd, en ik kreeg al zo'n idee waar dit naartoe ging.

'Ik dacht dat... als ik iemand kon vinden,' vervolgde hij, 'als we het konden genezen en zij weer kon zingen, dan zouden de dingen... gemakkelijker voor haar zijn.'

'Wat heb je gedaan?'

'Ik heb een specialist gevonden,' zei hij zachtjes. 'Ik dacht, na al die jaren... moet de medische wetenschap toch vorderingen hebben gemaakt. En dat was ook zo, wat betekent dat ze haar zangstem zou kunnen terugkrijgen. In elk geval voor een deel. Misschien wel helemaal. Ik weet dat ze me heeft gezegd dat ze dat niet wil, maar ik dacht dat ik met deze kans haar het mooiste geschenk ooit gaf. Ik dacht dat ze van gedachten zou veranderen. In plaats daarvan is ze woedend. Ze voelt zich verraden. Ze wil het niet proberen, en op een of andere manier denkt ze nu dat ik niet van haar hou zoals ze is, wat natuurlijk nergens op slaat.'

Ik greep het raamkozijn van de auto vast, wilde iets raken, wilde van frustratie met mijn hoofd tegen een muur slaan.

'Jij wilt altijd mensen helpen,' zei ik tegen hem. 'Je wilt ze helpen, redden... maar ze wil niet gered worden.'

'Dat begrijp ik nu. Ik was... stom.'

'Nee,' zei ik. 'Ik bedoel, ja, soms ga je te ver met de dingen weer in orde willen maken, en waar jij je schuldig aan maakt, is... niet luisteren, of niet geloven wat ze je heeft verteld. Maar ze... Echt, ik ben het zo zat dat ze zich liever in haar ellende wil onderdompelen, dat ze daarvoor kiest en niet voor hoop. En vervolgens jou daar de schuld van geeft. Zij is degene die stom is, om je kwijt te raken, terwijl je het beste bent wat ons ooit is overkomen.'

'Misschien is ze gewoon te bang,' zei hij. 'Te bang om te hopen.'

'Dat is fokking idioot.'

Andreas zoog zijn adem in.

'Inderdaad. En zo deprimerend,' zei ik, terwijl ik woedend werd en mijn schrik en wanhoop werden weggeduwd. 'Echt, ik ben er helemaal klaar mee. Laat me met je meegaan. Of je gaat met mij mee naar binnen, dan kan ik voor je vechten.'

'Ze heeft de sloten veranderd, Ingrid.'

'Wat?'

'En als we haar op dit moment tegen de haren in strijken, wordt ze alleen nog maar koppiger. Geloof me maar. Ik ga weg en jij gaat naar binnen.'

Hij trok me in een omhelzing en drukte me bijna plat.

'Je zou mijn vader worden,' zei ik, terwijl ik de tranen wegknipper.

Vier maanden geleden had hij de adoptiepapieren getekend. We zaten te wachten op de volgende stap. Maar hoe kon het nu doorgaan als hij en mam uit elkaar gingen?

'Dat word ik ook,' zei hij. 'Liefje, morgen kom ik naar de musical en ik zal er altijd voor je zijn. Beloofd. Maar vanavond moet je bij je moeder blijven. Ze zal het niet tegen je zeggen, maar ze heeft je nodig.'

'En waar blijf ík in dit hele verhaal?'

Mijn moeder had me uiteindelijk toch gezien en had de deur op een kier gelaten.

Binnen trof ik haar aan de eettafel, kaarsrechte rug, vóór haar een glas rode wijn, ernaast de open fles.

'Mam.' Ik veegde mijn ogen af. 'Wat is dit verdomme?'

Haar blik bleef op het glas gericht.

'Is hij weg?' vroeg ze.

'Ja. En dat is ongeveer het kloterigste nieuws dat ik ooit heb gehad.'

'Let op je woorden.' Ze slikte, schoof een sleutel naar voren. 'Hier is je nieuwe sleutel. Heb je je huiswerk gedaan?'

'Mijn huiswerk? Grapje, zeker?'

Eindelijk keek ze me aan. 'Ik maak nooit grapjes over je opleiding.'

'Vandaag heb ik geen huiswerk. In tegenstelling tot jou houden alle leraren rekening met het feit dat morgenavond de première is. Daar is de halve school op de een of andere manier bij betrokken, mam.'

'Ah, ja. De musical,' zei ze vermoeid.

'Laat dat maar zitten. Dat gedoe met Andreas...'

'Er bestaat niet zoiets als "en ze leefden nog lang en gelukkig", Ingrid,' snauwde ze. Ze nam een slokje wijn, slikte het door. 'Reken daar maar op. Reken maar op pijn, op teleurstelling. En heel soms zijn er aangename verrassingen.'

'Wauw. Is dat echt de moederlijke wijsheid die je me wilt meegeven?'

'Ja.'

'Dat is echt warm en zacht, echt geruststellend, precies op het moment dat ons leven instort. Je wordt bedankt.'

'Vind het maar geruststellend dat ik niet tegen je lieg.'

'Hij hoort bij ons gezin, mam. Snap je dat eigenlijk wel? Hij wilde je alleen maar helpen, meer niet, omdat hij van je houdt. En jij schopt hem eruit? Verandert de sloten?'

'Trek je dus partij voor hem?

'Partij? Ik trek partij voor ons als gezin, dat we bij elkaar blijven. Daar kies ik voor.'

Ze snoof, nam nog een slok. Haar arm trilde en ik wist dat ze achter dat kille masker een puinhoop was. Ze was eerlijk tegen me? Prima. Misschien kon ik met mijn eerlijkheid tot haar doordringen.

'Oké,' zei ik en ik legde mijn handen op de tafel en boog me naar haar toe. 'Misschien trek ik partij voor hem omdat hij redelijk is. Medelevend. Genereus. Hij houdt van je en wil je helpen.'

'Hij begrijpt het niet.'

'Ik begrijp het ook niet. Ik heb het idee dat je liever gewoon ellendig wilt zitten wezen, waardoor het voor iedereen ellendig wordt. Je kiest ervoor om maar half te leven en je wilt dat ik dat ook doe,' zei ik. Ik stond op en zei met stemverheffing: 'God verhoede dat iemand ook maar enige hoop heeft, groot denkt of iets angstaanjagends probeert.

Beter om je de rest van je leven te verstoppen in een verdomd gát. Beter om al het moois dat je overkomt te vernielen, ook voor je dochter, op voorhand al, stel je voor dat zij gelukkig wordt. Weet je wat? Daar kan ik geen touw aan vastknopen, mam.'

'Dus nu gaat dit om jou, hè? Ik zit hier nog bij te komen van zijn verraad en nu gaat het om jou en dat ik probeer te voorkomen dat je een ster wordt. Vergeef het me als ik wat zekerheid voor je wil in de toekomst, dat ik niet wil dat je een armetierig, jammerlijk leven vol armoede moet leiden.'

'Een armetierig, jammerlijk leven vol armoede? Hoor je wel wat je zegt?'

Ze trok bleek weg, greep de rand van de tafel, duwde zichzelf op om me aan te kijken.

'Je weet er niets van,' zei ze. 'Je weet totaal niet wat ik heb doorgemaakt. Waarmee ik worstel.'

'O, dat klopt. Ik ben zeker niet degene die al mijn hele leven bij je is geweest. Alles is langs mijn koude kleren afgegleden en ik weet er niets van. En zekerheid? Werkelijk?'

Mijn moeder perste haar lippen op elkaar, ademde door haar neus in en uit, en net toen ik dacht dat ze zou gaan schreeuwen, gleed er een enkele traan uit haar oog en over haar wang.

'Ik wil geen woord meer van je horen,' fluisterde ze. 'Ga naar bed.'

'En wat ga jij doen?' zei ik, nu verscheurd tussen woede en bezorgdheid.

'Ik blijf hier en ga me bedrinken.'

'Geweldig. Geniet ervan,' zei ik en ik wilde naar de trap lopen, maar bleef toen staan.

Ergens wilde ik liever blijven, mijn excuses aanbieden en haar troosten. Om haar op te vangen voor het geval ze zou vallen, vooral omdat het niets voor haar was om te drinken, laat staan om dronken te worden, en op zijn zachtst gezegd was haar evenwicht wel heel wankel. Maar ze had dit gedaan aan de vooravond van mijn première en nee, hun ruzie ging niet over mij, maar ik werd er wel door geraakt.

Als ik haar had gekwetst, prima. Ze had mij ook gekwetst.

En ik was er klaar mee, ik was het zat om gekwetst te worden, zat om op eieren te lopen, zat om bang te zijn dat ze door elk wissewasje weer in een neerwaartse spiraal terecht zou komen. Het was een te grote verantwoordelijkheid. Te veel zorgen, te vaak moest ik haar op de eerste plaats zetten, moest ik steeds weer machteloos toezien dat ze... mijn leven verwoestte, alles ontmantelde, en er een stokje voor stak dat ik dingen deed waar ik van hield.

Ja, op dit moment zag ze eruit alsof ze zo door een harde wind omvergeblazen zou worden.

Alsof ze zou smelten door een emmer water.

Alsof ze zich ging verdrinken in die fles wijn.

Maar ik had mijn eigen problemen.

En dus ging ik naar bed en probeerde mijn eigen fles open te maken, die fles waarin ik het gevoel over Isaac en de droom van Oz bewaarde...

Te weinig geslapen, en toen brachten de vroege uurtjes onweer en stortregen, en ik realiseerde me dat ik er voor een deel doorheen moest hebben geslapen, want Margot-Sophia was bij me in bed gekropen en had haar lichaam strak om dat van mij gewikkeld.

Ik bleef een paar minuten zo liggen, stelde me voor dat ik een klein meisje was bij wie de moeder bij haar in bed kroop om de boze dromen te verjagen, in plaats van het meisje wier moeder haar eigenlijk vertelde dat ze op een rotleven moest rekenen.

Ik kroop dichter tegen haar aan, ze sloeg haar arm nog steviger om me heen en ik viel weer in slaap.

Ze was er nog steeds toen mijn wekker ging. Ik zette hem af, maakte mezelf los en glipte uit bed. Mijn moeder kreunde, rolde zich om en sliep door. Ze dronk eigenlijk nooit, dus ze ging een zware dag tegemoet.

Ik kuste haar zachtjes op haar wang. Slaperig en met diep verdrietige ogen stak ze een hand uit en raakte mijn gezicht aan.

'Ik hou van je, wat er ook gebeurt,' mompelde ze zachtjes, en op dat moment wilde ik alleen nog maar bij haar in bed terugkruipen, want ik hield ook van haar, wat er ook gebeurde. Had haar met heel mijn hart lief. Dat kon ik niet tegenhouden, niet buitensluiten.

'Ja,' zei ik in plaats daarvan. 'Ik ook van jou.'

'Zie je vanavond.'

'Kom je dan toch?

'Ik ben Margot-Sophia Lalonde,' mompelde ze, en een vleug van haar normale trotse persoonlijkheid sijpelde erdoorheen. 'Natuurlijk kom ik.'

Mijn telefoon zoemde: een sms'je van Isaac.

Kijk naar buiten. Naar het oosten.

Ik liep naar het raam, trok het gordijn weg en toen zag ik hem... Na een afschuwelijke avond en een te korte nacht, en voor me een leven vol onzekerheid, was hij daar uitgerekend op deze dag: een regenboog.

25

PROBEER HEM NIET TE VERMOORDEN

(VIJFTIEN JAAR OUD)

D e hele dag had ik het gevoel dat ik op een slap koord balanceerde.

Tussen de lessen in klopten mensen me in de gangen op de rug, wensten me succes, vroegen of ik zenuwachtig was. Zenuwachtig, ja. Was dat maar het enige.

Na Frans dook Autumn bij mijn kluisje op.

'Juno vertelde me dat je er niet goed uitzag,' zei ze. 'Ze heeft gelijk.'

'O, bedankt. Maar ik stort heus niet in, hoor, als je dat soms mocht hopen.'

Ze trok een gekwetst, verbaasd gezicht en deed een stap achteruit.

'Ik kwam je alleen maar wat aromatherapie brengen, Ingrid,' zei ze. 'En ik heb een smoothie voor je gehaald omdat me was opgevallen dat je tijdens de lunch niets had gegeten, je ziet er ellendig uit en je bent toevallig wel onze Dorothy. En een goeie ook. Maar laat maar zitten.'

Ze begon stampend weg te lopen, en nu zag ik de smoothie in haar hand.

'Autumn, wacht!'

Ze draaide zich half om, zelfs haar krullen wipten verontwaardigd op en neer.

'Sorry. Je hebt gelijk, ik voel me ook ellendig. Wat is het voor smoothie?'

'Spirulina, weiproteïnepoeder, bosbessen, banaan, pompoenzaadboter. Het is een hele maaltijd. En je krijgt er energie van, maar een rustige energie.'

'Lief van je, Atumn. Dank je wel.'

'Graag gedaan. Het is Isaacs lievelingssmaak.'

Ik voelde een gemene steek van jaloezie door de manier waarop ze dat zei, alsof hij van haar was. Maar ze deed zo haar best om aardig te zijn dat ik het wegschoof.

'En in mijn kluisje heb ik ook nog...'

'Vast,' zei ik en ik liep met haar mee, 'kom maar op. Met de aromatherapie, de smoothie, helende kristallen... alles wat je hebt.'

'Wil je ook mediteren?'

'Waarom niet?'

'Je ruikt naar een biologische winkel,' zei Isaac, die op weg naar het theater naast me kwam lopen.

'Je ruikt kaneel en sinaasappel voor energie en lavendel voor ontspanning. Ik ben naar de duistere kant overgestapt. Ik hoorde dat jij dat ook hebt gedaan.'

'Wat?' zei hij en hij bleef voor de artiesteningang staan.

'Je hebt toch een favoriete smoothie...?'

'O.' Hij verplaatste zijn gewicht van de ene voet naar de andere, lachte toen. 'Ja. Ze kan behoorlijk aandringen als het om die smoothies gaat.'

'Ja, nou ja, vandaag ben ik zwak, dus ik heb alles genomen wat ze had.'

'Hmm. Ik zag je mediteren.'

'In plaats van slapen.'

'Gaat het wel met je?'

'Ja hoor.'

'Ik geloof je niet, maar ik hou erover op.'

'Schitterende regenboog. Het was bijna alsof je hem aan me gaf.'

'Als ik de macht had om regenbogen te maken, zou ik er elke ochtend een voor je raam toveren.'

'Wauw, Isaac. Dat was... best romantisch.'

Hij bloosde. Ik bloosde terug.

'Sst,' zei hij.

We waren belachelijk.

'Hoe dan ook,' zei hij na een paar lief-mallotige ogenblikken, 'ben je er klaar voor?'

'Nee. Maar volgens mij hoort dat ook niet.'

Ik gluurde door een kier van het gordijn naar het binnendruppelende publiek. Ik wilde Margot-Sophia in het oog krijgen zodat ik van tevoren wist waar ze zat. Op die manier zou ik straks op het toneel niet heel amateuristisch de zaal in hoeven turen op zoek naar haar, iets wat ik steevast bij elke schoolproductie had zien gebeuren.

Ik vond haar in het midden, halverwege. Ze dacht zeker dat daar de beste akoestiek was. Andreas was er ook, op de eerste rij van het balkon.

Mijn hart ging naar hen uit, maar ik was op van de zenuwen. Vergeet het publiek, mijn moeder was hier om me te horen zingen, en alleen al om die reden kon ik wel onder het podium wegkruipen. En toch stond ik belachelijk genoeg te fantaseren dat ze beiden door de musical zo ontroerd zouden zijn dat op de een of andere manier alles in orde zou komen. Ja hoor.

Voor ik het wist waren we in Kansas en opeens kreeg ik een heel nieuwe kijk op waar al dat repeteren goed voor was: dat zelfs als je het gevoel had dat je een hartaanval kreeg, in je broek moest plassen, moest overgeven en zou instorten, en dat allemaal tegelijk, je voeten gewoon doorgingen als je je cue hoorde.

Ze bewegen zich over het toneel en nemen jou met zich mee.

En je mond gaat open en je zegt je tekst...

... en je krijgt geen hartaanval, je hoeft niet in je broek te plassen of over te geven en je stort ook niet in.

Maar toch, toen ik het lied moest zingen (waarom kwam dat zo vroeg in de musical? Het was zo lang!) had ik nog steeds de gewaarwording dat ik buiten mijn lichaam was getreden.

Daar stond ik dan, verblind door mijn spotlight, in mijn eentje voor een publiek van tweehonderd mensen, en ik dacht: shit. Shit, shit, shit! Mijn moeder heeft dit talloze keren voor duizenden mensen gedaan en ik doe alsof het heel wat is. Hoe deed ze dat in vredesnaam? En waarom eigenlijk?

De openingstonen weerklonken, en lieve god, zij zat daar en ik zou nooit zo worden zoals zij en ik zou dit lied nooit kunnen zingen...

Ik begon. Mijn stem trilde. Verschrikkelijk. Bijna onhoorbaar. Het was een nog slechter begin dan tijdens de auditie en het enige waaraan ik kon denken was: néééééé!

En toen verscheen het beeld van de regenboog van die ochtend voor mijn geestesoog.

Beter... en nu haalde ik adem....

Regenboog, regenboog, Isaac.

Dieper ademhalen. En... Daar was ik, op dat magische pad, zij het op het nippertje.

Het feit dat ik er was betekende niet dat het nu makkelijk ging, het betekende alleen dat ik nu op een strak koord danste en ik was dankbaar dat ik er niet afviel. Maar toen ik eenmaal de laatste hoge toon te pakken had en kon vasthouden, wist ik dat ik het had overleefd, en toen het applaus losbarstte, was ik zo opgelucht dat ik er duizelig van werd.

En de rest van de musical... *woesj*... was een soort pure en gespannen vreugde.

Die avond leerde ik hoe bij alle aspecten tijdens een liveoptreden, elke gezichtsuitdrukking, elke cue, elk gebaar, elke toon, elk moment dat je op het toneel staat, een beroep wordt gedaan op alles wat je hebt en dat dit wordt ingezet om dat tot een goed einde te brengen. Al het andere verdwijnt naar de achtergrond terwijl je vasthoudt aan iets wezenlijks: je moet het verhaal zo goed mogelijk vertellen aan precies die mensen die gekomen zijn om ernaar te luisteren.

Toen de laatste minuten aanbraken en we het applaus in ontvangst namen, zinderde ik van opwinding en ik was in de zevende hemel. Nooit, maar dan ook nooit wilde ik meer weg van dat toneel...

Op dat ogenblik begreep ik het eindelijk, wist ik eindelijk waarom ze het deed, waarom wie dan ook het doet. En ik begreep wat ze had verloren. Dat het alles voor haar was geweest. Tussen het lawaai en de lichten door vond ik haar, terwijl ze met droge, felle ogen voor me stond te klappen...

En toen wilde ik wel huilen.

Na afloop was er een feestje in de artiestenfoyer. Er klonk muziek uit speakers die Juno had neergezet en ze danste rond in het kostuum van de Boze Heks.

Er waren bloemen, lelies van Andreas, die me stevig omhelsde en zei dat hij zo verschrikkelijk trots op me was. Gerbera's met als afzender 'ik' waren duidelijk van Isaac, die me al had verteld dat hij rozen zo afgezaagd vond.

Mijn moeder, zonder meer schitterend in een jurk met zwarte en gouden kralen en een tot op de vloer vallende fluwelen cape, kwam naar me toe nadat Andreas was weggelopen, en gaf me een orchidee, niet alleen vermaard om zijn schoonheid maar ook om zijn kwetsbaarheid.

'Probeer hem in leven te houden,' zei ze met een nogal duivelse glimlach.

Typisch iets voor haar.

Ik knikte. Slikte. Mensen wervelden rond, felicitaties vlogen over en weer, er werden gilletjes geslaakt en er werd gelachen, terwijl ik Margot-Sophia alleen maar kon aanstaren en heel erg mijn best deed haar niet te vragen wat ze ervan vond.

'En, mam, wat vond je ervan?'

En heel erg mijn best deed om me niks aan te trekken van wat ze dacht.

Ze legde haar hand op mijn schouders, kuste me op beide wangen en zei toen: 'Je stem... heel anders dan die van mij, maar je bent mijn dochter.'

'Wat bedoel je daar nou weer mee?'

'Het betekent... niet slecht.'

'Niet slecht?' echode ik. Het was beter geweest dan 'niet slecht'. Dat wist ik door de reacties van het publiek. Dat voelde ik diep vanbinnen. En ik wist dat zij het voelde. Dat dacht ik althans. Maar misschien voelde ze het niet. Misschien was het toch niet zo.

Ik keek over haar schouder en zag Andreas. Hij knipoogde, blies een kus naar me toe en mimede weer: ben trots op je, en vertrok.

O, precies wat ik nodig had, maar niet van degene van wie ik het nodig had.

Ik keek weer naar mijn moeder.

'Nou,' zei ik, 'nog twee voorstellingen. Hopelijk ben ik dan een beetje minder zenuwachtig.'

'Dat ben je niet,' zei ze. 'Niet veel minder. Tenzij je het verkeerd doet.'

We wisselden nog een paar woorden, waarna ze aankondigde dat ze naar huis ging, zodat ik kon gaan genieten van de feestelijke nazit.

Isaac had een beetje in de buurt op me staan wachten – niet te dichtbij en niet te ver weg – en zag haar weggaan. Hij was gekleed in een donkere broek met smalle pijpen en een zwart met marineblauw overhemd, donker omdat hij achter de coulissen moest blijven, maar qua stijl en uitstraling had het een heel ander niveau.

God, wat een opluchting dat er iets moois was in mijn leven.

Iemand.

Zonder er al te veel over te willen nadenken baande ik me een weg langs de mensen die tussen ons in stonden, liep recht op hem af en gaf hem een kus.

Zo. Geen stiekem gedoe meer. Of het nu bekend werd dat we een stel waren of later, het maakte me niets meer uit.

Een paar mensen slaakten een kreet en ik hoorde Juno plotseling juichen.

Maar Isaac... die reageerde heel anders.

Hij kromp ineen en deed snel een stap naar achteren, struikelde bijna.

Ik hapte naar adem en toen, voor mijn gevoel in slow motion, zag ik dat hij naar Autumn keek, die geschokt, ontzet en gekwetst keek, en toen weer naar mij.

Het duurde maar een paar korte ogenblikken, maar het was genoeg. Hij kwam naar me toe, legde een arm om mijn schouders en nam me mee, weg van iedereen, weg van haar.

Ik schudde hem af. Ik was paars van vernedering, woedend, in de war.

Ik stond in lichterlaaie.

Ik pakte mijn rugzak en jas en nam de weg van de minste weerstand, het lege theater. Ik stak het toneel over en liep de linkertrap af naar het gangpad.

'Ingrid!'

Ik draaide me om. 'Wat?'

'Kom terug.'

'O, wil je me nu wel?'

'Sorry, ik heb...'

'Me vernederd en afgewezen?'

'Je had me kunnen waarschuwen, meer niet. Ik wist niet dat we het bekend zouden maken.'

'Dat doen we ook niet.'

'Dat kan best. Ik dacht alleen dat jij het niet wilde, dus ik...'

'Dus wat? Hield je Autumn maar achter de hand? Of was ik degene die je achter de hand hield?'

'Ik heb niks met Autumn... niet echt.'

'Niet echt?'

'Niet. Alleen...'

'Alleen wát?'

'Ik...' Zijn blik zwierf alle kanten op, maar niet naar mij en hij mompelde: 'Ik denk dat we min of meer... maar ik nam het niet serieus. Eigenlijk wilde ik het helemaal niet, maar zij leek me echt leuk te vinden en ik... ben daar een poosje in meegegaan. Ik voelde me gevleid, snap je? En toen jij en ik met elkaar gingen, probeerde ik haar min of meer... duidelijk te maken... dat ik ermee wilde stoppen.'

'Ik geloof niet dat dat bericht bij haar is aangekomen, Isaac.'

Hij liet zijn schouders zakken. 'Nee, dat zal wel niet.'

'Wat heb je precies geprobeerd om het haar duidelijk te maken? Haar negeren en achter haar rug over haar roddelen?'

Hij keek me aan met een beschaamde en schuldbewuste blik.

'Ik wilde haar de hele tijd al bellen, of naar haar toe gaan om met haar te praten, maar... ik wist niet wat ik moest zeggen, Ingrid. Ik geef het toe, ik heb me als een lafaard gedragen. Maar ik kon ook niet vertellen wat wij hadden... jij en ik. Ik dacht dat het gewoon voor de lol was. Dat het na afloop van de musical weer voorbij zou zijn.'

'Dus hield je alle opties open? Zodat je naar haar terug kon?'

'Nee! Ik bedoel alleen, ik wilde haar sowieso niet meer, maar ik wilde haar ook niet onnodig over jou vertellen, want dat zou het voor haar alleen maar erger maken. Ik wilde haar gevoelens niet kwetsen.'

'En wat dacht je van mijn gevoelens?'

'Ik wist niet wat je voelde! Dat weet ik nog steeds niet!' zei hij, opeens half schreeuwend. 'Want je wilt niet over gevoelens praten, niet concreet. En je verbergt dingen voor me, dat merk ik gewoon. Je hebt een hele hoop... ik weet niet eens wat er aan de hand is, maar het enige wat jij wilt is met me zoenen.'

'Sorry dat ik in de drie weken dat we samen zijn niet mijn hele hart heb uitgestort,' beet ik hem toe. 'Ik wist niet dat er een voorwaarde aan verbonden was.'

'Sorry. Misschien is dat niet eerlijk.'

'Als je dat verdomme maar weet. Maar leg de rest nu ook maar uit. Kan niet wachten.'

'Moet je horen, ik voelde me schuldig over haar, oké? Ik voelde me verantwoordelijk tegenover haar omdat ik... omdat ik het zover had laten komen dat ze dacht dat ik het serieuzer met haar meende dan ik deed, en dus... Ik zat vreselijk in de piepzak en hoopte dat de boodschap overkwam zonder dat er een hele heisa van kwam, en dat alles gaandeweg... vanzelf over zou gaan. Ik weet dat dat idioot klinkt.'

Hij was een toonbeeld van mismoedigheid, maar ik was zelf te ellendig, gekwetst en woedend om ook maar een greintje medelijden met hem te hebben, vooral toen ik het hele plaatje voor me begon te zien.

'Je hebt seks met haar gehad,' zei ik en er trok een ijzige pijn door mijn borst.

Even leek het erop dat hij het zou ontkennen, en ik hoopte dat ik het mis had, maar toen ontmoette hij mijn blik en gaf me een afgemeten knikje.

'Verdomme, Isaac!'

'Het was maar een... paar keer.'

Ik kon wel kotsen.

'Wanneer?' zei ik met staalharde stem.

'Wat doet dat er nou toe?'

'Weet ik niet. Waarom wil je me dat niet vertellen?'

'Goed dan. De laatste keer was ongeveer twee weken voordat... jij en ik elkaar voor het eerst kusten. En voor die tijd was het... een hele poos geleden. Twee maanden of zo. Ik deed mijn best om niet met haar alleen te zijn en eerlijk gezegd dacht ik veel te veel aan jou. Ik ben naar haar toe gegaan om haar formeel te vertellen dat ik geen verkering met haar wilde... maar ik was er ziek van, want ik vind het vreselijk om mensen te kwetsen...' Hij slikte. 'En zij was al van streek toen ik bij haar kwam, en nou ja, eigenlijk wilde ze helemaal niet dat ik iets zei, en ik... wist niet hoe ik nee moest zeggen.'

'Wat ben je toch een klootzak.'

'Ik was nog niet met jou toen het gebeurde,' zei hij. 'Er was echt geen overlap met jou, echt niet!'

'Daar gaat het helemaal niet om!' zei ik. 'Hoe denk je dat zij zich voelt? Je bent met haar naar bed geweest en hebt niet de moeite genomen om het uit te maken? Dacht je soms dat ze dat zelf wel zou ontdekken? Je bent een lafaard en een klootzak. En nou doe je ook nog alsof het mijn schuld is. Wat bezielt je in hemelsnaam?'

'Ik zal met haar praten,' zei hij terwijl hij met uitgestoken handen door het gangpad liep. 'Ik zal alles uitleggen. Haar alles vertellen.'

'Raak me niet aan,' zei ik en ik deinsde achteruit. Het idee dat hij haar over ons zou vertellen, alles over ons, kon ik niet uitstaan, omdat wat we hadden zo dierbaar voor me was, zo mooi en zo van ons tweetjes. En omdat het voor mijn gevoel iets nieuws was, iets wat geen van ons beiden ooit had ervaren, terwijl hij intussen al seks met haar had gehad. Seks met háár, nota bene. Niet de moeite had genomen om het mij te vertellen en gewoon maar deed alsof ze samen niets hadden. 'Ik wil niet dat je ook maar een woord over me zegt. Sterker nog, ik bespaar je de moeite om haar wat dan ook te vertellen, want er valt niets te vertellen!'

En toen draaide ik me om, rende het gangpad door, het theater uit en helemaal naar de metro, waar ik mijn vuisten balde, mijn lippen op elkaar perste en mijn ogen dichtkneep in een poging om niet in tranen uit te barsten. Ik bedacht dat mijn moeder helemaal gelijk had: er bestonden geen happy endings en je kunt er niet op vertrouwen dat dingen wel goed komen. Je kunt niemand vertrouwen. Niet je vrienden, niet je familie, niet de leukste, slimste en interessantste jongen die ik ooit heb ontmoet, en die een lafaard en een leugenaar blijkt te zijn. Hem al helemaal niet.

26

UITZITTEN

(PEAK WILDERNESS, DAG DERTIEN)

Lieve mam,

(1) (Ik hou voor altijd van je, maar) loop naar de hel omdat je me dit aandoet.

(2) Nadat ik me twee dagen redelijk normaal had gevoeld, werd ik schreeuwend uit een nachtmerrie wakker (en de rest ook), en ik voel me weer een wrak. Dit gaat nu al maanden zo. Hoe denk je dat ik dat moet volhouden, mam?

Bonnie, Tavik en ik lagen in onze slaapzakken, zij en Tavik versuft, en waarschijnlijk nog stuiterend van de adrenaline doordat ze in een griezelfilm wakker werden, terwijl ik me jankend tot een zo strak moge-lijke bal had opgerold.

'Heeft dit iets te maken met wat er met Peace is gebeurd?' vroeg Bonnie.

'De smeerlap,' mompelde Tavik.

'Nee,' zei ik. Hoewel het feit dat hij me had aangerand ook bepaald niet had geholpen.

'Goed dan. Ik besef dat dit een persoonlijke zaak is, Ingrid,' zei Bon-nie, 'maar...'

'Ja...?'

'Ons is wel duidelijk dat je... een of ander trauma hebt doorgemaakt.'

Om de een of andere reden hield ik op met huilen en moest ik plot-seling lachen.

'Wat is er zo grappig?' vroeg Bonnie met een verwarde blik.

233

Ik bleef maar lachen. Ik kon niet stoppen. Maar ik wist er geen antwoord op, mam.

Trauma. Zo'n klein woordje, twee lettergrepen maar.

Ik kan niet een jaar in mijn bed blijven liggen, als dat het volgende is dat zou moeten gebeuren. En ik kan ook niet het hele schooljaar huilend in Londen rondlopen. Ik ben niet van plan het enige op te geven dat nog een klein beetje betekenis en doel in mijn krankzinnige leven geeft. En dus moet ik op de een of andere manier weer tot mezelf zien te komen. Alweer.

Liefs enzovoort,

Ingrid

Ik vermoed dat Tavik denkt dat ik krankzinnig ben.

En dat best leuk vindt.

En dat wil beamen.

Dat besef ik voor het eerst als we op dag dertien op pad gaan, de laatste dag voordat we gaan kanoën. Hij gaat vlak achter me staan en zegt: 'Volgens mij heb je een multipele persoonlijkheidsstoornis.'

'Heel grappig,' zeg ik en ik ga achter Melissa lopen, die de leiding heeft overgenomen.

'Nee, echt,' zegt hij, en hij loopt achter me aan. 'Je begon de dag schreeuwend, dat ging over in huilen, dat veranderde in lachen en nu praat je helemaal niet meer.'

'Ik praat toch tegen jou?'

'Niet vrijwillig.'

'Dat zijn geen persoonlijkheden, Tavik, dat zijn uitingen van emoties. Ik ben een wrak, dat is absoluut zo. Maar ik word niet plotseling iemand die zichzelf Betsy noemt.'

'Als jij het zegt... Betsy,' zegt hij.

Daar moet ik om glimlachen, een beetje.

'Dus...?' zegt hij vijf minuten later als we over de flank van een lange, steile bergkam trekken die over het meer uitkijkt.

'Hoezo dus?'

'Wat is het hier mooi.'

'Ja,' zeg ik, terwijl ik voor me blijf kijken, vooral omdat ik niet op mijn gezicht wil vallen.

'Huil je?'

'Nee.'

'Ga je me de rest van je levensverhaal nog vertellen?'

'Vandaag niet, Tavik,' zeg ik en ik wrijf over mijn slapen, die pijn doen, en ik blijf staan om op adem te komen. 'Waarom vertel jij mij niet iets over de slechteriken? Of, niet persoonlijk bedoeld, hoor, maar zou je het erg vinden om gewoon... verder te lopen?'

'Wat, wil je naar de bomen luisteren? Of naar de stemmen in je hoofd?'

'Ha ha.'

'Dat is cool,' zegt hij, alsof het hem totaal niets kan schelen.

Maar ik weet dat hij beledigd is, want als we weer verdergaan, gaat hij helemaal achter aan de rij lopen en dat vind ik weer waardeloos. Meer dan waardeloos.

Het goede nieuws is dat deze laatste tocht maar vier uur duurt en dat we 's middags al in het kamp aankomen. Sterker nog, we hoeven van Bonnie en Pat geen groepsactiviteit te doen, wat betekent dat eindelijk de dag is aangebroken waar ik zo vurig naar heb verlangd: dat ik mijn spullen kan wassen, ze in de zon te drogen kan leggen en een poging kan doen mezelf bij elkaar te rapen.

Harvey leent/geeft me zijn zeep – hij doet duidelijk zijn best om als een beest over te komen, maar niet op die enge manier van Peace-Bob – en ik ben een uur bezig om alles in te zepen, te schrobben, uit te spoelen en uit te wringen totdat ik tevreden ben. Als ik klaar ben, klim ik op een van de hoge oranje, roze en grijze granietplateaus waar ons strand door wordt omringd. Daar leg ik elk kledingstuk plat neer en veranker ze zorgvuldig met stenen die ik van tevoren heb verzameld. De rots is warm, de zon is heet, er waait een kalme bries...

En ik ben de sjaak als het gaat regenen, want ik heb alles gewassen behalve de bikini die ik aanheb.

Het is maar de vraag of ik mijn slaapzak helemaal droog krijg.

Op het strand onder me zijn een paar anderen ook hun kleren aan het wassen of ze laten ze luchten; weer anderen zijn aan het kaarten, aan het zwemmen of zitten bij elkaar, zo te zien in een ernstig gesprek gewikkeld.

Ik overweeg om erbij te gaan zitten.

Maar dan moet ik ook praten en het is een kwestie van tijd dat Tavik weer achter me aan komt in een poging mijn levensverhaal aan me te ontfutselen. Ik had er nooit aan moeten beginnen. Wat is dat trouwens met mensen, dat ze van me verwachten dat ik over dingen wil praten, alsof ze van praten beter worden?

Dus in plaats van me bij de groep aan te sluiten, ga ik op mijn rug op de warme rots liggen, tussen mijn schone kleren die om me heen liggen te drogen. Ik doe mijn ogen dicht en staar naar de binnenkant van mijn oogleden, doe alsof ik slaap zodat niemand me stoort.

Nog zeven dagen. Ik hoef dit nog maar zeven dagen te overleven.

Liever gezegd, uit te zitten.

En dan wordt alles perfect.

Ja hoor.

27

PROBEER HEM IN LEVEN TE HOUDEN

(VIJFTIEN JAAR OUD)

Na de avond dat Isaac en ik het uitmaakten, op de ochtend van de tweede avond dat we met *Oz* zouden optreden, werd ik in de vroege uurtjes wakker door iets wat ik vele jaren lang niet had gehoord: Margot-Sophia was aan het zingen.

Het was geen lied, het was een vocale warming-up: een reeks dalende arpeggio's, een soort toonladders, maar mooier en ingewikkelder. Ik kon me het nog goed herinneren. En een paar ogenblikken lang, zo in het donker onder de dekens, werd ik vervuld van warmte, verwondering en een pijnlijk verlangen, maar het was zo'n zoete pijn.

Ik had die stem ook verloren. Tot op dat moment had ik nooit geweten hoe erg ik hem had gemist, dat ik zo'n enorme behoefte had om hem te horen.

Maar voordat ik werd teruggeworpen in de tijd en de werkelijkheid uit het oog verloor, hield mijn moeder halverwege de stijgende toonladder op, ze waagde zich niet aan de hogere tonen, de tonen die ze niet kon zingen, of niet meer goed kon zingen, en begon in plaats daarvan weer met de dalende toonladder.

Ik bleef liggen, bang als ik was dat ze me als ik uit bed ging zou horen en dan zou ophouden. En ik vroeg me af waarom... waarom ze nu weer ging zingen, na al die tijd. Natuurlijk had het iets met mij te maken, en met *De tovenaar van Oz*. Maar zou ze misschien toch overwegen om naar de specialist van Andreas te gaan? Of miste ze het gewoon, net als ik? Of probeerde ze het los te laten?

Of had ze weer gedronken? Het was geen goed teken dat ze de hele nacht op was.

Maar hoe dan ook, het geluid was als een balsem voor mijn pijnlijke ziel en bracht zo'n tastbaar geluk terug dat ik het amper kon bevatten. Ik kneep mijn ogen dicht en luisterde met heel mijn hart, probeerde het in me op te nemen en vast te houden, tot ze ten slotte ophield en ik in slaap doezelde.

Zaterdagochtend had ik vijftien sms'jes van Isaac ontvangen, die ik niet wilde lezen. Althans, de meeste niet. Ze varieerden allemaal van 'laten we praten' en 'luister alsjeblieft', maar ik kon het niet. Het deed zo'n pijn, maar zo veel andere dingen deden ook pijn, en voor Isaac moest ik gewoon de deur dichtslaan en achter me op slot doen. Ik wilde niet uitzoeken of mijn reactie wel of niet eerlijk was, wat van mijn kant egocentrisch en jaloers was tegenover iets wat echt en onvergeeflijk was. In dat opzicht was alles onvergeeflijk. En ik was diep teleurgesteld doordat hij zo zwak en in de war was, want als ik ooit een serieuze relatie zou krijgen, zou het met iemand moeten zijn die sterk was, eerlijk, iemand die besluiten wist te nemen. Niet iemand die min of meer per ongeluk van de ene relatie in de volgende verzeild raakte, of in een bed, als het daarom ging.

Ik dronk koffie met mijn moeder, die vast dacht dat ik nog eens extra ellendig was doordat ze Andreas de deur had gewezen.

We brachten een rustige dag thuis door en praatten niet. Ik repte er niet over dat ze midden in de nacht had gezongen. Ze leek moe, kwetsbaar en gesloten. Uit ervaring wist ik dat het een waagstuk was als ik ergens over zou beginnen waarover zij niet wilde praten.

Die avond was ze niet naar de musical gekomen, ze was van plan om alleen op de première en de laatste avond te gaan kijken, dus ik bereidde me voor, gaf haar een kus op de wang en liep naar de deur.

Ik was halverwege toen ze zei: 'Je was heel goed.'

Toen ik dat hoorde, stond ik even als aan de grond genageld. Toen draaide ik me om en liep terug.

'Wat zei je?'

'Ik zei dat je heel goed was. Ik heb het nu twee keer gezegd en ik heb niet de gewoonte om complimentjes te geven alsof het niets is. Het betekent iets.'

'O, dat weet ik heus wel, hoor,' zei ik. Met dichtgeknepen keel gaf ik haar een knuffel. 'Dank je wel.'

'Graag gedaan.' Ze omhelsde mij ook, stevig, en ik merkte dat ze trilde, ondanks de vinnigheid in haar stem. 'Nu moet je gaan en het weer doen.'

'Doe ik.'

'Deze keer beter. Altijd beter.'

'Ja.'

'Voor mij.'

'Goed.'

'Ik hou van je.'

'Ik ook van jou.'

'*Merde.*'

We deden de musical, en ondanks het feit dat verder alles in mijn leven echt in puin lag, of misschien wel dankzij, vond ik het weer heerlijk. En ik was me er scherp van bewust dat als ik niet had moeten optreden, ik me alleen maar in zelfmedelijden had gewenteld. En nu had ik iets waarin ik mijn emoties kwijt kon.

Ik zag Isaac niet staan, althans, ik gedroeg me volmaakt beschaafd en keek hem aan als we moesten communiceren, maar meer ook niet. Juno probeerde me over te halen met hem te praten – zij had me ook de hele dag ge-sms't – maar ik leidde haar vragen af door te informeren hoe het nu met haar leven stond.

'Ik heb je heus wel door, hoor,' zei ze en ze sloeg haar ogen ten hemel. 'Maar oké, ik ben geen masochist, als je zo bent als nu ga ik je niet onder druk zetten om te praten.'

'Hoe ben ik dan?'

'Fort Knox in eigen persoon.'

'Juno, sorry, ik wil alleen...'

'Is al goed,' zei ze. 'Ik neem je zoals je bent. Maar je beseft toch wel dat als je nooit, maar dan ook nooit over jezelf praat, je me carte blanche geeft om puur met mezelf bezig te zijn, hè?'

Ik lachte hoofdschuddend, ze nam me bij de elleboog en bracht me naar de Blikken Man en de Leeuw, die nog in kostuum waren en met iemands iPhone hilarische achter-de-schermen-filmpjes maakten.

Daarna bleef ik nog een poosje rondhangen, had tijd nodig om weer met beide benen op de grond te komen, maar Autumn was nukkig en deed raar, en Isaac deed dubbel zo raar, en ik had al vlug door dat ik met geen van beiden in dezelfde ruimte kon zijn zonder dat ik in tranen zou uitbarsten of met iets zou gaan smijten. Ik kon het niet helpen dat ik ze samen voor me zag, naakt en waarschijnlijk ondergedompeld in een afrodisiacum op basis van biologische boerenkool.

Ten slotte besloot ik naar huis te gaan, waar ik misschien nog een bladzijde in mijn moeders boek kon verschalken en me in bed kon verstoppen.

Alleen kwam ik daar niet aan toe.

Ik sjokte naar huis, piekerde over Andreas, over Isaac, het feit dat mijn moeder midden in de nacht was gaan zingen en wat dat betekende, en tussen al die tollende gedachten door probeerde ik in mezelf een aangrijpingspunt te vinden, mijn Kansas of mijn Oz, allebei goed.

Ik liet mezelf binnen, haalde mijn rugzak van mijn schouders, trok mijn jas uit en hing ze aan hun haakjes, glipte uit mijn schoenen en zette ze netjes naast elkaar.

Ik was nog maar twee stappen binnen, maar kon er niet omheen dat het zonder Andreas anders voelde in huis, dat hij niet gewoon op zakenreis was, maar echt weg. Dat hij ergens in een of ander exclusief huurappartement zat of misschien in een hotel, zijn grote hart ontegenzeggelijk gebroken terwijl hij zichzelf daarvan de schuld gaf.

Ik liep op mijn tenen naar boven, keek in de badkamerspiegel naar mijn vermoeide, zwaar opgemaakte ogen en de vlechten in mijn haar, en glimlachte lusteloos naar mezelf.

Toen ik over het tapijt van de gang naar mijn kamer liep, stapte ik op een koude, natte plek. Ik keek omlaag, ging op mijn knieën zitten, keek er van dichtbij naar en rook eraan.

Wijn. Witte wijn. Gemorst en niet... opgeruimd?

Dat was niets voor mijn moeder.

In een oogwenk stond ik voor mijn moeders slaapkamerdeur, klopte aan en morrelde aan de deurknop. De deur zat op slot.

'Mam?'

Geen antwoord en het was niet goed met haar... Op de een of andere manier wist ik dat.

'Mam, mam, Margot-Sophia!'

Stilte.

Een meer oorverdovende stilte dan ik ooit had gehoord.

Ik raakte in paniek. Plotseling stond ik te schreeuwen, schopte tegen de deur, bonsde erop, gooide mijn lichaam ertegenaan.

Misschien was het absurd, misschien gedroeg ik me als een gek, maar omdat ik de deur niet open kon krijgen, rende ik het huis door op zoek naar iets om hem open te breken. Onderweg greep ik een telefoon, belde Andreas en zei in een hysterische aanval dat er iets mis was. En hij reageerde helemaal niet alsof ik gek was, maar zei dat hij er direct aan kwam en dat ik de voordeur van het slot moest halen.

Ik doorzocht de rest van het huis, maar ze was nergens. Toen viel mijn blik op een kachelpook, die nam ik mee naar boven en klopte weer. Toen er niets gebeurde, sloeg ik met de pook tegen de deur tot er gaten en kerven in zaten, maar het was zo'n oude en stevige deur dat ik er nog steeds niet in kon.

Toen dacht ik dat ik iets hoorde in de kamer, dus ik smeekte, huilde en gilde door de deur, wilde zelf wel uit alle macht door dat verdomde ding heen, wilde dat hij openging en dat alles in orde was, zelfs als dat betekende dat dit alles alleen maar in mijn overspannen fantasie bestond. Ik zou met alle liefde de hele dag de idioot willen uithangen, als het met haar maar goed was.

Maar de deur ging niet open.

Ik moest iets doen.

Ik rende de trap af naar buiten, deed het buitenlicht aan en trok een recyclecontainer – een van de grote met deksel – naast de veranda, klom erop en sprong op het dak van de veranda. Ik landde er wel, maar ik kon geen grip krijgen op de dakpannen, dus gleed ik weer helemaal naar beneden en viel op de trap aan de voorkant.

Dat deed pijn, maar ik had niets gebroken. Ik trok de container dichter naar naar de veranda, waagde een tweede poging, die veel beter lukte, en algauw stond ik bij haar erkerraam.

De gordijnen waren dicht. Ik besloot niet meer te kloppen, want waarom zou ze me door het raam wel binnenlaten als ze de deur stijf dicht hield?

Er ware drie openslaande ramen, elk met aan de onderkant een hor. Ik wist die van het verste linkerraam los te trekken. Toen probeerde ik het raam zelf, dat op slot zat. Ik kon er niets mee. Nu was die klotekachelpook goed van pas gekomen, maar die had ik natuurlijk binnen laten liggen.

Ik moest het raam kapotslaan.

Eerst probeerde ik het met mijn elleboog, bedacht dat die het scherpst zou zijn, maar ik was niet sterk genoeg, vooral niet omdat ik hachelijk op het dak moest balanceren.

Toen probeerde ik het met mijn vuist.

Dat leverde enkel blauwe plekken op.

Toen schopte ik tegen het raam, en nog een keer en ten slotte zette ik mijn hele gewicht achter de trap, waardoor mijn voet en een groot deel van mijn been er in een schitterende beweging doorheen schoten.

Ik trok mijn been en voet voorzichtig naar buiten om te zorgen dat ik niet verder gewond raakte (ik had inmiddels wel wat snijwonden, maar ik voelde niet echt iets – ik liep op sokken (nog zoiets stoms) en sloeg de laatste scherven van het raam naar binnen.

Terwijl ik mijn lichaam door het kapotte raam wriggelde, mijn benen eerst, reed Andreas de oprit op.

'Ingrid!' Hij rende het pad op. Ik zei dat hij het huis in moest gaan en dat ik hem vanaf de andere kant in de slaapkamer binnen zou laten.

En toen glibberde ik over het kapotte glas, kneep mijn ogen toe in het gedempte licht van één kaars die ze op haar nachtkastje had aangestoken en die bijna uitgedoofd was.

Mijn moeder lag in een hoopje op de vloer voor het bed met twee omgevallen, lege wijnflessen naast zich. In haar hand had ze een flesje pillen, open.

Ik had heel wat oefening gehad in kijken of ze nog leefde, maar deze keer was ze zo bleek en ik zag haar niet ademen.

Ik ging dichter naar haar toe, nu op mijn hoede, ondanks het feit dat ik had geprobeerd de deur te forceren en daarna het raam kapot had geslagen. Ik dacht aan al die nachten van de afgelopen tijd, waarin ze op was geweest, heen en weer lopend, drinkend en zingend, en hoe kwetsbaar ze leek, hoe vreemd. En ik bedacht dat je bij bepaalde medicijnen geen alcohol mocht drinken.

Ik deed de plafondlamp aan... zag haar borst op- en neergaan, heel oppervlakkig maar. Ze ademde, goddank, maar ternauwernood.

Ik hoorde bonzen, en eerst dacht ik dat het uit mijn binnenste kwam, maar toen herinnerde ik me Andreas en hoorde hem in de gang schreeuwen. Ik was vergeten om hem binnen te laten.

Ik rende naar de deur en deed open. 'Ambulance!' schreeuwde ik en ik rende weer naar haar toe. 'Bel een ambulance, ze ademt nog, maar is wel buiten bewustzijn. En ik denk dat ze iets heeft geslikt.'

Hij kwam binnen, mobiele telefoon in de hand, hij was al aan het bellen. Ik griste het flesje pillen uit haar vuist en keek naar het etiket. Sommige medicijnen moest ze altijd nemen, en dit waren slaappillen die ook tegen angsten hielpen. En als ik het goed begreep, was het zo dat als je er in combinatie met alcohol te veel van nam, alles gewoon... ophield.

28

OP HET WATER

(PEAK WILDERNESS, DAG VEERTIEN)

O p de ochtend van dag veertien komt Duncan met een vloot kano's en nieuwe voedselvoorraden.

'Net nu de rugzakken een beetje lichter werden,' kreunt Ally.

'Als ze te licht worden, moeten we ze van Pat en Bonnie waarschijnlijk met bakstenen vullen,' zei ik mat. 'Heb jij ooit gekanood?'

'Nee. Ik bak er vast niks van.'

'Wel na al die push-ups en zo die je met Seth hebt gedaan,' zei ik. 'Je doet het vast geweldig.'

'In elk geval hoeven we niet meer op onze voeten te staan,' zegt ze, duidelijk niet overtuigd. 'En hé, misschien wordt het wel gemakkelijker...'

Ally's voeten waren wel iets hersteld, althans, haar eerste serie blaren was genezen, en de tweede en derde reeks zitten op steviger huid, waardoor ze niet meer zo'n pijn deden. Maar haar schoenen zijn net een fractie te klein, waardoor ze blijven terugkomen. Eén keer heeft ze zelfs de hele dag op blote voeten gelopen.

Voordat we nog verder kunnen speculeren, roept Duncan ons. Kennelijk gaat hij ons kanoles geven.

Het eerste wat we met z'n allen ontdekken is dat een kano gemakkelijk omslaat. Heel gemakkelijk.

Tweede ontdekking? Het is verdomd lastig om er weer in te klimmen.

Om te beginnen leren we (natuurlijk met harde hand) hoe het precies komt dat een kano omslaat. Duncan geeft niet op voordat we stuk voor stuk minstens één keer flink zijn gekapseisd en erin zijn geslaagd weer in de boot te klimmen, waardoor we vaak meteen weer omslaan.

Er wordt een hoop gegild en gelachen, en zelfs bij Duncan kan er een paar keer een glimlachje af.

Maar ik ben behoorlijk bang om te verdrinken. Of dat de kano, als we eenmaal op weg zijn, met alles erin kapseist en er geen Duncan is die ons uit het water vist. De reddingsvesten snap ik wel, maar ik probeer erachter te komen waarom we ook een helm nodig hebben, en of we in plaats van al die opgewondenheid niet een gezonde dosis scepsis en argwaan aan de dag moeten leggen. Ik ben wel sceptisch en denk er het mijne van. Zo ben ik altijd een beetje geweest, zwaar op de hand terwijl andere mensen eerder met een positieve blik kijken, het gevoel in de val te zitten terwijl andere mensen zich juist vrij voelen, en gewoon... niet in de stemming kunnen komen.

Maar ik huil niet, dus dat is al heel wat.

Eenmaal terug op de oever, de meesten van ons staan uitgeput te rillen, wacht ons een verrassing: Pat en Bonnie hebben het grootste deel van het kamp al afgebroken, de tenten zijn opgeruimd, het vuur is gedoofd en het enige wat we nog hoeven doen is onze rugzakken inpakken en de stapel verse voedselvoorraden verdelen.

Tijdens dit deel van de tocht hoeven we geen eten meer te dragen. In plaats daarvan gaat dat in etenstonnen – waterdichte tonnen van licht, hard plastic – voor elke kano één. Het blijkt dat we de ton stroomafwaarts kunnen sturen als we in een 'situatie' terechtkomen en onze lading lichter moeten maken. Er gaat een steek van angst door mijn maag als ik me afvraag in wat voor 'situatie' je zo'n extreme maatregel zou moeten nemen, maar ik probeer er niet aan te denken.

Behalve de tonnen zijn er ook 'droge tassen', en dat zijn ze inderdaad: waterdichte tassen waar we onze rugzak met kleren en slaapzak in kunnen stoppen, zodat er niets belangrijks nat wordt als de tas te water raakt.

'Handig,' zeg ik tegen de leiders, en ik zeg nog net niet dat ik op de allereerste dag ook wel een droge tas had kunnen gebruiken. 'Iedereen oké?'

Bonnie glimlacht. Pat min of meer.

Ik vraag me af of mijn protesten tegen hun rottrucs tot hen is doorgedrongen.

Misschien wordt het dit deel van de tocht wel genieten geblazen...

Ik doe mijn best om het van de zonnige kant te bekijken. De trektocht is voorbij en dit wordt een groot nieuw avontuur. Ik heb (min of meer) schone, droge kleren en een waterdichte tas waar ik alles in weg kan stoppen, en ik hoef nooit meer naar de reet van Peace-Bob te kijken. Kanoën is misschien niet beter dan lopen, maar erger kan het niet zijn. En ik ben taaier dan twee weken geleden. Veel taaier.

En misschien was al dat oefenen met dat kapseizen zwaar overdreven en gaan we in werkelijkheid vredig langs de oevers van het meer peddelen, terwijl de vroegeochtendmist optrekt, de vissen om ons heen springen, de futen roepen en wij allemaal kakkineuze outdoorsweaters dragen.

Oké, we hebben geen kakkineuze outdoorsweaters, maar het kanoën met Duncan vond ik eigenlijk niet verkeerd.

Tegen de middag voel ik me beter en begin ik me er zelfs op te verheugen.

Dat had ik natuurlijk niet moeten doen.

Want ik stond op het punt een nieuw woord te leren: 'overhalen'.

Klaarblijkelijk is overhalen iets wat nu eenmaal bij kanoën hoort...

Maar in plaats van dat de kano jou draagt, draag jij de kano.

'We gaan naar het rivierstelsel hier in de buurt en daarvoor moeten we ongeveer een kilometer overbruggen,' zegt Bonnie terwijl ze op de kaart wijst. 'Ieder van jullie draagt zijn of haar eigen rugzak en je verdeelt de andere spullen: voedseltonnen, peddels, helmen, reddingsvesten, kano.'

In sommige kano's zitten twee mensen, in andere drie. Ik ben samen met Jin en Ally. Bonnie en Pat zitten bij elkaar, Tavik is met Harvey en in de andere driepersoonskano zitten Melissa, Seth en Henry. Omdat wij met z'n drieën zijn, kan een van ons de ton en reddingsvesten dragen, een ander neemt de peddels en helmen, en de derde draagt de kano. Inderdaad, de derde persoon draagt de kano. Helemaal alleen. Alsof dat hele overhaalgedoe op zichzelf al niet genoeg is.

Goddank biedt Jin aan om als eerste de kano te dragen en ik krijg de peddels en helmen.

In een stuntelende karavaan gaat de groep het bos in. De mensen die met zijn tweeën in een kano zitten, zien eruit alsof ze bijna onder hun last bezwijken en voor het eerst lijkt het erop dat ik er nog gemakkelijk van afkom. Maar het is een verraderlijk, kronkelend pad, overwoekerd en bezaaid met boomwortels, en het duurt niet lang of ik besef dat het met al die spullen echt knap lastig is. De peddels glippen steeds uit mijn handen op de grond, de helmen botsen tegen elkaar en tegen de bomen, en alles is volkomen uit evenwicht.

Iedereen heeft moeite met het pad en we moeten voortdurend stoppen omdat iemand iets moet oprapen.

Er wordt een hoop gegromd, gevloekt en gezweet. Jin slaakt een gil en laat pardoes de kano uit haar handen vallen om een zwarte vlieg dood te slaan die in haar nek was geland. Na twintig minuten komen we tot stilstand, het pad bezaaid met rugzakken, tonnen, peddels en ga zo maar door, en wij allemaal kribbig en gefrustreerd.

Ik met mijn fantasie over 'futen en kakkineuze outdoorsweaters'.

Wat een idioot ben ik toch.

'Dus,' zegt Pat, die naar het midden van de rij loopt, 'wat hebben we geleerd?'

'Overhalen is klote,' zegt Tavik.

'Die etenstonnen zijn lood,' zegt Ally hijgend.

'Dit is onmogelijk,' concludeert Henry.

'Niets is onmogelijk,' zegt Pat.

Ik sla mijn ogen ten hemel en doe geen moeite het te verbergen.

'Ingrid?' zegt Pat. 'Meestal kom jij wel met een paar scherpzinnige ideeën...'

'Ben ik de enige hier die een déjà vu heeft?'

'Wat bedoel je daarmee?' vraagt Pat.

'O, oké, wat dacht je van: dit is een klotezooi?' zeg ik.

'En...?'

'En dat jullie weer iets hebben verzonnen wat we niet aankunnen en dat ik niet verbaasd zou moeten zijn maar dat toch ben?'

Pat blijft staan, wacht nog steeds op een beter antwoord.

Ondanks mijn ergernis kijk ik om me heen. En ik zie een berg rotzooi die we onmogelijk kunnen dragen.

'Het zijn gewoon te veel spullen,' zeg ik. 'Maar we hebben alles nodig.'

'En de oplossing is dus...?' zegt Pat.

Ik haal mijn schouders op.

En dan valt het kwartje.

'O, dat meen je niet,' zeg ik, en ik kan nauwelijks een kreun onderdrukken. 'Moeten we een paar keer lopen?'

'Bingo!' Pats gezicht splijt in een brede glimlach open. 'Pak wat je kunt dragen en laat de rest liggen, dan gaat het veel sneller. Misschien moeten we twee keer lopen, misschien zelfs drie keer.'

Bonnie heeft nog het fatsoen om beschaamd te kijken.

Maar Pat werpt me enkel zijn wijzer-dan-gij-blik toe en zegt: 'Je moet op jezelf leren vertrouwen, Ingrid.'

Nog even en ik ga hem haten.

Als ik nog kracht in mijn armen overhad, zou ik gaan slaan.

In plaats daarvan schuif ik samen met de anderen onze rugzakken naar de rand van het pad om verder te gaan. Ally draagt de etenston, maar die kan ze nu op haar schouder tillen. De regel is nog altijd dat de kano door één persoon moet worden gedragen, aangezien dragen een essentiële vaardigheid is bij het kamperen, en ik bied aan om het over te nemen, want Jins vliegenbeet is opgezwollen en jeukt.

De kano is niet eens zo zwaar, tenzij je uit balans raakt, maar dan is het ook meteen raak. Het is veel moeilijker dan spullen dragen en duidelijk ook zwaarder dan de trektochten. Nou ja, eigenlijk is dit een trektocht, maar dan met een kano. Het pad gaat omhoog en omlaag, draait en kronkelt, waardoor ik vaak mijn evenwicht verlies. Mijn schouders en bovenrug branden en mijn armen beginnen te trillen. Ik haat dit. Ik haat mijn leven. Ik haat het dat ik drie dagen geleden naar huis mocht en dat niet heb gedaan. Ik ben duidelijk niet goed bij mijn hoofd, om niet te zeggen belachelijk koppig. En nu zit er niets anders op dan doorgaan.

Het enige goede nieuws is dat ik me zo op dit karweitje moet concentreren dat er in mijn hoofd geen ruimte meer is voor mijn talloze andere problemen.

We moeten drie keer lopen voordat we al onze spullen naar de rivier hebben verhuisd.

We storten allemaal doodmoe ter aarde, maar nu moeten we nog drie uur kanoën.

De meesten van ons kunnen op dit moment niet eens meer een peddel optillen.

In de korte eetpauze voordat we het water op gaan komt Tavik naar me toe en zegt: 'Wat dacht je ervan als we het in de vorm van interviews doen?'

'Sorry?'

'Je levensverhaal.'

'Tavik, ik kan me amper bewegen, laat staan praten.'

'Heb je een vriendje?'

'Wat? Nee.'

'Heeft iemand op je hart getrapt?'

'Gaat je niet aan.'

'Heb ik ook nooit gezegd. Maar het klinkt alsof het zo is. Makkelijk toch? Ik vraag, jij antwoordt. En er is niks vervelends gebeurd.'

'Tavik...'

'Weet je, je komt echt niet van me af, hoor. Ik ben als een voortrazende trein.'

'En ik lig vastgebonden op de rails, zeker?'

'Mogelijk. Maar zie je wel? We hebben nu een diep gesprek. Met metaforen en al.'

Kreunend leg ik mijn hoofd in mijn handen.

'Volgens mij moet je praten. Wie heeft je op de rails vastgebonden? Of heb je het zelf gedaan? Wat symboliseren de rails? Wat betekent het?'

'O mijn god.'

'En wie was de jongen?'

'Volgens mij gaan we weg,' zeg ik, en ik wijs opgelucht naar Bonnie en Pat, die hun kano naar het water brengen.

'Als je wilt, kun je na het eten over hem vertellen.'

'Ja hoor,' zeg ik, maar niet heus, maar ik ben te afgepeigerd om ruzie te maken.

Lieve mam,

Hilarisch, hè, dat ik ben gebleven voor het overhalen en kanoën. Kun je me horen lachen? Nee? Dan lach ik wel wat harder.

HA-HA-HA-HA-HAAAAA.

Nou, ik heb een kleine levens-/natuurles voor je: als je ooit met een kano door het bos moet sjouwen, en dan tig uren in genoemde kano moet peddelen, dan merk je dat je armen en schouders tegen de avond aanvoelen alsof ze noedels zijn die op een kampvuur geroosterd worden en je enkel nog verlangt naar een eenvoudige maaltijd met insecten en rijst waarna je in je tent bewusteloos kunt neervallen...

En dan ontdek je dat die klootzakken van een reisleiders de tenten hebben weggehaald en ze aan een reusachtige Schot hebben meegegeven, die ze ver buiten ons bereik heeft weggebracht, en dat ze van je verwachten dat je in plaats daarvan je eigen afdak bouwt en daaronder gaat slapen...

Ja, onder een afdak...

...en de hele rest van de kloterige rottrip – en dat zijn trouwens nog zeven nachten – moet je het volgende doen:

Althans, dat moet je zien uit te vogelen met de hulp van je mede-kampeerders, want die belabberde, manipulatieve leiders vertikken het om aanwijzingen te geven, ze doen het niet eens voor, want wat denk je? Zij hebben hun tent wel gehouden...

– Zoek twee bomen die niet te ver uit elkaar staan, op hoog terrein en op de juiste afstand van elkaar.

– Verzamel lange, dunne rechte stokken, plus drie grotere takken.

– Maak van de drie grote takken een frame en laat dat tegen de twee bomen aan leunen. Hopelijk heb je daar touw voor. Als je geluk hebt. (Opmerking: als je om te beginnen in deze situatie zit, heb je waarschijnlijk geen geluk.)

– Plaats de lange dunne stokken tegen het frame (je moet ze ertegen laten leunen, gesnopen?).

– Leg/vlecht boven op de dunne stokken altijdgroene takken, en zorg dat je het ding intussen niet omstoot. Dan maak je het af met bladeren die je er naar boven gericht overheen legt zodat bij regen het hemelwater helemaal tot aan de grond toe wordt afgevoerd, en niet onder het afdak komt.

– Je legt je slaapzak onder het afdak.

– Je huilt een paar hete, stille en volkomen zinloze tranen terwijl je erover piekert hoever je zou willen gaan, wat je ervoor zou willen geven, om gewoon je stinkende tent terug te hebben...

– Je haat alles.

Je ellendige dochter die nog steeds van je houdt,
Ingrid

Harvey, Jin en Seth bouwen allemaal een stevig ogend afdak.

Henry kan alleen maar in dat van hem kruipen, want hij heeft het boven een kuil gebouwd. Dat van Ally is een wankel bouwsel, dat van Melissa ziet eruit als een beverdam en dat van mij is een levensgevaarlijke valstrik.

En dat van Tavik – degene die zo aardig was om ons te helpen – is een meesterwerk. De takken zijn even lang en staan stevig op hun plek, het is bijna hoog genoeg om erin te kunnen staan en hij heeft het tegen een groot rotsblok aan gezet, zodat er aan een kant een echte muur zit.

'Als je het mij vraagt heb je, in tegenstelling tot mijzelf, een schitterende kans om de apocalyps te overleven,' zeg ik tegen hem, en het kan me niet meer schelen dat iedereen de traan ziet die over mijn gezicht rolt.

'In mijn jeugd was er een woud, nou ja, het zal een soort bos geweest zijn. Als mijn pa aan de boemel was, bouwden mijn broer en ik er een in het bos en verscholen we ons daar de hele dag, soms 's nachts ook. Ze waren echt hartstikke goed, eentje was zo goed dat hij wel jaren is blijven staan.'

'Wauw.' Elke keer dat ik tijdens deze reis medelijden met mezelf krijg, hoor ik dit soort verhalen, die in al hun ellende zo prozaïsch zijn dat ik het gevoel krijg dat mijn eigen narigheid daarbij totaal in het niet valt. 'Klinkt heftig.'

Maar Tavik grijnst. 'Viel wel mee. Daar zaten we veiliger en we hadden best lol. Ik ben blij dat je het mooi vindt. Dat van jou is...' Hij bekijkt mijn afdak aandachtig, met een grappige uitdrukking op zijn gezicht.

'Luister, na vandaag kan ik mijn armen niet eens meer bewegen, dus het is een wonder dat ik er sowieso een heb gebouwd.'

Ik houd er niet zo van om in de openlucht te slapen, dus ik heb echt heel erg mijn best gedaan om het dak dicht te maken, voor het geval het gaat regenen. Dus de bovenkant is zwaar en viltachtig, maar het hele ding zwaait licht heen en weer in de wind.

'Het ziet er heel... eh, artistiek uit.' Hij verbijt een lach.

'Laten we eerlijk zijn, ik heb geluk als het niet boven mijn hoofd instort. Als dat inderdaad gebeurt en ik morgen een hersenschudding heb? Dan gaat Pat me vertellen wat ik verkeerd heb gedaan.'

'Als je onderdak nodig hebt, zit ik vlak aan de overkant.'

'O, zodat je me kunt ondervragen over mijn niet-bestaande liefdesleven?'

'Wat is er gebeurd?' vraagt hij. 'Nu je er toch over begint.'

'Er was wel een jongen,' zeg ik. Ik weet verdomme niet waarom ik het zeg, maar ik zeg het toch. 'Hij heette Isaac.' En dan, terwijl we voor onze afdaken staan, begin ik Tavik over Oz te vertellen, het deel over Isaac, niet dat over mijn moeder.

Het komt er kalm en feitelijk uit en hij luistert tot we worden geroepen om te gaan eten.

Het eten is een stille bedoening. Iedereen, behalve Harvey en Tavik, is nijdig omdat we onze tenten kwijt zijn, maar iedereen is te moe om er stennis over te schoppen, en trouwens, wat heeft het voor zin?

Bonnie zegt dat we vanavond het kringgesprek overslaan, wat met onderdrukt gejuich wordt ontvangen.

Nadeel is dat we veel eerder naar bed moeten.

Ik had me niet gerealiseerd dat de tent ons niet alleen beschermde tegen de muggen, maar ook tegen het geluid ervan. En er zijn vleermuizen. We kunnen ze horen, en soms zien we ze in het maanlicht of het licht van het vuur door de lucht scheren. Ze moeten er de hele tijd al zijn geweest, maar natuurlijk merk ik ze vanavond pas op.

In bed zet ik de hoed met het muggengaas op. Ik bind hem onderaan om mijn nek vast, schuif dan in mijn slaapzak en trek die tot over mijn met gaas bedekte hoofd, zodat er geen millimeter huid bloot is en er net genoeg gaas overblijft om te ademen.

Het wordt steeds kouder en ik begin te rillen.

In mijn hoofd wordt elk geluid uit het bos een vleermuis die omlaagduikt en zich in mijn slaapzak begraaft, een gifslang die naast me glibbert of een razende beer die een voor een mijn ledematen verorbert...

Ik zie dat Taviks leeslampje nog aan is en even later zit ik naast zijn afdak met slaapzak en muggenhoed en al.

'Klop klop,' fluister ik.

Tot mijn verbazing zie ik dat er voor de open kant van zijn bouwsel een soort gaasgordijn hangt.

'Ik hoorde je aankomen,' zegt hij. Hij schuift de stof opzij en steekt zijn hoofd naar buiten. 'Je bent een waardeloze padvinder. Valt jouw afdak uit elkaar?'

'Nog niet. Maar... ik heb het koud en ben b-bang.'

'Kom erin.' Hij gaat opzij om ruimte te maken.

Ik kruip naar binnen en schuif naar één kant.

'Hoe kom je daaraan?' Ik wijs naar de stof.

'Had ik bij me, voor het geval dat. Je kunt het heel klein opvouwen. Alles goed met je?'

'Nee.' Ik wurm me in mijn slaapzak, trek hem weer tot mijn hals toe op – zelfs die kleine beweging is moordend voor mijn beurse kanoarmen – en ga met mijn gezicht naar hem toe zitten.

'Met die hoed zie je eruit als een freak, weet je dat,' zegt hij, en hij raakt de boord even aan.

'Zet dat maar op de lange lijst van dingen die me geen barst meer kunnen schelen,' zeg ik.

'Gelijk heb je,' zegt hij grijnzend. 'Maar hierbinnen kun je hem wel afdoen, hoor. Ik heb alle muggen die binnen wisten te komen doodgeslagen.'

'Oké...' Ik doe de hoed af en neem een bibberige teug adem. Het is fijn om zo lekker beschut te zitten en niet alleen te zijn. 'Ik mis de tent.'

'Ik weet het,' zegt hij, terwijl hij me in het gedempte licht aankijkt. 'De nachtgeluiden klinken een stuk harder en we hielden elkaar warm. Met z'n allen, bedoel ik.'

'Ja.' Ik zit nog steeds te rillen en probeer dat niet te laten merken. Tevergeefs. Morgen ben ik een bevroren bal melkzuur.

'Luister, je zou...' Hij steekt zijn armen uit. 'Draai je om, dan kun je met je rug tegen me aan leunen. Daar word je lekker warm van. Ik leun wel tegen de rots.'

'Nou...' ik aarzel. Het idee van een warm lichaam tegen me aan is verleidelijk. Sterker nog, ik verlang er opeens wanhopig naar. Vanwege de warmte, en misschien ook vanwege het contact. Maar Tavik is...

'Kom op, ik ben zo onschuldig als wat,' zegt hij, alsof hij mijn gedachten kan lezen.

'Over bullshit gesproken.'

'Hoezo, omdat ik een veroordeelde misdadiger ben?'

'Ja. En.'

'En? Wat "en"?'

'En...' Ik maak een rond gebaar met mijn arm. 'Een voortrazende trein, én. Een keiharde, én. Heel veel ennen.'

'Werkelijk.' Zijn ogen lijken wel vloeibaar te worden, en donkerder, en ze trekken aan me.

'Zie je wel?' zeg ik en ik slik. 'Doe weg.'

'Wat?'

'Die niet zo onschuldige blik.' Ik zeg dat nou wel, maar... het gevoel dat ik krijg als hij zo naar me kijkt vind ik niet verkeerd. Dat is beter dan de meeste andere gevoelens die me in de afgelopen tijd hebben bestormd. Aan dit gevoel zou ik me wel kunnen overgeven en er een hele poos van willen genieten, en het zou me in elk geval... afleiden.

'Ik kijk alleen maar zo omdat ik je manier van denken zo bewonder,' zegt hij, van geen ophouden wetend.

Er valt een lange, beladen stilte waarin we beiden geen woord zeggen, tot ik ten slotte mijn blik afwend en het oogcontact verbreek.

'Dus...' zegt Tavik, en hij slikt. 'Wat is er in hemelsnaam met de arme Isaac gebeurd?'

'O. Nou ja...' Eigenlijk wil ik er niet over praten, maar mijn hoofd tolt terwijl ik denk: wat heb ik daarnet verdomme bijna gedáán...? en dus komt het me goed uit dat we het over iets anders gaan hebben. 'Na de musical heeft Isaac de rest van het schooljaar geprobeerd het goed te maken, maar ik was te erg in de war. Afgelopen zomer kwam ik er toch achter dat ik hem een kans moest geven. Maar toen school weer begon, was hij bij Autumn terug, wat min of meer... als een mokerslag aan-kwam... ook al was het mijn eigen schuld. Ik werd gek als ik ze samen op school zag. En toen... maakte hij het tijdens de kerstvakantie uit met haar en stuurde me een lange e-mail waarin hij vertelde dat hij nog steeds aan me dacht en dat hij wist dat dit gedoe met haar een vergissing was... Maar het was te laat, want we zaten niet... op dezelfde golflengte. Dat is het wel zo'n beetje.'

'Wat een triest verhaal,' zegt Tavik.

'Ja, eigenlijk wel.'

'Je zit nog steeds te rillen. Kom hier.'

'Maar...'

'Doe niet zo stom. Je bevriest zowat. We hebben al die tijd in dezelfde tent geslapen en ik kan je warm maken. En ik ben echt onschuldig, met andere woorden, ik heb geen kwaad in de zin. Zelfs niets ondeugends.'

'Gelukkig.'

'Mooi zo. Kom hier.' Ik draai me om en laat toe dat hij mijn rug tus-sen zijn benen en tegen zijn borst trekt. Dan slaat hij zijn armen om me heen en ik val met mijn hoofd tegen zijn schouder achterover. Hij is zo verrassend warm en ik raak zo in de war van zijn nabijheid dat mijn el-lende wordt verdrongen.

'Zie je wel?' zegt hij. 'Hulpvaardig en vooral onschuldig.'

'Ja, hoor,' zeg ik en ik druk me nog dichter tegen hem aan.

'Ik ben vanavond trouwens toch te moe om problemen te veroorza-ken,' zegt hij gapend.

En ik gaap ook. Ik word nu door en door warm, waardoor ik slaperig word en een zweverig gevoel krijg.

Na een paar minuten fluister ik: 'Eigenlijk moet ik gaan.'

Hij slaat zijn armen steviger om me heen en zegt: 'Sst. Je blijft bij mij slapen.'

Er gaat een schok door me heen en ik begin me los te trekken.

'Slapen,' zegt hij. 'Als ik iets anders bedoelde, had ik dat wel gezegd. Hebben we het daar niet al over gehad?'

'Hadden we het daar dan over?'

'Ik word gestoord van je. Laten we maar gaan slapen.'

'Komen we dan niet in de problemen?'

'Wat kunnen ze nou helemaal doen? Hoe dan ook, ik ben altijd vroeg wakker. Dan kun je weer terug glippen. Kom hier...'

Hij trekt me weer dicht tegen zich aan, haalt de stapel spullen die als kussen fungeert naar zich toe en doet het leeslampje uit. Daarna gaan we voorzichtig lepeltje-lepeltje liggen en wikkelt hij zijn armen stevig om me heen.

Het is heerlijk warm en ik ben zo moe en zo beurs dat ik me niet kan voorstellen weg te moeten.

'Oké,' zeg ik.

'Heel verstandig,' zegt hij.

Ik word vroeg wakker, de hemel begint net op te lichten, en Tavik ademt in mijn nek, heeft zijn arm nog altijd om me heen en is vast in slaap. Het is vreemd om naast iemand wakker te worden. Het voelt intiem, kwetsbaar, warm.

Maar ik heb moeite met de ochtenden. 's Ochtends ben ik te slaperig om de beelden te verdrijven van mijn moeder, die in een hoopje op de vloer ligt met het flesje met pillen naast zich, en er zijn momenten dat ik met bonzend hart wakker word en naar een raam zoek dat ik kan intrappen.

Ik glip voorzichtig onder Taviks arm uit, verbijt een kreun als ik de pijn begin te voelen van mijn beurse spieren van gisteren. Ik kan me bijna niet bewegen, en het zijn niet alleen mijn armen, rug en schouders, maar ook de spieren in mijn buik, zijden en heupen... Zelfs in mijn vingers. Maar ik pak mijn hoed en duik onder het afdak vandaan, blijf zo plat mogelijk op de grond tot ik bij mijn eigen afdak ben, voor het geval iemand toevallig kijkt. Dan duw ik mijn slaapzak in mijn gammele bouwsel en kruip voorzichtig naar binnen.

Een uur later kijk ik over mijn kom gebakken granola naar Tavik.

'Goedemorgen, Ingrid,' zegt hij nonchalant.

'Goedemorgen,' zeg ik op dezelfde toon.

'Goed geslapen?'

'Heerlijk,' zeg ik.

We glimlachen allebei, kijken dan een andere kant op en ik kan er niet omheen dat ik diep vanbinnen helemaal warm word.

29

PAPIEREN DOROTHY

(VIJFTIEN JAAR OUD)

Mijn moeder was nog steeds bewusteloos toen de ambulance kwam.

In het ziekenhuis pompten ze haar maag leeg, waardoor ze weliswaar wat van de alcohol kwijtraakte, maar het hielp niet tegen de medicijnen die al in haar bloedbaan terecht waren gekomen.

We konden alleen maar wachten. Haar lichaam moest de stoffen verwerken, en daar zou ze wel of niet levend uit komen. Mijn benen en armen zaten onder de snijwonden en er zat bloed op mijn kleren. Een van de verpleegkundigen was zo aardig om me te verbinden, maar ik merkte amper dat ze dat deed.

Dat wachten deed me de das om.

Daar beleefde ik de donkerste, angstigste uren van mijn leven. Als zij doodging, hield voor mij het leven op. Als zij stierf, zou ik ook sterven. Ik had het gevoel dat ik nu al stervende was.

En steeds weer speelde ik in gedachten af wat ik anders had kunnen doen, en martelde mezelf met het idee dat dit mijn schuld was, omdat ik aan de musical meedeed. Ik liet me zo door mijn eigen geluk afleiden dat zij naar de rand was gelopen en daar had gestaan, en ik had het niet gemerkt.

Vroeg in de ochtend kwam ze eindelijk bij.

Ze werd wakker alsof er niets was gebeurd, was snibbig en nijdig, en ze wilde per se uit bed. Ze trok letterlijk het infuus uit haar arm en beende/strompelde haar kamer uit. Andreas moest haar optillen en terugbrengen. Maar nu ze weer helder was, konden ze haar wettelijk gezien niet in het ziekenhuis houden.

'Maar je hebt een overdosis pillen genomen,' zei ik, schreeuwde ik bijna. 'Je was bijna dood geweest!'

'Doe niet zo absurd,' snauwde ze. 'Jullie zijn een stelletje drama-queens.'

Ik deed mijn mond open en weer dicht, was sprakeloos.

Om tien uur 's ochtends waren we weer thuis, waar ze het vertikte om naar bed te gaan en in plaats daarvan door het huis vloog. Ze ruimde de puinhoop in haar kamer op en schold me nota bene uit omdat ik de deur had beschadigd en het raam had ingeslagen. We haalden het bed af (de lakens en het dekbed zaten onder mijn bloed) en Andreas ruimde de glasscherven op en dekte het raam provisorisch af.

'Dat krijgen we niet terug van de verzekering, weet je,' zei ze.

'De verzekering had me ook niet geholpen als je erin was gebleven,' zei ik gemelijk.

'We houden erover op,' zei ze, maar toen begon ze te trillen en haar gezicht werd rood, en een enkele traan biggelde over haar wang.

'O, mam.' Ik smolt onmiddellijk weg, rende naar haar toe en sloeg mijn armen om haar heen. 'Mam, mam... sst... het is al goed...'

Ze schokte, snikte stilletjes en hield me dicht tegen zich aan.

'Margo-Sophia Lalonde zou nooit zo dwaas zijn, zo zwak,' zei ze. 'Beloof me dat je het nooit zult doorvertellen.'

'Natuurlijk, natuurlijk...'

'Nee!' Ze boog zich naar achteren om me aan te kijken en hield me bij mijn schouders vast. 'Niet "natuurlijk, natuurlijk". Nooit. Doorvertellen. Dat moet je beloven.'

'Goed dan, ik beloof het. Volgens jou valt er trouwens toch niks door te vertellen.'

Het was het einde van de middag en we hadden net eten besteld toen de vaste telefoon ging. Pas toen ik hem hoorde rinkelen besefte ik dat mijn telefoon al uren dood was en toen ik zag hoe laat het was, besefte ik...

O neeeeeeeee...

Dat ik over twintig minuten op moest.

Het was Isaac natuurlijk, die in zijn officiële rol als stagemanager opbelde.

'Ik kan niet,' zei ik.

'Wát?'

'Luister, Autumn kent mijn rol waarschijnlijk wel. Je moet er iets op zien te vinden.'

'Ingrid, neem je me in de maling? We kunnen niet zonder jou. En de helft van het publiek zit al binnen. Wat is er aan de hand?'

'Ik kan niet komen. Alsjeblieft...' De tranen stroomden nu over mijn wangen, maar ik slikte en probeerde normaal te klinken. 'Zeg alsjeblieft dat ik het heel erg vind...'

En toen griste Margot-Sophia plotseling de telefoon weg.

'Met Ingrids moeder,' zei ze. 'Sorry dat mijn dochter je de stuipen op het lijf joeg. Natuurlijk komt ze er zo aan... Ja. Nee, gewoon een misverstand. Ingrid zal er zijn. Dank je wel. Dag jongeman.'

Ze verbrak de verbinding en legde de telefoon neer.

'Mam, ik kan je niet alleen laten. En ik kan daar nu niet... over regenbogen gaan staan zingen.'

'Ben je dan zo'n lafaard?'

'Wat?'

'Je hebt een vertrouwensband met je publiek. Hoe erg je ook gekwetst bent, wat er ook in je leven aan de hand is, dat vertrouwen mag je nooit schaden. Het is een gouden regel dat je op komt dagen. Altijd.'

'Mam, je hebt net...'

'Ik heb niks! Als je een optreden hebt, ga je ernaartoe. Tenzij je dood bent. Je hebt iets beloofd en je kunt je niet zomaar overgeven aan laffe, emotionele zwakheid. Je moet sterk zijn. En hier wil ik je al helemaal niet hebben, terwijl je snotterend elke stap die ik zet met argusogen volgt. Met mij gaat het prima. Maar het gaat niet prima met me als je niet gaat.'

'Ingrid heeft het heel moeilijk,' zei Andreas. 'Misschien is ze wel in shock...'

Margot-Sophia wuifde hem weg, op de een of andere manier keek ze zowel streng als meevoelend. Want dat kon ze allebei tegelijk, zelfs nadat ze nog geen vierentwintig uur daarvoor een overdosis had genomen.

Toen draaide ze zich om, beende naar haar slaapkamer en kwam terug in een schitterende lichtblauwe jurk, ballerina's en haar lippen gestift.

'Ik heb trouwens al betaald voor een kaartje en ik verwacht dat ik waar voor mijn geld krijg,' kondigde ze aan. Haar stem trilde een beetje, maar ze zei het met opgeheven hoofd. 'En ik wil mijn talentvolle dochter zien optreden. Andreas, liefje, haal de auto.'

Op de een of andere manier lukte het me. Ik wist niet of het goed of slecht was, en ik weet niet wat ik anders deed, maar mensen moesten huilen toen ik 'Over the Rainbow' zong.

Maar ik niet. Binnen in me kolkte een oceaan die ik met een trechter door een rietje moest gieten. Dit kostte me alles wat ik had, het kostte me zelfs wat ik niet had. Margot-Sophia zat in de zaal en zij verwachtte dat ik het deed, en dus deed ik het.

Toen het doek voor de laatste keer viel, waren er bloemen, tranen en werden we van alle kanten gefeliciteerd. Na afloop was het backstage een vrolijk pandemonium. Mensen wilden dat ik met hen mee feestte, maar ik was niet degene die ik gisteren was, of de dag daarvoor.

Ik had het gevoel alsof dat meisje was gestorven. Zoals Dorothy voor en na de tornado, maar erger. Zoveel erger omdat ik me niet kranig en dapper en zelfverzekerd en sterk voelde. En ik kon ook niet terug naar Kansas.

Ik was als een papieren pop, of zo'n lek geschoten oefenfiguur op de schietbaan, en ik ging naar het slotfeest omdat ik gewoonweg niet wist wat ik anders moest.

Andreas en mijn moeder wachtten op me – ze waren in elk geval samen – dus bleef ik niet lang.

Op weg naar buiten onderschepte Isaac me bij de kleedkamerdeur.

'Ga je al weg?'

'Ja.' Ik had mijn armen vol bloemen.

'Blijf je niet?'

'Volgens mij betekent weggaan niet blijven.'

'Ingrid, alsjeblieft...'

'Ik krijg een lift naar huis, dus ik moet nu gaan.'

'Wat is er met je handen?' (Mijn handen waren onopvallend verbonden en Isaac was de enige die er iets over zei.) 'En... wat is er gebeurd? Er is iets gebeurd.'

Ik staarde hem aan en schudde toen mijn hoofd.

'Ingrid... we moeten praten. Ik moet het je uitleggen... over Autumn en...'

'Autumn is op dit moment mijn laatste zorg,' zei ik. Ik kon elk moment instorten. 'En ik wil niet met je praten. Dat kan ik niet.'

Nog even of ik zou het daar in de kleedkamer uitschreeuwen en dan zou iedereen denken dat het over hem ging, maar op dat ogenblik had ik gewoonweg geen greintje energie meer over voor Isaac, of voor wie dan ook. Misschien was mijn reactie op Autumn overdreven geweest, hoewel ik dat niet geloofde, en in normale omstandigheden waren we er misschien zelfs wel uit gekomen ook. Maar nu niet. Zelfs als ik van hem hield, wat ik misschien inderdaad had gedaan. Sterker nog, op dat ogenblik wist ik dat wel zeker. Maar dat maakte het alleen nog maar erger en onmogelijker.

Ik was Papieren Dorothy. Flinterdun en lek geschoten, ik kon amper op mijn benen staan.

'Vergeet het, Isaac,' zei ik en ik drong me langs hem heen, mijn kaken strak op elkaar geklemd en mijn lippen op elkaar geperst om te voorkomen dat ik in huilen zou uitbarsten. 'Doei.'

30

OPTIES

We maken lange kanodagen. Zes of zeven uur peddelen onder de brandende zon met pijnlijke schouders, rug, armen en zijden. Veel tijd om te piekeren over hoe lang deze pijn nog gaat duren, uren en dagen achtereen. Het is een marteling. Eén lange marteling. We zitten om de beurt voor of achter in de kano en bij ons moet één persoon de 'prinses' zijn, degene die in het midden op haar rugzak zit omdat daar geen zitje is.

Het blijkt dat peddelen en een kano besturen niet alleen coördinatie van jezelf vergt, maar ook die van anderen. En in deze groep zitten mensen die zich bij zichzelf al ongemakkelijk voelen maar bij anderen ook. In onze kano vallen lange verbeten stiltes, onderbroken door uitbarstingen van gegrom en gekibbel als een van ons uit het ritme valt, onze peddels tegen elkaar aan slaan, de voorste persoon de mensen achter zich met een golf water nat spat of als de kano plotseling de verkeerde kant op gaat. Ally zit zich vaker te verontschuldigen dan dat ze snauwt, maar Jin en ik snauwen.

Sterker nog, Jin is opvallend kregelig, en algauw besef ik dat ze een hekel heeft aan varen – niet dat ze dat zal toegeven.

'Maar goed dat we dit niet vóór de trektochten hebben gedaan,' mopper ik op een bepaald moment.

'We zouden verdronken zijn,' zegt Jin grimmig.

Dit is een van onze positievere gesprekjes.

Maar als alles voor de wind gaat, wat steeds vaker gebeurt naarmate we beter de slag te pakken krijgen, is kanoën bijna vertroostend. Nou ja, vertroostend in de zin dat gaandeweg je lijf het werk kan doen en jij je gedachten kunt laten afdwalen.

Maar waar mijn gedachten naartoe dwalen vind ik minder leuk.

Doordat ik met Tavik over Isaac en Oz heb gepraat, komen er allerlei herinneringen bij me boven en ik merk dat ik terugdenk aan de afschuwelijke ups en downs, de uren dat ik niet wist of mijn moeder het zou overleven en dat ze me steeds maar liet beloven dat ik het aan niemand zou vertellen.

Het scheelt niks meer of ik ga het aan Tavik vertellen, ik ben bijna aan dat verhaal toe en ik weet dat hij zich niet laat afschepen, en ook omdat ik boos ben dat ze me gevraagd heeft om het geheim te houden. Het is nooit goed voor me uitgepakt als ik haar geheimen moest bewaren, en ik geloof ook niet dat het haar goed heeft gedaan. En hier in de wildernis ben ik gaan beseffen hoe ik me de hele tijd zo gespannen in de hand moet houden, hoe gespannen ikzelf ben omdat ik alles zo lang voor me heb moeten houden. Nu gaat het instinctief. Ik weet niet hoe ik het niet moet doen, ben bang om het niet te doen, want daardoor ben ik zo geworden als ik nu ben. Ik dacht dat ik juist sterk was, omdat ik alles in mijn eentje uitzocht, de goede en de slechte dingen. Maar ik ben er ook heel eenzaam door geworden, en misschien is dat voor een deel de reden waarom ik hier in de wildernis flip. Ik voel mijn eenzaamheid, en dat ik niet in staat ben om gemakkelijk contact te maken met iemand anders.

In de afgelopen weken zijn mensen gaan praten, sommigen in de groep, anderen met een of een paar van ons. Sinds Peace weg is, heeft Melissa iedereen alles verteld en ze is een compleet ander mens geworden.

Ally was er wat rustiger in, maar zij is ook aan het veranderen. Ze is vaak in Seths gezelschap te vinden, maar praat ook tijdens het kringgesprek, en er groeit een kalme bedrevenheid in haar. Bijna alle anderen, op Jin en mij na, hebben hun verhaal met de rest van de groep gedeeld en voelen zich er goed bij. Alle anderen zijn bevriend geraakt, terwijl wij alleen maar vriendelijk zijn.

Mijn lichaam is nu sterker, en anders dan vijftien dagen geleden, toen we hieraan begonnen, weet ik mijn weg in de wildernis te vinden. En ik heb zelfs onvermoed leiderschapstalent ontdekt. En als iets me boos maakt, neem ik geen blad meer voor de mond. Dat is allemaal leuk en aardig, maar ik probeer nog steeds muren te bouwen en te verstevigen zodat ik sterk kan blijven.

Zogenaamd sterk.

Maar ontegenzeggelijk eenzaam.

Misschien denk ik er op dag vijftien daarom wel zo vaak aan of ik die avond wel of niet naar zijn afdak zal glippen om bij hem te slapen en lepeltje-lepeltje te liggen, of ik er inderdaad alleen naartoe ga om te slapen of ook om iets anders.

Misschien is dat de reden dat ik niet ga.

Op dag zestien pauzeren we een adembenemend halfuur om naar een eland op de rivieroever te kijken. Tijdens het kanoën hebben we meer wilde dieren gezien dan op onze trektochten, deels doordat we nu sneller reizen. Maar Pat zegt dat het ook komt doordat wandelaars zo ongelooflijk veel herrie maken dat ze de dieren wegjagen, vooral hier in het noorden, waar zo weinig mensen zijn. Maar vanuit de kano hebben we vossen gezien, een paar bevers, enkele herten, massa's padden en dus ook de eland.

Omdat we een beetje achterliggen op schema, stelt Bonnie voor om, zoals zij het uitdrukt, 'dobberend te lunchen', zodat we geen tijd kwijt zijn met alles naar de kant te brengen, de kano's uit te laden, enzovoort. Op een lang recht stuk van de rivier peddelen we dicht naar elkaar toe en laten onze benen in elkaars kano's hangen, waardoor we een slordige flottielje te vormen. Daarna maken Melissa, Henry en Seth wraps uit hun etenston klaar, die we van kano tot kano doorgeven totdat iedereen er een heeft, en vrolijk etend drijven we de rivier af.

We zijn net klaar met deze echt heerlijke lunch als de rivier een bocht maakt, zich bij een andere rivier voegt en breder wordt. Plotseling gaan we hard, echt hard. Duwend en trekkend ontwarren we de kano's en grijpen snel onze peddels.

'Hé, Pat, is dit een stroomversnelling?' roep Henry.

'Nee, geen stroomverstelling,' roep Pat bedaard terug. 'In dit deel stroomt de rivier gewoon snel.'

'Stroomversnelling is een ander woord voor snel stromen,' merk ik op. 'Niet in paniek raken.'

Paniek of niet, de kano van Harvey en Tavik komt algauw achter een rots vast te zitten en ze zitten in de problemen. Pat en Bonnie peddelen stroomopwaarts om ze te helpen, terwijl wij langs hen varen en de kano ternauwernood onder controle kunnen houden.

'Ga naar de oever,' zegt Bonnie en ze knikt met haar hoofd in die richting. 'Grijp daar ergens een tak vast en vang hun etenston op!'

Ik vermoed dat ze dit bedoelden met 'situatie'.

Op de een of andere manier weten we aan de kant te komen, waar Jin en ik half gaan staan om de laaghangende takken vast te grijpen terwijl Ally ons al peddelend in evenwicht houdt.

Stroomopwaarts sturen Bonnie en Pat de etenston onze kant op.

'Hou je het als ik loslaat om hem op te vangen?' vraagt Jin.

Dat weet ik niet zeker, maar ik zeg knarsetandend: 'Ga ervoor,' en ik zet me schrap om me te verankeren als Jin straks loslaat, mijn handen stevig vastgeklemd, benen half om het zitje onder me geslagen.

Ze laat los en mijn hele lichaam schokt, maar ik weet me vast te klampen en weet ook de kano onder me te houden, terwijl de ton dichterbij komt.

Ik verstevig opnieuw mijn greep en probeer niet op mijn trillende armen te letten...

En op dat moment zie ik die griezel van een béér, die nog geen drie meter van ons af staat, onder de schaduw van dezelfde boom waar ik aan hang. Hij is donkerbruin en reusachtig, en hij kijkt me recht aan.

Omijnfokkingod.

Vanuit mijn ooghoek zie ik dat Jin zo ver mogelijk over de rand hangt zonder de kano te laten kapseizen, en dat ze de ton bijna te pakken heeft. We kunnen niet zonder die ton... het eten is precies afgepast, tot aan de laatste maaltijd toe. Alleen staan we wel op het punt zélf verorberd te worden. Feiten racen door mijn hoofd. Beren vallen mensen zelden aan. Beren eten overwegend bessen. Beren hebben in de zomer minder honger dan in de lente. Beren vallen meestal alleen aan als je een bedreiging vormt voor hun jongen en ik zie geen jong. Beren zijn even bang voor ons als wij voor hen.

Ja hoor.

Alsjeblieft, Jin...

'Hebbes!' schreeuwt Jin. Ze trekt de ton naar zich toe, en hijst hem in de kano.

'Goed gedaan!' roep Ally. 'Schitterend gedaan!'

'Jongens!' zeg ik vanaf mijn hachelijke positie. 'Niet om jullie bang te maken, maar we moeten weg. Nu. Ik laat los en jullie peddelen zo gauw ik zit van de oever weg. Oké?'

Geen van hen weet wat het probleem is, maar aan hun reactie te zien – ze gaan razendsnel te werk – geloven ze me. Ik laat de boom los en laat me zo goed mogelijk in een vloeiende beweging zakken, doe mijn best de kano niet te laten kantelen en zij beginnen als een gek te peddelen. Ik hijs mezelf op mijn zitplaats, pak mijn peddel en doe met ze mee. Door het gewicht van de extra ton in onze kano liggen we laag in het water, waardoor peddelen moeilijker gaat en we dus langzamer gaan. Te langzaam.

'Heilige shitmoeder,' zegt Jin achter me.

'Wat is er?' zegt Ally met paniekerige, schrille stem.

'Peddel nou maar,' zeg ik.

'Beer,' zegt Jin. 'Daar, op de oever.'

Ally slaakt een gil en gaat sneller peddelen.

'Hij valt ons heus niet aan, hoor,' zeg ik en ik probeer overtuigend over te komen.

'Maar... ze... kunnen zwemmen...' zegt Ally hijgend.

'Yep,' zegt Jin.

'Volgens mij horen we hier anders op te reageren, namelijk dat hij zo mooi en majestueus is, en dat we maar boffen dat we hem hebben gezien,' zeg ik met dichtgeknepen keel.

Op de oever houdt de beer ons nog steeds in de gaten, gaat dan op alle vier zijn poten staan en beweegt zich soepel en met lange passen over rots en zand, terwijl hij bijna gelijke tred houdt met onze kano.

'Ik ga me later wel verwonderen,' zegt Jin. 'Nu denk ik dat ik moet kotsen.'

Ten slotte komen we in het midden van de rivier waar het water sneller stroomt. De beer lijkt geen belangstelling meer voor ons te hebben en we laten hem achter ons. Samen met tien jaar van mijn leven, dat weet ik zeker.

Lieve mam,

Door het kanoën kom ik in een merkwaardige toestand terecht. Het is bijna alsof ik gedurende een deel van de tijd buiten mijn lichaam treed. Alsof ik naast mezelf zweef, of boven mezelf, en de dingen van een afstandje overdenk. Of ik dwaal door het bos, ver weg van mezelf. Het komt in me op dat dit 'meditatief' zou kunnen zijn – wat goed is – of 'dissociatief' – en dan ben ik knettergek. Maar misschien ben ik gewoon high. Kun je het zelfs in deze woorden voelen? Als ik 'woorden' zeg, weerkaatst het woord tien keer, en daar ga ik, hmm.

Of ik ben depressief...

Alleen voel ik me niet traag of zwaar, en als ik uit mijn droom moet komen en ergens op moet reageren, lukt me dat ook. Het is alsof er een knop wordt omgedraaid, waarna ik weer in mijn lichaam terugglijd en doe wat ik moet doen. En dat voelt goed.

Maar als ik weer buiten mezelf zweef, ben ik een beetje verdrietig voor mezelf dat ik toekijk, en dan moedig ik haar weer aan.

Vandaag had ik opgegeten kunnen worden door een beer.

Maar ik vermoed dat ik ook had kunnen verdrinken, stikken of vreselijk verongelukken.

Vanavond heb ik een stevig afdak gebouwd. Daar zou ik kunnen blijven om mijn moed verder uit te testen. Maar ik zou ook kunnen slapen bij een heel warme ex-bajesklant die me altijd wil uithoren. Een ander soort test. Een ander soort moed.

Als dat inderdaad zo is.

Nog vijf dagen...

Welterusten, divamama,
Ingrid

Taviks zaklamp knippert.

Iedereen zou me kunnen zien oversteken.

Maar Ally en Seth zitten nog steeds bij het vuur te praten en het is niet verboden om bij elkaar op bezoek te gaan, en hoe dan ook, de tent van Pat en Bonnie staat verderop bij het water.

'Hé,' zegt Tavik als ik aankom met mijn slaapzak en hij me binnenlaat.

'Was je naar me aan het seinen?'

'Zo'n beetje, ja.'

Ik ben wel zover in mijn lichaam terug om te weten hoe koud ik het heb en hoe moe ik ben. Sterker nog, in de buurt van Tavik is het sowieso moeilijk om me van mijn lijf los te maken. Hij heeft iets waardoor het absoluut noodzakelijk is dat ik er met mijn hoofd helemaal bij ben.

'Zullen we doorgaan met ons interview?' zegt hij en er krult een lachje om zijn mondhoeken.

Eigenlijk wil ik alleen maar naast hem kruipen, een paar minuten mijn lustgevoelens voor hem onderdrukken en lekker warm worden, en dan slapen. Alleen is het misschien een beetje grof om dat botweg te zeggen. Maar toch, het is de bedoeling dat ik mijn ware stem laat spreken.

'Eigenlijk ben ik hier om te slapen,' zeg ik en ik kijk hem recht aan, daag hem uit om dit verkeerd op te vatten.

'Alweer?'

'Alweer. Als je het niet erg vindt.'

Hij staart me even aan en schudt dan zijn hoofd. 'Nee hoor, dat vind ik niet erg.'

'We kunnen eerst wel wat praten, als je dat wilt. Als je nog niet moe genoeg bent van het overhalen en de bijna-doodervaringen en...'

'Nee, kom op bed,' zegt hij en hij klopt op zijn slaapzak, 'laten we praten.'

Ik moet toegeven dat ik moet giechelen. Maar binnen een paar minuten liggen we dicht tegen elkaar aan, net als de vorige keer, en terwijl ik warm word, lijken de pijn en de beurse plekken van de dag uit me weg te sijpelen.

Maar Tavik is klaarwakker, en ook al ben ik nog zo moe, ik ook.

'Weet je een verhaaltje voor het slapengaan?' vraag ik.

'Wat, zoiets als "Slaap kindje slaap"?'

'Eh, dat is een liedje.'

'Dat zul jij weten.'

'Niemand heeft ooit "Slaap kindje slaap" voor me gezongen, geloof mij maar.'

'Maar heeft ze voor je gezongen? Je moeder?'

'Natuurlijk wel. Maar dat was Verdi. Puccini. Mozart.'

'Klassieke rommel. Je hebt vast niets gemist.'

'Nou, wat je ook niet hebt meegekregen, er kwam vast wel iets voor in de plaats.'

'Ja. Een schop onder mijn kont,' zegt hij.

'Letterlijk?'

'Ja, maar dat is geen verhaaltje voor het slapengaan.'

'Dat van mij ook niet.'

'Misschien niet, maar...' Hij drukt me dichter tegen zich aan. 'Ik heb het in de gevangenis gemerkt: iedereen heeft op een bepaald moment de behoefte om te gaan praten. Om zijn hart te luchten. Ze komen op een punt waarop ze het gaan uitwasemen of zoiets. Jij bent net zo. Maar we kunnen ook neuken.'

Ik schiet overeind, die opmerking herinnert me er weer aan dat dit geen gast is met wie je een beetje dromerig kunt zitten zoenen, als ik tenminste zo stom was om iets te beginnen.

'Grapje, grapje,' zegt hij, en hij barst in lachen uit, bedekt zijn mond om het geluid te smoren. 'Je had je gezicht moeten zien.'

'Tavik...'

'Sorry. Ga liggen. Ik heb je al zo vaak gezegd dat je bij mij veilig bent. Ik wil je alleen aan het lachen maken. En, je weet wel, aan het praten krijgen.'

Ik kijk hem een poosje nijdig aan en ga dan weer liggen, maar nu met mijn gezicht naar hem toe gedraaid.

'Je bent een klootzak,' zeg ik.

'Hé, wat denk je nou, ik heb in de bak gezeten.'

'Des te meer reden om me zorgen te maken.'

'Ah, dus je denkt dat ik een naar seks hongerende bandiet ben.'

Ik haal mijn schouders op.

'Alleen al door deze reis zou ik een naar seks hongerende bandiet kunnen zijn,' merkt hij op. 'Dat hangt van mijn behoeften af. Maar ik bedoelde alleen dat ik een tweederangs crimineel ben, ik hoor nu eenmaal ongemanierd te zijn en zo nu en dan anderen een schok te bezorgen. Maar ik ben ook eerlijk, gastvrij, geen verkrachter en, niet te vergeten, warm. En ik heb een groot muggennet.'

'Absoluut.'

'Niet dat ik je onder andere omstandigheden niet zou willen neuken.'

'Dank je. Denk ik.'

'Onder ongeveer álle andere omstandigheden.'

'O, zoals?' Ik kan het niet laten.

'Dat jij het ook wilt?'

Ik zou ontzet moeten zijn, maar in plaats daarvan moet ik lachen. Hysterisch, en in mijn slaapzak om het geluid te smoren.

'Zie je wel? Jij vindt het alleen maar grappig.'

'Niet te geloven dat je dat zei.'

'Maar de spanning is nu gebroken, toch? Ik zeg het hardop terwijl ik weet dat het niet gebeurt, jij bevestigt dat het niet gebeurt, en nu is het klaar.'

'O, ben je dat aan doen?' Het doet me denken aan Juno en haar prevelementje over 'reken af met de penis'. Ik denk dat we net met de penis hebben afgerekend.

'Absoluut,' zegt hij. 'Nou, heb je al slaap? Ik kan echt goed luisteren.'

'Eigenlijk,' zeg ik gapend, 'wil ik heel graag gaan slapen.'

'Goed dan,' zegt hij. 'Droom zacht, Ingrid.'

'Dank je dat je me een...'

'Wat...?' zegt hij.

'Veilig gevoel geeft?'

De volgende ochtend worden we tegelijk wakker, en heel vroeg.

'Zorg dat je vanavond een bouwval van een afdak bouwt,' mompelt hij in mijn oor. 'En blijf bij mij.'

Ik knik, probeer de pijn die ik begin te voelen te negeren en druk me weer tegen hem aan.

Op dag zeventien komen we geen beren tegen, maar krijgen we wel te maken met meer rotsen. We moeten opnieuw overhalen – twee kilometer – en deze keer trapt Seth, die voorooploopt met twee mensen tussen ons in, bijna op een ratelslang... Hij schreeuwt moord en brand en springt razendsnel achteruit, waardoor er op het pad een achterwaartse lawine van mensen ontstaat en er wilde paniek uitbreekt.

Eindelijk zijn Bonnie en Pat ondubbelzinnig over wat we moeten doen.

'We gaan eromheen,' zegt Pat.

'We hakken een pad,' bevestigt Bonnie.

En dus pakken we heel voorzichtig de gevallen en neergegooide kano's en onze spullen, en gaan aan de slag.

Hakken is precies wat het woord zegt, je baant je al hakkend een weg door het struikgewas en de bomen. Met een kano is het moeilijk, tijdrovend en superlastig. We willen net voor de eerste keer teruglopen als Seth compleet instort.

'Ik kan niet meer vooroplopen,' zegt hij. Het zweet gutst van zijn voorhoofd.

'Wat is het probleem, Seth?' vraagt Bonnie.

'Een ratelslang is het probleem!' roep hij uit.

Meteen herinner ik me dat hij in de modderpoel ook al zo raar deed. Als hij een slangenfobie heeft, begrijp ik het wel.

'Als je je angst onder ogen ziet, wordt hij minder,' zegt Pat met zijn verstandigste stem.

'Ik heb hem al onder ogen gezien. In dit oord zie ik hem elke dag weer onder ogen. Ik ga daar niet meer naartoe!'

De hele groep is ervoor nodig om Seth over te halen niet alleen met ons mee terug te gaan om de volgende twee ladingen spullen te halen, maar ook dat hij de leiding moet nemen.

Ik herinner me hoe ik jaren geleden Isaac heb geholpen. We gaan op weg en ik stel voor om een paar rustgevende aria's te zingen. Daarna zorgt Harvey voor een komische afwisseling en vertelt Seth een lang, belachelijk verhaal over een pieperschietwedstrijd waar hij een keer bij geweest is.

Als we op het strand van het kamp van die avond aankomen, dat zich op een heel mooi eilandje bevindt, draait Seth zich naar ons toe en zegt: 'Aangezien ik net de engste dag van mijn leven heb overleefd, kan ik jullie net zo goed vertellen dat ik gay ben. En als mijn homoseksualiteit zich hierdoor nog niet heeft laten afschrikken, dan denk ik niet dat dat ooit nog gaat gebeuren.'

Ik zie dat hij denkt dat wij net zo zullen reageren als zijn supergelovige ouders, want hij is verbaasd dat we allemaal glimlachen, dat mensen hem een knuffel geven, op de rug kloppen en hem feliciteren.

'Maakt het dan niemand iets uit?' zegt hij, verbaasd om zich heen kijkend.

'Niemand kijkt ervan op,' verklaart Jin. 'Maar het maakt ons wel iets uit.'

We blijven nog wat staan babbelen en er bekruipt me een fantastisch gevoel van verbondenheid doordat we deze dag zijn doorgekomen, en ook dat Seth uit de kast is gekomen. Daarna gaan Bonnie en Pat een stuk met hem lopen om te praten, terwijl wij met z'n allen het kamp opzetten.

En opeens ben ik weer alleen.

En ik ben zo moe dat ik alleen nog maar wil liggen.

Onder mijn afdak.

Dat ik nog steeds moet bouwen, al was het maar voor de schijn en ben ik niet van plan daar te gaan slapen.

Het kringgesprek van vanavond is helemaal gewijd aan het onder ogen zien van je angsten en dat je mensen om je heen moet verzamelen om je te steunen, dat je je clan moet vinden.

Seth is nog steeds doodsbang. Zijn familie gooit hem misschien het huis uit, waardoor hij dakloos wordt, of hij wordt gedwongen om bij andere familieleden te wonen, die ook geen goed woord voor hem over-hebben. Als dat gebeurt, zo zeggen Henry en Harvey tegen hem, moet hij naar hun huis komen, hij hoeft alleen maar op de bus naar de stad te stappen.

'Onze moeder vindt het heerlijk om zwervers in huis te nemen,' zegt Henry. 'Eh, niet dat ik jou een zwerver noem, hoor.'

'Mijn ouders zijn niet geschikt om iemand in huis te nemen,' zegt Ally. 'Maar over een paar jaar word ik achttien, dan kunnen jij en ik in een appartement gaan wonen. Als je het tenminste niet erg vindt dat er een baby in huis is, nou ja, tegen die tijd is ze een peuter. En als ik werk kan vinden en haar weer terug heb.'

'Je zou ook naar mijn huis kunnen komen,' zeg ik en ik draai me naar Jin. 'En dat geldt ook voor jou als het verkeerd afloopt met je tante. Zelfs als ik in Londen zit, zijn mijn ouders... het komt best voor elkaar. Mijn kamer staat dan trouwens toch leeg. En Andreas, mijn vader, is fantastisch in crisissen.'

'Wij kunnen je clan worden,' zegt Melissa tegen Seth.

Ik wacht onder mijn gammele afdak tot het rustig is in het kamp en loop dan op mijn tenen naar dat van Tavik.

'Ik dacht bijna dat je niet kwam,' zegt hij als ik naar binnen duik.

'Na mijn tweede optreden in *De tovenaar van Oz* heeft mijn moeder pillen geslikt en is ze bijna doodgegaan,' flap ik er uit. 'Zogenaamd per ongeluk.'

'Wauw,' zegt hij.

'Sorry, ik ben er niet meer zo goed in om dit soort dingen te vertellen. Nou ja, ik ben er nooit goed in geweest. Of had ik niet zo met de deur in huis moeten vallen?'

'Nee... doe het zoals jij het wilt. Ik beweeg wel mee.'

'Oké, punt is dat ik heel lang heb gedacht dat het misschien mijn schuld was.'

'Vanwege het zingen en de musical?' zegt hij.

Ik knik.

'Bullshit,' zegt hij.

'Dat denken en daadwerkelijk geloven zijn twee verschillende dingen,' zeg ik.

Hij knikt langzaam.

'Ik heb haar beloofd dat ik het aan niemand zou vertellen. Dat moest ik haar beloven.'

'Waarom vertel je het dan wel aan mij?'

'Omdat ik soms zo in de knoop zit en me zo... voel... dat ik wel van alles wil breken.'

'Beloftes breken?'

'Ja. En ook spullen kapotmaken,' zeg ik en mijn hand schuift naar mijn scheen.

Doodstil kijkt hij me met een intense, strakke blik aan.

'Soms voel ik te veel,' ga ik verder, ik wend mijn blik niet af, alles gaat in slow motion, is beladen. 'En andere keren voel ik helemaal niets.'

'Wat voel je nu?'

Ik heb het gevoel dat ik wil instorten en hem het hele trieste verhaal wil vertellen, en dat het hele trieste verhaal te veel is om te vertellen. Ik heb het gevoel dat ik word gevoed door de manier waarop hij mij diep in de ogen kijkt. Ik heb het gevoel dat ik mijn hand op zijn kaak zou kunnen leggen en ermee langs zijn hals naar zijn borst zou kunnen strelen, dan zou ik weten of ik zijn hart sneller deed slaan, wat beter zou zijn dan al het gepraat van de wereld. Ik heb het gevoel alsof ik duizend jaar zou kunnen slapen, dat ik moet huilen, dat ik met mijn lippen de zijne aanraak, het gevoel dat ik in een gat wil wegkruipen en me daar de rest van mijn leven wil blijven verschuilen. Ik heb het gevoel dat ik op mijn rug lig, naar de lucht omhoogkijk en de sterren op mijn ogen laat vallen, die me veranderen, me verdrinken, me verlichten.

'Heb je het koud?' vraagt hij ten slotte als ik geen antwoord geef.

'Ik zou verder moeten kunnen gaan,' zeg ik, zijn vraag negerend.

'Weg waarvan?'

'Weg van alles. De overdosis. Van de jongen die ik leuk vond en die met iemand anders ging nadat ik hem had afgewezen. Van het kwijtraken van ons vroegere leven, van mijn moeders stem, en... alles. Oké, ik werd aan mijn lot overgelaten en moest het zelf maar uitzoeken, maar dat is me gelukt. Mensen maken de verschrikkelijkste dingen mee. Hier in deze groep zitten mensen die wel ergere dingen hebben meegemaakt. Ik heb alleen... Waar moet dat heen als je het achter je laat?'

'Dat weet ik niet,' zegt Tavik.

'Maar het is ook... Ik ben bang van wat er van me gaat worden, Londen, mijn muziekstudie. Bang om te falen, bang om succes te hebben, bang dat ik te veel op mijn moeder lijk, bang dat ik niet genoeg op haar lijk. Bang voor mijn motieven, want... Ik wil beter worden dan zij. Waarom wil ik dat? Mag ik dat wel willen? Wat ik ga doen... Stel nou dat ik daarin slaag. Wat ben ik dan?'

'Dan ben je iemand die erin geslaagd is, denk ik. Dan ben je je moeders dochter. En zij is volwassen. Is zij niet verantwoordelijk voor haar eigen reacties?'

Ik slaak een gepijnigde zucht en wend mijn blik af.

'Dat gedoe van "ik ben voor haar verantwoordelijk" is idioot,' vervolgt Tavik. 'Maar wat weet ik er nou van? Ik weet nul van klassieke muziek, en hier weet ik ook niks van. Ik ben gewoon een jongen die uiteindelijk waarschijnlijk toiletten of auto's gaat repareren, en dan denk ik nog groot.'

'O, Tavik. Sorry, sorry, ik...'

'Zo bedoelde ik het niet. Ik heb geen grote ambities, ik hoop alleen op een normaal leven. Daar ben ik tevreden mee. Maar, Ingrid... je moet niet bang zijn. Dat is het enige wat ik erover kan zeggen. Of wees wel bang, maar zet toch door.'

'Ik denk... Het lijkt wel alsof ik op zoek ben naar een teken. Ken je dat? Iets waardoor het me duidelijk wordt, of me het gevoel geeft dat het duidelijk is... dat ik de juiste weg insla, dat alles op zijn pootjes terechtkomt.'

'Het heeft geen zin om je zorgen te maken of naar tekens op zoek te gaan,' zegt hij. 'Het is wel of niet zo.'

'Moet je nu niet tegen me liegen en zeggen dat het wel zo is?'

'Je komt nu toch al bij me slapen,' zegt hij met een vrolijke knipoog. 'Ik hoef niet meer tegen je te liegen.'

Ik glimlach, in gedachten pel ik een voor een zijn kleren af en streel ik met mijn vingertoppen over al zijn prachtige spieren, maar mijn lichaam doet simpelweg wat het elke avond hier bij Tavik heeft gedaan: het rolt zich op, begint te spinnen en valt uiteindelijk in slaap, uitputting en voorzichtigheid zijn sterker dan lust.

Dag achttien. Nog drie dagen te gaan tot dag eenentwintig, dan gaan we allemaal weer naar huis. Kanoën gaat nu beter en slechter: wij zijn beter geworden, maar het water is slechter. We varen nu in een ander rivierstelsel, dat onverhoeds breder en smaller kan worden. Door de rivierstroming hoeven we niet zo hard te peddelen. Maar we moeten daarentegen uit alle macht manoeuvreren. Er zijn meer rotsen, heel vaak is het kantje boord en iedereen komt minstens één keer vast te zitten. Melissa, Seth en Henry halen een nat pak nadat ze een bocht te scherp hadden genomen en het reddings- en herstelwerk is heroïsch, maar gelukkig komen we geen beren meer tegen. We weten in onze kano te blijven, maar ternauwernood.

Nacht achttien is opnieuw koud en ik blijf tot laat bij het vuur zitten, rillend doordat ik vanavond het water in ben gedoken – oftewel een koppige oefening in zelfkastijding – en wens dat mijn hopeloos woeste bos haar droog is voor ik naar bed ga.

Het dagboek ligt op mijn schoot, maar hoewel ik van plan was om te schrijven, houd ik het alleen maar vast, nog steeds wachtend op een teken.

31

OZ ENZOVOORT

(VIJFTIEN TOT ZESTIEN JAAR OUD)

O z werd in mijn herinnering een ijkpunt – Oz enzovoort – het enzovoort-gedeelte omvatte alle eruit voorvloeiende pijn, verwarring, drama.

Na Oz enzovoort ging het langzaam beter – althans, het was geen complete puinhoop meer, maar ik was niet gelukkig, wat dat betreft zat ik op een absoluut dieptepunt.

Ik was dapper geweest, had me losgerukt, had het patroon doorbroken om me in eerste instantie zorgen te maken over Margot-Sophia en daarna pas over mezelf, en ik was gelukkig geweest. Maar ik kon niet aan het gevoel ontkomen dat het universum had besloten me daarvoor te straffen. Ik had een les geleerd, en die les was dat de prijs te hoog was, te pijnlijk, en dat het altijd zo zou blijven.

Ik zou niet langer zingen, acteren of muziek maken. Niet zolang ik de hele tijd deze hete, stekelige bal van angst en woede in me voelde. Niet zolang ik – meestal midden in de nacht – badend in het zweet wakker werd uit levensechte dromen waarin mijn moeder weg of dood was, en ik aan het rennen was, altijd maar aan het rennen was, om haar te vinden of te redden.

Andreas trok weer bij ons in en er werd niet meer gepraat over scheiden. Hij kocht een lichttherapielamp voor haar en las over depressie, en vertelde mij zijn bevindingen en conclusies. Het was niet te genezen, zei Andreas, ze moest ermee leren omgaan.

Ze slikte haar medicijnen weer, gebruikte de lamp elke ochtend tijdens de koffie en dronk een halfjaar lang geen druppel alcohol. Andreas schreef haar in bij een sportschool, want uit onderzoek was gebleken dat bewegen een natuurlijk antidepressivum is, maar ze ging er niet naartoe. Ze meldde zich echter wel aan voor groepstherapie, ging elke week de deur uit en bleef zo lang weg als de tijd die daarvoor stond.

Ik hield me gedeisd, deed mijn best op school en ging over naar de vijfde klas.

Isaac bleef tot bijna het einde van het schooljaar pogingen doen om met me te praten, hij sms'te, mailde, dook met puppyogen of boze gefrustreerde ogen bij mijn kluisje op. Ik miste hem, en talloze keren stond ik op het punt toe te geven, maar ik zat te erg in de knoop en was te gekwetst om het te riskeren.

Gelukkig leek mijn moeder aan het eind van de lente weer de oude en in de zomer vlogen Andreas, mijn moeder en ik naar Vancouver, en daarna vloog Andreas weer naar huis terwijl mijn moeder en ik op de trein stapten en het land doorkruisten. We stapten in elke provincie uit om daar iets te bekijken, lazen elkaar hardop voor uit boeken, maakten van plattegronden en ansichtkaarten een ingebonden dagboek en namen foto's die we naar Andreas stuurden.

Het was weer als net als vroeger.

Het was helend.

In de herfst van de vijfde klas was ik definitief door Andreas geadopteerd en we reisden voor een weekend naar New York om dat te vieren.

Ik had een vader. De allerbeste.

Op een dag liep ik op school langs het theater en zag dat de deur openstond, alles wat ik zo miste zweefde naar buiten, riep me. Behoedzaam stapte ik naar binnen. Ik zag niemand en liep naar het toneel. De lichten waren gedempt, op het toneel stond alleen de piano, en hunkerend bleef ik daar staan. Ik hunkerde naar mezelf, naar mijn moeder, ik zag de jaren en hoorde de muziek en voelde de optredens, die van haar, die van mij, alles wat ik had gezien tuimelde over elkaar heen, en ik wist het... ze had natuurlijk gelijk: dat leven kon je geen geluk en tegelijk vastigheid garanderen.

Maar toch.

Ik liep naar de piano, ging zitten, legde mijn vingers op de toetsen. Ik had zoveel gezongen voor de musical, maar sinds ik klein was had ik de piano amper aangeraakt. Ik wist niet eens of ik nog wel kon spelen.

Ik koos een oude klassieker – 'Claire de lune' van Debussy – en speelde de openingstonen. Op mijn tiende kon ik dit stuk dromen, bijna. Nu rammelde het aan alle kanten, mijn vingers struikelden. En toch ging ik door, probeerde het opnieuw. De tweede keer ging het beter, maar belangrijker was dat er eindelijk iets klikte. Het voelde alsof ik in een warm bed viel, thuiskwam, als een troost.

Ik was halverwege mijn derde poging toen ik voelde dat iemand me gadesloeg en ik keek op en zag Rhea.

'Niet ophouden,' zei ze.

Maar dat was al gebeurd.

'Ik... sorry. Ik wilde alleen...' Verdomme, ik zat te huilen.

'Ik laat je wel met rust. Ga maar rustig door,' zei ze.

'Nee, ik... shit, ik ben een wrak.' Toen kreeg ik ineens een kleur. 'En nu zit ik ook nog in uw bijzijn te vloeken! Ik ben zo…'

'Wat zijn het voor tranen, goede of slechte?' vroeg ze. Ze kwam naar me toe en leunde tegen de pianoklep.

'Ik heb geen idee. Ik ben een puber, zijn die niet allemaal zo emotioneel als wat?' zei ik, en ik probeerde te gniffelen.

Ze boog zich dichter naar me toe. 'Twee dingen, en dan laat ik je met rust. Ten eerste, ik ga je een sleutel geven van een van de oefenruimtes op de tweede verdieping.'

'Ik ga niet...'

'Zie het als een hobby, een uitlaatklep, als een ruimte voor jezelf.'

Ik slikte moeizaam. 'Dank u wel.'

'Ten tweede: ik heb hierover nagedacht en nu ik je hier zo zie spelen... Ik ken de rector van een heel speciale muziekschool in Londen, Engeland. Die school heet Ayerton. Daar kunnen leerlingen het laatste jaar van hun middelbare school doen waarbij ze worden geholpen om zich op hun individuele talenten te concentreren. De meesten worden geaccepteerd op basis van hun eigen conservatoriumprogramma of ze worden voorgedragen door andere topmuziekscholen. Ze nemen alleen de besten aan, je kunt er enkel op uitnodiging auditie doen en per jaar accepteren ze drie leerlingen uit Noord-Amerika. Ik kan ervoor zorgen dat je auditie mag doen,' zei Rhea.

'Ik...' Londen? Muziekschool? Het was alsof ze mijn diepste en geheimste verlangen blootlegde, dat tot nu toe zelfs voor mezelf verborgen was gebleven. Ik had een droge keel, en ik wist zeker dat als ik zou opstaan mijn benen zouden weigeren. Londen. Muziek.

'Ik kan samen met jou met je ouders gaan praten,' zei ze.

Mijn ouders. Oké.

'Ik kan niet,' zei ik en ik slikte. 'Maar heel erg bedankt. Het klinkt als een... droom die uitkomt, als het inderdaad zou lukken. Maar ik kan geen auditie doen, want ook al zou ik worden toegelaten, ik kan toch niet. Bovendien...'

'Ja?'

'Nog maar vijf minuten geleden bedacht ik dat dat soort carrières geen geluk brengt. Meestal niet, bedoel ik.'

'Dus je bent geen naïeve dromer,' zei Rhea en ze trok ernstig haar schouders op. 'Er bestaat geen garantie op geluk. En ik weet ook niet of je wel geluk moet nastreven. Voldoening. Misschien. Iets willen bereiken. Een bijdrage willen leveren. Authentiek zijn. Geluk? Zo'n doel legt weinig gewicht in de schaal. En tegelijkertijd denk ik dat als je jezelf verloochent, je gegarandeerd je ongeluk tegemoet gaat.'

'Zo heb ik het nog nooit bekeken.'

'Je zou gewoon auditie kunnen doen...' zei ze, en ze keek me aan alsof ze kon zien hoe wanhopig ik ernaar verlangde. 'Anders zul je het nooit weten.'

'Daar zal ik dan mee moeten leren leven.'

Maar dat kon ik niet. Mijn moeder was zo'n stuk opgeknapt en ik wilde het graag. Ik wilde het in elk geval proberen.

Ik kreeg de sleutel van de oefenruimte en was uren bezig om me voor te bereiden.

Ik vertelde het aan niemand.

Ik deed auditie.

Zoals altijd bij optredens waar veel van afhing, bestierf ik het zowat van de zenuwen terwijl ik na afloop niet echt meer wist hoe ik het voor elkaar had gekregen.

En dus zette ik het zo goed en kwaad als het ging uit mijn hoofd tot Rhea me begin december bij zich riep in haar kantoor. Daar waren mijn moeder en Andreas, en Rhea vertelde aan ons dat ik was toegelaten.

'Ayerton is een topschool,' zei Rhea. 'En uniek.'

'Ik heb ervan gehoord.' Mijn moeder keek me met een onpeilbare blik aan. 'Dit wil ik niet voor jou.'

'Dat weet ik,' zei ik. 'Maar mam... Ik wil het wel.'

'Neem de informatie mee naar huis en praat er samen over,' stelde Rhea vriendelijk voor, en voor ik het wist stonden we allemaal op en gaf ze me de toelatingsbrief en een beschrijving van het leerprogramma.

We waren de drempel van het koetshuis nog niet over of mijn moeder nam me onder vuur.

'Waarom heb je tegen me gelogen?' Als ze boos was, leek ze altijd langer dan ze was.

'Ik heb niet gelogen, ik heb het je alleen niet verteld,' zei ik kalm, maar zo voelde ik me niet. 'Want ik wilde geen ruzie maken voordat ik wist of ik toegelaten zou worden. En ik had nooit verwacht dat dat zou gebeuren. Maar het is wel gebeurd, mam. Ik ben toegelaten! Alsjeblieft, alsjeblieft. Je moet me laten gaan.'

'Ik hoef helemaal niks. Hoe vaak moet ik je nog vertellen dat ik je een gemakkelijker leven toewens? Ik wil niet dat je ook maar het kleinste greintje pijn hoeft te voelen zoals ik heb moeten doormaken.'

'Maar ik ben jou niet, mam! Wat jou is overkomen, overkomt mij niet.'

'Waarom denk je dat we hier zijn gaan wonen en dat ik zo hard heb gewerkt om je een stabiele omgeving te geven, een opleiding, een kans op een toekomst waarin je iets doet wat zekerheid biedt?' zei ze, nu ernstig en oprecht, smekend bijna. 'Begrijp je het dan niet? Je kunt veel meer dan alleen dat. Je hoeft jezelf niet aan iets te onderwerpen zoals ik dat heb gedaan. Muziek is niet het enige waar je gelukkig van wordt.'

'Hoe weet je dat nou? Sorry dat ik je teleurstel, maar dat leven dat je voor mijn eigen bestwil uitstippelt? Mij lijkt dat doodsaai en zonder enige voldoening.'

'Ingrid, ik begrijp dat je een... grote passie hebt voor muziek. Maar dat gevoel is ook zomaar weer weg. Het is een bevlieging: uiteindelijk kom je ervan terug en ontdek je een wereld van roddel en achterklap, het werk is slopend en je krijgt stank voor dank. Het is niet alleen dat ik mijn stem ben kwijtgeraakt, ik heb mijn vroegere leven compleet opgegeven. Alles, behalve jou. Misschien heb je een romantisch beeld van die jaren, maar je was nog een kind. Je werd beschermd. Je hebt geen idee hoe zwaar het was. De afwijzing, de kritiek, de mensen die je willen neersabelen... Je moet heel sterk zijn.'

'Ik ben sterk.'

'Het antwoord is nee.'

Ik had het gevoel alsof ik zou openbarsten en er kokende lava naar buiten zou stromen.

'Nee?'

'Dat klopt. Je bent nog minderjarig en ik ben nog altijd de ouder. Als je op je achttiende je eigen weg wilt gaan, kun je doen wat je wilt. Tot die tijd doe je wat ik wil.'

Ik wierp een blik op Andreas, die zich bij dit alles op de achtergrond hield, hij was tenslotte nu mijn andere ouder. Maar hij keek wel uit om te snel in te grijpen om de boel om te buigen. Hij schudde lichtjes zijn hoofd, maakte een kalmerend gebaar met zijn hand en mimede: wácht maar even.

Wacht maar even? Mijn hele levensloop werd hier bepaald.

'Oké dan,' beet ik haar toe. Ik was redelijk geweest, had mijn hart geriskeerd, en allemaal voor niets. 'Waarom zeg je het gewoon niet eerlijk? Waarom geef je niet gewoon toe dat je het niet kunt uitstaan dat ik datgene krijg wat jij bent kwijtgeraakt, en dat je te laf bent om te proberen er iets aan te doen? Jij wilt in je leven enkel nog je kleine slachtoffertragedie spelen en je hebt het nooit over jouw aandeel – ja, jóúw aandeel – in het verlies van je stem. En ik moet eronder lijden. Ik heb míjn hele leven op mijn tenen om je heen gelopen en geprobeerd iets anders te zijn dan ik feitelijk ben. Ik moet samen met jou slachtoffer zijn, mag nergens op hopen en ik mag niet willen wat ik werkelijk wil, uit angst dat ik jou daarmee kwets. Hoe eerlijk is dat?'

'Hoe durf je...'

'Waar is de moeder gebleven die me altijd vertelde dat ik alles kon bereiken wat ik wilde als ik maar hard genoeg werkte? Alles kon zijn wat ik wilde? Haar geloof ik, jou niet. Laat dit heel duidelijk voor je zijn. Als ik niet naar deze school mag, zal ik het je nooit vergeven. Nooit.'

En natuurlijk stampte ik toen naar boven naar mijn kamer, sloeg de deur dicht en huilde in de kussens van mijn bed, huilde vijfduizend miljoen uur lang voordat ik eindelijk in slaap viel.

We hadden een week de tijd om de toelating op de school te accepteren.

Zes dagen lang zeiden we geen woord tegen elkaar.

Andreas vertelde me stilletjes dat hij haar aan het bewerken was, en dat hij voor de financiële kant kon zorgen. Maar volgens mij was ze onverbiddelijk.

Op de ochtend van de zevende dag beende ze nog voordat ik uit bed was mijn kamer in en torende boven me uit. In haar hand had ze een pen en een vel papier.

'Ik zal er niet altijd zijn om je te helpen,' zei ze.

'Nou, dat is ook luguber,' zei ik slaperig en ik sloeg mijn ogen ten hemel.

'Ik wil dat je heel brede vaardigheden in het leven meekrijgt.'

'Ja, dat snapte ik al.'

'Je bent nooit van huis geweest, nooit uit mijn buurt geweest.'

'Dat weet ik wel, maar...'

'En ik kan niet met je mee naar Londen.'

'Ze hebben studentenflats, hoor.'

'Wat ik bedoel is dat je daar helemaal alleen bent, voor het eerst van je leven.'

'Dat weet ik.'

'Maar je mag ernaartoe...' Ze stak een hand op zodat ik nog geen antwoord kon geven. 'Op één voorwaarde.'

Ik kwam razendsnel overeind, mijn hart bonsde. 'Vertel. Ja. Wat is het?'

En wat er nu kwam, heb ik in gedachten steeds opnieuw afgespeeld in een poging terug te halen wat er nou precies was gezegd...

Mijn moeder gaf me een brochure van Peak Wilderness, die met de sportief ogende jongeren die voor de rustieke blokhutten stonden.

'In de zomer ga je drie hele weken naar dit survivalkamp,' zei ze.

Ik griste de brochure uit haar hand en wierp er een vluchtige blik op. 'Is Ella hier ook naartoe geweest?'

Mijn moeder knikte. En het zou kunnen dat ze iets zei van: 'Ja, of net zoiets.'

'Maar... wat heeft survivalkamp te maken met de muziekschool? Waar gaat dit over?'

'Geven en nemen,' zei ze.

'Maar waarom?'

'Je wordt er hard van,' zei ze met een bijna duivelse grijns. 'Waarom anders?'

Ik vond het maar niks, ik snapte het niet, maar wat maakte het uit, het waren maar drie weken van mijn leven. Het zou niets veranderen.

'Prima,' zei ik, te opgetogen over Ayerton om er op dat moment dieper op in te gaan. 'Ik doe het. Waar moet ik tekenen?'

Het zou kunnen dat Margot-Sophia in de weken daarna me nog een link naar de website van Peak Wilderness heeft gemaild. Er staat me vaag iets van bij, maar het kan net zo goed zijn dat ik dat heb verdrongen. En als het zo was... Dan kan het ook zo zijn dat ik niet op de link heb geklikt, omdat ik te druk was met googelen naar Londen en dromen over Ayerton. Dus misschien heeft ze me met opzet een streek geleverd, of heeft ze geprobeerd me te waarschuwen, en mocht ik zelf kiezen voor welk programma ik me wilde opgeven.

Ik kan me het 'als' en 'waarom' wel blijven afvragen... maar naarmate de dagen verstrijken, vraag ik me af of ik die vragen eigenlijk wel moet stellen. Als ik wil, kan ik haar wel eeuwig de schuld geven, van alles. Maar dat zou betekenen dat zij degene is die me heeft gecreëerd en verantwoordelijk voor me blijft en dat ik niet in staat ben om mijn eigen keuzes te maken. Als dat zo is, waar heb ik dan verdomme voor gevochten?

32

SNEL

(PEAK WILDERNESS, DAG NEGENTIEN)

Nog maar twee dagen en dan is deze reis voorbij, en dus zou ik me beter moeten voelen.

Ik voel me anders, maar niet beter.

In sommige opzichten voel ik me slechter, want als ik naar huis ga, begint de rest van mijn leven. Peak Wilderness heeft een overgang gecreëerd, een ervoor en erna. En dus is het volgende erna. Dat maakt me bang.

Maar ik heb niet veel tijd om bij mijn angst stil te staan of waar dan ook bij stil te staan, want op dag negentien krijgen we voor het eerst met 'echte' stroomversnellingen te maken.

We weten dat ze echt zijn, want Bonnie zegt dat we onze helm moeten opzetten.

Van een afstand zien de stroomversnellingen er mooi uit, en niet bepaald iets om je zorgen over te maken. Maar zodra we erin zitten, worden ze een krankzinnige, razendsnelle ervaring vol doodsverachting. We kunnen onze kano, onze paniek, maar ternauwernood in toom houden, en een verkeerde beweging of een voor ons opdoemende, verkeerde rots zou rampzalig kunnen zijn.

Ally is dapper, sterk en resoluut. Maar Jin wordt zeeziek en draait compleet door: ze gaat als een balletje op de bodem van de kano liggen, waardoor Ally en ik met z'n tweeën moeten peddelen en navigeren.

'Goed onthouden,' roep ik naar Ally, terwijl we erdoorheen gaan en zij voorin zit en ons erdoorheen loodst. 'Goed onthouden voor als je terug bent: dat je jezelf erdoorheen hebt gesleept!'

Tussen twee slagen door steekt ze even haar vuist omhoog en pompt ermee in de lucht.

Tavik en Harvey kapseizen, waardoor alles wat niet in een droge tas zit doornat wordt, en verliezen bijna een van de rugzakken. Onze kano is als enige dicht genoeg in de buurt om ze te kunnen helpen en op de een of andere manier krijgen we dat voor elkaar. We halen Jin erbij, redden de zinkende rugzak met een peddel en helpen ze weer in hun kano.

Meteen daarna worden we om een rots gegooid, maar gelukkig kan Ally er met haar voet bij en weet ons af te duwen.

Het is intens, snel, adembenemend, doodeng, we gaan tot het gaatje. En als alles goed gaat, als we door een moeilijk traject weten te komen en het overleven zodat we het verhaal kunnen navertellen, dan is het ook... een klein beetje verbijsterend.

Na de mengeling van angst en verbijstering komt, hoe kan het ook anders, de zoveelste overhaal. Jin en ik dragen de spullen en Ally neemt de kano.

Ik loop te sjokken, het enthousiasme dat ik in de stroomverstellingen had, ebt weg en de angst om naar huis te gaan steekt de kop op.

Maakt niet uit. Ik moet gewoon deze dag zien door te komen, en dan de volgende, en als ik thuis ben, geldt dat voor elke dag daarna. Terwijl ik hier zo aan loop te denken, besef ik dat iedereen vóór me vaart mindert en dan blijft staan.

We zijn nog maar net op weg, maar het pad is verdwenen.

Opgehouden.

En het is opgehouden omdat het bos waar we tot nu toe doorheen waren gekomen vanaf dit punt tot aan de grond is afgebrand.

Een verschroeid veld, dat is er nog van over, bezaaid met zwartgeblakerde stronken en wortels, kale bomen verstrengeld in een gruwelijke, wurgende knoop, en spookachtige boomstammen – de paar die nog overeind staan – wijzen als kale en zwartgeblakerde naalden de lucht in. De grond is een antracietgrijze modder waar niets groeit. Er hangt een smerige, penetrante stank, as vermengd met verrotting.

Het is schokkend, weerzinwekkend, grimmig. Het doet pijn om ernaar te kijken.

'Een bosbrand,' zegt Bonnie, ons stilzwijgen doorbrekend.

'Eh, ja,' zegt Jin, maar ze doet niet eens een poging om sarcastisch te zijn.

'Waarschijnlijk is dat van het voorjaar gebeurd, anders zou er nu wel weer iets doorheen groeien,' voegt Pat eraan toe. 'Hier laten ze het gewoon uitbranden, mag de natuur haar gang gaan.'

'Dus het wordt niet eens gemeld? Of op de plattegrond aangegeven om reizigers te waarschuwen?' vraagt Seth.

'In dit gebied komen zelden reizigers,' legt Pat uit. 'We melden het wel wanneer we terug zijn.'

'Hoe... komen we aan de overkant?' vraagt Ally met grote ogen.

'Heel voorzichtig en het is lastig,' zegt Pat, maar deze keer niet met zijn tegeltjeswijsheid-stem.

Samen bestuderen we de kaart, proberen te ontdekken waar het pad moet zijn. Dan haalt Pat een kompas uit een van zijn vele zakken en hij en Bonnie doen een poging ons grofweg te wijzen welke route we moeten nemen.

'Kijk uit waar je loopt,' zegt Pat. Hij tilt hun kano op en gaat vooroplopen. Ik vind dat zowel verontrustend als geruststellend, als je bedenkt dat hij ons normaal altijd laat zwemmen.

Ally is zenuwachtig, dus ik stel voor om de kano van haar over te nemen.

Ik hijs hem boven mijn hoofd, loop de enkeldiepe verkoolde modder in en ontdek al snel dat je nergens vaste grond onder je voeten hebt. Ally en Jin blijven dicht bij me in de buurt, rugzakken op hun rug, een voor me en een achter me, en helpen talloze keren mee om de kano in balans te houden.

Aan de hemel pakken zich donkere wolken samen, waardoor het troosteloze tafereel nog troostelozer wordt. Elke spier in mijn lijf staat strakgespannen en het duurt niet lang of het zweet gutst van mijn gezicht en rug doordat het een hele toer is om de kano op zulk verraderlijk terrein in evenwicht te houden.

We klimmen over allerlei stronken, reusachtige bomen. Jin loopt voorop, waardoor ze een paar keer struikelt en op haar knieën in de modder valt, en ook een keer op haar gezicht, maar ze klaagt niet. We doen er het zwijgen toe en zeggen alleen iets om elkaar te waarschuwen voor obstakels. We doen tien minuten over drie meter.

Ik denk aan niets anders dan aan wat mijn lichaam het volgende moment moet doen en of ik dat kan volhouden, wat ik betwijfel.

Ik zei dat ik op zoek was naar een teken...

Als dit het teken was waar ik naar uitkeek, dan zit er een sombere boodschap in, zoiets van dat ik door de hel moet gaan. In dit teken zit geen enkel sprankje hoop, er piepen geen scheuten van nieuwe begroeiing doorheen, geen enkele bloem, of een tjilpende, mooie vogel er ergens middenin. Niets. Waarschijnlijk treffen we aan de overkant een hellepoel aan.

En het wordt nog erger.

Als we ongeveer halverwege zijn, zien we een gewei uit een asberg steken, en een stukje verderop, onder een omgevallen boom, zit iets in de val wat lijkt op een wasberenfamilie, die tot zwartgeblakerde beelden is verbrand.

Ally hapt naar adem.

Jin strompelt weg en geeft over.

Ik knijp mijn ogen dicht.

Jin komt weer naar ons toe en we lopen verder. Een mengeling van zweet en tranen stroomt nu over mijn gezicht. Door de lichamelijke pijn. Door álle pijn. Sinds we aan deze oversteek begonnen, is ergens onderweg elk snippertje van mijn innerlijke vestingwerk weggebrand en ik voel alles: alle herinneringen, al mijn onderdrukte, vergrendelde plezier, verdriet en spijt draaien binnen in me rond, even pijnlijk als mijn spieren. De beklemming van een bos dat tot de grond toe is afgebrand, de wasbeermoeder met haar jongen, zo verschrikkelijk. Ik huil en loop en klim en struikel, en mijn armen, schouders, buik, rug, benen en voeten schreeuwen het uit.

Links van ons zie ik dat Tavik letterlijk zijn kano over een omgevallen boom gooit, onder de boom door kruipt en de kano aan de andere kant weer opvangt.

Even sta ik er bewonderend bij stil hoe cool dat is, en dan verstap ik me en klapt mijn been dubbel. Ik stort neer, land op handen en knieën, en de kano valt boven op me, de voorbank stuitert midden op mijn rug en alle lucht wordt uit mijn lijf geperst.

Ik krijg weer wat adem als Ally en Jin de kano van me af tillen, maar in plaats van dat ik opsta, stomp ik met mijn vuisten in de modder en schreeuw het uit van frustratie.

'Ik kan de kano wel nemen,' zegt Ally.

'Of ik,' zegt Jin.

Ik stomp nog een keer vloekend op de grond en duw mezelf dan overeind.

'We zijn er bijna,' zeg ik, terwijl ik het zweet en de tranen wegveeg en alleen maar vieze modder over mijn gezicht smeer. 'Ik draag hem. Dat wil ik per se.'

'Maar...'

Jin kapt Ally af en zegt: 'Laat haar maar.'

Ze vragen niet of alles goed is met me, want of dat nou wel of niet zo is, het maakt geen snars uit. We moeten naar de overkant. En dan moeten we nog twee keer terug voor de rest van de spullen.

Als we na de laatste oversteek met z'n drieën terugkomen, met onze armen om elkaars middel om te voorkomen dat we struikelen, vallen we elkaar in een smerige, modderige omhelzing in de armen.

Nadat iedereen even tijd heeft gehad om bij te komen, verzamelen we onze spullen en overbruggen de korte afstand naar de top van een nabijgelegen heuvel om te kijken waar we zijn. Gelukkig ligt 'onze' rivier aan de andere kant onder ons te bruisen. Helaas is de weg ernaartoe feitelijk een klif.

'Het zal ook niet,' mompelt Jin, en Ally en ik beginnen hysterisch te lachen.

Deze keer laat Pat ons wel aan ons lot over met als uiteindelijk resultaat dat we de kano's en onze spullen min of meer zeven meter lager op het strand moeten laten vallen en alleen nog kunnen duimen.

Het is overduidelijk dat het maar de vraag is of zo'n groep vermoeide mensen nog logisch kan nadenken, maar het lukt en alles ploft zonder mankeren op het zand.

Jin zegt dat ze in de verleiding komt om maar hetzelfde te doen.

Maar in plaats daarvan bikken en klauteren we ons langs de steile rotswand een weg omlaag naar het strand.

Lieve mam,

Nu snap ik het. Peak Wilderness is bedoeld om je barrières af te breken: fysiek, psychologisch en mentaal. Het brengt het beste en het slechtste in je naar boven, je komt dingen te weten die je niet over jezelf wist, het confronteert je met je demonen.

Jij bent mijn demon.

Het beste en slechtste in mij gaat over jou: dat ik je nodig heb maar dat ik ook bang voor je ben, dat ik bang ben voor mezelf als ik je verlies, dat ik me door jou heb laten bepalen.

De demon... is ook wat jij hebt verloren, en wat jou er steeds maar weer onder kreeg. Elke keer als dat gebeurde, hield je op met leven, mam. Hield je op met te willen leven. Ik wilde dat ik je kon laten voelen wat dat met mij heeft gedaan, dat je kon zien hoe dat de manier waarop ik in het leven sta heeft veranderd.

Ik probeerde zo licht, zo angstvallig te leven. Ik probeerde iemand te zijn van wie jij zoveel zou houden dat je aan de neerwaartse spiraal waarin je zat een eind zou maken. Door te proberen jou in leven te houden, ben ook ik mijn stem kwijtgeraakt. Maar zo'n leven is de dood, mam.

En ik wil leven.

Ik voelde het toen Peace me onder water duwde. Ik voelde het in de modderpoel, op het pad, toen ik oog in oog stond met de beer en vandaag in het verwoeste bos.

Ik wil leven. Ik wil zingen, verhalen vertellen en me verbonden voelen met iets wat groter is dan ikzelf. Ik wil alles geven wat ik heb, zelfs als het pijn doet, zelfs als ik verslagen en uitgehold ben. Dat wil ik.

Maar ik kan er niet voor zorgen dat jij datzelfde voor mij wilt, of voor jezelf. Ik kan je niet helpen om je pijn los te laten, ik kan je niet aan me vastbinden of je hier houden.

Als ik eerst voor jou kies en dan voor mezelf, dan leef ik ook niet, niet echt.

Dus gaan we allebei dood, mam.

Dat slaat toch nergens op?

Ik heb mijn belofte om deze reis te maken gehouden. En nu kies ik voor het leven.

Liefs,

Ingrid

Iedereen springt de rivier in en ik blijf daar tot ik praktisch blauw zie, op de een of andere manier geniet ik van het ijskoude water op mijn verhitte, beurse spieren en de vele wonden en blauwe plekken die ik vandaag heb opgelopen.

De nachten worden koud, de zon gaat eerder onder, en dit is onze voorlaatste nacht. Ik kan het bijna niet geloven.

Als ik uit het water kom, kleed ik me dik aan en ga voor het eten en het kringgesprek gezellig tussen Ally en Jin in zitten.

Later zie ik Tavik over de smalle zandstrook naast de rivier kuieren, te smal om het een strand te noemen... en ik loop achter hem aan.

Hij draait zich om, zijn donkere ogen schitteren in het heldere maanlicht.

'Je ziet er beter uit,' zegt hij.

'Ha! Ik ben van mijn leven niet zo beurs en toegetakeld geweest.'

'Het zijn je ogen. Je kijkt beter uit je ogen. Snelle rivieren en trage bossen lijken je wel te liggen.'

'Ik hoorde dat jij tijdens de stroomversnellingen zat te joelen en te juichen.'

Hij grijnst. 'Lekker snel, daar hou ik van.'

'Dat is wel duidelijk.'

'Misschien zie je er wel beter uit doordat je elke avond met mij hebt gepraat...'

'Zou kunnen. Ik geloof dat ik bijna uitgepraat ben.'

'Jammer.'

'Er is nog één ding dat je misschien wel interessant vindt. Een paar maanden geleden ben ik met een bijl naar onze garage gegaan.'

'Wat?' Hij is zo geschrokken dat ik er gewoon om moet lachen.

'O mijn god, alleen al om je gezicht te zien was het de moeite waard om te vertellen!'

'Wacht. Wat... een bijl? Meen je dat serieus?'

'Bloedserieus,' zeg ik en ik houd net zo abrupt op met lachen als ik was begonnen. 'Het was echt een oude garage, eerder een schuur, eigenlijk. Groot genoeg voor een auto, maar het hield niet over. Hoe dan ook, ik was in de war. Het was nog licht buiten, iets na het avondeten. Destijds ging ik even niet naar school... maar mijn beste vriendin had me overgehaald om naar het lentefeest te gaan. Sociaal te zijn. Plezier te maken. Dus. Ik had een jurk en alles. Ik had hem zelfs aangetrokken, maar toen puntje bij paaltje kwam, kon ik mezelf er niet toe brengen te gaan. Als ik erheen zou gaan, zou ik iedereen daar haten en het gevoel hebben dat ik een freak was. Ik zat vreselijk in de knoop.'

'Vanwege je moeder.'

'Dat, en ik hoorde dat Isaac een meisje meenam naar het feest, en... het werd me gewoon allemaal te veel. Toen kreeg ik een ongelooflijke aanvechting... om iets te doen. Maakte niet uit wat. Dus ging ik in mijn mooie jurk en fluwelen platte schoentjes de bijl halen. Het klinkt krankzinnig, maar ik vond het volkomen logisch. Om de garage kort en klein te slaan. Ik pakte de bijl en begon op de planken in te hakken, en dat voelde fantastisch. Algauw baadde ik in het zweet en ik zal wel gehuild hebben. Er stond daar een ladder, dus kon ik ook bij het dak komen. Ik wilde het hele geval met de grond gelijkmaken en het kon me niet schelen dat ik daarmee dik in de problemen zou komen.'

'Was er dan niemand die je tegenhield?'

'Het was lente in de stad,' zei ik schouderophalend. 'Mensen maaien 's avonds hun gras en zijn aan de lopende band aan het verbouwen, in het weekend graven ze kelders, en bouwen en repareren van alles en nog wat.'

'Dus je hakte er maar op los terwijl niemand je terugfloot?'

'Inderdaad. En het was nog zwaar werk ook. Natuurlijk had ik nog nooit een bijl in mijn handen gehad, dus midden in een zwaai op de ladder verloor ik mijn evenwicht en hakte mezelf in mijn been.'

'Jezus.'

'Ik weet het. Achteraf is het bijna grappig.'

'Niet echt,' zegt Tavik.

'Nee, je hebt gelijk. Niet echt. Hoe dan ook, ik gilde het uit en mijn stiefvader – mijn vader dus – kwam het huis uit gerend. Uiteindelijk was de wond minder erg dan we eerst dachten, maar natuurlijk lieten we de garage voor wat ze was – op dat moment was die half ingestort – en zijn naar de spoedeisende hulp gegaan, waar ze me hebben gehecht.'

'Gingen je ouders niet compleet uit hun dak? Vanwege de garage?'

Ik slik, schud mijn hoofd. 'De volgende ochtend heeft Andreas nog een bijl gekocht en me geholpen om het karwei af te maken. We hebben het samen gedaan.'

'Je moeder dacht vast dat jullie allebei gestoord waren.'

'Zij is voor de helft de reden dat we gestoord zijn.'

'Oké, maar...'

'Ze had er niets over te zeggen, die kans gaven we haar niet,' zeg ik, plotseling fel.

'Wauw.' Tavik doet een stap achteruit. 'Oké.'

'Dus. Nu weet je het... ik ben ook een delinquent.'

'Is dit nog maar een paar maanden geleden gebeurd?'

Ik knik.

'Hoe gaat het met je been?' vraagt hij.

'Wil je het zien?' Zonder zijn antwoord af te wachten ga ik op het zand zitten en trek mijn broekspijp omhoog. Tavik knielt neer en tuurt in het maanlicht naar het litteken.

'Het is nog steeds een beetje vurig,' zegt hij en hij strijkt er voorzichtig met zijn vingertoppen overheen.

De adem stokt in mijn keel.

'Doet het pijn?'

'Alleen als ik van streek ben. Wat nergens op slaat.'

'Ah.' Hij legt zijn hele hand over het litteken en er lijkt warmte uit te stralen, die door mijn been en mijn hele lijf trekt. 'En nu?'

'Nee, nu... voelt het oké.'

Hij haalt zijn hand van mijn been weg en zonder erbij na te denken pak ik hem beet en leg hem weer terug.

'Het voelt goed als je hem daar laat liggen,' zeg ik. Ik zie iets in zijn ogen verschuiven en voel iets in mezelf verschuiven, terwijl ik me van de rand van de ene afgrond naar de andere beweeg.

'Voorzichtig,' zegt hij.

'Waarvoor?' zeg ik en ik kijk hem strak aan.

'Je houdt van die jongen...' zegt hij, maar zijn hand glijdt toch naar mijn kuit.

'Hij is niet hier. Misschien is hij wel met iemand anders. Misschien zie ik hem nooit meer. Intussen ben jij...'

'Wat ben ik?'

'Jij bent iets moois,' zeg ik, nu ook op mijn knieën en op ooghoogte met hem.

Hij lacht.

'Wat?'

'Dát heeft nog nooit iemand over me gezegd.'

'Nou, ik zeg het.' Ik laat mijn handen licht op zijn schouders rusten en leg ze dan op zijn borst. Hij legt zijn handen om mijn middel, vingers op mijn huid.

'Je wilt dat ik je help vergeten,' zegt hij en hij trekt me dicht naar zich toe, zo dicht dat we elkaar aanraken, heup tegen heup, borst tegen borst.

'Ik wil graag iets goeds voelen en dat je me daarbij helpt,' zeg ik.

'Ah. Dat zou misschien wel kunnen lukken,' zegt hij terwijl hij met een hand zachtjes over mijn rug strijkt, vakkundig mijn beha losmaakt en tegelijk zijn lippen op de mijne drukt.

Hij ruikt naar zeep en vuur, en hij smaakt naar chocolade, naar de rook van het kampvuur, naar de rivier. Mijn handen kunnen niet genoeg krijgen van zijn blote huid, mijn lichaam kan hem niet dicht genoeg naar zich toe trekken en godallemachtig, hij weet van wanten met zijn mond en handen.

Tavik is niet lief en warm en zorgzaam zoals Isaac.

Hij houdt van snel, weet wat hij wil en hoe hij dat voor elkaar moet krijgen, en algauw zijn alle remmen los, gaan de shirts omhoog, de ritsen omlaag, onze handen zijn overal, heet gehijg explodeert in de nachtelijke lucht.

We gaan nog net niet helemaal uit de kleren en gaan ook niet met elkaar naar bed, maar het gaat een stuk verder dan 'iets goeds voelen', van een verrukkelijk slecht gevoel naar een belachelijk, explosief, wanhopig goed gevoel.

Uiteindelijk lopen we op onze tenen/struikelen we naar het kamp terug, en ik glip bij hem onder zijn afdak en val in een diepe en loodzware slaap.

33

LEVEN

(PEAK WILDERNESS, DAG TWINTIG)

Ik droom van Londen, van Tavik, van Isaac die op het toneel op me staat te wachten. Ik droom van mijn moeder die op een kristallen rand van een granieten richel staat. Ze heeft mijn loopschoenen aan, maar die zijn bedekt met rode glitter, en ze draagt een van haar lange fluwelen jurken, die wappert in de wind. Ze steekt een wandelstok in de lucht, als een soort verwarde Gandalf die me vertelt dat ik er niet langs mag. Vanaf beneden ga ik tegen haar tekeer, maar ze kan me niet horen. Ik moet tegen die verdomde rots op klimmen en op de een of andere manier langs haar zien te komen. Aan de andere kant is een artiesteningang, van een theater waar ik elk moment moet optreden. Mijn cue komt eraan. Maar ik weet niet eens welk stuk ik moet spelen, ben dat domweg vergeten.

Tavik is nog steeds diep in slaap als ik wakker word. Ik bevrijd me heel voorzichtig, wikkel mijn schouders in mijn slaapzak om warm te blijven en ga op een rots naast de rivier zitten.

De vogels zijn wakker en de lucht is als dik, glinsterend, altijd glorend zilver.

De rivier raast maar door, vult elke ruimte die hij nodig heeft, laat zich door niets weerhouden.

Als het leven zelf, als de liefde, als de wanhoop, als de tijd.

Maar niet als angst. Angst, zo besef ik, kan de kop ingedrukt, uit de weg geruimd worden, daar kun je het grootste deel van de tijd mee leven zonder dat hij alles overneemt. Aan de ene kant kun je ermee leven. Aan de andere kant is hij lastig uit te bannen. Hij ligt op de loer. Maar angst kan worden verslagen met liefde, met kracht, met hoop. En soms kun je hem door de waarheid de baas worden, opzijschuiven, zo zeg ik tegen mezelf.

Nog één dag en dan ga ik naar huis.

Op onze laatste kanodag, dag twintig, gaan de hemelsluizen open en begint het te stortregenen.

Het zal een keertje niet.

Onze groep is inmiddels zover dat we dit stoïcijns over ons heen laten komen, maar het is toch een ellendige dag. Het is koud en nat. Peddelen is een ware hel. Tijdens de lunch gebruiken we onze kano's als afdak en blijven we nog een uur angstig zitten als het gaat onweren.

We zijn net op tijd weer op de rivier voor nog meer stroomversnellingen, het regent nog steeds, het is klote en doodeng, zelfs zonder onweer. Voorbij de stroomversnellingen is het peddelen zwaar, doordat we met ruw water het meer op varen om de oversteek naar de overkant te maken en ons laatste kamp op te slaan.

Jin kotst over de rand. Ally, die inmiddels een bedreven kanovaarder is geworden, zit te zweten en haar armen trillen, en ik voel me ook bagger. De andere teams om ons heen hebben het net zo zwaar. Zelfs Tavik lijkt aangeslagen.

Zonder erbij na te denken begin ik te zingen. Ik begin met iets van Gilbert en Sullivan uit *The Pirates of Penzance*, omdat er een opzwepend ritme in zit. Ogenblikkelijk gaat het peddelen gemakkelijker en anderen vallen in met kreten en zingen het na. Daarna doe ik iets van Mozart, en dan van Wagner. Dit is mijn muziek. Mijn moeders muziek... nou ja, de G&S niet echt, maar de rest wel. Ik voel het meer en de lucht erboven. Ik zing het 'Anvil Chorus' uit Verdi's *Trovatore*, dan 'Libiamo' uit *La traviata*, keer dan weer terug naar Gilbert en Sullivan, deze keer uit *The Gondoliers*. Eerst zing ik om te helpen, daarna voor mijn plezier, en daarna omdat het me blij maakt, zo midden op het regenachtige meer, ook al hebben we het nog zo koud, zijn we doodmoe en voelen we ons ellendig. Ik zing de hele weg naar de kampeerplek en als ik klaar ben, wordt er gejuicht, krijg ik schouderklopjes en knuffels van Jin, Ally en Seth.

Wonder boven wonder is het nog niet donker, sterker nog, als we de kano's op het strand trekken, komt de zon stralend tevoorschijn om ons de laatste twee uur nog wat licht en de broodnodige warmte te verschaffen. We sprokkelen zo vlug we kunnen hout voor het vuur, verzamelen spullen voor ons afdak en het duurt niet lang of we zitten om het, toegegeven, nogal armetierige vuurtje voor onze laatste avondmaaltijd.

'Ik zal de rijst en bonen niet missen,' zegt Jin en iedereen knikt en/of kreunt.

'Wat ga je als eerste eten als je weer thuis bent?' vraagt Henry aan haar.

'Een cheeseburger,' zeg ze grijnzend. 'En dan een paar brownies die je in zijn geheel in je mond kunt proppen.'

'Ik ga voor sushi!' zegt Seth. 'En daarna kaneelbroodjes.'

'Indisch eten,' zegt Ally. Haar schitterende, onopgemaakte ogen stralen van zelfvertrouwen. 'En daarna een chocolade-ijscoupe. Of misschien een compleet ontbijt: worstjes, eieren, pannenkoeken...'

'Steak en eieren,' zegt Harvey, en Henry knikt driftig. 'En jij, Tavik?'

'Nacho's, of misschien een reuzenburrito, een biertje, appeltaart met vanille-ijs,' antwoordt Tavik zonder aarzeling. 'Weet je, zo praatten we in de gevangenis ook. Toen was dat ook al mijn favoriete maaltijd.'

'En heb je hem gekregen?' vraag ik.

'Zeker weten.'

'Verderop in onze straat zit een Italiaan,' zegt Melissa. 'Die gebruikt alleen maar verse spullen. Ik neem hun pompoenagnolotti met roomsaus, de bruschetta, met als toetje tiramisu en tartufo, die met in het midden pure chocola en frambozen.'

'Mmm,' zeg ik, sprakeloos van het verrukkelijke vooruitzicht.

'En jij?' vraagt Melissa.

'Ik doe met je mee,' zeg ik. 'Maar ik neem een pizza.'

'Welke?' vraagt Ally verlekkerd.

'Zongedroogde tomaten, groene olijven, prosciutto... met ijs toe, iets romigs met karamel... Maar eerst neem ik een douche met daarna een lang, heet bad. Sterker nog, als ik het in bad kon opeten, zou het hele-maal perfect zijn. Dat is het wel zo'n beetje. Ik ga vier dagen in bad zit-ten en mezelf volproppen. Ik moet alleen nog iemand regelen die het eten komt brengen, zodat ik het water niet uit hoef.'

'Dat wil ik wel doen,' zegt Tavik. 'Vooral als je ook in bad zingt.'

En zo praten we door, over eten en douchen en andere dingen die we hebben gemist. En dan verschuift het gesprek naar wat we van Peak Wilderness zouden missen. En dat blijkt bij nader inzien nog best veel te zijn.

Pat en Bonnie komen bij ons zitten en zoals op zo veel avonden be-landen we als vanzelf in het kringgesprek.

Iedereen komt weer aan de beurt, net zoals de eerste avond, en ieder-een krijgt een gelegenheid om te vertellen hoever ze zijn met de doelen die ze hebben gesteld, wat hun uitdagingen waren, wat ze ervan hebben opgestoken. In tegenstelling tot die eerste avond werken deze mensen me nu niet op mijn zenuwen, heb ik nu niet het gevoel dat ik totaal niet bij ze pas, dat ik hier per ongeluk verzeild ben geraakt. Ik ben hier om een even goede reden als alle anderen.

Ik heb gezien hoe iedereen stuk voor stuk tegen zijn eigen muren op liep. Ik heb ze zien vechten, ze zien opgeven, ze zien doorgaan, ook al hadden ze gezegd dat ze het wilden opgeven. Voor sommigen was het een dramatisch proces, voor anderen ging het er subtieler aan toe. Maar de ontberingen van de reis, de onderlinge en fysieke uitdagingen, even-als de natuur zelf, hebben er allemaal toe bijgedragen dat we konden helen, veranderen, en sterker worden. Misschien hebben een paar men-sen zelfs iets gehad aan de psychologische bagger van Peak Wilderness. Heel misschien.

Na een lang emotioneel, hilarisch gesprek, met tranen en al, en na het uitwisselen van adressen en telefoonnummers, gooien we meer hout op het vuur en zitten tot laat op de avond te zingen en te praten.

Bonnie neemt me apart om te vragen of ik nog aangifte wil doen van Peace' aanranding, en ik zucht.

'Ik zou hem het liefst compleet willen vergeten.'

'Dat weet ik,' zegt ze. 'Veel mensen kiezen daarvoor. En eerlijk gezegd is het ook geen gemakkelijk traject. Je moet alle emoties weer helemaal opnieuw beleven, en het kost tijd en energie, en het rechtssysteem...'

'Is bepaald niet vriendelijk of zelfs eerlijk jegens meisjes en vrouwen die met zoiets komen aanzetten,' zeg ik, de zin voor haar afmakend.

Ze knikt. Wacht af.

'En toch, als ik het niet doe, komt hij ermee weg. En doet hij het weer bij iemand anders, of nog erger. Wat betekent dat ik een... verantwoordelijkheid heb,' zeg ik, en ik voel hoe zwaar die weegt.

'Zo is het,' zegt Bonnie.

'Dus... Niet dat het iets uitmaakt, maar ik moet kiezen tussen mijn persoonlijk geluk en, zeg maar, het welzijn van de mensheid.'

'Je bent niet alleen,' zegt ze. 'Je hebt getuigen en Peak Wilderness zal je steunen. Pat en ik staan achter je.'

Ik knik, ze geeft me de gegevens van degene die ik op het hoofdkantoor van Peak Wilderness moet benaderen als ik besluit het door te zetten en dan lopen we beiden naar het vuur terug.

Tavik komt naast me zitten en raakt me voortdurend aan, met een hand, een dij of een schouder, totdat de groep ten slotte opbreekt en het bedtijd is. Hij en ik blijven als laatsten nog bij het vuur zitten.

'Kom bij me slapen,' zegt hij zachtjes.

Ik kijk hem glimlachend en met toegeknepen ogen aan.

'Ik zal braaf zijn,' zegt hij.

'Nee, dat zul je niet.'

'Nee, dat zal ik niet. Maar kom op, het is de laatste kans. En mijn afdak is mooi en groot.'

'Waarom krijg ik plotseling het gevoel dat je de grote boze wolf bent?'

Hij grijnst, precies zoals de grote boze wolf.

'Hoe dan ook, het is niet de laatste kans,' werp ik tegen. 'Je hebt mijn nummer in de stad.'

'Ik woon niet in de stad.'

'Ja, maar we kunnen...'

Hij kijkt me strak aan en schudt zijn hoofd. 'Laten we elkaar nou maar geen mietje noemen,' zegt hij met een beetje droevige, maar eerlijke blik.

Dat deed ik niet, maar hij heeft gelijk. Er is wel íéts, maar het is geen liefde. Niet dat soort liefde. Daarom hoeft het nog niet oppervlakkig of puur lichamelijk te zijn, maar ik kan me moeilijk voorstellen dat het ergens anders, op een andere plek en op een ander moment, iets zou kunnen worden. Zoiets kan alleen maar op een plek als hier gebeuren.

'Oké,' zeg ik. 'Ik heb een paar minuten voor mezelf nodig, maar ik zie je zo.'

Hij verdwijnt naar zijn afdak. Ik maak het uitdovende vuur helemaal uit, loop naar de oever, trek mijn schoenen en sokken uit en ga in het ijskoude water staan.

Lieve mam... componeer ik in mijn hoofd, en dan stop ik.

Ik weet waarom ze me heeft gestuurd. Om ontberingen te zien en te ervaren. Ze heeft me gestuurd om mijn kracht te testen, in de wetenschap dat die zou falen. Ze heeft me gestuurd zodat ik zou vallen en weer zou opstaan, zodat ik zou weten dat ik dat kon. Ze heeft me gestuurd om te leren overleven, zodat ik gedwongen werd mijn eigen keuzes te maken en bereid ben ervoor te vechten. Ze heeft me gestuurd om te rouwen om het verleden, en om te genezen, op een strenge maar liefdevolle manier. Ze heeft me gestuurd zodat ik los kon komen, van haar los kon komen. Op de een of andere bizarre manier zat daar wel iets in.

Maar toch, dit is niet het enige wat ik moet oplossen voor ik naar Londen ga. Er is altijd meer.

Maar dat kan tot morgen wachten.

In plaats daarvan sta ik onder de reusachtige hemel sterren te tellen, ik ben bang en voel me rauw, maar tegelijkertijd compleet, vurig, open.

En daarna ga ik doen wat alleen hier kan.

34

THUIS

Vroeg in de ochtend breken we het kamp op en maken we de korte oversteek over het meer naar de buitenpost van Peak Wilderness. Daar verblijft Duncan, die alle in beslag genomen bagage heeft bewaard en daar tijdens de lopende programma's afwachtte tot hij moest komen opdraven om te kwellen/redden/instrueren. We gaan onder de douche – een warme! met zeep, shampoo en conditioner! – trekken schone kleren aan en rijden naar dezelfde landingsbaan als waar we begonnen zijn, stappen aan boord van hetzelfde kleine vliegtuigje, en vliegen terug naar de beschaving.

Toen ik op reis ging, had ik geld meegekregen voor een taxi vanaf het vliegveld naar huis.

En dan sta ik met de sleutel in de hand voor het koetshuis.

Ondanks mijn schone kleren en verrukkelijk ruikende haar heb ik een wild, groezelig en surrealistisch gevoel.

En plotseling ben ik weer bang, want sinds mijn vertrek is er hier niets veranderd.

Ik ben veranderd, breng ik mezelf in herinnering. Als ik kan overleven wat ik zopas heb overleefd, kan ik het ook aan om mijn eigen huis binnen te gaan. Maar dat doe ik met ingehouden adem en bijna in slow motion.

Sleutel in het slot...

Draaien...

Klik.

Duwen.

Voeten op de terracotta drempel. Overal om me heen de geur van thuis...

Zachtjes doe ik de deur dicht en zet de plunjezak op de grond.

Oorverdovende stilte. God, die stilte.

'Hallo?' roep ik. Mijn stem klinkt als een echo.

Boven roept een stem terug: 'Hallo?'

Ik hoor voetstappen op de overloop, daarna op de trap en dan duikt er iemand op...

Niet mijn moeder.

Andreas.

Als hij me ziet, blijft hij halverwege staan, straalt helemaal.

'Ingrid!'

Mijn hart zingt als ik hem zie. Ik wil de trap op springen en hem omhelzen. Maar in plaats daarvan blijven we beiden als aan de grond genageld staan, en hoewel hij straalt, zijn liefde als altijd onwankelbaar, kijkt hij me behoedzaam, onzeker, bezorgd aan.

'Ja, ik ben het,' zeg ik en ik schraap mijn keel. 'Ken je dan nog iemand die zichzelf gewoon... met een sleutel binnenlaat?'

Ik probeer een glimlachje, alsof het zo'n alledaags grapje onder elkaar is, grappig ha ha, maar het komt niet echt aan.

'Jij wel?' vraagt Andreas, me aankijkend.

Hij heeft een punt.

'Nee,' fluister ik hoofdschuddend.

Hij wacht.

'Nee, die ken ik niet,' zeg ik, nu luider terwijl ik zijn blik vasthoud, ook al breekt mijn stem en breek ík als ik eindelijk hardop zeg: 'Niet meer.'

'Ingrid... liefje...'

Langzaam loopt hij nog twee treden omlaag, alsof hij denkt dat ik de benen neem als hij zich te snel beweegt.

'We zijn hier met z'n tweeën,' zeg ik. 'Het is oké.'

'Nee, dat is het niet,' zegt hij. 'En dat hoeft ook niet. Het zou niet zo moeten zijn.'

'Nou, nee, maar... Dat komt wel. Ik ben niet oké, maar dat komt wel. Sorry, ik weet dat ik het zoveel moeilijker heb gemaakt...'

'Sst...'

'Dank je wel dat je me nergens aan hebt gehouden of zo, want ik weet dat je soms hebt gedacht dat ik compleet hysterisch was...'

'Nooit,' zegt hij.

Ik pers mijn lippen op elkaar, maar dat voorkomt niet dat mijn gezicht vertrekt, dat ik mijn armen om mijn borst klem, de lawine die eraan komt. Het houdt Andreas niet tegen om naar me toe te vliegen, zijn armen om me heen te slaan en me stevig vast te houden...

En eindelijk laat ik de waarheid helemaal tot me doordringen.

Mijn moeder... is er niet meer.

Overleden op nieuwjaarsdag.

En ik zal niet meer met haar praten of haar de brieven laten lezen, ik zal haar nooit meer zien.

Ze moet hebben geweten dat ze met opzet een overdosis had genomen. Ze moet hebben ontdekt dat ze wenste dat het was gelukt. Ze heeft het zo lang mogelijk volgehouden, vermoed ik. Nog gewacht tot de adoptie rond was, ons nog een laatste zomer gegund, een laatste herfst en een laatste Kerstmis met haar.

En toen heeft ze zich na een grondige en keurige voorbereiding van kant gemaakt door middel van een koolmonoxidevergiftiging in de garage. Andreas en ik hebben haar samen gevonden.

In het huis vonden we een brief die ze op de ligstoel in de zonnekamer had achtergelaten, samen met de inschrijvingsbevestiging van zowel Peak Wilderness als Londen.

Ik las ze niet, keek er niet eens naar.

Er lag ook een stapel met dertig sweaters en hoody's in verschillende kleuren en stoffen, bijeengebonden sokken en ondergoed, pyjama's, een verzameling klassieke literatuur met harde kaft, met inbegrip van *Oorlog en vrede*, vijf boeken over hoe je een carrière moest kiezen, nog drie over timemanagement en werkgewoonten, en honderd dagboeken. Sommige hadden een kaft met een zijden zeefdruk, andere waren in leer gebonden, er zat ook een ouderwets exemplaar tussen met een sleuteltje, ze zagen er allemaal even mooi en aantrekkelijk uit. Honderd. Alsof ze wist dat ik nadat ze haar plan had uitgevoerd daar wel iets over te zeggen zou hebben, dat ik het van me af zou moeten schrijven, misschien wel mijn leven lang.

In de vriezer in de kelder stonden talloze zelfgemaakte ingevroren maaltijden met datums en omschrijvingen en voor Andreas waren er twintig paar indoor/outdoorslippers, een prachtig leren jasje, fotoalbums van reizen die ze samen hadden gemaakt en tien leesbrillen – die raakte hij altijd kwijt of ze gingen stuk.

Ze liet ook paginalange instructies achter over wat er moest gebeuren en hoe.

Ik wil graag onze afspraak nakomen, had ze onder haar handtekening van de inschrijvingsbevestiging van Peak Wilderness geschreven. *Jij moet sterker zijn dan ik, om niet te zeggen beter.*

Ik kon niet eens de bitterheid van dit alles bevatten, niet tot me door laten dringen, of de pijn, of wat ze had gedaan.

Dus...

In de paar maanden daarna deed ik... niet echt alsof ze nog leefde, maar negeerde uit alle macht hardnekkig het feit dat ze dood was. Ik dacht aan de garagedeur en zette er een in mijn hoofd, trok hem dicht en zette het feit dat ze dood was daar stevig achter slot en grendel.

We zetten geen overlijdensbericht in de krant en ik weigerde om naar de crematie en de kleine herdenkingsdienst te gaan, die ze van tevoren had geregeld en betaald. Ik negeerde de prachtige urn van goudemail die Andreas mee naar huis nam en tussen het mooie servies in de eetkamerkast zette.

Sterker nog, ik kwam helemaal niet meer in de eetkamer.

Ik ging ook niet meer naar school, ik haalde het jaar alleen doordat Andreas zorgde dat ik thuisonderwijs kreeg. Ik weet niet of mijn klasgenoten het wisten, want de enige die ik zag was Juno, die een paar keer per week bij me kwam om me de laatste roddels te vertellen. Andreas had met haar gepraat, dat wist ik, want ze repte met geen woord over mijn moeder, en ze bracht ook nooit serieuze onderwerpen ter sprake, maar leek het eerder als haar taak te zien om me een beetje op te vrolijken.

Thuis leefden Andreas en ik simpelweg door, van de ene dag naar de volgende.

We deden ons best om zo'n diepvriesmaaltijd door onze keel te krijgen, een lasagne, maar we kregen geen hap door onze keel.

Eigenlijk wilden we helemaal niet eten.

Andreas gaf de maaltijden aan een vrouwenopvanghuis en ging zelf koken. Hij was er altijd 's avonds tijdens het eten en elke ochtend ontbeten we samen, hij maakte tijd vrij om me met natuurkunde te helpen of met waar ik verder behoefte aan had.

En zonder dat hij het echt aanmoedigde of eraan meedeed, liet hij me doen alsof.

En toen ik compleet de weg kwijt was en de garage zo had toegetakeld, begreep hij het. En zonder een woord te zeggen hielp hij me om de klus af te maken.

'Je hoeft niet te gaan,' zei Andreas terwijl hij toekeek hoe ik mijn tas inpakte voor Peak Wilderness.

'Mam wil dat ik ga,' zei ik knarsetandend. Op dit moment was het bijna alsof ik haar wilde treiteren. En ook om haar op de een of andere manier in leven te houden. Er zat geen enkele logica in, maar in emotioneel opzicht wel, voor mij althans. Het gaf me iets om mee te vechten, voor te vechten. 'Dus ga ik.'

'Ingrid... misschien kun je het niet aan.'

'Nee. Het komt goed.'

'Ik ben hier,' zei hij. 'Als je terugkomt, en altijd.'

Normale mensen hadden zo'n soort geruststelling waarschijnlijk niet nodig, maar Andreas wist dat ik die wel nodig had.

En vandaag is hij er, zoals beloofd, om me op te vangen als ik dreig te vallen, mijn uitgestelde verdriet op te vangen.

Nu ik zo naar hem kijk, zie ik voor het eerst wat de pijn met hem heeft gedaan, hoe hij erdoor is getekend – donkere kringen onder zijn ogen, haar dat bij de slapen grijs is geworden, de vermoeide schouders...

'Ik was hier niet voor jou.' Mijn stem klinkt rauw en de tranen drei-gen terug te komen.

'Ingrid,' zegt hij hoofdschuddend, 'ik ben je vader. Het is mijn taak om er voor jou te zijn, niet andersom.'

'Maar wie is er dan voor jou?'

Hij haalt zijn schouders op.

'Het is niet eerlijk.'

'Met mij gaat het wel,' zegt hij. 'Beter nu het met jou beter gaat.'

Dat vind ik grappig en ik grinnik even. 'Vind jij dat het beter met me gaat?'

Hij grinnikt ook en schenkt me dan een oogverblindende glimlach.

35

VOOR ALTIJD

Lieve mam,

Ik blijf je nog een poosje schrijven. Misschien wel voor altijd. Misschien was dat je bedoeling ook. Maar ik moet zeggen, voor iemand die dood wilde, ben je wel verschrikkelijk druk bezig geweest om voor daarna alles tot in de puntjes te regelen. Je had ook gewoon kunnen blijven, dan wist je zeker dat we zouden doen wat jij wilde. Nu doen we dat misschien niet.

Maar ik blijf schrijven, want ik kan nog niet zonder je. Ik ben boos en lig in de vernieling, en zal het nooit helemaal begrijpen. Maar ik mis je echt. Ik zal je voor altijd missen.

Over Peak Wilderness: ik weet dat je het hebt gedaan om me sterk te maken voor de toekomst, en ook om te zorgen dat ik niet zou instorten en sterven van verdriet. Om me iets te geven waarmee ik kon vechten, mijn woede op kon afreageren, me op kon richten. In zekere zin, misschien niet helemaal in de zin zoals jij voor ogen had, heeft het gewerkt.

Hoewel dat programma... Ik vind niet dat ik dat heb verdiend. Maar dat weet je al uit mijn andere brieven. Of niet. Maar ik doe gewoon alsof je het wel weet.

Dus het werkte min of meer, maar ik had er levenslang littekens aan over kunnen houden. Nog meer littekens, bedoel ik.

En omwille van karmische en praktische redenen wenste ik dat je, voordat je me in de steek liet, een paar dagen je vieze toiletpapier in een ziplock had moeten verzamelen en op de natte grond naast een stinkende, snurkende viezerik had moeten slapen. Tegelijkertijd wenste ik dat je een van de zonsondergangen had gezien, onder de sterren in het ijskoude meer had gezwommen, bij een kampvuur had gezeten (waar je ondergoed werd geroosterd). Dat je had geworsteld met je zwaktes, had ontdekt waar je kracht lag, als avondeten insecten had moeten eten en geleerd een tent op te zetten, een vuur aan te leggen, was gekapseisd met een kano, een pad door de wildernis had moeten volgen.

Het kwam net in me op: als het vagevuur echt bestaat, dan zou dat wel eens precies op Peak Wilderness kunnen lijken.

Waar ben je...?

Ik hoop dat je ergens bent. Ergens waar het beter is... misschien bij de kleine blauwe lijsters achter de regenboog.

Maar goed.

Ik was bijna ontmaagd door een ex-bajesklant, wat echt lachen was.

En toen ik thuiskwam, vertelde Andreas me dat er een jongen aan de deur was geweest, Isaac. Toen ik dat hoorde, maakte mijn hart een sprongetje. Ik dacht dat hij verder was gegaan met zijn leven, ik had hem eigenlijk al opgegeven.

'Ik heb hem binnengevraagd,' zei Andreas.

'Wát heb je gedaan?'

'Ik wilde weten wat voor vlees ik in de kuip had. We hebben koffiegedronken.'

'En...?'

'Ik zag zo dat hij je leuk vindt, dus heb ik een heel sterke espresso gezet,' zei hij met een ondeugende grijns. 'Hij heeft hem opgedronken.'

'Is dat jouw methode om jonge mannen te testen?' zei ik.

'Onder andere, ja. Zo nodig verzin ik er nog meer.'

Ik lachte.

'Volgens mij is hij een prima knul. Dus als jij hem ook leuk vindt...'

En toen moest ik weer lachen, maar nu minder op mijn gemak. Leuk vinden is zo'n simpele uitdrukking.

'Ik heb hem al een hele tijd niet gesproken,' zei ik. 'Wat heb jij gezegd?'

'Afgezien van koetjes en kalfjes? Alleen dat je als je terug was misschien met hem wilt praten, en dat ik dat zou... aanmoedigen. Hij heeft zijn nummer achtergelaten.'

'Ik heb zijn nummer.'

'En het adres van zijn vakantiewerk.'

Ik glimlachte. Probeerde te blijven ademhalen.

'Maar zit Juno niet in Parijs?' zei hij. 'Daar mag je ook naartoe, dan kom ik ook en kan ik je naar Londen brengen, kijken hoe het is op je nieuwe school. Misschien kan die jongen nog wel even wachten...?'

Ik lachte weer. Huilde weer. Zag mezelf al in het Louvre, op de Eiffeltoren, in de cafés, winkels en hostels, lachen met Juno, in ons steenkolenfrans flirten met elegante Parijse jongens.

Maar uiteindelijk moest ik de rest van de zomer bij Andreas blijven, hem helpen met de tuin die hij op de plek van de garage had aangelegd, hier in ons huis met alle herinneringen aan jou, met wat er van je over is, met wat ik heb om de rest van mijn leven op voort te bouwen.

Andreas heeft een flat in Londen gehuurd, maakt er zijn thuisbasis van, zodat ik daar niet alleen hoef te zijn. Ik weet dat ik je daar zal zien, dat ik daar aan je zal denken, het gevoel zal hebben dat ik je elke keer dat ik de hoek om sla kan tegenkomen, wat waarschijnlijk ook zo is. Voor mij ben je steeds vlakbij.

Ooit zei je tegen me dat ik alles kon worden, en ik geloofde je.

Ik wil dat blijven geloven, ook al doe jij dat niet meer.

Voor altijd,

Ingrid

EPILOOG

Isaac werkt in een toneelkamp, een initiatief van een onafhankelijk theatergezelschap.

Ik trek een spijkerrok aan, mijn favoriete ijsblauwe topje en mijn pas schoongemaakte loopschoenen van Peak Wilderness, die weliswaar lelijk zijn, maar inmiddels voor mijn gevoel symbolisch en verdiend.

Ik wil niet te ver vooruitdenken en ik laat hem niet weten dat ik kom.

Ik ben zenuwachtig, maar ik ben niet langer een angstig klein meisje.

En als het om Isaac gaat, heb ik ook nergens meer spijt van.

Ik kom daar aan op het moment dat de deuren opengaan, wacht beneden naast de trap wanneer Isaac tevoorschijn komt met een troep snaterende kinderen. Op een klembord vinkt hij elke naam af zodra een kind door ouders of verzorgers is opgehaald.

Hij heeft het te druk om me op te merken, wat me goed uitkomt, want nu ik hem zie, of liever gezegd, nu ik echt naar hem kijk nadat ik maandenlang langs/om/over hem heen heb gekeken, sta ik even als verlamd.

Hij is langer geworden en ziet er sjofeler uit, en de haren op zijn armen zijn gebleekt door de zon. Hij draagt spijkershorts, een zwart Mickey Mouse-t-shirt en sandalen. Hij doet het hartstikke leuk met de kinderen, is helemaal op ze afgestemd. Als hij de laatste heeft uitgezwaaid – een klein meisje met bruin haar dat met reusachtige, bewonderende blauwe ogen naar hem opkijkt – krijg ik vlinders in mijn buik.

Hij kijkt nog een laatste keer om zich heen als ik eindelijk mijn benen weer in beweging kan krijgen en de trap op loop. Die beweging trekt zijn aandacht en een seconde staat hij als aan de grond genageld.

En dan, *zoef*, staat hij voor me.

'Ingrid! Hoi.'

'Hoi,' weet ik nogal sullig uit te brengen. 'Andreas zei... dat je langs was geweest.'

'Ja, ik...' Hij krijgt een kleur, weet duidelijk niet waar hij moet beginnen.

'Ik wil alleen maar zeggen... Ik ben een idioot.' Ik flap het er meteen uit. 'Ik vergeef je volkomen en ondubbelzinnig dat je het niet officieel met Autumn hebt uitgemaakt voor onze achter-de-coulissenaffaire tijdens de musical, sterker nog, je hebt mijn vergeving niet eens nodig. Met andere woorden, ik ben eroverheen. En we hoeven het niet nog eens op te rakelen... tenzij jij het wilt.'

'Wauw. Oké.'

'Bovendien wil ik je per se in mijn leven terug. Als vrienden of... whatever.'

Hij trekt een wenkbrauw op. '"Whatever"?'

'Ik vind het fijn als we met "whatever" zouden beginnen,' zeg ik, en ik probeer kalm te blijven ondanks de op hol geslagen vlinders in mijn buik. Ik wil eerlijk en dapper zijn, maar hopelijk lukt dat zonder dat ik me als een malloot aanstel. 'Ik geef nog steeds veel om je. Dat is nooit overgegaan. Maar misschien heb je al een vriendin. En ik ga naar Londen verhuizen. We hebben een hoop bij te praten. Ik moet je een verhaal vertellen. Als je er tenminste naar wilt luisteren,' zeg ik.

'Ik heb wel even.'

'Het zou wel eens de rest van de zomer kunnen duren,' waarschuw ik hem. 'Het is een lang verhaal.'

'Prima,' zegt hij. 'Ik heb alle tijd.'

'Goed dan,' zeg ik, maar verder weet ik niks meer uit te brengen omdat ik alleen maar naar hem kan kijken. Op de een of andere manier zie en hoor ik de stad om ons heen – auto's, bussen en fietsers, spelende kinderen in het park aan de overkant, tsjilpende vogels, de zon die met zijn gouden namiddagstralen alles beschijnt – maar tegelijkertijd is alleen Isaac er nog, zoals hij voor me staat op de trap, met zo'n beladen blik, en toch zo puur.

'Ik heb je gemist,' zegt hij na een stilte die te lang duurde.

Mijn adem stokt, ik sta daar nog altijd als verlamd, enkele passen bij hem vandaan.

'Niemand heeft me ooit zo tot waanzin gedreven als jij hebt gedaan,' zegt hij.

'Sorry,' weet ik uit te brengen.

'Het geeft niet. Door jou voelde ik me gefrustreerd, maar je hebt me ook aan het denken gezet. En aan het voelen. En aan het veranderen. Dat is niet verkeerd.'

'Maar het is ook niet gemakkelijk, Isaac.'

'Misschien niet,' zegt hij. 'Maar het was goed. Wij waren goed.'

'Verleden tijd?' zeg ik, en dan steek ik een hand op om te voorkomen dat hij iets zegt. 'Nee, niks zeggen. Nu kun je nog niet weten hoe je daarop zult reageren, pas nadat we hebben gepraat. Ik wil dit zorgvuldig doen.'

'Dat klinkt zowel rationeel als verstandig,' zegt hij en hij staart me in de ogen met die diepe, intense en warme blik van hem.

'Ik weet dat ik soms niet zo geweldig heb gecommuniceerd. Ik ben niet meer zo bang,' zeg ik, terwijl ik plotseling de neiging krijg om mijn ogen neer te slaan, of naar het theater te kijken of waar dan ook en niet naar hem, voor het geval hij me wil tegenspreken. 'Nou ja... dat ben ik wel, maar ik ga het toch doen.'

Isaac glimlacht alsof hij aanvoelt hoe ik ermee worstel en het wel amusant vindt.

'Wat nou?' zeg ik met opgeheven kin.

'Alleen... misschien ben je minder bang als je weet dat er aan drie specifieke feiten niets zal veranderen, wat je me ook gaat vertellen.'

'En die zijn...?'

'Een: ik ben dol op Londen.'

'Oké...'

'Twee: ik heb géén vriendin.'

'O. Oké, dat is mooi,' zeg ik en ik probeer er koel onder te blijven, ook al zou ik het liefst juichend op en neer springen. 'En wat is het derde?'

'Drie: nu wil ik je echt heel graag kussen.'

'O!' Verlegen hap ik naar adem. 'Eh. Hier?'

'De leerlingen zijn weg en we hebben de trap voor onszelf,' zegt hij, gebarend met een arm. 'Maar ik weet niet zeker of dat wel in je plan past om de zaken zorgvuldig aan te pakken.'

'Het plan... is flexibel.'

'Nou, zoals altijd valt erover te praten,' zegt hij met een vrolijke schittering in zijn ogen. 'Uitvoerig als dat nodig is.'

'Nee,' zeg ik lachend, terwijl ik vanbinnen wegsmelt.

'Geen kus?'

'Niet nodig er uitvoerig over te praten.'

'Schitterend. Fantastisch,' zegt hij en hij komt dichter naar me toe. 'Moeten we tot drie tellen?'

Ik reageer grijnzend, maar deze keer niet met woorden.

DANKWOORD

Een boek schrijven doe je meestal in afzondering, maar om het goed te krijgen en de wereld in te brengen, vergt dat van veel mensen geloof, hard werken en creativiteit. Die mensen ben ik uitbundige dankbetuigingen en diepe dankbaarheid verschuldigd.

Mijn agent, Emmanuelle Morgen, die ongelooflijk vastberaden en toegewijd is, meer geduld heeft dan ik ooit zal hebben en die me altijd stimuleerde om mijn beste beentje voor te zetten.

Leila Sales en Lynne Missen, mijn redacteurendreamteam, wier intuïtie, instinct en totale toewijding het boek zoveel beter hebben gemaakt dan ik zonder hen ooit had kunnen bereiken. En wat waren jullie toegankelijk en attent.

Persklaarmaker Laura Stiers, voor haar ongelooflijke oog voor detail, en in het bijzonder doordat ze me voor de tikfout behoedde waardoor Ingrid naar een 'pubic school' ging in plaats van naar een 'public school'.

Janet Pascal, omdat zij als tweede persklaarmaker haar blik over het manuscript heeft laten gaan en omdat ze haar kennis van de opera met me heeft gedeeld.

Theresa Evangelista, voor het ontwerp van de treffende en unieke cover.

De mensen van de publiciteits-, sales- en marketingafdeling van Viking, wier namen ik helaas niet weet op het moment dat ik dit schrijf, en Vikki VanSickle (publiciteit), Laura Morrison (hoofd sales) en hun teams van Penguin Random House Canada. Jullie werk is absoluut cruciaal en ik ben dolgelukkig met jullie.

Alle vertegenwoordigers die met *advanced reader copy's* en catalogi de winkels afgaan. Ik weet dat jullie nog andere boeken aan de man moeten brengen, dus op voorhand dank dat jullie ook tijd besteden aan het mijne.

Mijn agent voor de buitenlandse rechten, Whitney Lee, omdat ze die zo uitstekend weet te verkopen.

Mijn geweldige uitgevers van Carlsen Forlag in Denemarken, Piemme in Italië en Gallimard in Frankrijk. Ik kan niet wachten om jullie edities van *Al het moois is niet verloren* te zien.

Shaylyn Saville, voor de informatie over kanoën en kamperen, en Sue Saville, die me verbijsterende foto's van Shay's tochten heeft gestuurd.

Gillian Stecyk, die me heeft geholpen met de informatie over stemtraining, bepaalde muziekstukken, operazangers en de wereld van de opera.

Stephanie Saville, bij wie ik altijd terechtkon om meer te weten te komen over risicovolle jongeren en verslavingstherapie, en iemand met een grote wijsheid.

Brian Younge en mijn neef Richard Younge, voor bijzonderheden over kleine vliegtuigen en ongebruikelijke landingsomstandigheden.

Amanda Almeida, voor de info over de manier waarop het er vandaag de dag bij schoolmusicals aan toegaat.

Alexander Galant, die de naam van de fictieve school heeft bedacht, Ayerton.

De trouwe lezers die me feedback gaven, of me gewoon in de verschillende stadia de plotpunten lieten doorpraten, Bev Rosenbaum, Maureen McGowan, Jon Clinch, Caroline Leavitt, Adrienne Kress, Caitlin Sweet, Elizabeth Letts, Michael Wacholtz, Elyne Quan en Madelyn Burt.

Mijn uitgebreide communityschrijfmaatjes, met inbegrip van degenen die ik hierboven heb genoemd, die zorgen dat dit hele gedoe niet zo heel eenzaam hoeft te zijn en me vaak achter de schermen een hart onder de riem staken: Karen Dionne, Sachin Waikar, Keith Kronin, Renee

Rosen, Lauren Baratz-Logsted, Joanne Levy, Eileen Cook, Martha Warboy, en de leden van de Torkidlit-groep, plus de vele vrienden die ik heb gemaakt op Backspace.org.

Mike Kleinberg, voor zijn hulp in 1990, Christine Thompson en mijn andere docenten op Holy Trinity School – als je het boek leest, weten jullie wel waarom.

De overleden Patricia Kern, wier verhalen over de operawereld, door de jaren heen stukje bij beetje verteld, in mijn botten zijn gesijpeld en zich daar hebben genesteld, en wier passie, welsprekendheid en gevoel voor humor me altijd hebben geïnspireerd.

Cindy en Gary Ullman omdat ze me als puber een overdosis opera en theater hebben gegeven, omdat ze mede gezorgd hebben dat ik veel van de wereld heb gezien, omdat ze me naar een zeker kamp hebben gestuurd en omdat ze in me geloven, zelfs als ze niet goed begrijpen waar ik mee bezig ben.

Iedereen van de ongelooflijke familie Ullman, Saville, Younge en Wacholtz, die altijd weer zulke enthousiaste lezers en fans blijven.

Mijn man Michael, omdat hij mijn meest gepassioneerde en trouwste fan, cheerleader en slavendrijver is. En mijn twee slimme, aanbiddelijke, vrolijke meiden, T en S, die me samen met Michael overspoelen met liefde en eendrachtig de boel draaiende houden als ik voor een deadline zit. Jullie zijn de liefdes van mijn leven.

Dank jullie wel.